Stephanie Danler nació en Seal Beach (California), estudió en el Kenyon College de Ohio y en 2006 se mudó a Nueva York, donde obtuvo un máster en escritura creativa tras pasar siete años trabajando como camarera en varios restaurantes. Ahora vive en Brooklyn. *Dulceagrio*, su primera novela, es el resultado de esas experiencias.

DULCEAGRIO

STEPHANIE DANLER

DULCEAGRIO

TRADUCCIÓN DE MARÍA LUZ GARCÍA DE LA HOZ

MALPASO

BARCELONA MÉXICO BUENOS AIRES NUEVA YORK

Para mis abuelos, Margaret Barton Ferrero
y James Vercelli Ferrero

De nuevo Eros, que desata los miembros, me hace estremecer, esa pequeña bestia dulce y amarga contra la que no hay quien se defienda.

SAFO, fragmento 104, edición Lobel-Page,
traducción de Francisco Rodríguez Adrados

Echemos ahora una ojeada filosófica al placer o el dolor a que puede dar ocasión el gusto.

BRILLAT-SAVARIN, *Fisiología del gusto*,
México, 1852, traducción de Eufemio Romero

VERANO

I

Se te formará un paladar.

El paladar es una zona de la lengua donde hay memoria. Donde se asignan palabras a las texturas de los sabores. Comer se convierte en una disciplina obsesionada con el lenguaje. Ya nunca más te limitarás a engullir comida.

No sé exactamente qué es servir. Es un empleo, desde luego, pero no es solo eso. Algo está claro, es una ocupación despojada de las ambiciones habituales. Una no asciende ni desciende. Una aguarda. Una es camarera.

Hay dinero rápido: billetes sueltos y resbaladizos que se multiplican y desaparecen en el transcurso de una noche. Puede ser un medio para quienes tienen fines concretos y una decidida visión de futuro. La mayoría llegaba a mis manos con facilidad trabajando en el restaurante, a los veintidós años.

Tenía sus atractivos: el dinero, la sensación de seguridad que proporcionaba el tener un lugar donde esperar. Lo que yo no veía era que el tiempo estaba encerrado entre recios corchetes. Dentro de los corchetes no existía nada más. De lo que hubiese fuera solo podía recordar una borrosa locura momentánea. El noventa por ciento de nosotros ni siquiera la incluiría en el currículo. Podríamos mencionarla como una referencia rápida a nuestro rigor moral, una medalla por alguna clase de desgracia, como sobrevivir a los terremotos o pasar un tiempo en el ejército. Así de limitada era.

Llegué aquí en coche, como todo el mundo. En un coche lleno de basura que creía que significaba algo y que poco después tiré a la calle: unos DVD que pronto serían inútiles, una caja con cámaras digitales y de carrete para un talento fotográfico todavía latente, un ejemplar de *En el camino* que no pude terminar y una moderna lámpara sueca de Walmart. Fue un viaje largo y deprimente desde un lugar tan pequeño que ni siquiera podría encontrarse en un mapa de dimensiones generosas.

¿Acaso alguien llega limpio a Nueva York? Me temo que no. Pero al cruzar el Hudson pensé que cruzaba el Leteo, el lechoso río del olvido. Olvidé que tenía una madre que cogía el coche y se iba antes de que yo abriese los ojos, y un padre que vagaba invisible por las habitaciones de nuestra casa. Olvidé el desfile, tenue como una mosquitera, de las personas que habían pasado por mi vida sin entender lo que yo quería decirles, y olvidé que había recorrido caminos polvorientos entre campos resecos bajo una opresiva guardia de estrellas, y no sentí nada.

Sí, había conseguido escapar, pero ¿de qué? ¿De los dos pilares que eran el fútbol y la iglesia? ¿De los humildes y apagados hogares en callejones sin niños? ¿De las mañanas de la *Gazette* y las cajas de dónuts? ¿De la tranquilidad y el afecto que sentía al estar en medio de todo aquello? No importaba. Nunca lo sabría con exactitud, pues mi vida, como la de la mayoría, se movía imperceptible y decididamente hacia delante.

Digamos que nací a finales de junio de 2006, cuando llegué al puente George Washington a las siete de la mañana, con el sol moviéndose y saliendo, el cielo poblado de agudos ángulos de luz, antes de que los tubos de escape despertaran, antes de que el calor congestionase, las ventanillas bajaran, las radios se encendiesen en busca de alguna canción pop insoportablemente optimista y los comercios colgaran los carteles de abierto, abierto, abierto.

AGRIOS: todos los zumos de cítricos exprimidos, los limones chinos de piel fina, la lima asiática que llaman «combava». Yogures y vinagres astringentes. Limones metidos en recipientes diminutos alrededor de los pinches de cocina. El Chef gritaba: «¡Esto está poco agrio!», y los cocineros destripaban limones, dejando en la boca la ardiente caricia de la comida viva.

Yo no sabía que había carreteras de peaje.

–No lo sabía –le dije a la señora de la cabina–. ¿No podría colarme por esta vez?

La mujer de la cabina se mostró impasible como un obelisco. El conductor del coche de detrás empezó a tocar el claxon, y luego el de más atrás, hasta que quise meterme debajo del volante. La mujer me indicó que me hiciera a un lado, metí marcha atrás, di la vuelta y me encontré yendo en la dirección por la que acababa de llegar.

Conseguí introducirme en un laberinto de calles industriales, a cuál más confusa. Era irracional, pero me aterrorizaba la idea de no encontrar un cajero automático y verme obligada a regresar. Me detuve en un Dunkin' Donuts. Saqué 20 dólares y miré el saldo que me quedaba: 146 dólares. Utilicé el baño y me lavé la cara. «Casi», le dije al rostro fatigado que vi en el espejo.

–¿Podría tomar un café de avellana largo con hielo? –pregunté. El hombre que resollaba tras el mostrador me trituró con los ojos.

–¿Estás de vuelta? –Me tendió el cambio.

–¿Perdón?

–Estuviste aquí ayer. Pediste el mismo café.

–No. Yo no. No estuve. –Negué con la cabeza para subrayar mis palabras. Me imaginé bajando del coche el día anterior, el día siguiente y todos los días de mi nueva vida, entrando en el puto Dunkin' Donuts de Nueva Jersey y pidiendo aquel café. Me entraron ganas de vomitar–. No era yo –repetí, sin dejar de negar con la cabeza.

–He vuelto, soy yo –le dije a la mujer de la cabina de peaje, bajando la ventanilla con aire triunfal. Enarcó una ceja y colgó el dedo pulgar del cinturón. Le di el dinero como si tal cosa–. ¿Puedo pasar ahora?

SALADO: la boca saliva sola. Cristales de sal marina de Bretaña que se licuan al contacto. Bloques de sal rosa de las minas del

Himalaya, terrones gris mate de Japón. Un chorro interminable de sal *kosher* que cae de la mano del Chef. Salar, una aventura que requiere sutileza, porque la comida siempre pide más, pero el punto de saturación es letal.

Un amigo de un amigo de un amigo, su nombre era Jesse. Una habitación libre por 700 dólares al mes. Un barrio llamado Williamsburg. La ciudad estaba atrapada en una tiránica ola de calor, los titulares de los periódicos hablaban de personas fallecidas en Queens y de apagones en barrios periféricos. Los policías repartían bolsas de hielo, un consuelo que se evaporaba.

Las calles eran amplias y estaban vacías. Aparqué en Roebling. Era media tarde, no había suficiente sombra y todos los comercios parecían cerrados. Fui andando hasta la avenida Bedford en busca de señales de vida. Vi una cafetería y pensé en preguntar si necesitaban una *barista*. Miré a través del ventanal y distinguí a chicos con ordenadores portátiles, con los labios apretados, *piercings*, demacrados, mucho mayores que yo. Me había prometido a mí misma encontrar trabajo rápido y sin pensarlo dos veces: de camarera, *barista* o cualquier otro empleo de mierda que me permitiera sentirme instalada. Pero cuando me propuse abrir la puerta, la mano se negó.

La línea del horizonte costera estaba salpicada de esqueletos de torres de viviendas que sobresalían entre los edificios más bajos. Parecían errores que se hubieran borrado con una goma. Chirriando por encima de un solar abandonado y lleno de maleza había un rótulo oxidado de gasolina Mobil: estaba rodeada de pruebas ambivalentes de extinción.

El nuevo compañero de piso me había dejado las llaves en un bar próximo al apartamento. De día trabajaba en una oficina del centro y no había podido quedarse a recibirme.

Clem's era un lugar sombrío en una esquina luminosa, el aire acondicionado zumbaba como un motor diésel. Me ungió con una gota de agua cuando entré, y me quedé parpadeando en la corriente de aire mientras se me acostumbraban los ojos a la luz.

Detrás de la barra había un camarero sentado en la encimera trasera con las botas apoyadas en el mostrador. Llevaba un chaleco vaquero remendado y adornado con tachuelas, sin camisa debajo. Dos mujeres con vestidos amarillos estampados estaban sentadas delante de él, tenían pajitas dobladas en sus grandes vasos de bebida. Nadie me dijo nada.

–Llaves, llaves, llaves –respondió el hombre cuando pregunté. Aparte de su olor corporal, que me golpeó en la cara al acercarme, aquel hombre estaba cubierto de tatuajes terroríficos, demoníacos. Parecía que tenía la piel de las costillas pegada con cola. Lucía un bigote abundante como una coleta. Sacó la caja registradora, la dejó sobre la barra y rebuscó en el cajón inferior. Tarjetas de crédito, calderilla extranjera, sobres, recibos. Los billetes, presionados por el centro, se abrían en abanico por los extremos.

–¿Eres la chica de Jesse?

–Ja –exclamó una de las mujeres sentadas a la barra. Se puso la bebida en la frente y la hizo rodar de un lado a otro–. Eso ha tenido gracia.

–Está en el cruce de la Segunda Sur y Roebling –dije.

–¿Acaso te crees que soy un puto agente inmobiliario? –Me arrojó un puñado de llaves con etiquetas de plástico de colores.

–Eh, no la asustes –dijo la otra mujer. No es que parecieran hermanas exactamente, pero ambas eran rollizas y surgían de sus cuellos halter como los mascarones de proa en un barco. Una era rubia y la otra, morena; y ahora que me fijaba los vestidos tenían estampados idénticos. Murmuraban bromas privadas entre ellas.

«¿Cómo voy a vivir aquí? –me pregunté–. Alguien va a tener que cambiar, o los demás o yo.» Encontré las llaves con la etiqueta 220 ROEBLING. El camarero se había agachado.

–Muchas gracias, señor –dije al aire.

–Oh, no hay problema, señora –respondió asomando la cabeza y haciéndome ojitos. Se abrió una cerveza, se empujó el bigote hacia arriba y recorrió la lata con la lengua sin dejar de mirarme.

–Vale –dije retirándome–. Bueno, puede que vuelva. Para... tomar algo.

–Aquí estaré esperándola con ganas –replicó el camarero dándome la espalda. Su hedor persistía.

En el momento de salir al calor oí que una de las mujeres decía:

–Ay, joder...

Y luego al camarero:

–Así va el puto barrio.

DULCE: granulado, en polvo, marrón, lento como la miel o la melaza. Los azúcares de la leche recubren la boca. En otro tiempo, cuando éramos salvajes, el azúcar nos embriagaba, fue el primer narcótico que ansiamos y por el que languidecimos. Lo domesticamos, lo refinamos, pero el zumo de un melocotón todavía corre como un torrente.

No recuerdo por qué fui a aquel restaurante.

Sí recuerdo, con todo detalle, aquel tramo de la calle Dieciséis que tan poco revelaba: aquel verdiazul impersonal de mediados de siglo del Coffee Shop, el batallón de contenedores entre nosotros y el Blue Water Grill, la tienda de comestibles con dos pequeñas mesas de cartón en la que te dejaban beber cerveza. Siempre había camareros uniformados comprando Altoids y bebidas energéticas.

El callejón donde se alineaban los cocineros para echar un cigarro entre un servicio y otro, los rincones donde fumaban maría y daban patadas a las ratas que corrían entre la basura. Y justo detrás de nuestro ángulo de visión, intuíamos el contorno del raquítico parque.

¿Hacia dónde miraba el Propietario cuando lo construyó? Hacia el futuro.

Cuando llegué me contaron muchas historias. Nadie iba a Union Square en los años ochenta, decían. Solo unas pocas editoriales de libros se habían mudado allí. La ciudad había sido reemplazada por otra. Allí se amontonaron supermercados Whole Foods, librerías Barnes & Noble y tiendas de electrónica Best Buy. En Roma excavan para ampliar el metro y encuentran civilizaciones enteras, con sus artistas, políticos, sastres, peluqueros, camareros. Si excavaran aquí, en la calle Dieciséis, nos encontrarían a nosotros, más jóvenes, y todos los antros rancios, y a los viejos vagabundos del parque, también más jóvenes.

¿Qué vieron aquellos primeros empleados cuando acudieron a las primeras entrevistas en 1985? ¿Una taberna, un asador, una casa de comidas? ¿Una mezcla de Italia, Francia y algo de esa floreciente cocina americana en la que nadie creía aún? ¿Un batiburrillo que no debería haber funcionado? Cuando les pregunté qué vieron, dijeron que el Propietario había construido un restaurante de los que nunca había habido antes por allí. Todos aseguraban que cuando entraban se sentían como en casa.

AMARGO: siempre un poco inesperado. Café, chocolate, romero, corteza de cítricos, vino. Antes, cuando éramos salvajes, nos advertía del veneno. La boca todavía duda en cada nuevo encuentro. Le damos ánimos, le decimos: «Adáptate». Y ahora, disfruta.

Sonreí demasiado. Al final de la entrevista me dolían las comisuras de la boca, como si me hubieran clavado las estacas de una tienda de campaña. Llevaba un vestido veraniego negro y una rebeca llena de bolitas, la prenda más conservadora y de aspecto profesional que poseía. Tenía un puñado de currículos doblados en el bolso, y mi triste plan, si es que esa era la palabra apropiada para designar al vacilante instinto que me había obligado a seguir con cierta sensación de fatalidad, era entrar en restaurantes hasta que me contrataran. Cuando le pregunté a mi compañero de piso dónde podría encontrar trabajo, dijo que el mejor restaurante de Nueva York estaba en Union Square. Un minuto después de apearme del metro ya tenía unas gigantescas medias lunas de sudor en las axilas de la rebeca, pero el escote de mi vestido era demasiado atrevido para quitármela.

–¿Por qué ha elegido Nueva York? –preguntó Howard, el gerente.

–Creí que me preguntarían por qué he elegido este restaurante –dije.

–Empecemos por Nueva York.

Sabía, por los libros, las películas y la serie *Sexo en Nueva York*, cómo se suponía que debía responder. «Siempre soñé con vivir aquí», dicen. Hacen hincapié en la palabra «soñé», alargándola, para que suene a verdad.

Sabía que muchas responderían: «He venido para ser cantante/bailarina/actriz/fotógrafa/pintora»; «Para trabajar en el mundo financiero/de la moda/editorial»; «He venido para ser poderosa/guapa/rica». Esto siempre parecía significar: «He aterrizado aquí para ser quien no soy».

Yo contesté:

–No creo que haya sido una elección. ¿A qué otro sitio podría ir?

–Ya –dijo–. Algo así como una vocación, ¿no?

Eso fue todo. «Ya.» Y me sentí como si el tipo comprendiera que mis opciones no eran infinitas, que solo había un lugar lo bastante grande para acoger un deseo tan desenfrenado y desorientado. «Ya.» Puede que supiera lo mucho que había fantaseado con vivir la vida veinticuatro horas al día. Puede que supiera lo mucho que me había aburrido hasta el momento.

Howard estaba cerca de los cincuenta, tenía el rostro cuadrado y parecía culto. Su calvicie incipiente acentuaba unos ojos saltones que me revelaron que no necesitaba dormir mucho. Se apoyaba en unas piernas atléticas que mantenían en equilibrio una barriga prominente. «Expresión juiciosa», pensé, mientras me evaluaba y golpeteaba con los dedos en el mantel blanco.

–Tiene usted las uñas bonitas –comenté, mirándole las manos.

–Es parte del trabajo –dijo sin inmutarse–. Cuénteme qué sabe de vinos.

–Pues lo básico. Soy competente para lo básico. –O sea, conocía la diferencia entre el vino blanco y el tinto, y no había nada más básico que eso.

–Por ejemplo –dijo, mirando alrededor de la sala como si cazara la pregunta al vuelo–, ¿cuáles son las cinco uvas nobles del burdeos?

Imaginé uvas de dibujos animados con corona en la cabeza dándome la bienvenida a sus *châteaux*: «Hola, somos las uvas nobles del burdeos», decían. Pensé en mentir. Era imposible saber cuánta sinceridad e ignorancia valoraría.

–¿Mer... lot?

–Sí –contestó–. Es una.

–¿Cabernet? Lo siento, la verdad es que no bebo burdeos.

Parecía comprensivo.

–Por supuesto, el precio está un poco por encima de la media.

–Sí. –Asentí con la cabeza–. Eso es.

–¿Qué bebe?

Mi primer impulso fue enumerar las diferentes bebidas que tomaba a diario. Las uvas nobles estaban al fondo de mi cabeza, bailando, contándole todo sobre mi café helado del Dunkin' Donuts.

–¿Qué bebo cuándo?

–Cuando va a comprar una botella de vino, ¿por cuál se decide?

Me imaginé a mí misma comprando una botella de vino sin tener en cuenta el precio o la proximidad a la caja, sin fijarme en el animal que hubiera en la etiqueta, sino en la raíz interna de mi propio gusto. Esa imagen era tan risible como mis uvas nobles, aunque llevara puesta una rebeca.

–¿Beaujolais? ¿Es un vino?

–Lo es. Beaujolais, *c'est un vin fainéant et radin.*

–Sí. Eso.

–¿Qué cosecha prefiere usted?

–No estoy segura –dije, parpadeando con engañosa eficacia.

–¿Tiene experiencia como camarera?

–Sí. Trabajé durante años en una cafetería. Está en mi currículo.

–Me refiero a un restaurante. ¿Sabe lo que significa servir?

–Sí. Cuando los platos están listos, los llevo a la mesa y sirvo a los clientes.

–Querrá usted decir «invitados».

–¿Invitados?

–Sus invitados.

–Sí, a eso me refería. –Garabateó algo en mi currículo. ¿Servir? ¿Invitados? ¿Qué diferencia hay entre un invitado y un cliente?

–Aquí dice que estudió usted Filología inglesa.

–Sí. Lo sé. Sin especialidad.

–¿Qué está leyendo?

–¿Leyendo?

–¿Qué está leyendo en estos momentos?

–¿Eso es una pregunta de trabajo?

–Quizá. –Sonrió. Su mirada se paseó por mi rostro sin disimulo.

–Mmm. Nada. Por primera vez en mi vida, no estoy leyendo nada. –Me detuve y miré por la ventana. Creo que nunca, ni siquiera mis profesores, me habían preguntado jamás qué estaba leyendo. El gerente indagaba y, aunque no tenía ni idea de lo que estaba buscando, pensé que era mejor jugar–. Sabe, Howard, si me permite llamarle así, cuando estaba haciendo el equipaje para venir aquí, preparé unas cuantas cajas con libros. Pero entonces empecé a examinarlos. Aquellos libros eran... no sé... emblemas de mi identidad... Yo... –Mis palabras tenían un objetivo, acababa de darme cuenta: quería explicarle la verdad–. Los dejé. A eso me refería.

Apoyó la mejilla en una aristocrática mano. Escuchaba. No, comprendía. Me sentí comprendida.

–Sí. Es sorprendente recordar las apasionadas epifanías de nuestra juventud. Pero quizá sea una buena señal. Que nuestra mente ha cambiado, que evolucionamos.

–O quizá signifique que nos hemos olvidado de nosotros mismos. Y seguimos olvidándonos. Y ese es el gran secreto para sobrevivir en la madurez.

Miré por la ventana. La ciudad pasaba, ajena a todo. Si aquello iba mal, también yo lo olvidaría.

–¿Es usted escritora?

–No –respondí. Volví a concentrarme en la mesa. Me estaba observando–. Me gustan los libros. Y todo lo demás.

–¿Le gusta todo lo demás?

–Ya sabe a qué me refiero, me gusta todo. Me gusta que me conmuevan.

Escribió otra nota en mi currículo.

–¿Qué le disgusta?

–¿Qué? –Pensé que le había oído mal.

–Si le gusta que la conmuevan, ¿qué le disgusta?

–¿Estas preguntas son normales?

–Este no es un restaurante normal. –Sonrió y entrelazó las manos.

–De acuerdo. –Miré por la ventana. Suficiente–. No me gusta esa pregunta.

–¿Por qué?

Sentí las palmas húmedas. En aquel momento me di cuenta de que quería el empleo. Aquel empleo, en aquel restaurante. Me miré las manos y dije:

–Me parece muy personal.

–Muy bien. –No se inmutó, echó un rápido vistazo a mi currículo y continuó–. ¿Puede hablarme sobre algún problema al que se haya tenido que enfrentar en sus últimos trabajos? En la cafetería, por ejemplo. Cuénteme algún problema que se encontrara allí y cómo lo solucionó.

Como si fuera un sueño, el interior de la cafetería se disolvió justo cuando traté de recordarla. Y cuando quise recordar el momento de fichar, el fregadero, la caja registradora o los molinillos de café, los objetos se desvanecieron. Entonces apareció el rostro de aquella mujer, grasiento, presuntuoso, vengativo.

–Había una mujer detestable, la señora Pound. Lo digo en serio, era insufrible. La llamábamos la Martillo. Desde el momento en que entraba allí todo estaba mal, el café le quemaba o sabía a tierra, la música estaba demasiado alta o se había intoxicado la noche anterior con el bollo de arándanos. Siempre amenazaba con cerrarnos el establecimiento, nos decía que tuviéramos listo un abogado cada vez que tropezaba con una mesa. Quería huevos revueltos para su perro. Nunca dejó ni un centavo de propina. Era temible. Pero entonces, de esto hará más o menos un año, tuvieron que amputarle un pie. Era diabética. Ninguno de nosotros lo sabía, es decir, ¿cómo íbamos a saberlo? Solía pasar por allí con su silla de ruedas y todo el mundo decía: «Ya está, nos hemos librado de la Martillo».

–Ya está ¿qué? –preguntó Howard.

–Ah, he olvidado esa parte. No teníamos rampa. Y había escaleras. Así que nos libramos de ella, más o menos.

–Más o menos –repitió.

–Falta la parte interesante de la historia. Un día pasó por la puerta con la silla de ruedas, y echaba chispas, quiero decir, con mucho odio. Y no sé por qué, pero la eché de menos. Echaba de menos su cara. Así que le preparé un café y corrí tras ella. Le empujé la silla por la calle hasta el parque, mientras ella se quejaba de todo, desde el tiempo hasta de una indigestión. A partir de entonces fue nuestro rollo. Todos los días. Incluso le llevaba los huevos revueltos en un recipiente de plástico, para el perro. Mis compañeros se burlaban mucho de mí.

Las piernas hinchadas y varicosas de la Martillo. Asomaban como troncos cercenados bajo su vestido casero. Los dedos amoratados.

–¿Responde eso a su pregunta? El problema era no tener una

rampa, supongo. La solución fue llevarle el café. Lo siento, no me he explicado muy bien.

–Creo que se ha explicado usted perfectamente. Fue un acto muy amable.

Me encogí de hombros.

–La verdad es que me caía bien.

La Martillo era la única persona maleducada que conocía. Ella me colocó en aquel restaurante. Por entonces lo pensé, pero no lo entendí. Fue la hija de su sobrina, que era amiga de una amiga de mi nuevo compañero de piso de Williamsburg. Nuestra despedida estuvo llena de lágrimas... lágrimas mías, no suyas. Le prometí escribirle, pero las semanas fueron eclipsando nuestra pequeña relación. Y mientras miraba a Howard y la mesa perfectamente dispuesta, y la hortensia de tan buen gusto que había entre ambos, entendí a qué se refería con «invitados», y también supe que nunca volvería a verla.

–¿Ha venido aquí con alguien? ¿Amigas? ¿Novio?

–No.

–Es un acto muy valiente.

–Ah, ¿sí? Llevo dos días y me siento muy idiota.

–Es valentía si lo consigue, una idiotez si fracasa.

Quería preguntarle cómo podría ser yo capaz de saber la diferencia y cuándo.

–Si la contratáramos, ¿qué le gustaría que le trajera el nuevo año?

Había olvidado que me estaban entrevistando. Me había olvidado de los números rojos de mi cuenta corriente, de las manchas de sudor en las axilas y de las uvas nobles. Dije algo sobre querer aprender. Sobre mi ética laboral.

Nunca he sido muy previsora. Crecí con chicas cuya ocupación principal era el futuro: diseñarlo, propiciarlo. Podían hablar de él con tanta seguridad que era como si se refiriesen al pasado. Durante aquellas charlas, yo no decía nada.

Tenía fantasías, demasiado abstractas y anodinas para aferrarme a ellas. Durante años vi una ciudad sin nombre iluminada de noche. Solía utilizar aquellas remotas luces artificiales para conciliar el sueño. Un día abandoné el empleo sin sensación de euforia, otro dejé una nota para mi padre, me fui de casa con el coche, ligeramente desconcertada, y dos días después estaba sentada frente a Howard. Así vino a mí el futuro.

La imagen que me acompañó durante el viaje era la de una joven, de una señora en realidad. Teníamos el mismo cabello, pero no se parecía a mí. Llevaba un abrigo beige y botines. Debajo del abrigo, un vestido con un cinturón muy por encima de las caderas. Cargaba varias bolsas de tiendas especializadas y mientras paseaba, deteniéndose ante ciertos escaparates, el viento agitaba su abrigo. Los altos tacones de sus botines resonaban sobre las baldosas de la acera. Tenía amantes y rupturas, un psicoanalista, un bibliotecario, conocidos con los que se cruzaba por la calle y cuyos nombres no recordaba. Se pertenecía solo a sí misma. Tenía bordes, límites, gustos, nitidez bajo las pestañas. Y al andar, estaba claro que sabía adónde se dirigía.

Cuando le di las gracias y revisamos mis datos de contacto, no sabía qué impresión le había causado, si buena o mala. Incluso tardé un momento en recordar el nombre del restaurante. Él me sostuvo la mano demasiado rato y, al ponerme en pie, me recorrió el cuerpo con los ojos, no como mi futuro jefe, sino como un hombre.

–No me gusta pasar la fregona. Ni mentir –dije. No sé por qué–. Son las dos cosas que se me ocurren.

Él asintió moviendo la cabeza y sonrió... con lo que me gustaría calificar de sonrisa íntima. Tenía las pantorrillas húmedas de sudor y, cuando me alejé, sentí sus ojos clavados en mi culo. Ya en la puerta, me bajé la rebeca de los hombros y me arqueé para estirarme. Nadie sabe cómo conseguí el trabajo, pero es mejor ser sincera con estas cosas.

«El SABOR –dijo el Chef–, depende totalmente del equilibrio.» Lo agrio, lo salado, lo dulce, lo amargo. Ahora tienes la lengua codificada. Cierto conocimiento especializado del sabor, lo cual es una señal de cómo nos enfrentamos al mundo, refleja la capacidad para saborear lo amargo, para desearlo incluso, tal como ocurre con lo dulce.

II

El espacio era estéticamente ordinario, incluso feo en algunas partes. Aunque en modo alguno cochambroso (pintura reciente, ni una mota polvo), ya había dejado atrás sus días de gloria. Los objetos artísticos eran anticuados, chillones, algunos francamente ridículos, comprados en los años ochenta o vaya usted a saber. El comedor tenía tres niveles, como si los hubieran construido en diferentes períodos y luego los hubieran unido tras pensarlo mejor. Las mesas se acumulaban a un lado de la sala y eran escasas al otro. El efecto acumulativo hacía pensar que alguien no había tenido las ideas totalmente claras, pero había querido imponerlas a pesar de todo.

En el curso de formación, el Propietario me dijo: «Hay muchas formas de complacer a la gente. Todo artista acepta ese desafío. Pero lo que hacemos aquí es de lo más íntimo. Hacemos algo que se incorpora a la interioridad. No me refiero a la comida, sino a la experiencia».

Había dos zonas del restaurante que estaban impecables: una en la parte delantera, con tres mesas de estilo cafetería enmarcadas por el ventanal que daba a la calle. Las mesas se encontraban a merced de la luz cambiante del día. Algunas personas –quiero decir, algunos invitados– detestaban sentarse al lado de la entrada, quedar aisladas de los comedores principales. Pero otras no querían ocupar ningún otro lugar. Estas mesas se reservaban a menudo a los invitados más elegantes, rara vez veías a alguien zarrapastroso o en pantalón vaquero.

El Propietario dijo: «Dirigir un restaurante es como organizar un escenario. La credibilidad depende de los detalles. Controlamos cómo experimentan el mundo: vista, oído, olfato, gusto y tacto. Eso empieza en la puerta, con la persona recepcionista y las flores».

Y luego la barra. Atemporal: larga, caoba oscura, con taburetes lo bastante altos para hacer sentir que se flota. La barra tenía música suave, luces tenues, capas superpuestas de tintineos, el golpe de la rodilla del vecino, un brazo que te pasa por delante de la cara para coger un centelleante martini, el roce de una recepcionista que acompaña a unos invitados por detrás de ti, la mancha borrosa de las bandejas que se entregan, el repiqueteo de las bebidas, la virtuosa eficacia del barman que deja las botellas detrás del mostrador, y que además sirve pan, y que además toma nota de una comanda con las sustituciones y complicaciones de rigor. Todos los habituales, los mejores, entraban y saludaban a la recepcionista diciendo: «¿Hay sitio en la barra esta noche?».

«Nuestro objetivo –dijo– es hacer que los invitados sientan que estamos de su parte. Toda transacción empresarial, en realidad toda transacción en la vida, se gestiona por la forma en que hacemos que se sienta la otra persona.»

El Propietario era y hablaba como una deidad. A veces el *New York Post* se refería a él como el alcalde. Alto, moreno, atractivo, con sus perfectos dientes blancos, expresión fluida y gesticulación espléndida. Yo lo escuchaba como correspondía, con las manos en el regazo.

Aun así, había una tensión que no conseguía identificar del todo. Algo falso en aquello de hacer que los invitados «sintieran» que estábamos de su parte. Miré a mi alrededor y de repente todo me pareció cuestión de dinero: la plata, las vigas de madera, los majestuosos arreglos florales que coronaban la barra. «Joder –pensé–, puedes hacerte rico haciendo que la gente se sienta bien gastando su dinero.» No estábamos de su parte; estábamos de parte del Propietario. Todo el acento que poníamos en los detalles, toda aquella jerga... no era más que un negocio, ¿verdad?

Cuando terminó el curso de formación, quise atraer su mirada para hacerle saber que lo había pillado. Quería preguntar a alguien qué parte del botín me llevaría yo a casa. Entonces me acerqué a él en la salida y me miró a los ojos. Me detuve. Pronunció mi nombre, aunque yo no se lo había dicho. Me estrechó la mano y asintió con la cabeza como si ya me hubiera perdonado todos los defectos y fuera a recordar mi rostro para siempre.

–Estamos creando el mundo tal como debería ser –dijo–. No tenemos que prestar atención a cómo es en realidad.

Cuando conseguí el trabajo, no empecé con ese trabajo en concreto. Tenía que aprender a desempeñarlo. Y el puesto era de «ayudante de camarera», que no era lo mismo que empleada de servicio. Howard me condujo por una estrecha escalera de caracol que había al fondo de la cocina y me dejó en el vestuario.

–Ahora eres la chica nueva –me dijo–. Tienes cierta responsabilidad.

Se fue sin especificar cuál era esa responsabilidad. En un rincón de la habitación, que carecía de ventanas, había dos viejos hispanos y una mujer. Habían estado hablando en español, pero ahora me miraban fijamente. Un pequeño ventilador eléctrico temblaba tras ellos. Esbocé una sonrisa.

–¿Hay algún lugar en el que pueda cambiarme?

–Aquí mismo, mami –contestó la mujer. Tenía el cabello negro y rebelde, recogido con un pañuelo de colores. Varios regueros de sudor le dejaban marcas en el rostro. Frunció los labios. Los hombres tenían una cara desproporcionadamente grande y expresión decepcionada.

–Muy bien –dije. Abrí mi taquilla y metí la cabeza dentro, para no verlos. Howard me había dicho que me comprara una camisa blanca de botones, y me la puse encima de la camiseta de tirantes para no tener que quitármela. La camisa era tan transpirable como el cartón. El sudor me corría por la espalda y se me metía por las bragas.

Reanudaron la conversación, abanicándose, acercándose a un pequeño lavabo y echándose agua en la cara. La habitación estaba atestada de sillas al fondo, y a lo largo de las paredes había pares de zuecos de caucho y madera cubiertos de manchas blancas, con los talones totalmente desgastados. No había aire y yo sentía el pecho oprimido.

La puerta se abrió de repente y un hombre dijo:

–¿No tienes hambre? ¿No vas a venir?

Miré al trío del rincón para asegurarme de que estaba hablando conmigo. Tenía un rostro adolescente, dócil aunque estuviera irritado, y las cejas casi juntas.

–Sí, tengo hambre –dije. No era cierto, pero quería tener algo que hacer.

–Bueno, la familia casi ha terminado ya. ¿Vas a tardar mucho en arreglarte?

Cerré la puerta de la taquilla y me recogí el pelo en una coleta.

–Ya estoy. ¿Eres mi encargado?

–Sí, soy tu encargado, tu remolcador. Primera lección: si te retrasas con la familia, no comes.

–Bueno, encantada de conocerte. Me llamo...

–Sé quién eres. –Cerró de un portazo cuando salimos–. Eres la chica nueva. No te olvides de fichar.

Había mesas en el comedor trasero con bandejas de acero inoxidable y cuencos tan grandes que habría podido bañarme en ellos. Macarrones con queso, pollo frito, ensalada de patata, galletas, ensalada verde con aceite y zanahoria rallada. Jarras de té helado. Parecía comida preparada para un gran acontecimiento, pero mi remolcador me dio un plato blanco y empezó a servirse de la comida de la familia. Luego se sentó a una mesa del rincón, sin invitarme a seguirlo. El personal había ocupado el comedor trasero. Eran de todos los departamentos: mozos de servicio con delantal, gente con bata blanca, mujeres que se quitaban unos auriculares, hombres de traje que se ajustaban la corbata. Yo me senté cerca de los mozos de servicio, en la última silla... era la mejor si tenía que salir corriendo.

La prejornada laboral era un momento de agitación y turbulencia. Una encargada de expresión exhausta y modales volubles llamada Zoe me miraba como si fuera culpa mía. No dejaba de pronunciar números y nombres, cosas como «Sección 6» y «Don Fulano a las ocho de la tarde», pero los mozos de servicio seguían hablando entre sí. Yo asentía con la cabeza sin prestar oídos a nada. No pude tocar la comida.

Los mozos de servicio parecían actores, cada uno con sus características, pero como si lo hubieran ensayado. Parecía una puesta en escena expresamente preparada para mí. Llevaban camisa de rayas, de todos los colores. Interpretaban, se interpelaban, aplaudían, lanzaban besos, se interrumpían, diferentes niveles de ruido en armonía mientras yo me hundía en mi asiento.

Howard se acercó con copas de vino colgando de la mano, parecían los radios de una rueda. Un joven trajeado lo seguía con una botella de vino envuelta en papel marrón. Los mozos de servicio pasaron las copas para probar el vino, pero ninguna llegó donde yo estaba.

Cuando Howard batió palmas, todos guardaron silencio.

–¿Quién quiere empezar?

–Pinot, obviamente –contestó alguien.

–¿Nuevo o viejo mundo? –preguntó Howard, repasando la habitación con los ojos. Su mirada recayó un segundo sobre mí y yo bajé la cara al plato. Recordé todas las veces que una profesora me hacía salir a la pizarra y yo no sabía la respuesta. Recordé haberme orinado en las bragas en cuarto curso y pensé que, si me llamaba ahora, volvería a pasarme.

–Viejo mundo –pronunció una voz.

–Obviamente –dijo otro.

–Es añejo. Quiero decir que ha envejecido... Fijaos, empieza a palidecer.

–Entonces, estamos hablando de borgoña.

–Ya es una simple cuestión de deducción, HR. –El aludido levantó la copa y señaló a Howard–. Te he echado el ojo.

Howard esperó.

–Un poco austero para ser Côte de Beaune.

–¿Está picado?

–¡Eso estaba pensando!

–No, está perfecto.

Dejaron de hablar. Me incliné para ver quién había dicho aquello. La mujer estaba en la misma fila que yo, detrás de demasiadas personas. Vi el cuenco de su copa cuando se la apartó de la nariz y luego volvió a acercársela. Su voz, baja y comedida, añadió:

–Côte de Nuits... mmm, Howard, esto es una delicia. Gevrey-Chambertin, desde luego. Viñedos Harmand-Geoffroy. –Dejó la copa delante de ella. Por lo que vi, ni siquiera había tomado un sorbo. El vino reflejó la luz con rebeldía–. Cosecha del 2000. La verdad es que ha salido muy bueno.

–Estoy de acuerdo, Simone. Gracias. –Howard aplaudió–. Amigos, este vino es un regalo, no permitáis que la mala fama del año 2000 os eche atrás. Côte de Nuits consiguió elaborar unos vinos sorprendentes y se beben bien hoy, ahora mismo, en este momento. Mientras quede este regalo, ofrecédselo a vuestros invitados esta noche.

Todo el mundo se levantó a la vez. La gente que había a mi lado dejó sus platos encima del mío, todavía lleno, y se fue. Los recogí apretándolos contra mi pecho, y crucé las puertas oscilantes de la cocina. A mi derecha iban dos muchachas de servicio y oí que una decía con voz de falsete: «Oh, viñedos Harmand-Geoffrey, desde luego», y la otra chica puso los ojos en blanco. Alguien que iba a mi izquierda me dijo:

–No fastidies. ¿No sabes qué es un lavavajillas?

Me acerqué a un fregadero lleno de platos sucios que ocupaba todo un extremo de la estancia. Dejé los platos con aire de disculpa. Un hombre canoso y delgado que estaba al otro lado dio un bufido y cogió mis platos para quitarles los restos de comida y echarlos al cubo de la basura.

–*Pinche idiota* –dijo en español con acento mexicano, y escupió en el fregadero que tenía delante.

–Gracias –dije. Es posible que no hubiera cometido un solo error en toda mi vida y así era como se reaccionaba. Como si se te resbalaran las manos en cada grifo, como si no tuvieras palabras, ni indicaciones y ni siquiera la gravedad fuera de fiar. Noté que mi remolcador estaba detrás de mí y me volví para retenerlo.

–¿Dónde tengo que...? –Alargué la mano para cogerle del brazo y me di cuenta demasiado tarde de que no tenía rayas. Estaba desnudo. Hubo una descarga cuando lo toqué.

–Ay, no eres la persona que estoy buscando. –Levanté la mirada. Tejanos negros y camiseta blanca con una mochila al hombro. Ojos claros, de un azul gastado por el tiempo, espectral. Estaba cubierto de sudor y casi sin respiración. Tragué una profunda bocanada de aire–. La persona que me instruye, quiero decir. No eres él.

Sus ojos me taladraban.

–¿Estás segura?

Asentí con la cabeza. Me miró de arriba abajo, sin discreción.

–¿Qué eres tú?

–Soy nueva.

–Jake. –Los dos nos volvimos. La mujer que sabía de vinos estaba en la entrada. No me vio. Su mirada destilaba la luz de la cocina hasta su elemento más puro.

–Buenos días. ¿A qué hora empieza tu turno, otra vez?

–Que te jodan, Simone.

La mujer sonrió complacida.

–Tengo tu plato –dijo, y volvió al comedor. Las puertas oscilantes se movieron con violencia. Y luego lo único que vi fueron sus pies golpeando los últimos peldaños.

Me enseñaron a doblar. Torres de servilletas de un blanco cegador envueltas en plástico. Pliegue, vuelta, pliegue, doblez, abanico. Introdúcela en la anilla, colócala. El personal de servicio utilizaba esos momentos para ponerse al día y entablaban largas conversaciones. Pliegue, vuelta, pliegue, doblez, abanico. Era como si los movimientos me hicieran caer en trance mientras la pelusa se acumulaba en mi delantal. Nadie se dirigía a mí. «Al menos sé doblar servilletas», me dije, una y otra vez.

Miré a Jake y a Simone. Él estaba al final de la barra, inclinado sobre su plato, de espaldas a mí, y ella hablaba sin mirarlo. Tocaba con la yema de los dedos la pantalla del ordenador. Estaba segura de que tenían una relación fuera del restaurante. Quizá porque no reían ni bromeaban..., no interpretaban. Solo hablaban. Una chica con nariz chata y sonrisa de niña bien dijo: «Eh», y pegó su chicle en la servilleta que tenía en el regazo; desperté del trance.

No levanté los ojos durante semanas. Pedí trabajar tantos días como fuera posible, pero hubo un alarmante retraso al llegar la hora de cobrar. Y cuando me tocó el turno, vi que era un sueldo de empleada en período de prueba. Una miseria. Con la primera paga compré un colchón usado por 250 dólares a una pareja que se mudaba de un apartamento de mi bloque.

–No te preocupes –dijeron–. No tiene chinches. Está lleno de amor.

Me lo quedé, aunque aquello me inquietó mucho más.

En el otro extremo del espectro de la ropa blanca estaban los paños de la barra. Cada nuevo remolcador abría la sesión preguntando: «¿Te ha explicado alguien lo de los paños?». Y cuando decía que sí, añadían: «¿Quién? Fulano o Mengano la caga siempre. Yo tengo un alijo secreto». Aprendí cuatro sistemas diferentes y complejos de administrar lo que básicamente eran trapos que guardaban bajo siete llaves.

Nunca eran suficientes. No había manera de conseguir un equilibrio saludable entre los paños. La cocina siempre necesitaba más, o el tipo de atrás nunca lo preveía antes del servicio, o los de la barra se ponían a limpiar a lo loco. Siempre olvidaba reservarme alguno. La víctima de aquella negligencia venía a gritarme a mí. Cuando pedía más al encargado, también me gritaba, por haberme quedado sin paños antes incluso de que empezara el servicio. Si suplicabas, y todo el mundo suplicaba, el encargado abría el aparador con la llave y te entregaba diez más. No le contabas a nadie lo de los diez paños extras. Los escondías y luego los entregabas heroicamente en las emergencias.

–La cocina es una iglesia –me gritó el Chef cuando le hice una pregunta a mi remolcador–. Aquí no se pronuncia ni una puta palabra.

En la cocina se respetaba el silencio. La gente entraba de puntillas. La única persona que se permitía dirigirse al Chef durante el servicio era Howard... A veces los otros encargados intentaban hacerlo y salían escaldados. El silencio probablemente ayudaba a los cocineros, pero hacía que aprender algo fuera difícil, si no imposible.

Entre turno y turno me iba al Starbucks, que olía a cuarto de baño, y me tomaba un café. En mi tarde libre, me compraba unas Coronas en la tienda de comestibles y me las bebía tirada en mi colchón. Estaba tan cansada que no podía ni terminármelas. Tenía los alféizares llenos de botellas medio llenas de cerveza caliente, como si fuera orina, y filtraban la luz del sol. Guardaba en el bolso rebanadas de pan del restaurante y me preparaba tostadas por la mañana. Si doblaba en el trabajo, echaba siestas en el parque entre turno y turno. Dormía profundamente, soñando que me estaba hundiendo en la tierra, y me sentía a salvo. Cuando despertaba, me daba cachetes para quitarme las manchas de hierba de las mejillas.

Ni un nombre. No conocía a la gente. Me fijaba en todos los rasgos característicos que podía: dientes torcidos o fluorescentes, tatuajes, acentos, pintalabios, incluso reconocía a algunos por su modo de andar. No porque mis remolcadores me estuvieran ocultando información. Sencillamente, yo era tan estúpida que no era capaz de memorizar los números de las mesas y los nombres al mismo tiempo.

Me explicaron que este restaurante era diferente, en primer lugar porque pagaban con cheques de verdad, y además contaba con seguro médico y bajas por enfermedad. Algunos mozos de servicio que no estaban en nómina incluso conseguían aumentos en las horas que trabajaban. La gente tenía casa, hijos, vacaciones.

Todo el mundo llevaba años allí. Había empleados de servicio veteranos que no se iban nunca. La Sonrisa-de-niña-bien, el Gafas-de-Clark-Kent, el Pelo-largo-y-moño, el Gordo-canoso. Incluso los ayudantes llevaban allí al menos tres años. Estaban la Mezquina y la Morritos-rusa, y mi primer remolcador, al que llamaba Sargento por la forma en que me daba órdenes.

Simone, La-del-vino, era empleada de servicio veterana. Ella y Gafas-de-Clark-Kent eran los que más tiempo llevaban en la casa. Uno de mis remolcadores la llamaba «árbol del conocimiento». Todos los días, antes de que comenzase la jornada, el jefe de comedor reorganizaba la distribución de los asientos porque los habituales exigían sentarse en la sección de Simone. Los mozos de servicio hacían cola para formularle preguntas, o la enviaban a sus mesas VIP con una lista de vinos. A mí nunca me miraba.

¿Y Jake el Sudores? En aquellas semanas de aprendizaje no volví a verlo. Pensé que a lo mejor no trabajaba allí, que se había limitado a aparecer aquel día. Pero entonces fui a recoger mi primera paga, un viernes por la noche, y allí estaba él. Agaché la cabeza al verlo. Era barman.

–He oído decir que eres *barista* –dijo arrastrando las palabras Pelo-largo-y-moño–. Eso facilita mucho nuestro día de formación.

Yo estaba como si acabara de llegar a una cafetería de otro planeta. Todo era plateado, futurista, elegante. Más inteligente que yo.

–¿Has trabajado ya con una Marzocco?

–¿Perdón?

–La máquina, Marzocco. Es el Cadillac de las cafeteras exprés.

«Muy bien, muy bien –pensé–. Sé cómo se prepara un puto café.» Hasta un Cadillac seguía siendo un coche. Cogí el portafiltros, vi el molinillo, la prensadora.

–¿Conoces las cuatro emes? ¿Qué clase de café utilizabais?

–El que viene en bolsas grandes –dije–. No era precisamente un local para sibaritas.

–Mierda, está bien, me dijeron que fuiste *barista*. No hay problema, te enseñaré y después hablaremos con Howard...

–No. No. –Giré el portafiltros para desenroscarlo y tiré el café usado a la basura–. ¿Dónde tenéis los paños? –Me dio uno y limpié el cubo–. ¿Y vosotros usáis temporizadores o qué?

–Usamos los ojos.

–Está bien –dije con un suspiro. Encendí el molinillo, limpié el tubo de vapor y purgué el cuerpo principal. Veinticinco segundos y salía un café perfecto. Yo misma los contaría–. Un capuchino, marchando.

Estudié la carta, estudié el manual. Al final de cada servicio, un encargado me hacía preguntas. Descubrí que aunque no tuviera ni puñetera idea de lo que era el pastel de carne de langosta, aunque ni siquiera pudiera imaginarlo, si sabía que era el plato especial del lunes por la noche, aprobaría el período de prueba. Aunque no tuviera ni puñetera idea de lo que significaban nuestros principios, se los repetí a Zoe perfectamente:

–El principal es cuidar los unos de los otros.

–¿Y sabes cómo se es un cincuenta y uno por ciento?

Zoe estaba comiendo un filete de ternera en la mesa de su despacho. Envolvió un bocado en puré de patatas y puerros a la brasa. Yo tenía tanta hambre que le habría dado de bofetadas.

–Mmm.

Olvidé que el Propietario me había dicho: «Fuiste contratada porque eres una cincuenta y uno por ciento. Eso es algo que no podemos enseñar... se nace con ese don».

No tenía ni idea de qué significaba aquello. Miré un cartel sobre la asfixia que había en la pared. El hombre que se asfixiaba parecía tranquilo, y lo envidié.

El cuarenta y nueve por ciento del trabajo era la parte mecánica. Cualquiera puede hacer este trabajo... es lo que siempre he dicho de los camareros. Perdón, del personal de servicio.

Ya sabes, solo tienes que memorizar los números y posiciones de las mesas, colocarte varias bandejas sobre los brazos, conocer los platos de la carta y sus ingredientes, no permitir que no quede agua, no derramar ni una gota de vino, limpiar bien las mesas y ponerlas otra vez, transmitir comandas, conocer las características básicas de las variedades básicas de uva y las regiones básicas de todo el mundo vinícola, conocer los orígenes del atún, maridar un vino con el foie gras, saber de qué animal procede el queso, saber si está pasteurizado, qué contiene gluten, qué contiene frutos secos, dónde están las pajitas extras, y contar. Y saber aparecer a tiempo.

–¿Y lo demás? –pregunté a mi remolcador, sin respiración, secándome el sudor de las axilas con servilletas de papel.

–Ah, el cincuenta y uno por ciento. Ahí está el intríngulis.

Me quité los pantalones sudados, me abrí una Pacifico, porque se habían quedado sin Coronas, y me senté en el colchón con el manual. «Soy una cincuenta y uno por ciento», me dije. Soy esto:

- *Indefectiblemente optimista*: no deja que el mundo lo/la hunda.
- *Insaciablemente curioso/a*: y lo bastante humilde para hacer preguntas.
- *Preciso/a*: no hay atajos.

• *Compasivo/a*: tiene un núcleo de inteligencia emocional.
• *Sincero/a*: no solo con los demás, sino, lo que es más importante, consigo mismo/a.

Me recosté en la cama y me eché a reír. Alguna que otra vez me imaginaba a mis antiguos compañeros de trabajo de allí en ninguna parte (cuando nuestro adiestramiento consistía en aprender a encender la cafetera) viéndome sudar y correr y repetir como un loro este manual, incapaz de ver dos metros más allá de mis narices. Me veían agotar todos los momentos fichados en el reloj, ciega y aterrorizada, y luego nos reíamos de eso.

El cruce de South Second y Roebling estaba atestado de familias portorriqueñas, con sus tumbonas de jardín y sus neveras portátiles. Jugaban al dominó. Los niños gritaban bajo el agua de una boca de riego reventada. Los miré y recordé aquel bar de Bedford del primer día. Probablemente podría acercarme por allí ahora. Diría: «Sí, he trabajado con una Marzocco... Ah, ¿no la conoces?».

Pero no bastaría. Fuera lo que fuese, ayudante de camarera, empleada de servicio, *barista*... en este restaurante no era solo cualquier cosa. Y no lo llamaría ser una cincuenta y uno por ciento, porque eso hacía que pareciera un robot. Pero me sentía marcada. Me sentía percibida, no solo por los compañeros de trabajo que me desdeñaban, sino por la ciudad. Y cada vez que una queja, un gemido o unos ojos en blanco salían a la superficie, yo me limitaba a sonreír.

III

Y un día subí corriendo la escalera hacia el vestuario y me siguió una mujer de la oficina. Llevaba tres perchas de las que colgaban tres rígidas camisas Brook Brothers de rayas. Eran de esas camisas andróginas que están entre la sala de juntas y el circo.

–Enhorabuena –dijo con una voz tan monocorde como sus ropas–. Aquí tienes tus rayas.

Las colgué en mi taquilla y me quedé mirándolas. Ya no estaba a prueba. Tenía un empleo fijo. En el restaurante más famoso de Nueva York. Palpé las camisas y sucedió: la huida había concluido. Me puse las rayas azul marino. Me pareció sentir una brisa. Fue como si saliera de la anestesia. Vi, reconocí, a una persona.

Me detuvo nada más entrar en el comedor, con una copa de vino en la mano. Tuve la fugaz impresión de que me esperaba desde hacía mucho rato.

–Abre la boca –dijo Simone, la cabeza erguida, arrogante. Nos miramos. Ella se pintaba los labios antes del trabajo, de un rojo implacable. Tenía el cabello rubio oscuro, indómito, encrespado, apartado de la cara como una diosa del rock de los años setenta. Pero su rostro era estricto, clásico. Me pasó el vino y esperó.

Me lo eché al coleto como si fuera un chupito de tequila, por accidente, por costumbre.

–Ahora abre la boca –ordenó–. El aire tiene que interactuar con el vino. Han de florecer juntos.

Abrí la boca, pero ya me lo había tragado.

–Saborear es una farsa –dijo con los ojos cerrados y la nariz metida en el cuenco de la copa–. La única forma de conocer un vino es pasar unas cuantas horas con él. Dejarlo cambiar y dejar que te cambie a ti. Esa es la única forma de aprender algo... tienes que vivir con él.

Al día siguiente libraba y quise celebrarlo. Visité el Metropolitan. Los de servicio siempre estaban hablando de los espectáculos a los que acudían: música, cine, teatro, arte. Yo no entendía nada de lo que decían, aunque había estudiado un curso de introducción a la Historia del Arte en la universidad. Así que fui porque quería tener algo que aportar durante la hora de las servilletas.

No sé cuánto tiempo llevaba en la ciudad, pero cuando bajé del metro en la calle Ochenta y seis me di cuenta de la estrechez de miras con la que había estado viviendo. Mis días cabían en cinco manzanas de Union Square, la línea L del metro y cinco manzanas de Williamsburg. Cuando vi los árboles de Central Park me reí a carcajadas.

El vestíbulo del Metropolitan, ese laberinto sagrado, me dejó sin aliento, como tiene que ser. Me imaginé entrevistada al cabo de diez años. No como en la entrevista de Howard, para probarme, sino entrevistada con admiración. Mi cordial entrevistador me preguntaría sobre mis orígenes. Yo le contaría que durante mucho tiempo había creído que nunca llegaría a nada; que mi soledad había sido tan absoluta que era incapaz de imaginar el futuro. Y que todo eso cambió cuando llegué a la ciudad, mi presente se amplió y mi futuro echó a correr delante de mí.

Me quedé clavada en las galerías de los impresionistas. Había pinturas que había visto cientos de veces reproducidas en libros. Eran las salas en las que los visitantes se quedaban adormilados. El cuerpo podía caer en una especie de coma con tantos paisajes de ensueño, pero si la mente estaba alerta, las pinturas cobraban vida. Eran casi una provocación.

«Y aquello confirmó lo que siempre había sospechado –le decía a mi entrevistador–. Que mi vida anterior a la ciudad solo había sido una reproducción.»

Cuando había visitado todas las salas, comenzaba otra vez. Cézanne, Monet, Manet, Pissarro, Degas, Van Gogh. «Esto es lo que quiero –decía, enseñando a mi entrevistador el cuadro de los cipreses de Van Gogh–. ¿Ve cómo, de cerca, todo es confusión y pasión? De lejos, vemos un todo.»

«¿Y qué me dice del amor?», preguntaba el entrevistador, muy espontáneo él, mientras yo miraba las manzanas de Cézanne. Durante un segundo vi los labios rojos de Simone formulando la pregunta.

«¿Amor?» Miré alrededor de la galería en busca de la respuesta. Había salido del Impresionismo para entrar en el Simbolismo temprano. Un momento antes habría jurado que la sala estaba abarrotada, pero ahora se encontraba casi vacía y solo veía a un anciano que se apoyaba en un bastón y en una mujer más joven que lo sujetaba del brazo. Al dirigirme a la ciudad me había dicho a mí misma que yo no era de esas chicas que van a Nueva York a enamorarse. Ahora, frente a un jurado de simbolistas, Simone y el anciano, mi negativa no parecía muy convincente.

«Todavía no sé nada de eso», respondía. Me acerqué al anciano y a su amiga. Las enormes orejas del hombre parecían esculpidas en cera y estaba segura de que era sordo. También estaba en paz. Miraba la mujer de blanco de Klimt, *Retrato de Serena Lederer*, decía el título. Desde luego, no era una de sus más atrevidas, y contrastaba con sus últimas obras eróticas, en las que aplicaba pan de oro. No obstante, aunque parecía una columna virginal, la mujer mostraba en el rostro un júbilo reprimido. Recordé algo sobre una aventura entre el artista y la modelo, rumores de que la hija de ella era en realidad de Klimt. Ella estaba por encima de nosotros tres, sin preocuparse de que la observaran. El anciano me sonrió antes de salir.

«Enséñame», le dije a la mujer de blanco. Nos miramos mutuamente y esperamos.

Salí del metro y las calles resplandecían. Fui al puesto de vinos del pequeño centro comercial de North Fifth y Bedford. El hombre del mostrador tenía el cabello largo y ojos cansados y saltones. Bajó el Biggie que estaba escuchando a todo volumen cuando entré.

Miré todas y cada una de las botellas, pero no reconocí ninguna. Al final, al cabo de diez minutos, pregunté:

–¿Tiene algún chardonnay asequible?

Estaba cubierto de pintura y tenía un cigarrillo detrás de la oreja.

–¿Qué clase de chardonnay le gusta?

–Bueno –contesté, tragando saliva–, ¿francés?

Asintió con la cabeza.

–Sí, el único chardonnay que vale la pena es el francés, ¿verdad? Nada de esa mierda de California. ¿Qué le parece este? Tengo una botella enfriándose.

La adquirí y salí abrazando la bolsa. Corrí a casa, cruzando al otro lado de Grand Street para no contaminarme con los demonios que holgazaneaban delante de Clem's. También subí a toda velocidad los cuatro tramos de escalera, entré corriendo en el apartamento, robé el sacacorchos de Jesse y una taza, y subí a toda prisa el último tramo que me faltaba para llegar a la azotea.

El cielo era como en los cuadros. No, los cuadros eran los que intentaban representar aquella puesta de sol. El cielo estaba en llamas y arrojaba chispas, las nubes naranjas tenían un ribete morado como ceniza. Las ventanas de todos los rascacielos de Manhattan estaban encendidas, parecía que los edificios ardían. Estaba sin aliento, agotada del museo. El corazón me iba al galope. Una voz dijo: «Tienes que vivir con ello». Otra voz decía: «Ya has vivido, ya has vivido», y al mismo tiempo mi voz, como un coro furioso, replicaba: «¿Vivido dónde? ¿Vivir con qué?».

Me los encontré en el vestuario. Simone había estado hablando en voz alta, sentada en una silla libre, con sus rayas, las piernas cruzadas. Él estaba frente a su taquilla, abotonándose la camisa. Ambos me miraron, sorprendidos.

–Perdón. ¿Vuelvo más tarde?

–Claro que no –respondió Simone. Pero ninguno de los dos dijo nada más. El silencio era acusador. Él se bajó los pantalones, se los quitó y se volvió de espaldas a Simone.

–Haz como si no estuviera –dijo ella. Sonó como una orden, así que obedecí. Miré hacia otro lado.

–¡Servido! –gritaban.

–¡Recogido! –contestaba el eco.

–Seis y seis, mesa 45, reparto –dijo el Chef. Sus ojos no se apartaban del tablero de comandas que tenía delante–. Servido.

Adelanté las manos y recibí la bandeja. Otro día sofocante. Los equipos de aire acondicionado de toda la ciudad estaban al borde del colapso. En cuanto entré en el cálido comedor, noté que el hielo se estaba derritiendo en la bandeja de ostras que portaba. Cadáveres azul pálido chapoteando entre trozos de hielo. Era una guarrería. Y seis y seis no significaba nada para mí. Me había olvidado de comprobar las ostras del día. Había olvidado a qué mesa me dirigía. Simone inundó mi espacio circundante y me estiré para alcanzarla.

–Disculpa, Simone, perdona, pero ¿cuál es cada ostra? ¿Lo sabes?

–¿Recuerdas cuando las probaste? –No miró la bandeja.

Yo no las había probado cuando las hicieron circular en la comida de familia. No había mirado las notas de la carta.

–¿Recuerdas haberlas probado? –preguntó de nuevo, despacio, como si yo fuera tonta–. Las ostras de la costa atlántica son más salobres, tienen más minerales. Las de la costa pacífica son más carnosas, más cremosas, más suaves. Incluso físicamente son diferentes. Una tiene la valva plana y la otra suele ser más cóncava.

–Sí, pero ¿cuál es cuál en esta bandeja? –La acerqué a su cara, pero siguió sin mirarla.

–Están nadando en agua. Devuélveselas al Chef. –Negué con

la cabeza. Desde luego que no–. No vas a servir eso. Devuélveselas al Chef.

Negué de nuevo con la cabeza, pero aguanté el chaparrón. Vi lo que iba a pasar. La ira del Chef contra mí, sus gritos por aquel derroche, mi vergüenza. Pero podría mirar las notas del menú mientras esperaba las otras ostras. Podría oír de nuevo el número de la mesa. Podría arreglármelas.

–Muy bien.

–La próxima vez míralas, pero utiliza la lengua.

Los encargados conservaban el poder cambiando cosas de sitio. Llegaban al puesto de los empleados de servicio y les movían las libretas de los pedidos, les movían los cheques, desordenaban las comandas de la barra. Sacaban las botellas de vino blanco de las cubiteras, las secaban y las dejaban puestas de otra manera. Te detenían cuando ibas corriendo, obviamente con prisa, y te preguntaban si creías que te estabas adaptando bien.

Simone conservaba el poder por fuerza centrífuga. Cuando ella se movía, el restaurante era arrastrado como por un viento de cola. Dirigía a los miembros de servicio con su habilidad para modificar el enfoque ajeno: su propio enfoque quedaba en primer plano. El servicio se desplegaba dentro de sus paréntesis.

–¿Cómo se llama ese barman? Ese que solo habla con Simone –le pregunté a Sasha con aire indiferente.

Sasha era ayudante de camarero. Tenía una belleza sobrenatural: mejillas anchas de alienígena, ojos azules, labios gruesos y soberbios. Habría podido ser modelo si no hubiera sido porque apenas llegaba al metro sesenta. Su mirada era tan fría que sabías que había sido todo: hombre rico, hombre pobre, hombre enamorado, hombre abandonado, asesino, moribundo. Ninguno de esos estados le impresionaba mucho.

–¿El barman? Jake.

Era ruso y, aunque su inglés era muy fluido, no se molestaba en ser gramaticalmente correcto. Su acento era a la vez elegante y cómico. Puso los ojos en blanco mientras cortaba pan.

–Vamos, Pollyanna, deja que te diga unas cuantas verdades. Eres demasiado nueva.

–¿Eso qué significa?

–¿Qué crees que significa? Jakey te comería para cenar y luego te escupiría. ¿Sabes siquiera de qué estoy hablando? No irías dando brincos por ahí después.

Me encogí de hombros como si no me importara y llené las paneras.

–Además, es mío. Te rebanaré el puto cuello si lo tocas, y no estoy de broma.

–¡Silencio en la cocina! ¡Servido!

–¡Recogido!

La cocina era un desmadre de tomates deformes y feos. Olían al interior verde de las plantas, a savia, a tierra.

Había tomates de todos los colores: amarillos, verdes, naranjas, granates, veteados, rayados, moteados. Estaban a punto de estallar. Cuando las crestas y los surcos se separaban entre sí, pero no del todo, como labios abiertos, el Chef los llamaba «reventones».

–Temporada de la solera –canturreó Ariel. También ella era ayudante de camarera. Siempre llevaba kilos de lápiz de ojos encima, aunque fuera por la mañana. Se dejaba flequillo y se enroscaba el cabello castaño oscuro en lo alto de la cabeza sujeto con palillos chinos. Interiormente seguía llamándola la Mezquina, porque no había querido hablar conmigo durante mi período de prueba, solo señalaba y lanzaba suspiros de exasperación. Pero aquel día empapaba paños en un cubo de agua helada y se los pasaba a los cocineros, que se los ponían alrededor de la frente o del cuello, como si fueran pañuelos. No era algo típico de una persona mezquina. De hecho, no había visto a nadie hacer algo tan compasivo con su provisión de paños. Oí en mi interior: «Nuestro principio básico es cuidar los unos de los otros».

Me dio un paño. Me lo puse en la nuca y fue como abandonar una nube espesa y salir al aire libre.

–¡Servido!

–¡Recogido! –exclamé. Miré la ventanilla con expectación, pero allí no había platos alineados. En vez de eso, Scott, el ayudante del Chef, un tipo joven y tatuado, me pasó una rodaja de tomate. La carne era entre rosa y roja.

–Un tomate corazón de buey de la granja Blooming Hill –dijo, como si se lo hubiera preguntado. Sostuve la rodaja en la palma de la mano mientras goteaba. Scott cogió un pellizco de sal de un envase de plástico y la espolvoreó encima–. Cuando salen así, no hay que joderlos. Basta un poco de sal.

–Uau –dije, y además con sinceridad. Nunca había pensado en un tomate como en una fruta... La mayoría de los que había comido en mi vida tenían el centro blanco y estaban duros como una piedra. Pero aquel estaba tan exquisito y tenía aquel punto de acidez tan sabroso que me pareció una victoria. Así pues, unos tomates sabían como el agua y otros como relámpagos de verano.

–¿Qué es eso de la solera? –le pregunté a Simone cuando corrí a ponerme tras ella en la cola de la comida de familia. Simone llevaba dos platos vacíos en la mano y sentí un cosquilleo de expectación, dado que no sabía para quién sería el segundo. La vi prepararse el suyo: un buen puñado de lechuga y escarola, y una taza de vichyssoise.

–Emocionante, ¿verdad? Supongo que te refieres a la temporada. Son variedades únicas, o casi, de plantas y animales. En otro tiempo, todos nuestros tomates eran así. Antes de los conservantes y los supermercados, y de este infierno de producción industrial de alimentos en el que vivimos. Las variedades crecían en lugares basados en un único principio evolutivo: sabían mejor. El objetivo no era la longevidad ni la perfección.

Todas nuestras verduras eran biológicamente diversas, con todos los matices de su variedad. Reflejaban su tiempo y su espacio específico... su *terroir*.

En el segundo plato se sirvió la chuleta de cerdo más grande que encontró, una cucharada de ensalada de arroz y un puñado de patatas gratinadas.

–Ahora nada sabe a nada –concluyó.

Confluían en mi cabeza. No es que siempre estuvieran juntos. La suya era una conexión oblicua, no siempre directa. Si veía a uno, mis ojos se movían en busca del otro. Simone era fácil de encontrar, omnipresente, dirigiendo a todo el mundo... parecía tener una especie de sistema para dividir su atención entre todos los empleados por igual. Pero me costaba más dar con él, sus alianzas, sus ritmos.

Si estaban juntos en el restaurante, no se perdían nunca de vista, y yo no los perdía de vista a ellos, esforzándome por entender lo que estaba viendo. No es que fueran las únicas personas fascinantes del restaurante. Pero si los demás éramos el continente, ellos eran una isla: distante, inaccesible, receptora de luces errabundas.

–¡Servido!

Abrí los ojos de golpe, pero aquel día yo era la de los cafés, la *barista*, y la cocina quedaba lejos. Howard me miró desde la terminal del Micros. Estaba esperando a que le preparase un *macchiato*, pero me lo estaba pensando demasiado. Ya había desperdiciado los dos primeros.

–Oigo al Chef gritar «servido» en sueños –dije, agitando la leche caliente. Relucía como pintura reciente–. Castigándome a mí misma, supongo.

–Tánatos... la pulsión de la muerte –comentó Howard. Se puso una servilleta sobre el brazo y examinó una botella de vino de la barra de servicio–. Fantaseamos con sucesos traumáticos para mantener el equilibrio. Adorable. –Recogió el *macchiato* y lo olió antes de tomar un sorbo. Me miró. Los otros gerentes llevaban traje, pero de un modo u otro todo el mundo sabía que Howard era el gerente principal, como si sus trajes estuvieran confeccionados con un tejido mejor–. Es algo compulsivo, pero la verdad es que encontramos placentera la repetición dolorosa. –Tomó otro sorbo.

–No suena placentera.

–Es como nos tranquilizamos. Como mantenemos la ilusión de que controlamos nuestras vidas. Por ejemplo, tú repites «servido» con la esperanza de que el resultado sea diferente cada vez. Y siempre te sientes humillada, ¿verdad? –Esperó a que le respondiera, pero yo no quería mirarlo a los ojos–. Esperas dominar la experiencia. El dolor es lo que conocemos. Es nuestro barómetro de la realidad. Nunca confiamos en el placer. –Cada vez que Howard me miraba, me sentía desnuda. Se imprimió un pedido de café y lo utilicé como excusa para darle la espalda–. ¿Sueñas a menudo con el trabajo? –preguntó. Me dio la sensación de que hablaba con mi nuca.

–No. –Golpeé un portafiltros para vaciarlo y lo oí alejarse.

Pero sí lo hacía. Los sueños eran como las mareas, destructivos, caóticos. El servicio desfilaba por mi cabeza, pero nadie tenía rostro. Y oía voces, superponiéndose unas a otras, una algarabía. Las frases se elevaban y luego se desvanecían: «Detrás de ti», «¡Servido!», «A tu derecha», «A tu izquierda», «¡Recogido!», «Velas», «¿Puedes...?», «Ahora», «Palillos», «¡Servido!», «Paños», «Ahora», «Disculpe», «¡Recogido!».

En mis sueños, estas palabras eran un código. Estaba ciega y las indicaciones eran todo lo que tenía para abrirme camino en la oscuridad. Las sílabas temblaban y se separaban. Me despertaba hablando: no podía recordar qué había estado diciendo, solo que sentía el impulso de seguir diciéndolo.

TERROIR. Lo miré en el *Atlas mundial del vino* que había en el despacho del gerente. La definición consistía en gente que hablaba de él sin definirlo. Parecía un poco cogido por los pelos. La comida del *terroir* tenía carácter, se componía del suelo, el clima y la época del año. Podías saborear ese carácter. Y aun así. Una idea lo bastante mística para resultar tremendamente seductora.

Ignorarlo. Eso fue lo que hice. Cuando Jake llegaba más tarde a la comida de familia y se sentaba al lado de Simone, cuando dejaba la bicicleta en la calle, delante del ventanal, cuando pedía paños de forma desagradable, yo miraba a otro lado.

Pero empecé a oír cosas, todas imposibles de comprobar e inverosímiles. Jake era músico, poeta, carpintero. Había vivido en Berlín, había vivido en Silver Lake, había vivido en Chinatown. Estaba preparando una tesis doctoral sobre Kierkegaard. Llamaban a su apartamento «la guarida del opio». Era bisexual, dormía con cualquiera, no dormía con nadie. Había sido adicto a la heroína, estaba sobrio, siempre estaba algo borracho.

Simone y él no eran pareja, a pesar de que su magnética e inconsciente forma de buscarse parecía indicar lo contrario. Supe que eran viejos amigos y que ella le había conseguido el empleo. Algunas noches entraba una muchacha angelical con pelo de panocha, a la que Sasha llamaba Nessa-Baby, y se sentaba a la barra, delante de Jake, cuando este estaba a punto de terminar su turno.

Jake sabía que parte de su trabajo consistía en que lo miraran. Era un barman tranquilo. Había una sumisión en su belleza que era casi femenina, una calma que hacía que uno quisiera pintarlo. Cuando trabajaba en la barra se sometía. Mujeres y hombres de todas las edades dejaban sus tarjetas y teléfonos junto con la propina. Los invitados le hacían regalos sin razón ninguna: esa clase de belleza.

Si se subía las mangas de la camisa, podías ver bordes de tatuajes que hablaban del cuerpo que ocultaba en secreto. Fue la visión de su brazo apoyado en el grifo de la cerveza lo que me cambió. La cerveza estaba dando guerra. Los barriles eran probablemente demasiado recientes y no se habían enfriado del todo. Solo echaban espuma, nada de cerveza. Jake dejaba salir la espuma mientras hablaba con un invitado. La pila de drenaje estaba llena de espuma, que caía a sus pies formando un charco blanco. Tenía la manga subida y los tendones del antebrazo tensos de tanto agitar cócteles. Recordé la descarga eléctrica que me recorrió cuando lo toqué. Sentí esa descarga en la boca. Aquel antebrazo fuera de lugar y la espuma cayendo en cascada, sus modales relajados, demasiado condescendientes.

–Estás malgastando mucha cerveza –dije. Mi voz me sorprendió, ya que infringía mi voto de silencio.

Me miró. Quizá estuviera lloviendo aquella noche, una sofocante tormenta tropical. Quizá alguien encendiese una cerilla y me la acercase a la mejilla. Quizá alguien partiera mi vida en un antes y un después. Me miró. Y luego se echó a reír. A partir de aquel momento, se volvió insoportable para mí.

Encontrarás un quinto sabor.

UMAMI: erizo de mar, anchoas, parmesano, cecina de buey con una capa de moho. Es el glutamato. Ya no hay misterio. Fabrican glutamato monosódico para imitarlo. Es el sabor de la madurez a punto de fermentar. Inicialmente, sirve de aviso. Pero cuando el paladar se acostumbra, cuando aprendemos su nombre, esa pendiente hacia la podredumbre se convierte en el único sabor que vale la pena perseguir, la única línea que merece probarse.

IV

Las sardinas están de locura esta noche.
Es cierto, el Chef lo llamó maricón.
HR alucina.
¿Has estado ya en el bar Ssäm?
No, el mejor chino está en Flushing.
Salgo el miércoles en una obra.
Scott está que arde.
Me obsesionaba Chéjov.
Ahora mi obsesión es el Campari.
Necesito volver a sacar mis cámaras.
Soy muy conocido en el mundillo de la danza experimental.
Mesa 43 es industria... ¿por sí sola?
Como vuelva a interrumpirme otra petarda para pedirme chardonnay...
Si alguien más pide salsa para carne...
¿Qué cojones?
Carson está aquí otra vez... sin su esposa.
Van dos veces esta semana.
A veces pienso: «A la mierda el bote común de las propinas».
No soy envidioso.
Técnicamente yo envié antes el mensaje. Pero él respondió.
No te enteras.
Es el tercer día... me siento genial, animado todo el rato.
¿Puedes servir agua en la 24?
¿Puedes llevar pan a la 49?
Muévete.
Vete a la mierda.
Vete tú.
Hoy parecen las Olimpiadas de la mala educación.
Solo son franceses.

Y después de aprobar el examen para entrar en la facultad de Derecho,
me dije: «Pero si no quiero ser abogado».
Aún pinto algunas veces.
Solo necesito espacio. Y tiempo. Y dinero.
Es muy difícil en Nueva York.
Alergia en la 61.
No es nada romántico.
Me follaría a la madre.
¿Vino borracha?
Es solo limón, jarabe de arce y cayena.
Es el martini de Nicky, nunca bebas más de uno.
Solo necesito un representante.
Es como darse de cabezazos contra la pared.
Necesito cucharas soperas en la 27.
El Chef quiere verte... ya.
Estoy sirviendo sopa.
¿Qué he hecho?
Mierda... el segundo plato.

–¡Servido!

Las comandas salían de una impresora situada a la derecha del Chef. Volaban por los aires como una exclamación y caían formando una ola. Él gritaba:

–Marchando un *gruyère*. Marchando un filete tártaro. Fuera los calamares. Fuera los dos ahumados.

Nada más oír las órdenes, los cocineros se ponían en acción. El Chef alineaba las comandas, apoyándose en un pie o en otro, como un niño que necesitara ir al baño. Era un hombre pequeño de Nueva Jersey, pero había aprendido cocina tradicional en Francia. Gritaba anécdotas a los cocineros, evocando «auténticas» cocinas donde los jefes te daban sartenazos en la cabeza si no picabas el perejil lo bastante fino. La voz del Chef era demasiado elevada y no podía controlarla. Los de servicio y los encargados siempre se quejaban de que se le podía oír desde el comedor. Todo el mundo, incluso Scott, su número dos, miraba hacia otro lado si estaba en medio de una de sus diatribas. El hombre recorría la cocina con la tez colorada, listo para explotar.

Los cocineros eran un movimiento borroso, aunque fundamentalmente permanecían en un solo sitio. Todo estaba al alcance de la mano en sus puestos. El sudor les caía a chorros por las pestañas. Tenían fogones o parrillas a la espalda, y en la ventanilla, justo delante, lámparas de calor. Limpiaban el borde de cada plato antes de pasárselo al Chef, que lo examinaba sin compasión, ansioso por encontrar churretes de salsa o de aceite de oliva.

–¡Servido!

–¡Recogido!

Yo era quien recogía la comida, el siguiente eslabón. Me cubría las manos con paños. Las bandejas quemaban como planchas, no me habría extrañado que estuvieran al rojo vivo.

–He oído que todavía no distingues las ostras –espetó Will, y me asustó. Will era el Sargento, el tipo que se había encargado de mí el primer día. Aunque yo ya llevaba las rayas, parecía que él pensaba todavía que yo era su proyecto.

–Joder –dije–. Todo son lecciones en este sitio. Solo es comida.

–No puedes decir eso todavía.

–¡Servido!

–Recogido –respondí.

–¡Servido!

–Más alto –dijo Will, empujándome hacia delante.

–¡Recogido! –respondí, más alto, con las manos estiradas, lista.

Fue un solo movimiento. El medio pato asado había estado en ventanilla cinco minutos, mientras llegaba el *risotto*, con la bandeja ardiendo. Al principio, como pasa con todas las quemaduras, no sentí nada. Reaccioné antes de tiempo. Cuando la bandeja se estrelló y el pato cayó con un golpe sordo en las esterillas, di un grito, me llevé la mano al pecho y me derrumbé.

El Chef me miró. En realidad no me había visto hasta entonces.

–¿Me tomas el pelo? –preguntó. Silencio. Todos los cocineros, carniceros, ayudantes y reposteras me miraban.

–Me he quemado. –Levanté la palma de la mano enrojecida como prueba.

–¿Me tomas el puto pelo? –Más alto. Un trueno, luego la calma. Incluso las comandas dejaron de imprimirse–. ¿De dónde sales? ¿Qué clase de señoritingas de mierda vienen ahora diciendo que son camareras? ¿Crees que eso es una quemadura? ¿Quieres que llame a tu mami?

–Las bandejas están demasiado calientes –dije. Y ya no hubo vuelta atrás.

Miré a sus pies, el desorden del suelo. Me agaché para recoger el pato, bellamente bruñido. Creí que el jefe iba a pegarme. Me encogí, pero se lo alargué cogiéndolo de una pata.

–¿Eres retrasada? Sal de mi cocina. Ni se te ocurra volver a poner un pie aquí. Esto es una iglesia. –Golpeó el acero inoxidable que tenía ante sí con las manos abiertas–. ¡Una puta iglesia! –Volvió los ojos al tablón y dijo, de nuevo en calma–: ¡Oído! Marchando otro pato, marchando otro *risotto*, y a toda hostia, qué coño estás mirando, Travis, sigue vigilando tu filete antes de que lo conviertas en cartón.

Dejé el pato en el mostrador, al lado del pan. El chirriante sonido de las comandas imprimiéndose, de platos que chocaban entre sí, de sartenes que golpeaban quemadores, todo latía con mi mano. Ya en el vestuario, fui al lavabo y me eché agua tibia por encima. La marca ya empezaba a desaparecer. Lloré y seguí llorando mientras me quitaba el uniforme. Me senté en una silla y traté de calmarme antes de bajar la escalera. Will abrió la puerta.

–Lo sé –grité–. La he cagado. Lo sé.

–Deja que te vea la mano.

Se agachó a mi lado. Abrí la mano y me aplicó cubitos de hielo envueltos en un paño. Me eché a llorar otra vez.

–Estás bien, muñeca. –Me acarició el hombro–. Ponte las rayas. Trabajarás en el comedor.

Asentí con la cabeza. Me retoqué el rímel y volví abajo.

El entresuelo era una terraza situada sobre el comedor trasero y en él había siete mesas para dos. Las escaleras eran estrechas, empinadas y traicioneras. «En cualquier momento nos cae una demanda», me dijeron. Yo subía y bajaba los peldaños de uno en uno, y aun así derramaba la sopa y se me resbalaban las salsas.

Sonrisa-de-niña-bien se llamaba Heather y todas las semanas se metía en problemas por mascar chicle en el trabajo. Era de Georgia y tenía un delicado acento sureño. Me contaron que tenía la media de propinas más alta y todo el mundo lo achacaba al acento. Yo pensaba que podía ser por el chicle.

–Cariño –hizo un globo hacia mí–, cuando bajes empieza con el pie izquierdo. Y échate hacia atrás. –Asentí con la cabeza–. He oído lo del Chef. A veces pasa. –Asentí de nuevo–. Ya sabes, nadie es de aquí. Todos somos nuevos. Y como digo siempre, solo es comida.

Había pasado por alto una sección del manual: los empleados percibirían una bebida después de fichar. Los empleados también percibirían un café por cada turno de ocho horas.

Si aquello se aplicaba literalmente, las cantidades se volvían astronómicas y nuestros derechos se disparaban. Pero yo aún no lo sabía. Por un lado nos animaban, por el otro nos quitaban gas.

–Siéntate, chica nueva.

Sin duda Nicky me hablaba a mí. Acababa de cambiarme y de fichar para salir. Me dirigía a la puerta, frotándome las muñecas.

Todavía era un pelín temprano. Los cocineros estaban envolviendo en plástico la cocina, los de servicio pasaban las últimas tarjetas de crédito y esperaban en los aparadores. Los lavaplatos amontonaban bolsas de basura en la puerta de la cocina. Los vi asomarse, temblando como corredores, esperando la señal para poder tirar las bolsas a los contenedores y largarse a casa.

–¿Dónde?

–En el bar. –Limpió una mancha.

Nicky era el Gafas-de-Clark-Kent. Era el primer barman que habían contratado y decían que se quedaba allí hasta la hora de bajar la persiana. Sus gafas estaban a menudo ladeadas, para no desentonar con su ladeada pajarita. Había conocido a su mujer hacía diez años, en aquel bar, y ella seguía sentándose en el mismo sitio todos los viernes. Sabía que tenían tres hijos, aunque no me entraba en la cabeza, ya que él mismo parecía un poco niño. Su sencillez y su acento de Long Island habían atraído a gente al bar durante décadas.

–¿Quieres que me siente como si fuera una clienta habitual?

–Como una vieja clienta habitual. ¿Qué quieres tomar?

–Mmm. –Quería preguntar cuánto costaba una cerveza, porque no tenía ni idea.

–Es tu bebida gratis. Un pequeño agradecimiento del Propietario al final de la noche. –Se sirvió en un vaso los acuosos restos ambarinos de una coctelera–. O un gran agradecimiento. ¿Qué te pongo?

–Vino blanco estaría bien. –Me senté en un taburete. Esa misma noche, a mitad de turno, Nicky me había preguntado si tenía sentido común. Lo había pensado toda la noche. No sabía qué decirle, sobre todo ahora que me había quitado el uniforme, salvo que sí, que creía tener sentido común.

–¿Sí? ¿Nada especial?

–Soy fácil de complacer.

–Eso es lo que me gusta que digan mis ayudantes.

Me ruboricé.

–¿Boxler? –preguntó, sirviéndome un poco para probar. Me lo llevé a la nariz y asentí con la cabeza. Estaba demasiado nerviosa para olerlo realmente. Me sirvió una copa y lo observé mientras lo hacía, ya que vertió más de lo que servíamos a los invitados. La copa parecía ahora un cáliz.

–Esta noche lo has hecho mejor –dijo una voz detrás de mí. Will se sentó en el taburete de al lado.

–Gracias. –Antes de poder desmentir el cumplido tomé un sorbo de vino. El vino Albert Boxler Riesling, que no era de Alemania, sino de Alsacia, una de las bebidas de alta gama, a veintiséis dólares la copa. Y me lo estaba bebiendo yo. Nicky me lo había servido. Para darme las gracias. Lo paladeé como Simone me había enseñado, frunciendo los labios, doblando la lengua y casi dando un silbido interno. Pensé que sería dulce. Pensé que saborearía miel, o algo parecido al melocotón. Pero era tan seco que parecía como si me hubieran agujereado por dentro. La boca se me llenó de saliva y di otro sorbo.

–No es dulce –les dije en voz alta a Nicky y a Will. Los dos se rieron–. Está rico –añadí. Una hora antes, aquellos asientos eran un privilegio para personas que se gastaban treinta dólares en un culín de calvados.

Will me trataba de otro modo desde el episodio de las quemaduras. Era amable, o quizá protector. Pensé que a lo mejor quería ser mi amigo. No sería un mal primer amigo. Llevaba una camisa caqui que me recordaba los safaris. Tenía una larga nariz en forma de flecha y ojos castaños de lelo. Hablaba con rapidez, casi no se le entendía. Las primeras veces creí que sería porque iba con prisa. Ahora me daba cuenta de que no quería enseñar los dientes. Eran cuadrados y amarillentos, y el incisivo izquierdo estaba roto.

Sacó un cigarrillo.

–¿Está despejado?

–Sí, señor. –Nicky le pasó un platito vacío. Me entró el pánico cuando Will lo encendió... apenas alcanzaba a recordar la época en que se podía fumar en los restaurantes. Me preguntó si quería uno. Negué con la cabeza. Fijé la mirada en la puerta trasera, fingiendo estar absorta en memorizar las marcas de coñac francés. Los dos se pusieron a intercambiar insultos incomprensibles sobre dos equipos de béisbol de un mismo lugar.

–¿Has saludado a Jonny esta noche? –Nicky limpiaba vasos

de un montón interminable que había en la barra. Estaban dispuestos como soldados que avanzaran hacia el frente y fueran reemplazados por los vasos que los seguían.

–¿Ha estado aquí? No lo he visto.

–Estaba al lado de Sid y de Lisa.

–Joder, vaya par. Procuro estar lo más lejos posible de ellos. ¿Recuerdas aquella discusión sobre que Venecia era una isla?

–Aquella noche creí que la abofeteaba.

–Si yo estuviera casado con eso, haría algo peor que darle bofetadas.

Mantuve una expresión impasible. Debían de estar hablando de sus amigos.

–¿Qué vas a beber, Billy Bob?

–¿Puedes ponerme un culín de fernet mientras lo pienso?

–¡Ya! ¡Basta! –dijo Ariel, soltando de golpe los escurrevasos en el extremo de la barra. Los vasos tintinearon como campanas y a Ariel se le soltó el pelo.

–¿Ya te has despeinado? –preguntó Nicky. Su voz era seria, pero su mirada juguetona.

–Vamos, Nick, por favor, estoy muerta, ya sabes que estoy agotada. ¿No parezco muerta? –Se pasó los dedos por el largo cabello, rascándose como si tratara de ponerse bien una peluca. Se echó el pelo a un lado y se dobló sobre la barra, levantando los pies del suelo–. Vamos, Nick, chis, chas, chis, chas. –Imitó el movimiento de unas tijeras con los dedos.

Ariel parecía una persona trastornada con el pelo suelto. Había pasado de extravagante a criatura de las alcantarillas; el cabello le llegaba bastante más abajo del pecho y, después de haberlo llevado recogido en un moño toda la noche, tenía mechas onduladas. El flequillo le caía liso sobre la frente y tenía regueros del delineador líquido, que se le había deslizado rebelde por los párpados y ahora se veía reducido a manchas y pegotes.

Durante los servicios, Ariel trabajaba con la energía de un pájaro, con una serie de gorjeos, trinos y frases canturreadas.

Se volvía frenética con facilidad y se recobraba con la misma facilidad, silbando.

–Está bien, Ari, estás fatal. Pero necesito dos botellas de Rittenhouse y otra de fernet.

–Te traeré el whisky, pero aquí el colega puede buscarse su propio fernet. –Miró el vaso de Will, lleno de un licor negro que apestaba a té recalentado y a chicle–. Tú lo bebes, tú lo traes del almacén.

–Vete a la mierda, Ari. –Will le lanzó una bocanada de humo.

–A la mierda tú, querido. –Se fue contoneándose. Will tomó un trago.

–¿Qué es? –pregunté.

–Medicina. –Eructó–. Se toma después de las comidas. Increíble... propiedades curativas para el tracto digestivo.

Alargó la mano sobre la barra y empezó a llenar un vaso de agua con cerveza. Nicky dejó de trabajar y lo miró.

–Joder, acabo de limpiarlo, Will. Como derrames una puta gota...

La cerveza tembló en la mano de Will y la espuma sobrepasó un centímetro el borde del vaso. Silencio. Siguió subiendo, pero no se derramó.

–Soy un profesional –dijo Will.

–Qué cruz –respondió Ariel. Puso dos botellas de whisky sobre la barra y se sentó en el taburete que había al otro lado de Will. Iba con una combinación negra, aunque era posible que ella creyese que era un vestido. Su sujetador era amarillo neón, como una señal de tráfico que dijera CONDUZCA CON CUIDADO.

–Mmm... ¿qué hay abierto? –Encogió las piernas, se sentó sobre ellas y miró el estante que había detrás de la barra.

–¿Podéis salir de mi bar, pedazo de animales? Trato de limpiar.

–¿Está bueno todavía ese gigondas? ¿Cuándo lo abrimos?

–Hace dos noches.

–Sírveme.

–No está mal, después de todo.

Nicky puso en la barra un vaso y una botella negra con un distintivo en el gollete y volvió a la limpieza.

–¿Autoservicio esta noche? A la chica nueva la serviste tú.

–Ariel, no estoy para tonterías, tú apenas has repuesto nada. Ella ni siquiera distingue aún su cabeza de su culo y creo que podría haber hecho un trabajo mejor. Tú me has retrasado veinte minutos.

–Parece que has elegido la noche equivocada para ser barman, viejo. –Ariel echó el vino en su copa, lo olió y abrió su teléfono móvil.

Si Nicky me hubiera hablado así, me habría dejado chafada. Pero no pasó nada. Ni siquiera quedó tensión residual. Nicky gritó: «¡Despejado!» a la cocina y los mozos de la limpieza empezaron a salir por las puertas. Cogieron las bolsas que había tras la barra, una hilera interminable de bolsas negras camino de la acera. Dejaron la puerta abierta, y el aire caliente y oscuro de la calle entró en el bar, tan pegajoso como dedos que me recorrieran la cara. Qué cruz. Me bebí el Riesling. Medicina.

–Vaya calor que ha hecho –dije. Nadie respondió–. El verano –añadí.

Un zumbido entró desde la calle, luego un susurro. Durante un segundo creí que era el ruido claustrofóbico de las cigarras de mi juventud. O el viento que doblaba las ramas. O los mugidos de las vacas en el prado. Pero eran los coches. Todavía no me había acostumbrado... la eliminación de la naturaleza, el gemido constante de motores recalentados.

Me volví hacia Will, con ganas de parecer abierta, por si alguien quería hablar conmigo. Will y Ariel estaban ocupados con sus teléfonos y Nicky se maldecía a sí mismo tras la barra. Pensé en sacar mi teléfono. Era nuevo. Había dejado el viejo en el tocador de mi antigua casa. Me pregunté qué habría hecho mi padre con él, con las cajas de los libros. Aunque estaba casi segura de que no habría abierto la puerta de mi habitación. Cuando compré el teléfono nuevo, sentí que el prefijo provincial era una medalla: 917. Copié diligentemente todos los contactos que tenía. Pero no tenía llamadas perdidas ni mensajes. Ni siquiera me había pedido nadie que le cambiara el turno todavía.

–No tengo aire acondicionado –dije.

–¿De veras? –Will cerró el teléfono y se volvió hacia mí–. ¿En serio?

–Son caros.

–Qué cruz –intervino Ariel. Se inclinó detrás de Will y me miró con aire inquisitivo–. ¿Y qué haces?

–Oh, tengo ventanas grandes y un ventilador. Cuando la cosa se pone muy mal, como la semana pasada, me doy duchas frías para quitarme el sudor...

–No –interrumpió. Sus ojos decían: «Menuda idiota»–. Me refiero a lo que haces tú. En la ciudad. ¿Quieres llegar a ser algo?

–Sí –dije–. Quiero ser camarera.

Se echó a reír. ¡Había hecho reír a Ariel!

–Sí, después de eso, el cielo es el límite.

–Y ¿qué haces tú?

–De todo. Canto. Compongo música. Tengo una banda. Aquí Willy está tratando de rodar una película. Una versión de *À bout de souffle* con muñecos de plastilina.

–Bueno, eso era una idea, y no la peor idea.

–No, es admirable, una semana modelando plastilina para conseguir la expresión exacta del aburrimiento...

–Ariel, no me siento ofendido por que no entiendas nada de arte. Echo la culpa en primer lugar a tu sexo y, en segundo, al sistema...

–Vamos, Will, sinceramente, cuéntanos la verdad. Solo te masturbas, ¿no? En ese cuartucho oscuro, con tu Jean Seberg de plastilina...

Will suspiró.

–He de admitir que resulta difícil no hacerlo. –Se volvió hacia mí–. La verdad es que ahora estoy trabajando en otra cosa. Estoy escribiendo un guion...

–¿El del tebeo? ¿El viaje del héroe? ¿La exploración y reafirmación del discurso patriarcal?

–Ariel, ¿alguna vez cierras la puta bocaza?

La muchacha sonrió y le puso una mano en el hombro. Cogió la copa de vino y estaba a punto de beber cuando dijo: «Ups», y se volvió hacia nosotros.

–Salud –pronunció con seriedad.

–Salud.

–No, a los ojos, chica nueva.

–Mírala a los ojos –dijo Will– o le echará un maleficio a tu familia.

La miré a los ojos llenos de hollín y dije «salud» como si fuera un encantamiento. Chocamos las copas y bebí un trago de vino. Mis articulaciones se suavizaron, como la mantequilla al alcanzar la temperatura ambiente.

Entonces ocurrieron tres cosas, parece que a la vez.

Primero, la música cambió. Lou Reed salió por los altavoces como un querido y farfullante tío-poeta.

–¿Sabéis que lo vi una vez en el Gramercy Park Hotel? Joder, ¿habéis visto lo que hacen en el escenario? Eso, amigas mías, es una podrida profecía donde las haya. En fin, que estoy allí sentado, joder, el puto Lou Reed, y pienso: «Gracias por enseñarme a ser humano», ¿sabéis?

Intenté seguir escuchando. Asentía con la cabeza cuando Ariel me miraba. Pero la canción era tan íntima como un grifo goteando en la noche.

Después, los taburetes del bar se llenaron. Los cocineros, los de servicio del último turno, los lavaplatos, todos ya sin el uniforme, reclutados a la fuerza. Sin las rayas parecían unos andrajosos, unos delincuentes. Al ver las manos con cicatrices de los cocineros, vestidos con polos arrugados o viejas camisetas de heavy metal, te preguntabas cómo sería ver a uno de ellos en el metro, sin saber que tenían una vida secreta más seria cuando vestían de blanco.

Simone recorrió la fila con el pelo suelto. Traté de atraer su mirada, pero se fue al otro extremo de la barra con Heather y con quien ahora entendía que era el novio de Heather, Parker, el hombre que me había enseñado a manejar la cafetera. Simone ya no parecía una estatua de sí misma. Llevaba sandalias planas de piel y sacudía un pie cuando cruzaba las piernas.

Y finalmente, el Chef salió de la cocina dando un portazo, con una gorra de béisbol y una mochila. Toda su rabia se había derretido y en su lugar había un hombre que parecía un padre de familia que se dirigía a su monovolumen. Todo el mundo dijo: «Buenas noches, Chef», como si fuera una cantinela. Él se despidió sin mirar a nadie y salió disparado del edificio.

Cayó un telón cuando Nicky reapareció tras la barra con una camiseta blanca y encendió las luces. El restaurante en el que trabajábamos se convirtió en un *after*. Los de la barra ya no trabajaban en la barra. Mezclaban bebidas en proporciones disparatadas. Los cocineros no miraban por encima del hombro para vigilar al Chef, ni se desplazaban aturdidos entre sartenes calientes. Liaban porros, se reían como tontos, se daban codazos. Los empleados de servicio estiraban brazos y espaldas, comparando las contracturas del cuello, agitando las bebidas con el dedo, mientras se quejaban de Howard y de Zoe con largas y encantadoras retahílas, y diseccionaban a los invitados con un aire de desprecio pasivo. Yo empezaba a darme cuenta de cuándo hablaban de los habituales, porque no hacían más que rivalizar entre sí, para que se notara que ellos eran los favoritos.

Demasiado deslumbrada para hablar, yo los observaba. Era la dualidad de cada uno lo que me dejaba de una pieza. Simone con su sencilla suavidad, sus ojos cansados. Will y Ariel tirándose pullas. Las conversaciones subieron de volumen según bajaba el nivel de las bebidas. Yo no dejaba de mirar la puerta abierta, temiendo que algún extraño entrara a tomar cualquier cosa, o que el Propietario hubiera decidido pasar por la calle Dieciséis al volver de algún evento y nos pillara y llamase a la policía. «Soy nueva, no soy culpable», diría con las manos levantadas. Nadie más parecía preocupado. No tuve más remedio que preguntarme quiénes eran realmente los dueños del restaurante.

–¿Black Bear? –gritó Scott a Ariel desde el otro extremo de la barra.

–No, Park Bar. Sasha acaba de enviar un mensaje de texto, tiene un rincón. Park Bar *no más* –añadió en español mexicano. Jared y Jeff, dos de sus cocineros, se echaron a reír.

–No, no te has tirado a la nueva... ¿Vivian?

–¡Vivian! –exclamaron, y levantaron los vasos.

–Y una mierda –gritó Ariel. Se volvió hacia mí y dijo–: Joder, yo creía que era lesbiana.

–Demasiado lenta, Ari –comentó Will.

–Ah, ya lo veremos. –Puso su mano sobre la mía y me dijo, mirándome a los ojos–: Todas empiezan siendo heterosexuales. Es parte de la diversión.

Me reí. Petrificada.

–¿Qué hora es? –pregunté. Un muro de agotamiento me golpeó con las bebidas. Parecía un buen momento para largarme. No sabía quién iba a limpiar todo aquello para que el restaurante estuviera vacío y esterilizado por la mañana. Cuando miré al final de la fila, vi a Simone. Estaba escribiendo en el teléfono y pensé que era demasiado tarde para enviar mensajes. Entonces me di cuenta por primera vez de que era mayor que nosotros. La imagen de él se me atascó en la garganta, por la costumbre. ¿En quién se convertiría Jake cuando encendieran las luces? La bebida al acabar el turno... el primer espacio sensible entre el trabajo y mi apartamento, un espacio en el que podía proyectarme durante horas, un espacio inevitable en el que acabaría por encontrarlo.

–Aún no son las dos –dijo Ariel. Como si algo cambiara a esa hora.

–¿Hacéis esto todas las noches?

–¿El qué?

Señalé con la cabeza mi copa de Boxler, que se llenaba sola cada vez que desviaba la mirada. Las botellas de vino medio vacías listas en la barra para su consumo. A Nicky, que comía aceitunas de cóctel mientras hablaba con Scott sobre follarse a sus madres. La serenata ronca de Lou que caía sobre nosotros a través de una nube de humo. Y la fila que formábamos nosotros, descuidados, vidriosos y húmedos, con bebida sudorosa en las manos.

–¿Esto? –Ariel me apartó el humo de la cara con la mano como si no fuera nada–. Solo estamos tomando la bebida de fin de turno que nos corresponde.

V

Cuando empecé me dijeron: «No tienes experiencia». En Nueva York, lo único que cuenta es la experiencia.

Bueno, ahora tenía algo. Ante mí aparecía una estructura, como las coordenadas que cuadriculaban el plano de la ciudad. Estaba el gerente, estaban los encargados. Había miembros de servicio veteranos, miembros de servicio a secas, ayudantes de camarero. Los ayudantes funcionaban al principio como una reserva en la que los aspirantes esperaban tener trascendencia, pero había tan poco movimiento interno que la mayoría parecía conformarse con lo que tenía. Tenía que dar las gracias a Heather por mi puesto... ella había convencido a un Parker reticente para que se pusiera a servir después de haber estado seis años de ayudante. Esa era la única razón por la que yo existía.

El ayudante tenía tres clases de servicios: transportar comida (llevar las bandejas), ayudar en el comedor (despejar mesas y volver a ponerlas), y transportar bebidas (ayudar con ellas), lo que incluía funciones de *barista*. Me di cuenta de que, aunque rotáramos en los turnos, la gente tenía cierta afinidad por determinada zona y desarrollaba su horario alrededor de ella.

Will era un excelente transportista de comida, con su mentalidad militar de Sí-Chef-No-Chef y su mirada gacha. Así que, aunque era ayudante de camarero, también tenía lealtades en la cocina, que expresaba de diversas maneras fastidiosas, como ser partícipe de la cerveza de la cocina y quejarse de la Cara Pública del establecimiento, como si él no trabajara de cara al público.

A Ariel le encantaba la libertad que le proporcionaba ser ayudante de comedor. Se movía como si bailara un vals, recogiendo unos platos por aquí, llenando vasos de agua por allá, sacando brillo a unos cuantos cuchillos y colocándolos en las mesas recién puestas, primero con aire de contrariedad y luego con placidez cuando rectificaba su posición. Y aunque esto no era aplicable a todos los ayudantes, a Ariel se le permitía hablar con los invitados. Si a los demás se nos escapaba un sencillo «hola» en una mesa, el rapapolvo que nos echaban era inevitable.

Sasha era demasiado bueno en su trabajo para quedarse quieto. Se aburría enseguida. Si lo ponías en la cocina, podía llevar los platos, echar hielo en el bar y quitar dos mesas mientras volvía, todo en el mismo tiempo que tardaba yo en encontrar al invitado 3 de la mesa 31. Aquella destreza suya le resultaba contraproducente: yo veía que Ariel, Will e incluso los mozos de servicio se hacían los remolones cuando él andaba cerca.

Lo cual me dejaba a mí. Por varias razones, yo gravitaba hacia la barra. La primera, porque me di cuenta de que había un hueco para ser quien se ocupaba de la bebida. La segunda, porque tenía aptitudes para hacerlo después de haber pasado años dibujando corazones en la superficie de vulgares cafés con leche. La tercera razón era que me permitía alejarme del Chef en la cocina. La cuarta, o la primera, o la única razón, era que Jake era barman.

Ayudaba a los mozos de servicio a llevar las bebidas a las mesas. Ayudaba a los de la barra en el abastecimiento de su zona. Transportaba cajas de vino y cerveza, cubos de hielo, recogía los escurrevasos, los barreños, sacaba brillo a los vasos. Si eras lenta, las bebidas salían despacio, y si las bebidas iban despacio, los servicios se dilataban y ganábamos menos dinero. Y así, hora y media después de empezar el servicio, se imprimía el primer pedido de café. Y en consecuencia tenía que estar pendiente de aquello durante los siguientes treinta minutos.

Al final de la noche, el encargado del bar hacía una lista de botellas y yo volvía a reponerlo todo de nuevo. Algunas personas temían el transporte de bebidas porque era un espectáculo de mierda durante la mayor parte de la noche... te dabas golpes con las botellas con las prisas iniciales y con el café al final. Sí, me dolían el cuello, las manos, las piernas. Me encantaba.

Solo había un problema con mi nuevo puesto. El trabajo manual, el café... bien, eso era el cuarenta y nueve por ciento. El cincuenta y uno por ciento de la tarea de ocuparse de las bebidas era conocer los vinos.

–El apetito no es un síntoma –me dijo Simone cuando me quejé de que tenía hambre–. No puede curarse. Es un estado del ser y, como casi todos, tiene consecuencias morales inherentes.

La primera ostra fue una pastilla fría que hubo que meterse en la boca y empujar más allá de las papilas de la lengua, hasta el fondo de la garganta. Nadie tuvo que explicármelo... yo era la virgen ostrera, el miedo me dijo lo que debía hacer cuando la pequeña piedra húmeda me entró en la boca.

–De Wellfleet –dijo alguien.

–No, demasiado pequeña.

–Isla del Príncipe Eduardo.

–Sí, algo cremosa.

–Pero muy salobre.

Salobre. Príncipe Eduardo. Una clave. Cogí otra ostra y la examiné. La concha era afilada, escultural, un recipiente moldeado de forma natural para envolver su contenido, como la piel humana. La ostra se encogió.

Esta vez me la dejé en la lengua. *Salobre* significa «salado». Significa hecho por el océano, significa respirar agua marina. Metálico, almizcleño, como las algas. Mi boca como un muelle donde se sientan los pescadores. Jake iba por la tercera y tiraba las conchas en el hielo. Traga, ya.

–Son de la costa pacífica, demasiado cremosas –dijo alguien.

–Pero limpias.

–Kumamoto. Washington, ¿no? –dijo.

–Tiene razón –apuntó Zoe, sonriéndole como una tonta.

Tomé nota. Lo oí decir:

–¿Te gustan?

Estaba segura de que se dirigía a mí, pero me hice la confundida. ¿A mí? ¿Me gustan? No tenía ni idea. Bebí unos sorbos de agua. El sabor permanecía. En el vestuario, me cepillé dos veces los dientes, saqué la lengua ante el espejo y me pregunté cuándo desaparecería el residuo.

Aquel domingo por la tarde creí fehacientemente que la señora Neely estaba muerta, que había muerto en la mesa 13. No me acerqué, pero no le quité la vista de encima hasta que un mozo de servicio fue a revivirla. Ella pidió más jerez para su sopa. Un culín de jerez para su sopa, una copa llena para ella.

Tenía cerca de noventa años, nacida y residente en Harlem. Cogía el autobús hasta Union Square todos los domingos, con medias, zapatos de tacón y sombrero. Tenía un pastillero color burdeos, con flores de seda, y un fascinante pañuelo de cabeza, de color azul verdoso, con cenefa de puntilla. Había sido Rockette en el Radio City Music Hall.

–Por eso aún tengo estas piernas –decía, levantándose la falda hasta los muslos–. Yo cenaba en Le Pavillon. Ese bastardo de Henri Soulé vigilaba la puerta como un dictador. Pero yo iba, todo el mundo iba. Incluso los Kennedy iban. Nena, tú no te acuerdas, pero yo sí me acuerdo. Allí sí que cocinaban bien. Dónde está la crema, pongamos por ejemplo. La mantequilla, las judías verdes, cielo, no tenías ni que masticar.

–Ojalá hubiera podido estar allí –dije.

–La *haute cuisine* está acabada, muerta. Al dente. Eso es lo que hacen ahora. –Calló y miró la mesa–. ¿Ha llegado mi sopa?

–Ah, sí. –La había recogido yo misma diez minutos antes.

–Vamos, todavía no me han traído la sopa. Quiero la sopa.

–Señora Neely –susurré como una boba–, ya se ha tomado la sopa.

De repente Simone se puso a mi lado y barrió mi ineficacia volviéndome insignificante. Me retiré cuando la señora Neely centraba la mirada en Simone.

–Diga al Chef que quiero la sopa enseguida.

–Por supuesto, señora Neely. ¿Quiere que le traiga algo más?

–Oh, parece usted cansada. Creo que debería tomar algún vino añejo. Un buen vino añejo, por ejemplo un jerez.

Simone se echó a reír, ruborizándose.

–Creo que eso es exactamente lo que necesito.

Hasta cierto punto figuraba en el manual, pero sobre todo se sobreentendía: podías acostarte con cualquiera salvo con los que estaban por encima de ti. No podías acostarte con nadie por dinero. Con nadie que pudiera contratarte o despedirte. Podías acostarte con cualquiera de tu mismo nivel. Con cualquiera que cobrara por horas.

Cualquier cosa ligeramente más romántica que el sexo tenía que ser comunicada a Howard, pero las relaciones sexuales eran libres bajo la superficie.

Le pregunté a Heather sobre Parker y ella. Heather llevaba un pequeño y antiguo anillo de compromiso, de la abuela de él, pero todavía no habían fijado una fecha.

–¿Parker? Oh, recuerdo mis primeros días de aprendizaje, viéndolo desde la barra, y me dije: «Ay, Señor, veo problemas». Los dos estábamos prometidos con otras personas. Él, con (no bromeo) una tal Debbie Sugarbaker, de Jackson, Misisipi, una abogada de no sé qué, más sosa que el pan sin sal. No le digas nunca que te lo he contado. Una vez que empezamos a hablar, pensé: «Allá vamos». La auténtica vida me sale al encuentro, arrollándome como un tren.

–Uau –exclamé. Mi vida, mi tren.

–Este lugar es la cabaña del amor, querida. Procura no quitarte las bragas.

El interior del Park Bar era oscuro y la decoración, minimalista. Pero por encima de nosotros, cerca del techo, había una enorme reproducción de un cuadro que me resultaba familiar. Les dije que lo había visto antes, pero podía haber sido mentira. Dos boxeadores en un ring, en medio del conflicto, a mitad de la agresión. Acción por todas partes, golpes acertados, retiradas. Salvo los rostros. Los rostros de los dos boxeadores estaban juntos y eran borrosos, como una masa sólida.

Will me había pedido al fin que me uniera a ellos para tomar algo después de la bebida de fin de turno: «bebida de fin de turno, segunda parte». Me quedé a su lado mientras Nicky cerraba con llave el restaurante. La gente se despidió, hablando de qué metros funcionaban, parando taxis. Recordé la voz de Ariel animándome: «Aún no son las dos», y miré la hora en el teléfono: las dos y cuarto. Ellos se dirigieron al garaje que había enfrente. «Ah, ¿tenéis coche?», pregunté. Will dijo: «No, vamos al Park Bar». Ariel tarareaba algo. Seguimos por el paso subterráneo. Suelas de caucho sobre cemento, manchas de aceite, vapores de gasolina. El vigilante saludó a Will. Subimos y salimos a la calle Quince, bajo un gran cartel iluminado que decía PARK BAR. Y allí estaba, por supuesto, el bar.

Nadie me preguntó si consumía cocaína. Ariel me preguntó si quería una raya y le dije que sí. «Lo he hecho» parecía ser lo mismo que «lo hago». Había pillado que todo el mundo se metía algo de coca y nadie tenía ningún problema. Si tuve tentaciones de pensármelo mejor, el ruido del Park Bar las arrolló. Estaba abarrotado y Will y Ariel conocían a todo el mundo.

Scott y los cocineros ocupaban una mesa en un rincón. Reconocí a algunos de los ayudantes de cocina. Fuimos hacia la mesa y dejé mi bolso a su lado, igual que hizo Ariel. Vi a gente que había terminado su turno antes, gente que trabajaba por la mañana. Ariel señaló varias mesas y dijo:

–Blue Water, Gotham, Gramercy, unos tarados de Babbo, y así todo. –Asentí con la cabeza.

Will me cogió del codo y nos dirigimos a la barra, donde Sasha estaba sentado al lado de un dominicano con gruesos pendientes de diamantes.

–¡Vaya, mira quién nos ha honrado por fin con su presencia! –comentó Sasha, sorprendiéndome con dos besos en las mejillas. El otro se presentó como «Carlos-a-tu-servicio». Era ayudante de camarero en el Blue Water Grill y pasaba droga a todos los mozos de servicio en un radio de diez manzanas.

La cola del cuarto de baño estaba formada por parejas pegajosas, unas hablando a grito pelado, otras susurrando mientras esperaban. Cruzaba todo el local. Tras dar dos tragos a mi cerveza, Ariel me cogió de la mano y nos unimos a la cola. Cuando nos llegó el turno, cerramos la endeble puerta, echamos el pestillo y bloqueamos el pomo. Ariel hundió una llave en una bolsita de plástico y me la alargó. Alguien golpeó la puerta.

–¡Espera tu puto turno, capullo! –gritó Ariel. Volvió a introducir la llave para esnifar ella también.

–¿Qué opinas de Vivian?

–¿Esa de la que hablaba Scott?

–No le hagas caso. Estaba mintiendo, son todos unos putos homófobos.

–Es guapa –dije–. ¿Tiene las tetas grandes? No lo sé. No siento nada. ¿Puedo meterme un poco más? –Ariel me pasó la bolsa y yo hice una pirámide con el polvo blanco–. ¿Eres lesbiana lesbiana o solo medio lesbiana?

–Joder, eres lo que eres. ¿De dónde sales? Vale, aguanta esto en la boca.

Me metió la llave en la boca como si fuera un chupete. Sabía a ácido de batería y a sal.

–¿Estás bien, nena? ¿Qué aspecto tengo? ¿Caliente? ¿Como un desastre natural? –Se levantó el pelo como si estuviera en medio de una tormenta eléctrica. Asentí con la cabeza. Me dio un beso en la frente, y lo que me besó se tensó, primero la piel, luego el cráneo, luego el cerebro. Una gota sentimental y empalagosa me bajó por la garganta y me cegó por lo estúpida que había sido al no comprender que todo, absolutamente todo, iba a salir bien al cien por cien.

Los boxeadores jadeaban furiosamente sobre mi cabeza, podía oírlos: «Suéltame, suéltame». Se oyó la canción «Abbey Road» y yo quería contarle a todo el mundo del bar que, a los seis años, como sabía que no iba a tener una fiesta porque mi padre no creía en los cumpleaños, robé de la tienda de comestibles dos invitaciones Hallmark, de colores pastel, metiéndomelas en la culera de los pantalones, y utilicé todos mis lápices de colores para decorarlas, y una era para John Lennon y otra para mi madre, y les pedía a los dos que por favor vinieran a mi casa a tomar el té en mi cumpleaños, y la noche anterior a mi cumpleaños las metí en la maceta vacía que había al lado de la puerta de la calle, y me puse de rodillas al lado de mi cama y prometí a Dios que si mandaba las invitaciones a John Lennon y a mi madre nunca más volvería a llorar, terminaría siempre la comida y no volvería a pedir una fiesta de cumpleaños el resto de mi vida, y me fui a la cama con una insoportable y temblorosa alegría en los brazos, dando gracias a Dios por lo difícil que iba a resultarle encontrar la dirección de los dos destinatarios, y por saber lo mucho que necesitaba a los dos, y cuando me levanté por la mañana y vi que las cartas seguían en la maceta, húmedas y mohosas, las tiré y no lloré delante de mi padre, pero más tarde, en la escuela, me eché a llorar en mi pupitre y no pude parar hasta que me enviaron a la enfermera y le dije que sabía que Dios no existía, y llamaron a mi padre para que viniera a buscarme, y oí a la enfermera discutir con él y decirle al fin, exasperada: «¿Sabe que hoy es su cumpleaños?».

Pero en lugar de aquello, dije con una voz que me salió con brusca claridad:

–Hay días en los que olvido por qué estoy aquí. –Los presentes asintieron con la cabeza y aire comprensivo–. ¿Necesito justificarme todo el tiempo? ¿Justificarme por estar viva y querer más?

Me presentaron a Terry, que regalaba bebidas a cambio de rayas. Andaba por la cuarentena, tenía la azotea calva y los aladares largos, y el pelo que tenía se lo recogía obsesivamente tras las orejas. Rabiaba como un toro en un corral, flirteando, cantando, golpeando la parte posterior de la barra. Cuando me lo presentaron, se señaló la mejilla, así que le di un beso y él me dio una cerveza.

–Tal día como hoy, en 1864 –dijo–, el general Grant contempló el ejército del general Lee y supo que estaba enviando a sus hombres a la muerte. Dijo a sus soldados: «No nos rendiremos, caballeros». Y nosotros creemos que lo tenemos crudo.

Pensé: «¿Será verdad?». Pero dije:

–Al menos tenían algo por lo que luchar.

Terry se encogió de hombros.

–Puede que haya tomado malas decisiones en la vida. ¿Quién sabe?

Un puñal de sol matutino se introdujo por las ventanas abiertas. El aire se reavivó, los huesos se prepararon como si algo nuevo fuera a ocurrir. Nos pusimos otra vez en la cola de los lavabos, pasándonos la bolsa por los bolsillos traseros, las manos entrelazadas más rato, una sensación de nubes, ominosas ráfagas de melancolía en las yemas de los dedos, inminente dolor de cabeza… mundano, sí, pero, para mí, emocionante todo ello.

–Muy bien. ¿Qué es Sancerre?

Los ojos castaños de Simone, sinuosos.

–Sauvignon blanc –respondí, con las manos entrelazadas sobre la mesa.

–¿Qué es Sancerre?

–Sancerre… –Cerré los ojos.

–Mira Francia –susurró–. El vino empieza con el mapa.

–Es una denominación del valle del Loira. Es famosa por el sauvignon blanc.

–Más. Encaja todas las piezas. ¿Qué es?

–Es un vino incomprendido.

–¿Por qué?

–Porque la gente cree que la sauvignon blanc es afrutada.

–¿Y no es afrutada?

–No, sí lo es. Es afrutada, ¿vale? Pero al mismo tiempo no lo es. Y la gente cree que puede cultivarse en cualquier parte, pero no se puede. ¿La popularidad es una bendición ambigua?

–Continúa.

–El Loira está más alto. Es más frío. –Hizo un movimiento afirmativo con la cabeza y yo proseguí–: Y a la sauvignon blanc le gusta ese frío.

–Los climas más fríos garantizan una temporada más larga de crecimiento. La uva tarda más tiempo en madurar.

–Es más delicada. Y tiene más mineralidad. ¿Es como si Sancerre fuera el auténtico hogar de la uva?

Esperé a que lo confirmara o lo corrigiera. No sabía ni la mitad de lo que estaba diciendo. Creo que le di lástima, pero recibí una sonrisa deprimente y, finalmente, media copa de sancerre.

Acabado el servicio, los lavaplatos enrollaban las pegajosas esterillas del bar y el olor a podrido se elevaba desde las juntas ennegrecidas de las baldosas. La cocina era un anfiteatro hueco de acero inoxidable, silencioso, aunque con las secuelas de los fuegos, los golpes y los gritos.

Los marmitones rascaban todas las superficies, para eliminar la noche a base de frotar. Dos mozos de servicio estaban sentados en un aparador, comiendo cebolletas en vinagre de una lata de metal. Un helado se estaba transformando en sopa en la zona del pan.

–Hola, chica nueva, estoy aquí.

¿A mí? Jake estaba en la entrada de una de las despensas. Tenía en la mano una taza llena de rodajas de limón. Llevaba el delantal manchado de vino, las mangas de la camisa subidas y pude distinguirle las venas.

–¿Se te permite estar aquí? –Lo que yo quería decir era «¿Alguna vez piensas en mí como yo pienso en ti?».

–¿Te gustaron? Las ostras.

Cuando dijo la palabra *ostras*, su sabor me quemó la lengua, como si hubiera estado latente allí.

–Sí, creo que sí.

–Ven aquí. –Sus tatuajes asomaron cuando empujó la puerta

para abrirla. Pasé bajo su brazo, volviendo la cabeza para asegurarme de que Simone no nos vigilaba. Nunca había estado a solas con él.

–¿Vamos a quedarnos encerrados? –Lo que quería decir era «Estoy asustada».

Dentro había dos cervezas Schneider Weisse Aventinus, las dos abiertas; era una marca que había llevado al bar, pero que nunca había probado. Estaban sobre una caja de cartón que, aunque llevaba la etiqueta VERDURAS, estaba llena de almejas. Estábamos en la despensa del pescado. Filetes de atún rojo, lomos veteados de salmón, bacalao blanquísimo. El aire me pellizcó la piel, con un olor que recordaba vagamente al mar.

–¿Qué es ese tatuaje? –pregunté, señalando su bíceps. Se bajó la manga.

Rebuscó en un cajón de madera que llevaba la etiqueta KUMAMOTO pegada con cinta adhesiva. Sacó dos piedrecillas, quitó los desechos que colgaban por fuera. Un trozo de alga cayó sobre sus pantalones.

–Tienen una pinta asquerosa –susurré.

–Son un secreto. Un verdadero acto de fe. –Su voz quedaba apagada por el motor del refrigerador, sentí un escalofrío y me acerqué a él. Jake sacó del bolsillo un cuchillo sin afilar e introdujo la punta en una ranura invisible. Dos giros de muñeca y se abrió.

–¿Dónde aprendiste a hacer eso?

Exprimió un limón encima y dijo:

–Cómetela deprisa.

Abrí las valvas. Estaba preparada para la salobridad. Para su suavidad. Para la rigidez y extrañeza del ritual. A tope de adrenalina, ferozmente íntima. Jadeé ligeramente y abrí los ojos. Jake me estaba mirando y dijo:

–Son perfectas.

Me pasó una cerveza. Era casi negra, persuasiva como el chocolate, pesada. El final era cremoso, encajaba con la cremosidad de la ostra. La conspiración sensorial hizo que se me subiera la sangre a la cabeza, que se me pusiera la carne de gallina. Ignóralo. Mira a otro lado. Lo miré.

–¿Puedo comer otra?

Acostada en la cama, sentía el dolor de la espalda fundirse con el colchón. Me toqué el cuello, el hombro, el brazo. Notaba dónde me había cambiado el cuerpo. Encendí el teléfono móvil: las 4.47 de la madrugada. El aire negro no se movía, no se agitaba dentro o fuera de la ventana. El calor era pegamento... ni siquiera el ventilador lo alteraba.

Fui al cuarto de baño y vi a mi compañero de piso sin camisa, dormido en el sofá. Roncaba con el pecho cubierto de sudor. Tenía un aparato de aire acondicionado en su habitación funcionando a toda máquina. Los hay imbéciles.

El baño era un cuarto estrecho, con pequeñas baldosas marrones, enlucido marrón y rincones marrones, mohosos, en el techo. Abrí el agua fría de la ducha, y entré y salí, ahogando exclamaciones y suspirando, hasta que la piel se me acostumbró. Puse la toalla sobre las sábanas y me acosté empapada. El calor aterrizó sobre mí como mosquitos diminutos sobre la piel.

Me toqué el abdomen, los muslos. Me estaba poniendo fuerte. Me toqué y parecía de piedra. Vi a Jake en el vestuario bajándose los pantalones, sus calzoncillos viejos, sus pálidas piernas. Pensé en el sudor de sus brazos, en la violencia con que agitaba la coctelera, en el sudor pegado a su camiseta blanca el día que lo vi por primera vez. Y cuando intenté imaginar su rostro, solo vi un vacío. No tenía rasgos, solo ojos. No importaba. Me corrí con brusquedad y gratitud.

El cuerpo me brillaba a la luz mortecina de la calle. Estaba acostumbrada a estar sola. Pero nunca fui consciente de que hubiera tantas personas también solas. Supe que en toda la parte sur de Williamsburg había gente mirando techos, suplicando que llegara una brisa curativa, y así me perdí. Me evaporé.

VI

Te quemaste. Te quemaste tú sola por ser partícipe.

Con los vasos que llegaban envueltos en vapor, con el tubo para calentar la leche de la cafetera, con el agua caliente que goteaba del grifo de la pila del bar, con los platos de porcelana abrasados bajo las lámparas de calor de la ventanilla.

En la piel entre los dedos, en las yemas, en las muñecas, en la parte interior del codo, curiosamente por encima de la parte exterior del codo. Estabas poniendo otra cinta en la impresora y tuviste que colocarte detrás del Chef, pero el mango de un cazo de cobre te rasgó la piel. Gritaste, el cazo dio media vuelta y cayó al suelo. El Chef te expulsó de la cocina y te envió a poner mesas el resto del turno.

Las quemaduras sanaron y tu piel estaba cocida.

Cortes en los nudillos por rasgar sin profesionalidad la envoltura plateada de las botellas de vino.

Scott dijo: «La piel se vuelve tan dura que no la cortarías ni con un cuchillo». Cogió una bandeja del horno eléctrico con las manos, para ilustrar lo que decía.

Cuando llegamos bamboleándonos al bar era bien pasada la medianoche y estábamos tan destrozados como el suelo del comedor. Había sido un día duro. El lavavajillas se había estropeado a mitad de turno y dos de nosotros tuvimos que ponernos a fregar los vasos con agua hirviendo. Luego los aparatos de aire acondicionado, normalmente mediocres, tocaron fondo. Los técnicos llegaron cuando ya nos habíamos sentado para tomarnos la copa gratis de final de turno. Abrieron la puerta y todos miramos con nostalgia la calle. No se apreció ningún cambio en la temperatura.

Nicky permitió que los ayudantes de camarero tomaran gintonics a modo de recompensa. Yo tenía los dedos escalfados y el músculo que había entre el pulgar y el índice me palpitaba de tanto abrillantar vasos. Ni siquiera me quedaban fuerzas para pensar en sentarme al lado de Jake y Simone. Ocupé un taburete al lado de Will, agotada. Sobre la barra había una botella vacía de Hendrick's, como si fuera un amuleto.

Walter se sentó al otro lado de donde yo estaba. Nunca habíamos coincidido. Era un hombre alto y elegante, de unos cincuenta años, con un hueco entre los dientes delanteros muy chic. Parecía tan cansado como yo, y las arrugas de alrededor de los ojos se le estiraban al respirar. Preguntó si me estaba adaptando bien y charlamos de naderías. Pero cuando le dije que vivía en Williamsburg, gruñó.

–Yo viví allí –dijo.

–¿Tú? ¿Con todos aquellos colgados de ojos muertos?

–A finales de los ochenta... ¿ya habías nacido tú? Seis años. Joder, fue horroroso. Y mira ahora. Los trenes dejaban de funcionar. Algunas noches teníamos que volver andando por las vías.

–¡Ja! –Nicky pegó un golpe en la barra–. Había olvidado eso.

–Era un tramo recto, el camino más corto. –Walter terminó su bebida y empujó el vaso hacia Nicky–. ¿Puedes ponerme un culín, por la historia? Teníamos todo el edificio –continuó mientras Nicky vaciaba una botella de montepulciano en su vaso–. Tres plantas. Pagaba quinientos cincuenta dólares de alquiler, que no era poco. Vivía con Walden... Walden y Walter, de Williamsburg. Nos parecía cojonudo. Walden necesitaba espacio para sus pinturas, eran... bueno. –Me miró–. Es probable que incluso tú las vieras. Solo el lienzo ocupaba una pared entera. Él los construía dentro y los rompíamos para sacarlos por la puerta. Y luego empezó en serio su fase de collage. Una de las plantas la teníamos como chatarrería. Guardabarros de coches, lámparas rotas, alambradas de gallinero, cajas de fotografías. –Walter paladeó el vino chascando la lengua–. Eso fue hace mucho tiempo, antes de su... ¿cómo lo llaman?

Todos los de la barra escuchaban con la cabeza gacha, salvo Simone, que lo observaba con paciencia.

–Su etapa materialista –dijo.

–¡Ah, Simone lo recuerda! Si alguna vez se te olvida algo de tu historia, Simone te lo recordará. –Se miraron sin hostilidad–. Lo llamaron su golpe de Estado. El principio de su romance con Larry Gagosian. Me-te-ó-ri-co. Y toda la mierda de Williamsburg, supongo que ahora considerada su obra de juventud, vale millones. Él perdía el tiempo con basura y yo cantaba ópera en la bañera.

–Echo de menos tus arias –dijo Simone.

–La claraboya del tercer piso había desaparecido. Cuando llovía era como el Panteón, una columna de agua y luz en medio de la habitación. El suelo se pudrió en este glorioso círculo negro. En primavera salía moho. Trataron de vendérnoslo por 30.000 dólares. No es broma. Pensamos: «Hostia, ¿quién querría comprar un edificio en el cruce de Grand Street y Wythe?». Supuse que el río se lo tragaría.

Calló. Tomé un sorbo de mi gin-tonic; estaba demasiado cargado para mí, aunque nunca lo habría admitido.

–Ahora hay apartamentos allí –dije. No sabía qué otra cosa decir. A mi cabeza le costaba mantenerse erguida–. Todos esos edificios a medio terminar, vacíos. Nunca los van a llenar. No hay gente.

–Tú estás en un edificio de viviendas, chica nueva –dijo Sasha.

Walter miró el fondo de su vaso.

–Putos agujeros en el techo. Tuberías congeladas todo el invierno, ducharse en la Asociación de Jóvenes Cristianos. Todas las semanas tropezábamos en la puerta con adictos al crack... todas las semanas. Uno quiso apuñalar a Walden con un cuchillo de cortar carne... con nuestro cuchillo de cortar carne. Y a veces pienso que ojalá nos hubiéramos quedado.

Utilizaba la línea L del metro para ir y para volver. Ir y volver. Al principio miraba a todo el mundo a los ojos. Me ponía rímel, contaba las propinas en el regazo, escribía notas, comía *bagels*, untaba la crema de queso con los dedos, movía los hombros al ritmo de la música, me estiraba en los asientos, sonreía a mi reflejo en la ventanilla del vagón.

–Te falta conciencia de ti misma –me dijo un día Simone cuando me iba–. Sin capacidad para verte, no puedes protegerte. ¿Lo entiendes? Es crucial para tu supervivencia que detengas la banda sonora de tu cabeza. No aísles tus sentidos... estás interactuando con el medio ambiente.

Aprendí a estarme quieta y a no mirar nada ni a nadie. Cuando alguien sentado a mi lado empezaba a hablar consigo mismo, sentía vergüenza ajena.

Me encontraba en el comedor la primera vez que la señora Neely olvidó la billetera. Estaba reponiendo la cubertería cuando la oí lanzar una exclamación. Puso el bolso de mano sobre la mesa, con los brazos como palillos, y se le cayó el cuchillo al suelo. El tintineo metálico fue como una alarma. Los comensales de alrededor se volvieron. Sacó papeles, pañuelos arrugados, pintalabios, la tarjeta del transporte público.

Simone recogió el cuchillo y le puso la mano en el hombro. La señora Neely se echó atrás en la silla, pero siguió agitando las manos delante de la cara.

–Es que yo... es que yo... es que...

–Sabe, creo que la encontramos –dijo Simone, tomando a la señora Neely de una de sus erráticas manos–. Está todo arreglado. He advertido que no se ha terminado el cordero, ¿estaba todo bien?

–Oh, estaba poco hecho. No sé lo que cobrará ese jefe de cocina por no saber preparar el cordero. Una vez asistí a una cena con Julia Child y comimos cordero. James Beard, él sí que sabía preparar el cordero, querida.

–Gracias por informarme. Lo comunicaré. –Simone recogió la cuenta. No había visto a Zoe acercarse. Simone vino a nuestro lado.

–No tiene billetera –dijo y suspiró–. No le cobraré y en paz.

–Primero deberías decírselo a Howard –apuntó Zoe juiciosamente.

–¿Perdona? –Simone se volvió hacia ella. Yo retrocedí.

–La situación está totalmente fuera de control. Merece la pena hablarlo. El Chef está que muerde... repite los pedidos de sopa, corderos devueltos tres veces. Y va a peor.

Simone se puso tiesa, lo noté a varios metros de distancia. Zoe tenía las manos enlazadas en la espalda, obligándose a guardar la compostura. El silencio burbujeó entre ellas y supe que Zoe lo rompería antes.

–No puedes perdonar comidas enteras todas las semanas, Simone. No es tu cometido. Y va más allá de la responsabilidad del restaurante. ¿Recuerdas cuando la vieja se cayó? Aquello fue cosa nuestra. ¿Dónde está la frontera? ¿Dónde está su familia?

Me tenía absorta. Parpadeó.

–Todas las semanas, Zoe. Durante veinte putos años. Yo soy su familia. Yo me ocuparé de la comida.

Se había formado un pequeño corro alrededor del aparador y, cuando Simone se volvió, nos dispersamos. Yo corrí hacia la cocina y Ariel me miró con los ojos como platos.

–Mierda –dijo–. A la Abeja Reina le va a caer una buena bronca por eso. ¡Recogido!

Cuando por fin llegaba el momento de probar el vino, al final de las lecciones, yo decía estupideces como «Ah, ya lo tengo». Simone negaba con la cabeza.

–Solo estás empezando a aprender lo que no sabes. Primero debes reeducar tus sentidos. Tus sentidos nunca fallan... son tus ideas las que pueden estar equivocadas.

Yo no sabía lo que era una cita y mi caso no era excepcional. A la mayoría de las chicas que conocía tampoco les pedían citas. La gente salía en grupo porque había alcohol y un proceso de eliminación de por medio. Si aparte de eso tenían algo en común, salían y charlaban. Cuando Will me pidió que saliera a tomar algo a última hora de la tarde de mi día libre, pensé que eso nos situaba firmemente en el terreno de la amistad, como tomar café.

Quedamos en un diminuto lugar llamado Big Bar, cuatro reservados y unos pocos taburetes bañados en luz roja. Cuando abrió la puerta para que yo pasara y me puso la mano en la cintura, pensé: «Ay, joder, puta mierda, joder, ¿es esto una cita?».

–Kansas –dijo. Sonreí. No estaba mal acudir a un sitio que no fuera el restaurante o mi habitación. Hablar con otro ser humano sin hacer otras quince cosas a la vez. No estaba mal.

–Todo tiene sentido.

–Ah, ¿sí? ¿Buscando las vibraciones del Medio Oeste?

–La verdad es que no. Mi radar está apagado... Parece como si todo el mundo hubiera nacido y crecido en el restaurante. Pero ahora tiene sentido.

–¿Por mi encanto?

–No, por tus modales.

–¿Modales encantadores?

–Completamente –contesté, dando un trago a la cerveza. Produce una extraña tensión estar frente a un hombre que desea algo que tú no quieres darle. Es como estar en medio de una poderosa corriente, que al principio crees que no es muy fuerte, pero cuanto más tiempo permaneces en ella, más te cansas y más difícil es sostenerte en pie–. ¿Cuánto tiempo llevas aquí?

–Vine a la escuela de cine hace, hostia, ¿cinco años? Es deprimente. Prometí a mi madre que volvería en cuanto terminara los estudios y siento como si se me acabara el tiempo. Está furiosa.

–¿Sí? Es admirable que consiguieras salir, que estés haciendo lo que quieres.

–Ella cree que la familia es admirable.

Tragué saliva.

–Quizá tenga razón.

–¿Tus padres saben que estás aquí?

–¿Qué significa eso?

–No lo sé. Parece como si escaparas de algo, como si estuvieras metida dentro de ti.

–Me halagas. Estoy casi segura de que mi padre lo sabe.

–¿Casi segura? ¿Y tu madre? ¿Su niña bonita en la gran ciudad?

–Mi madre no existe.

–¿No existe? ¿Y eso qué significa?

–Significa que no quiero hablar de eso.

La mirada de Will reflejó preocupación y pensé: «No lo hagas. No te lo he dicho por eso. No hay que darle más vueltas».

–¿Qué pasó con la escuela de cine? –pregunté.

–Vienes aquí por una cosa y acabas absorbido por otra. Yo tengo un montón de ideas, es como... bueno. Es difícil retener la visión original, que suele ser la más pura, ¿sabes?

–Sí. –No lo sabía.

–¿De verdad no viniste aquí por un motivo?

–Yo no diría eso.

–¿Qué hacías en la facultad?

–Leer.

–¿Algún tema en especial? ¿Siempre eres tan difícil?

Suspiré. No era tan agotador como la entrevista de Howard.

–Me gradué en literatura. Y vine aquí a empezar mi vida.

–Y ¿cómo va tu vida?

Hice una pausa. Parecía que de verdad quería saberlo. Lo pensé.

–Es jodidamente asombrosa, por decirlo de algún modo.

Se echó a reír.

–Me recuerdas a las chicas de mi tierra.

–Ah, ¿sí? Casi me siento ofendida.

–Pues no te sientas así. Tú no estás harta.

«No me conoces», pensé, pero sonreí educadamente.

–No tardaré en estarlo. Deja que el Chef me grite unas cuantas veces más y me volveré totalmente sorda.

–Su trabajo es muy duro.

–¿De veras? Lo único que le veo hacer es gritar. ¡Ni siquiera lo he visto cocinar hasta ahora!

–Es diferente en ese nivel. Él ya no es cocinero, pero lleva el peso de todo el puto negocio. Me consta que echa de menos cocinar todos los días.

–El otro día me dijo que clavara mis putos pedidos o me clavaba él a mí. O sea, ¿cómo se permite eso?

–No te dijo eso a ti.

–¡Lo dijo! Me eché a llorar junto a las máquinas del hielo.

–Eres un poco sensible.

–Es un monstruo.

Will levantó las manos en señal de rendición, sonriendo. Me gustaba. La verdad era que él también me recordaba a la gente de mi tierra, gente buena, transparente. Pensar en el Chef me recordó el restaurante y que podía hablar con libertad porque no estaba allí.

–¿Sabes? Simone me está ayudando con el vino.

–Uf. –Hizo una mueca–. Yo tendría cuidado con la ayuda de Simone.

–¿Por qué? Es muy amable. Y, joder, muy buena en su trabajo. Tú le haces preguntas constantemente.

–Sí, cuando estoy desesperado. Deberle un favor a Simone es como estar en manos de la mafia. Su ayuda es una espada de doble filo.

–¿Estás hablando en serio?

–Yo tendría cuidado con lo que le cuentas. Howard y ella tienen una extraña relación: ella le cuenta todo lo que sabe de los empleados. Todo el mundo cree que están liados. Una vez Ariel le dijo a Simone algo sobre Sasha y luego a Sasha le cayó una bronca. Y tiene esas relaciones espantosas con las chicas de Howard, y luego desaparecen en mitad de la noche. No sé, es eficiente, pero lleva demasiado tiempo en el restaurante, se aburre, causa problemas.

–No me lo creo. Tengo la sensación de que está interesada de veras en ayudarme. –No es que esperase que a Will le cayera bien. Seguro que ella lo aguantaba a duras penas. Pero lo demás me desorientaba–. ¿Qué son las chicas de Howard? ¿A qué te refieres con que desaparecen?

–No importa, muñeca –dijo. Terminó su cerveza y supe que me tocaba decidir si nos quedábamos a tomar otra. Parecía un error emborracharse antes de las cuatro de la tarde, pero merecería la pena si conseguía que siguiera hablando.

–Quizá tú la hayas ablandado –comentó, mirando detrás de mí–. Hablando del rey de Roma. Olvidé que este era su barrio.

Me volví y allí estaba ella, con un vestido recto negro. Parecía tan diminuta que ni siquiera la habría visto. Me encogí en el reservado, fastidiada. Aquello no era el Park Bar, era mi día libre. Quería que Simone pensara que posaba desnuda para pintores, o que bebía absenta con músicos, o que estaba en el Guggenheim, adonde ella me dijo que fuera, o incluso que estaba sola en un bar con un libro con una pose sofisticada. ¿Cómo podía ser tan estúpida como para estar tomando una copa con Will?

–¿Crees que nos habrá oído? –susurré–. Deberíamos irnos.

–¿Qué? Estabas diciendo...

–Me siento mal –anuncié–. O sea, no me encuentro bien. Esta cerveza no me está sentando bien. Tengo que irme a casa.

–¿Estás bien?

–Will, lo siento, podemos repetir otro día, pero yo...

Podía sentir la mirada de Simone sobre nosotros, no había forma de esquivarla en aquel recinto de quince metros cuadrados. Respiré hondo y noté una mano en el hombro.

–Qué bonita pareja.

Llevaba en la mano un libro con un título en francés y olía a gardenias. Deseé que Will se muriera.

–No lo somos. Solo estábamos hablando de cosas del trabajo –dije–. Perdona, hola, Simone. Me gusta ese vestido. Y me alegro de verte.

–Así que es tu día libre, ¿eh? –dijo Will, de forma un poco fría a mi parecer.

–Sí, he quedado con un amigo. Y creo que Jake vendrá más tarde.

Terminé mi cerveza.

–Yo...

–Por fin conseguí pillarla fuera del trabajo –dijo Will, presumiendo de mí.

–Vaya, ¿tan escurridiza es? –preguntó Simone con una sonrisa burlona.

–No lo soy. –Me puse en pie–. Solo estoy revuelta, quiero decir que tengo el estómago revuelto. –Recogí el bolso y dejé cinco dólares sobre la mesa–. Will, lo siento. Otro día será.

No miré atrás. Cuando llegué a la Segunda Avenida, levanté el brazo. Entendí por qué los taxis eran tan esenciales para la vida en la ciudad, incluso para quienes no podemos permitírnoslos. Desesperación.

Cuando empecé a subir las escaleras para buscar más pajitas, vi que Jake bajaba. Me rozó la mano con el dorso de la suya. Me miré la mano, pero seguía igual. Había habido una explosión, pero no un colapso. Pasé las cinco horas siguientes medio sonámbula, preguntándome si me habría tocado adrede.

Todo me superaba. Los empleados veteranos, sobre todo los que atendían la barra, tenían un doctorado en hablar de tonterías con los invitados. Podían charlar sobre cualquier tema. No podías quedarte callado. La brevedad de aquellas charlas revelaba que su pericia improvisadora estaba asegurada y nunca se descubría como algo sin fundamento.

Por lo que había oído, para ser buena en este trabajo tenías que conocer la ciudad, pero también cómo salir de la ciudad, lo que a mí me resultaba difícil de imaginar, ya que encontraba sobrecogedora incluso la idea de ir al Upper West Side. Todo el mundo tenía un somero conocimiento de los retiros de fin de semana de la costa atlántica; no solo del norte del estado y de Connecticut, sino de tiendas de antigüedades desconocidas en el valle del Hudson, pequeñas poblaciones en los Berkshires, lagos en Northeast Kingdom. Las playas tenían categoría propia y se dividían básicamente en las de los Hamptons y las de Cape Cod, y de nuevo, poblaciones concretas con señas propias de identidad.

Sabías qué exponían y en qué galerías, y era un plus que fueras asiduamente a los museos. Cuando te preguntaban si habías visto las pinturas de Manet (y te lo preguntaba alguien que había acudido a una cena tardía después de visitar el MoMA), había que decir que estabas a punto de ir o que las habías visto en París. Tenías una opinión formada sobre ópera. Si no, tratabas de dejar implícito que era algo muy burgués. Conocías la programación del Film Forum y corregías a cualquiera que metiera en el mismo saco a Godard y a Truffaut.

Conocías datos superficiales de la vida de los invitados: dónde se casaron las parejas, dónde viajaban los hombres por negocios, en qué proyectos trabajaban y los plazos de entrega. Sabías en qué universidad habían estudiado y con qué soñaban mientras estaban allí. Conocías los nombres de las ciudades de Florida donde tenían a sus madres. Preguntabas por el colega/cónyuge ausente.

Sabías los nombres de los jugadores de los Yankees y los Mets, conocías el tiempo y hacías más predicciones sobre él que cualquier meteorólogo. Eras un compendio de información disponible que la gente aprovechaba mientras bebía y huía de su vida diaria.

Y la parte más curiosa era que nada de aquello les importaba. Un empujón a las puertas de la cocina y estaban otra vez con la comida, el sexo, la bebida, las drogas, qué bar había abierto, qué grupo tocaba y dónde, y quién se había emborrachado más la noche anterior. Un día vi a uno tirarle un trapo a la cara a Scott por una discusión sobre espaguetis a la carbonara, pero no sé si alguno de ellos defendía opiniones políticas.

Estaban tan versados en esa cultura de clase media-alta... no, en los sabores de la cultura de clase media-alta, que todos habrían aprobado un examen. Incluso los cocineros habían recibido una educación de prestigio en la Universidad de Cornell antes de gastarse otra fortuna en el CIA, el Culinary Institute of America. Se desenvolvían bien con la gente rica. Eso era el cincuenta y uno por ciento.

Habían acabado el turno y Scott y sus cocineros estaban sentados en una cómoda, bebiendo cerveza. Scott cotilleaba sobre el Chef: lo amenazado que estaba por culpa de su comida, lo poco que sabía sobre lo que estaba pasando en España y de lo obsoleto que se había quedado hacía ya diez años. El Chef calificaba de «subversiva» la comida de Scott y estaba claro que Scott quería que viéramos eso como un elogio. Jeff y Jared asentían con la cabeza, alabándolo. Al oírlos sin querer, sentí un inesperado ramalazo de lealtad hacia el Chef, hacia su comida y hacia el restaurante que había construido, aunque estuviera «irremisiblemente obsoleto».

En la parte trasera del edificio había una instalación que fabricaba cerveza artesana y cuyas botellas estaban toda la noche en barreños llenos de hielo. Un aprendiz vaciaba y rellenaba el hielo durante el servicio (esa tarea formaba parte de sus obligaciones y lo sé porque se lo pregunté). La cerveza era genial. Los chicos podían cortarse, quemarse o llorar, pero en su horizonte había un cubo de cerveza que era solo suyo.

–Chica nueva, ven aquí, a Santos le gustas. –Estaban con el último aprendiz, al que yo aún no conocía. Su piel era tersa y fina, como la de un adolescente en pleno crecimiento. No parecía tener más de quince años.

–Sed buenos, chicos –dije, sentándome de un salto en la cómoda.

Jared rodeó a Santos con el brazo y comentó:

–Quiero a Santos. Es nuestro nuevo amigo. Que la nueva te vea bailar ese baile que te hemos enseñado. El del pollo.

Santos sonrió, pero miró al suelo y no se movió.

–Vaya, ahora se vuelve tímido. ¿Quieres una cerveza?

Santos cogió una y a mí me dieron otra. Balanceé las piernas contra la puerta. Vi a Santos deslizándose bajo una valla en la frontera. Haciéndose tan diminuto como una moneda para introducirse por una grieta del muro. Me habían contado que era tan caro que solo podían permitir que se fuera uno. Y que cuando ese uno había llegado, era demasiado peligroso regresar.

–*¿Cuántos años tienes?* –pregunté en español.

–*Dieciocho* –contestó a la defensiva, en el mismo idioma.

–*¿De verdad? Eres un niño. ¿De dónde eres?*

–México –respondió Scott. Terminó la cerveza de tres tragos y abrió otra–. Sabes que no pienso volver a contratar a un asqueroso dominicano nunca más, ¿está claro, Papi?

Papi era el ogro humano que me había escupido el primer día. Asintió con ojos vacuos y sonrisa igualmente vacua.

Santos dijo con timidez:

–*¿Hablas español?*

–*Solo un poco. Puedo entender mejor que hablar. ¿Hablas inglés?*

Miró a los chicos de la cocina para ver su reacción.

–No es para tanto –sentenció Scott–. Todo el mundo habla español por aquí. *Bueno*, ¿sí?

Abrieron más cervezas y Jared dijo:

–Papi, baila el baile del pollo.

Papi sacó los codos, los agitó como un pollo y cacareó. Dio vueltas en círculo y los chicos aplaudieron.

–Otra vez, Papi, enseña a Santos cómo lo hacen los profesionales.

Santos vio que yo no me reía y pareció avergonzado. Sus ojos decían: «Son las normas de aquí».

–Está borracho. Roban botellas de whisky y las esconden entre las conservas.

–Ah –dije.

Bebimos las cervezas. Hasta aquel momento, yo había sido la chica a la que querían convencer de que bailase como un pollo. Santos me miró con ojos codiciosos y aguados, la clase de ojos que lo entienden todo y no tienen defensa. Sabía que necesitaba desesperadamente un amigo. Negué con la cabeza y pedí otra cerveza. Miré a Santos, evaluándolo, y dije a los chicos:

–Es nuevo, ¿no?

OTOÑO

I

Tropezarás con secretos. Escondidos por todo el restaurante: orégano mexicano con aspecto chamuscado, tan embriagador como la marihuana. Grandes latas de anchoas de Cataluña, manjar privado del Chef, que este escondía detrás del aceite de oliva a granel. Bolsas de té verde japonés en rama y diminutas bolas de té verde molido. Bolsas de masa de maíz. En algunos armarios, botellas de chile fermentado. Botellas de buen whisky entre las conservas. Tabletas de chocolate escondidas entre libros en el despacho del encargado.

Y la gente también, con sus artes secretas, su fluidez secreta en otras lenguas. Compartir secretos es una ceremonia que denota afinidades. Si no tienes secretos todavía, no sabes lo que no sabes. Pero puedes intuirlo manteniéndote en la superficie del agua, pisando por encima de los baches profundos, sintiendo voces débiles por debajo de ti.

Doblaban servilletas y yo rellenaba los pimenteros de la mesa 46. Hablaban igual que todos los días. Yo escuchaba como en trance, igual que todos los días. Cerca de la entrada, en las mesas de café, Howard y una joven estaban sentados como en una entrevista. Yo no dejaba de pensar en mi rebeca, y en quc ellos habían tenido que estar allí aquel día, aunque no había visto a nadie. No podía recordar el interior del restaurante, exceptuando las hortensias y las manos de Howard apoyadas en la mesa. Esta otra chica no llevaba rebeca.

–No puede ser verdad que la estén entrevistando.

–Quizá se perdió mientras buscaba The Coffee Shop.

–O ese lugar de Times Square en el que van con bikini.

–Hawaiian Tropic, no lo aborrezcas.

Unas bolas de pimienta se me cayeron de los dedos al intentar introducirlas. Rebotaron en el suelo y quedaron aplastadas cuando los del servicio las pisaron. Polvo fino y especiado alrededor de mis pies.

–Allí sí que ganan dinero a espuertas.

–Tienes que llevar bikini. Está a un paso de ser un club de striptease.

–Pero un paso largo.

–Oíd, me voy a ofrecer voluntario para formarla.

–Seguro que sí.

–¿Habrá pensado: «Este es un traje de entrevista» al mirarse al espejo?

–¿Creerá que sus tetas parecen de verdad?

–¿Envidia?

–Apuesto a que Jake es el primero en follársela.

Se me cayeron más bolas de pimienta, se dispersaron. Cogí otro puñado y se me quedaron pegadas.

–No, la pobre es material de cocina.

–No es lo bastante asiática.

–¿Por qué no ponen un cartel que diga que hay que ser así de asiático para entrar?

–Acaba de desembarcar.

–¿De qué clase de embarcación?

–Pregúntale a Sasha si es rusa.

–Seguro que Zoe no permitirá que Howard la contrate.

–Por favor, el traje que llevó Zoe a la entrevista no era mucho mejor.

–Apuesto a que esta chica tiene muchísima experiencia.

–Sí, mi pregunta sería en qué.

–Basta –espeté. Me erguí y me limpié las manos en el delantal. Todos se volvieron hacia mí, sorprendidos de que estuviera allí–. No seáis mezquinos. Limitémonos a ser sinceros. Estoy segura de que es una buena chica, pero demasiado guapa para trabajar aquí. Nunca lo conseguirá.

Jake estaba detrás de mí. Lo sentía como si la temperatura

hubiera subido varios grados, un cosquilleo. Dijo a mi hombro:

–Eso es lo que dijimos de ti.

–¿Estamos en el mes de la gloria? Mmm... –preguntó Simone, inmóvil sobre un cajón de rebozuelos. Estaban llenos de tierra y los dedos de Simone manchados con ella.

Sí, aquellos eran los luminosos días de septiembre. La nacarada luz de la tarde, el humor alerta, en marcha, solidario. En el mercado de fruta de Union Square la gente daba vueltas pacientemente, transportaba cajas de ciruelas, mazorcas del último y sedoso maíz, moradas berenjenas de piel fina. El aire vibraba como en un pizzicato de violín.

–Lo supe por las lluvias de la última semana, lo supe. Mira estas. –Me las pasó y las olí. Me limpió la punta de la nariz y me acerqué. Simone tranquila, relajada, como si no tuviéramos trabajo que hacer. La arruga de preocupación que solía haber entre las cejas no estaba allí. Su atención era como una cálida corriente de agua.

–He reunido algunos libros para ti, incluyendo el atlas del vino que siempre andas mirando en el despacho. Puedes quedarte con un viejo ejemplar mío, deberías tener uno en casa. Tenía intención de traerlos, pero también te podías pasar por mi apartamento, ya que parece que te mueves por el East Village en tus días libres.

Volví a sentirme mal por haber sido pillada con Will fuera del trabajo.

–Encantada de ir. Cuando quieras.

–Y ya es hora de que abras una botella de vino.

–¡No para una mesa! –Me vi a mí misma empujada por la borda, Simone con un cuchillo a mi espalda, el mar negro, turbulento, sin fondo.

–Joder, no. Para una mesa no. Podemos practicar esta noche después de cerrar.

Había un pequeño frigorífico blanco que llamaban la despensa del queso. A su lado estaban los quesos del día. Cortezas con manchas naranjas, conos cenicientos, quesos veteados de azul, todos aireados bajo una cúpula de tela metálica. Empuñó una espátula de madera y hurgó con ella. Miré a mi alrededor, por si alguien nos veía, pero la cocina estaba milagrosamente vacía. Simone fue a un rincón y volvió con un racimo de uvas. El olor almizcleño que despedían era una interpretación para solista: todos los demás olores empequeñecieron.

–Escupe las pepitas. –Escupió dos negras en la mano. Yo ya las había mordido: amargas, tánicas.

–Las mías no tenían.

–Es una de las tres variedades originarias de Norteamérica, con ese característico olor almizcleño de uva concord. La gran ironía de nuestro país es que producimos las mejores uvas de mesa del mundo, pero parece que no sabemos hacer vino. ¿Arturo? –Un lavaplatos pasó por nuestro lado con un barreño lleno de manos de mortero, cocteleras y coladores–. Arturo, ¿te importaría decirle a Jake que prepare un té de Assam? Él sabe cómo me gusta. Gracias.

Arturo sonrió y le guiñó el ojo. Era el mismo hombre que me había gruñido cuando le pregunté dónde se dejaba la basura para reciclar. No había visto entrar a Jake... ¿es que aparecía cuando Simone necesitaba que le prepararan su té negro? El efecto que producía aquel hombre debió de reflejarse en mi rostro.

–¿Querías tú uno?

Negué con la cabeza, aunque deseaba con todas mis fuerzas que Jake me preparase un té como a mí me gustaba.

–Ah. Bien. ¿Sabes lo que es abundancia? –Negué de nuevo con la cabeza y comí otra uva–. Te han enseñado a vivir como una prisionera. No cojas, no toques, no te fíes. Te enseñaron que las cosas mundanas son reflexiones viciadas, que no exigen la misma atención que el mundo del espíritu. Escandaloso, ¿verdad? Y sin embargo, el mundo es abundante... si inviertes en él, te lo devolverá multiplicado por diez.

–Invertir ¿qué?

Untó queso en una tostada y afirmó con la cabeza mientras masticaba.

–Atención, desde luego.

–Muy bien.

Miré fijamente el queso, las uvas. Las uvas tenían una película de polvo, el queso una película de moho, recordatorios de los elementos que les habían dado forma. Se abrieron las puertas de la cocina. Jake no solo lo había preparado, sino que lo trajo él mismo.

–Un assam –dijo. Lo había puesto en un vaso de cristal alto y le había echado una nube de leche.

–Gracias, querido.

Jake echó un vistazo a la comida que Simone había dispuesto y sonrió con aire de complicidad. Cogió una uva.

–¿Dando lecciones? –preguntó, mirándonos a una y a otra.

–Solo estábamos charlando –dijo Simone con suavidad.

–Una charla sobre el camembert. –Jake escupió las semillas al suelo, junto a mis pies–. Yo no me fiaría, chica nueva.

–Amor mío, ¿no te necesitan?

–Creo que debería quedarme para proteger a esta chica. Ya ha desarrollado un gran apetito por las ostras. Diez minutos más contigo y estará recitando a Proust y exigiendo caviar en la comida de familia.

El corazón se me paró en seco. Creía que aquellas ostras eran nuestras. Pero Simone no expresó nada. Tenía la misma cara de satisfacción que cuando aceptaba elogios de invitados al final de una comida. Él no la temía. No podía imaginar a nadie más en el restaurante que se burlara de ella en su cara.

–No necesito protección –salté. Estúpidamente. Se volvieron hacia mí y me encogí.

Las mismas sonrisas austeras, de labios apretados. Pero a través de los ojos de Simone, como si admirase a Jake por tener potencial para relacionarse con ella, vi volar una chispa de adoración y aterrizar en él: tan inconfundible que casi era un clamor.

–A veces me da la sensación de que estáis emparentados o algo parecido.

–En otro tiempo –dijo él.

–Nuestras familias eran amigas –explicó ella.

–Ella era vecina mía...

–Oh, por Dios, Jake...

–Ahora es mi guardiana...

–Soy demasiado bondadosa...

–Y omnisciente, omnipotente...

–Sí, es una carga...

–Y ahora sufro un caso clásico de síndrome de Estocolmo.

Una risa cerrada, alejada de mí, una risa que seguía una línea privada. Él se fue bruscamente y Simone me miró.

–¿Dónde estábamos?

–¿Fuiste vecina suya?

El ambiente relajado desapareció de golpe. Aquello estaba reservado para él.

–Somos de Cape Cod. En cierto modo crecimos juntos.

–Perfecto –dije–. ¿Te cae bien su novia?

–La novia de Jake. –Sonrió.

–Sí, esa Vanessa o como se llame.

–No conozco a ninguna Vanessa o como se llame. Jake es muy suyo. Quizá deberías preguntarle a él.

Me ruboricé y puse las manos en el delantal, muerta de vergüenza.

–Pensé que a lo mejor tenía importancia. Que tú pensaras que era una tía maja o lo que fuera. Porque vosotros dos estáis unidos.

–¿Has pensado qué quieres hacer con tu vida?

–Mmm. No lo sé. Es decir, sinceramente...

–¿Tú te escuchas cuando hablas?

–¿Qué?

–«Una tía maja o lo que fuera.» «Mmm, no lo sé.» «Es decir, sinceramente.» ¿Eso es forma de hablar?

Joder, me estaba derritiendo como la manteca.

–Ya me doy cuenta. Es un problema que tengo cuando me pongo nerviosa.

–Es una epidemia en las mujeres de tu edad. Esa total discrepancia entre la forma en la que hablan y la calidad de los pensamientos que tienen sobre el mundo. Se les ha enseñado a expresarse en jerga, con clichés, con sarcasmo... y todo eso es lenguaje débil. La superficialidad del lenguaje influye en las experiencias; en vez de asimilarse, se vuelven desechables. Y luego, por si fuera poco, os llamáis a vosotras mismas «chicas».

–Mmm... ahora no sé qué decir.

–No te estoy atacando, solo llamo tu atención sobre ello. ¿No es eso de lo que estamos hablando? ¿De prestar atención?

–Sí.

–¿Te doy miedo?

–Sí.

Se echó a reír y comió otra uva.

–Tú –dijo. Me asió la muñeca y la apretó con dos dedos, como si me tomara el pulso, y yo dejé de respirar–. Te conozco. Te recuerdo de mi juventud. Tú contienes multitudes. Hay una aglomeración de experiencias traspasándote. Y quieres vivir cada experiencia sabiendo lo que es en todo momento. –No dije nada. De hecho, era una elocuente descripción de lo que yo quería–. Te estoy dando permiso para que te tomes en serio a ti misma. Para que tomes en serio lo que hay en este mundo. Y comiences a tener. Eso es la abundancia. –Esperé a que continuara. Nadie me había hablado así en mi vida. Cortó un trozo de queso y me lo dio–. Dorset –dijo.

Era como la mantequilla, pero más arenoso y compacto, quizá como los rebozuelos que no dejaba de manosear. Me dio otra uva y, cuando la mordí, busqué las pepitas con la lengua y ladeé la cabeza para escupirlas en la mano. Vi vides moradas engordando al sol.

–Es como las estaciones, pero en la boca –dije. Me siguió la corriente. Partió unas nueces con un cascanueces plateado. Los pellejos interiores del fruto parecían envolturas de gasa. Tiró las cáscaras al suelo, junto con las pepitas de uva y las cortezas rosadas del queso.

Seamos generosos y digamos que entendí el setenta por ciento de lo que me dijo Simone. Lo que no malinterpreté fue la atención que me prestó. Ni que, estando cerca de ella, estaba cerca de él. Había una especie de aura en aquello de estar bajo su égida, con aquel exclusivo paladar suyo para el vino y su gusto por el queso... un aura que significaba promesas.

Cuando me tomó el pulso me sentí vulnerable, me dio la impresión de que podía detenerlo a voluntad. Fui consciente de que algún día me moriría. Me escondí de ese pensamiento, como si me hubiera entrenado para ello, pero me volvió a la cabeza cuando salí del metro aquella noche. El morado silencioso de los almacenes y el negro aceitoso del río parecían observarme. Las calles respiraban y luego desaparecían. Podía ver cómo se borraban. Tenía la sensación de no haber existido nunca, algo que solo podía llamar «sensación de mortalidad». Me encendió. Más. Este fue el resultado: aquel «más» entró en mi corriente sanguínea y la inundó.

–Eh, Soplapollas, recoge la lista –ordenó Nicky.

Algunas noches llegaba al trabajo con el cabello recién cortado, las orejas puntiagudas, como un muchacho de dieciocho años que quería que lo ligaran. Y algunas noches fichaba con aire tan cansado que se volvía gris. «Nunca tengas hijos», era todo lo que me decía cuando le preguntaba si se encontraba bien. Pero aquella noche había aparecido con una sonrisa pícara, como si acabara de echar un polvo.

–¿Qué me has llamado?

–Soplapollas. Ese es tu nombre. Pareces una soplapollas.

–Así que me llamo Soplapollas –afirmé, confundida.

–Te pega.

Recogí la lista que me daba.

–¿Igual que las soplapollas de las pelis porno? ¿Las chicas que le chupan la polla al protagonista entre toma y toma, para que no se le arrugue?

–¡Exacto! –Aplaudió–. Vaya, después de todo no eres tan novata. Así que vamos, Sopla, no quiero estar atascado aquí toda la noche.

Agaché la cabeza. Estaba a punto de irme, pero tenía una sensación que no había notado hacía semanas. Me eché a reír. A reírme de verdad. Me subió desde los pies.

–¿Estás diciendo que te la pongo dura, Nick?

Se bajó las gafas hasta la punta de la nariz y me miró.

–No, no eres mi tipo. Pero me tendrías en marcha toda la noche, eso seguro. –Me guiñó un ojo–. Lo has hecho muy bien esta noche.

Me metí en la bodega con el cajón de la leche. El cartel que había encima de la puerta decía CUIDADO CON LOS POSOS y me eché a reír otra vez. Tardé un buen rato en recuperarme. Todavía era muy poco eficiente. Pero cogí botellas que no había en mi lista, licores que le había visto servir y que sabía que necesitaría. También barrí la habitación, sonriendo todavía.

Había muchas cosas de Simone que no me cuadraban y me las explicaron con una sola frase: «Ha vivido en Europa».

No sé cómo una frase tan vaga explicaba por qué Simone podía beber sin emborracharse. Por qué tenía una forma tan afectada de hablar, como una profesora retirada que ha vuelto a su finca rural, incluso en medio de una emergencia. Por qué podía entrar y salir de las conversaciones como un personaje de una obra de Chéjov que escuchaba pero que, en realidad, no oía nada. Por qué era a un tiempo desordenada y precisa. Le parpadeaban los labios como luces rojas.

Había empezado a trabajar en el restaurante con veintidós años. Lo había dejado en varias ocasiones. Oí rumores: había estado prometida con el heredero de una dinastía del champán... se habían mudado a Francia... Ella lo dejó y recorrió viñedos importantes pero desconocidos del Languedoc y el Rosellón, los sucios caminos que conducían a Marsella, llenos de espliego, luego a Córcega en una lenta embarcación... y vuelta a la ciudad, vuelta al restaurante... Referencias a tórridas tardes de sol entre limoneros en España, a una temporada en Marruecos... Cómo se prometió otra vez con un cliente del restaurante, vástago de editores, pero de nuevo había terminado quedándose y él no había reaparecido...

Ella me insinuó algunas cosas, pero casi todas se las oí contar a otros. A su presencia se unían los restos de hombres poderosos. Yo solo sabía que no pertenecía a mi mundo. Apenas había en ella una traza de la ciudad, de la lucha. Solo el polvo, que se sacudía con una dignidad irreflexiva.

El cielo era muy azul.
Solo han pasado cinco años.
Nunca desapareció nada de mi horizonte urbano.
¿Recuerdas la academia enológica? ¿Ventanas al mundo?
Había estado debajo de ellas, en el metro F que
viene de Brooklyn, una hora antes.
Llegaba tarde al instituto porque me había quedado
pegada al televisor.
Había asistido a una clase allí –sobre el rioja–
la noche del 10 de septiembre.
El Chef hizo sopa.
Entonces oí algo y miré por la ventana... Ya sabes
que estoy en el East Side.
Iba demasiado bajo. Pero era constante y
avanzaba a cámara lenta.
El Propietario instaló un comedor de beneficencia en la acera.
No, yo no estuve allí.
El humo.
El polvo.
Pero el cielo era muy azul.
Mi colega era el sumiller del restaurante,
llegamos al Tavern on the Green juntos.

Vosotros nunca habláis de eso.
No bromeo: me dirigía a una clase llamada
Significados de la Muerte.
Siempre me pregunto: «Si hubiera estado aquí,
¿me habría quedado?».
Y pensé: «Nueva York está muy lejos».
Mi primo era bombero, de los que reaccionaron
a un posible nuevo ataque.
Nada de la televisión es real.
Pero ¿estoy a salvo?
Porque ¿qué otra cosa se puede hacer salvo preparar sopa?
Pero realmente no puedo imaginarlo.
Estaba echando leche a los cereales, miré abajo un segundo...
Estaba dormida, ni siquiera oí el impacto.
Una marea de gente moviéndose por las avenidas.
Oscuridad.
A veces sigue pareciendo demasiado pronto.
Es nuestro mapa compartido de la ciudad.
Luego las sirenas, durante días.
Nunca lo olvidaremos, de veras.
Un mapa que hacemos con las ausencias.
Nadie salió de la ciudad. Si hubieras estado aquí,
te habrías curado temporalmente del miedo.

Eran bien pasadas las dos de la madrugada, estaba en el Park Bar, y tenía que dejar de beber. Las mesas se mareaban, así que les dije: «¡Es demasiado pronto, mesas giratorias, estaos quietas!». Will me cogió del codo y fuimos a los lavabos. Se sentó en el inodoro y me puso sobre sus rodillas.

Me metí dos rayas utilizando el abrebotellas multiusos. Las puse en la hoja que tan limpiamente rompía el precinto de la botella para Simone. Había estado practicando en el espejo. La botella no tenía que moverse, no podía agitarse mientras cortaba, rasgaba, insertaba, retorcía, tiraba, giraba, retorcía, tiraba. No ocultes la etiqueta. Cultiva la quietud. Amabilidad cuando quites el corcho. «Dale al vino cierta gracia, cierto espacio para respirar», decía Simone.

–Puede agitar el vino en la copa. Sin mover las manos –dije.

–¿Qué?

–Nada.

Los párpados me pesaban, negrura. Me acariciaba la espalda, trazando círculos con la mano.

–Me estás dando sueño –dije.

–Eso está bien –respondió, y me pareció que me tocaba el hombro con la cabeza, y me pareció que intentaba volverme para vernos las caras.

El tiro me resbaló por la garganta, polvo, edulcorante, azufre, los ojos oxigenados. Me levanté y abrí la puerta. Las mesas se habían estabilizado. El Park Bar tenía grandes ventanales y las noches en que la temperatura del aire complementaba la temperatura de la piel, se abrían para formar un todo con la calle.

Jake estaba fumando fuera. Probablemente estaría con Vanessa, que solía sentarse a una mesa con otros empleados de Gramercy. La camiseta de Jake había sido blanca, pero ahora estaba nicotinizada, manoseada, con el cuello rasgado. Siempre llevaba los mismos tejanos negros, con un agujero en las rodillas, los dobladillos recogidos sobre unas ásperas botas de cuero. La luz de las farolas le incidía en las clavículas. Se volvió y se sentó en el borde de un ventanal, Vanessa de pie ante él, con los brazos cruzados y la cara vuelta hacia el parque. La columna vertebral de él en su camisa, como una vieja reliquia cubierta con tela.

Me quité a Will de encima. Él se fue a fumar con Jake. Me senté con Ariel y Sasha. Ahora nos sentábamos a la barra, porque ya sabíamos que había algo entre Ariel y Vivian. Pero aquella noche solo estaba Terry, era el paisaje después de la batalla.

–¿Cómo lo llevas, nena? –preguntó Ariel.

–Mejor. Creo que es solo cansancio. –Fingí estirar el cuello y miré a Jake.

–No lo hagas –dijo Ariel. Me volví hacia ella, me arreglé el pelo.

–No hago nada.

–Estás buscando problemas.

–Mira –comenté bajando la voz para que Sasha no me oyera–. Es muy atractivo. Pero nada más, ¿estamos? ¿Por qué todo el mundo le tiene tanto miedo?

–Porque es don Perfecto, por eso. Una perfección de libro.

–Baby Monster –dijo Sasha, dándome un fuerte golpe en el hombro–. ¿Habéis tenido alguna vez auténtica hambre? Os diré cuál es el puto problema de América... Cuando llegué aquí estuve comiendo M&M's de chocolate durante tres días, eso es todo, creo que me estoy muriendo en un puto vertedero de Queens y las ratas me comen la cara. Ahora soy un puto millonario, pero no se olvida el hambre así como así.

Retorcí una servilleta y me quedé mirando el esmalte negro de la barra. La sentía... la ausencia de Jake. Estiré el cuello de nuevo y miré por la ventana. Solo el viento corría por la calle vacía.

–Me gustaría leerlo –le dije a Ariel. Ella me oyó–. Quiero decir el libro de don Perfecto.

Will regresó, pidió bebidas y me miró.

–Quieres otra, ¿verdad?

11

–Puto almuerzo.

Scott estaba abotargado, con los ojos enrojecidos, pero de pie. Sus otros empleados caminaban doblados por la cintura.

–Técnicamente no es el almuerzo –comenté.

El Chef siempre decía que el almuerzo no era una comida, y a mí me encantaba explicárselo a los camareros de The Coffee Shop y de Blue Water que tenían que servir huevos benedictine en las terrazas.

–Puto almuerzo.

–Sabía que tendrías problemas, Scott. Te dije que era hora de que te fueras a casa. Y quisiste quedarte.

Yo me había ido del Park Bar a las tres y media, justo cuando los cocineros pedían otra ronda de chupitos de Jägermeister. Me tomé uno y pensé que iba a vomitar allí mismo, en el suelo. Así que cogí un taxi y vomité en mi propio cuarto de baño, como una persona mayor. Estaba orgullosa de mí misma.

Me ofrecí voluntaria para cortar la mantequilla. El cuchillo caliente se hundió en las frías barras sin esfuerzo. Las porciones se pegaban al papel de cera. La operación exigía el mismo ritmo metódico que doblar servilletas: repetición y progresión satisfactoria. Me brillaban los dedos.

–Puto almuerzo por los siglos de los siglos –se quejó Scott–. ¿Dónde está Ariel?

–Hoy le toca comedor. Siento que tengas que conformarte conmigo.

–Busca a Ariel, necesito sus remedios.

–¿Remedios?

–Es una emergencia –gritó.

–Bien, bien, voy a buscarla.

Ariel estaba en la barra de servicio, tomándose un café y hablando con Jake.

–Hola, Ariel –dije, poniéndome de lado para que Jake no creyera que estaba intentando verlo–. Scott te necesita. En la cocina.

–Estamos en guerra –contestó Ariel. Tenía el rostro machacado alrededor de los ojos, pero estaba bastante fresca para haber dormido solo unas horas.

–Como quieras –dije. Deseé haber llevado el cabello suelto para que mi cuello y mi mejilla no fueran tan vulnerables. Jake por las mañanas, antes del turno, precafeinizado, bolsas bajo los ojos. «No me interesas», vine a decirle volviendo la cabeza–. A mí me ha dicho que es una emergencia.

Ariel entró en la cocina, dispuesta a un enfrentamiento, pero Scott estaba en un estado lamentable. Se apoyaba sobre su puesto con la cabeza entre las manos.

–¿Qué pasa, Pequeño Chef?

En condiciones normales habrían empezado a discutir, ya que él odiaba ese apodo, pero en lugar de eso gimió:

–Necesito ayuda.

–Discúlpate por haber intentado ligártela.

–Ariel, yo no hice nada, te lo juro. Esa chica va como una loca por los tíos, no pude impedirlo.

–Adiós –dijo ella, levantando el dedo corazón con la uña pintada de negro.

Se volvió para irse y él gritó:

–Lo siento, lo siento, nunca más volveré a mirarla, tengo la polla pequeña, soy un inseguro, no tengo talento, soy estúpido, te prepararé lo que quieras para desayunar.

La muchacha se detuvo.

–Ensalada de carne asada. Y postre. Y lo que quiera la chica nueva.

–De acuerdo. Trae todo.

–Eres asqueroso. Pero no te falta talento. Quiero ser justa. –Batió palmas–. Muy bien, primero las bebidas.

Los domingos eran más informales. No había leyes, ni prisas. Howard y el Chef libraban ese día, como la mayoría de los jefes. Scott se ocupaba de la cocina y Jake era el jefe supremo de lo demás. Era el único turno que hacía de día, y estaba claro que andaba medio aturdido durante todo el servicio. También era el día libre de Simone. La gente que quedaba de aquella reducida plantilla solía estar de resaca en el mejor de los casos, o decididamente enferma en el peor.

Ariel bajó una torre de recipientes de un litro limpios y se dirigió a la bodega. Aquellos recipientes, que en su día habían contenido ajo picado, vinagreta de cebolla, ajoaceite, ensalada de atún y tacos de gruyère, volvieron como envases de vino de mesa.

–Es solo vino sancerre con hielo, un poco de gaseosa y limón. Mete una pajita dentro y parecerá agua de Seltz.

–Necesito tu remedio, Ari. Esa bebida podría habérsela encargado a Skipper.

–¿Skipper? –Ariel me lo preguntaba a mí.

–La hermana pequeña de Barbie. –Negué con la cabeza–. Me rindo. Cada una es mejor que la anterior.

Ariel tenía en la mano un puñado de pastillas azules.

–Dos para ti, porque eres grande, y nosotras nos partiremos una porque somos pequeñas.

Partió una pastilla por la mitad y me la dio.

–No he comido –dije–. Y ¿qué es esto?

–Adderall. Lo arregla todo. Obviamente.

Obviamente. Tomé mi mitad y chupé la pajita. Me sentí mareada en cuanto tragué. Todavía no eran las doce del mediodía.

–Delicioso.

Scott engulló sus pastillas de dos tragos y le devolvió el recipiente a Ariel. Estaba sudando, respirando con ruido, y me lo imaginé desmayándose durante el servicio, como un oso cayendo de rodillas.

–Más bebida, más bebida.

–Tendrás que enseñar a Skip a preparar esta cosa... yo tengo que trabajar –dijo Ariel, pero cogió los recipientes y volvió a la bodega.

–¿Qué quieres? –dijo Scott, mirándome de soslayo.

–¿Qué?

–Que qué. Quieres. Para comer.

–Mmm. –Ante mi duda, se puso a atender otros menesteres y vi que aquella oportunidad preciosa se me escapaba de las manos–. ¿Qué lleva la tortilla?

–No tengo ni puta idea, ¿qué quieres en la tortilla?

–Rebozuelos –contesté.

Scott dio un gruñido de desaprobación, pero no me lo negó. Buscó en la despensa y se puso a cascar huevos pardos con manchas en un cuenco limpio. Encendió un fuego y puso una pequeña sartén negra encima. Las yemas eran de un naranja rojizo y brillante.

–Son radiactivas –comenté, inclinándome para mirar.

La bebida de la noche anterior le salía por los poros, pero las manos tatuadas de Scott se movían gracias a la memoria de los músculos: batió los huevos con un tenedor, le bastaron dos golpes, tocó la sartén con el dedo para comprobar el calor. Bajó el fuego y vertió los huevos, metió la mano en la sal y echó un pellizco, inclinó la sartén hacia todos los puntos cardinales, para que el huevo batido trazara círculos completos.

Los rebozuelos ya estaban preparados y a la espera, húmedos y caramelizados. Puso una cucharada en el centro. Los envolvió con los huevos, utilizando solo los dientes de un tenedor y el movimiento de la sartén. Era un único movimiento. El aspecto de la tortilla era impecable.

Ariel volvió con más bebida. Se le iluminaron los ojos al ver mi tortilla y nos la comimos entre las dos, empezando cada una por un extremo. Yo sorbía el vino con la pajita. Vi países apacibles edificados sobre tortillas perfectas y vino blanco con gaseosa. Naciones en guerra que bebían antes del mediodía y luego se iban a dormir la siesta.

–¿Es esa la bebida de Scott? –pregunté, señalando un cuarto recipiente de litro.

–No, es para Jake. ¿Quieres llevársela?

Negué con la cabeza.

–Vamos, pequeña, voy superretrasada. *Por favor* –añadió en español.

–Te pilla de camino –susurré.

–Llévale la bebida y no seas *gilicoños* –susurró ella.

–Uf –resoplé–. Demasiado temprano para decir *gilipalabras*.

Me limpié los labios con un paño y me pasé la lengua por los dientes en busca de restos de perejil. Cuando cogí la bebida, entró la primera comanda haciendo un ruido tan chirriante como un cortacéspedes al arrancar.

–Nunca es demasiado temprano para las *gilipalabras* –replicó Ariel.

–Puto almuerzo –bramó Scott.

–Salud –contesté yo.

El último trago de vino aún me burbujeaba en la garganta cuando me acerqué a él. Estaba apoyado en la estantería de detrás de la barra, con los brazos cruzados, mirando hacia la ventana. No había ningún cliente al que servir. Dejé el recipiente. Tamborileé con los dedos en la barra y decidí dar media vuelta, pero entonces le llamé:

–Jake.

Se volvió lentamente, sorprendido. No se movió.

–Esto es para ti. De parte de Ariel. –Di media vuelta para irme.

–Eh, necesito paños.

Bebió un trago. La clave para tratar con Jake era que me había dicho a mí misma que todo estaba en mi cabeza. Él apenas hablaba conmigo. El problema de aquella negativa radicaba en las ostras. Pensé que quizá había cambiado algo, pero no las tenía todas conmigo. Sin embargo, cuando me pidió más paños fue obvio. Estaba flirteando.

–Ya te he dado los del bar –dije.

–Necesito más.

–No hay más.

–¿Así que vamos a empezar el almuerzo de un bullicioso domingo sin paños en el bar? ¿Qué dirá Howard de esto?

–Preguntará que por qué gastaste todos los paños.

Se apoyó en la barra, cerca de mí. Olía a agrio y a frágil, y ordenó:

–Tráeme los putos paños.

Puse los ojos en blanco y me alejé. Pero el estómago me hacía cosquillas, y siguió haciéndomelas. ¿Cuántas veces me había dicho Nicky lo mismo y me había limitado a decir que sí?

Tenía el alijo secreto en mi taquilla; que yo supiera, era la única que había pensado en aquello. Como la dirección los tenía bajo llave, supuse que yo también debía hacerlo. Terminé mi bebida antes de llevárselos. Estaba cabreado por los seis clientes que tenía delante. Yo me aconsejé: «Deja los paños y vete». Pero en lugar de eso dije:

–Jake. –La carga que llevaba exigía su atención, hacer que me mirara–. ¿Puedes prepararme un assam?

Creo que no lo he dicho bien antes. Sus dientes estaban ligeramente torcidos y, cuando dábamos el último aviso, se desabrochaba el último botón de la camisa y el cuello le latía como un ser que hubiera estado enjaulado. Estaba despeinado después de ocho horas de atender la barra. Bebía como si fuera la única persona que sabía de cerveza. Cuando te miraba, era la única persona que te entendía, te sorbía y te tragaba. Alguien me dijo que tenía los ojos azules; otra persona, que eran verdes. Pero eran dorados en el centro, lo que es completamente diferente. Cuando reía, su risa era rara y explosiva. Si sonaba una canción que le gustaba, pongamos «Blue in Green» de Miles Davis, cerraba los ojos. Sus párpados temblaban como si estuviera durmiendo. Hacía que la barra y los invitados desaparecieran. Él también desaparecía. Podía apagarse como una bombilla y yo me quedaba a oscuras, esperando.

Era en otoño cuando volvía la que ellos llamaban «nuestra gente». En treinta años, Nicky no había olvidado ni una sola vez la bebida que tomaban los clientes. Cuando los veía entrar, la bebida estaba lista antes de que se guardaran la papeleta del guardarropa.

Simone nunca había olvidado un aniversario ni un cumpleaños. No decía nada durante la comida y aparecía al final con postres gratis, «Feliz aniversario a Peter y Catherine» o lo que fuera escrito con trufa. Conocía un millón de estratagemas que los demás camareros imitaban. Cuando a un invitado le gustaba especialmente una botella de vino, quitaba la etiqueta, la planchaba, la pegaba a una cartulina adhesiva y la guardaba en un sobre. A veces el Chef y ella la firmaban. Yo no era capaz de imaginar la relación exacta entre causa y efecto, pero Simone vendía más vino que nadie.

Contábamos con apoyo. Antes de cada turno, las recepcionistas nos recordaban quién iba a venir, qué mesa preferían, sus gustos, sus manías, sus alergias, y a veces hacían un resumen de su última comida, sobre todo si había sido cuestionable. Sin embargo, fuera cual fuese el sistema informático de rastreo que utilizaban, y estoy segura de que era el mejor, no podía competir con la memoria de los camareros veteranos. Con su hospitalidad innata. Con su anticipación a los deseos del cliente. Ahí era cuando el servicio pasaba de la ilusión a la auténtica expresión de humanidad. La gente volvía al restaurante solo para tener esa sensación de que la cuidaban.

Había que mantenerse a una cierta distancia, esa era la clave para la relación. La intimidad era confusa, porque la línea estaba tan firmemente trazada que no importaba cuántas veces quisieran creer los clientes habituales que eran familia.

Según Walter: «Los clientes habituales no son amigos. Son invitados. ¿Bob Keating? Un racista y un intolerante. Llevo una década sirviéndole y no tiene ni idea de que le ha estado sirviendo una vieja reina. Nunca descubras quién eres».

Según Ariel: «Nunca salgas con clientes habituales. A veces me preguntan por mis espectáculos y es muy incómodo. A esta gente ni siquiera le gusta la música. O si no... ay, Señor, una vez esa mujer quería tomarse una copa por la noche y Sasha le recomendó el Park Bar en broma, y ella fue allí muy en serio. No está bien, no».

Según Will: «El mayor error que cometí durante mi primer año fue aceptar las entradas para la ópera que me dio Emma Francon. Pensé que era formidable, me puse mi mejor traje. Sé que está bien para su edad, pero hay una diferencia de veinte años. Yo creí que era una salida inocente. *La Traviata*, una paja en el taxi y luego dos noches en las que se puso en evidencia en el bar. Nunca volvimos a verla. A Howard no le gustó».

Según Jake: «Son mucho más guapos cuando hay una barra entre ellos y tú».

–Olvido que tu mano no suele ir en esa dirección –dijo Will, alcanzándome; se cruzó de brazos y miró.

Yo estaba en el rincón de los mozos de servicio, al lado del baño de los discapacitados, donde nadie me veía, probando a llevar tres platos a la vez. Algunos ayudantes de camarero podían con cuatro, tres firmemente apoyados en un brazo y uno más en el otro. Los platos se colocaban de modo que se pudiera servir el primero y utilizar el brazo libre para dejar los otros con un simple gesto a la izquierda de cada invitado. Los platos siempre se colocaban según el orden y disposición que el Chef sugería, como un cuadro colgado adecuadamente en una pared.

Me puse el segundo plato en la muñeca y resbaló.

–Hay tres puntos de apoyo –dijo Will–. Los dedos índice y corazón juntos, la parte blanda de aquí –y me tocó el pulpejo del pulgar–, y este... que es el timón.

Me puso el meñique vertical. Aquello no funcionó. El meñique se me dobló.

–Quizá mis manos no sean lo bastante grandes.

–No es optativo. El Chef te dará la tabarra hasta que puedas hacerlo. Es como si ahora fueras transportista de comida a medias. Si los ayudantes de cocina pueden hacerlo, tú puedes hacerlo. No es un secreto mexicano.

–Está encogiendo de nuevo –dijo Nicky; Will asintió con seriedad y todos nos quedamos mirándola.

Incluso yo me había dado cuenta de que Rebecca se comportaba de forma extraña. Era recepcionista y apenas coincidíamos, pero era educada y atenta conmigo porque veía que me llevaba bien con Simone.

De la noche a la mañana empezó a emitir cierto tufo a mujer inestable, algo así como la loción corporal con aroma de plumeria que venden en las droguerías. Se servía bandejas en la comida de familia y luego hablaba en lugar de comer. Revoloteaba a nuestro alrededor como un halcón cuando terminábamos la comida.

Simone comentó: «Hay un momento en la vida de toda mujer en el que se le bloquea la inteligencia». Comprendí que aquello era lo que le ocurría a Rebecca. En lugar de reírse empezó a decir «¡Ja!», como si escribiera un mensaje desde muy lejos.

Me desperté después de mediodía con dos correos suyos. Estaban dirigidos a todo el mundo, a la plantilla al completo, al Propietario, a toda la administración de la empresa. El primero servía de notificación. Había terminado la faena, había llegado a casa y nos había escrito para decirnos que había sido su último turno. No hacía falta fiesta de despedida. Gracias.

El segundo decía así:

¡Hola, gente!:

En primer lugar, no puedo explicar lo afortunada que me siento por haber trabajado con todos vosotros. Me vuelvo a mi casa de California durante un tiempo, pero ¡os voy a echar mucho de menos! En segundo lugar, Howard y yo nos hemos estado acostando juntos durante cuatro meses. Él es la razón de que me vaya. ¡Gracias por la comprensión y gracias por los recuerdos!

Besos,

BECKY

Me quedé totalmente estupefacta... Miré mi habitación, por si hubiera alguien capaz de devolverme la mirada, pero estaba sola. Rápidamente le envié un mensaje a Will: «¿Las chicas de Howard? ¿Qué coño ha pasado?». Mensaje de Will: «¡Lo sé! ¡Vaya cabra loca!». Mensaje de Ariel: «Doña Perfecta anoréxica y demente, he oído que va a ingresar en un hospital de California».

Y ese fue el parecer general. Sentí que se había producido una gran injusticia que no podía pasarse por alto. Sin embargo, le mencioné su nombre a Simone y ella empezó a hablar del pinot noir. Se oían muchas frases del tipo «Joder, ¿te lo puedes creer?» seguidas de cabeceos de incredulidad. No le quité ojo a Howard en toda la noche. Trabajaba por la planta con una corbata rosa, que se inclinaba como una cursiva.

–¿Cómo va todo? –le pregunté, mientras le preparaba su *macchiato*–. ¿Una noche extraña, un poco *weird*?

–¿Sabías que la palabra *weird* se refiere al sino, a la suerte? Es inglés antiguo, y se refiere a la capacidad de torcer o cambiar la propia suerte. Pero el primero en popularizar su uso fue Shakespeare...

–*Macbeth* –repliqué–. Ahora lo recuerdo. La escena de las brujas, ¿no?

–Muy rápida. –Sonrió, se tomó el cortado y me pasó la taza vacía–. No me equivoqué contigo.

Sasha tenía la cabeza más dura que una piedra. Le gustaban el Smirnoff con sabor a sandía, Jake, la cocaína y la música pop. Esos temas eran suficientes para que me prestara atención de vez en cuando. Al final, una noche me pidió que me hiciera una raya con él en el Park Bar y me emocionó consolidar nuestra amistad. Había oído que su padre había muerto en Moscú unas semanas antes y que él no había podido ir porque todavía no tenía el permiso de residencia. Estaba casado con una hermosa chica asiática de pelo azul llamada Ginger, pero Sasha no sabía dónde vivía y los trámites habían quedado en suspenso. Cuando entramos en los lavabos le di el pésame. Entornó los ojos como un animal amenazado. Esnifamos coca y le comenté que quería visitar Moscú; él dijo: «Bah, eres tonta del culo. Eso es todo».

Después de aquello, empezó a ofrecerme la mejilla para que le diera un beso cuando llegaba al restaurante. Su frase favorita conmigo era «¿Tú crees?», y luego afirmaba algo que a mí me parecía una auténtica locura.

Me pilló al lado de la máquina del hielo, frotándome las ojeras con cubitos.

–¿Tú, llorando? Ay, Dios mío, cara de ángel, ¿en qué estás pensando? Se supone que eres feliz. ¿Por qué piensas esas cosas?

–No estoy llorando. Estoy cansada.

–Sí, qué mierda, así es la vida –dijo con exasperación.

Empezó a coger hielo con las manos. Hería mis sentimientos todo el tiempo, pero hablaba con franqueza sobre mi estupidez, así que lo apreciaba.

–Pero es que siempre estoy cansada.

–¿Quieres dar una cabezada, calabacita? –Le hice un gesto negativo. Se encogió de hombros–. No te preocupes, Baby Monster. Aún eres inocente.

–¿Qué significa eso?

–No lo sé, ¿tú qué crees que significa? Cuando llegue el juicio, tú no serás culpable.

–¿Eso es lo que crees que significa «inocente»?

–No es pureza, cariño, si es eso lo que piensas. –Parpadeó dos veces como si lo supiera todo sobre mí.

–No sé si soy inocente exactamente, pero...

–Pero ¿qué? ¿También quieres ser la víctima? Cuando crezcas, ya tendrás toda esa mierda. Eso es ser adulto, cara de calabaza. Alcohol, sexo y drogas. Saber ocultar las ojeras. Quizá estés cansada porque te mientes a ti misma todo el día. ¿O es que has follado toda la noche con Jake como una putilla?

Me miró y aguardó sonriendo. Como si esperase que yo respondiera. Empecé a reírme. Se acercó a mí con aire conspirador.

–Oh, sí, como si fueras tan buena chica.

Mis ojos se llenaban de energía cinética, mi piel se volvía más sensible intuyendo el movimiento. Percibía las motas de polvo desprendiéndose de las botellas, las sombras danzando en el suelo, los vasos escorados en el borde de los mostradores y rescatados a tiempo. Sabía exactamente cuándo iba a aparecer alguien por una esquina. El Propietario lo llamaba «reflejo de excelencia». El reflejo era ver más allá de mi campo visual, ver lo que había a mi alrededor y detrás de mí. El soplo entre consciencia y acción se suprimía. Ni dudas, ni pronósticos ni orden. Me convertí en un verbo.

III

–¿Qué hora es?

Me incliné sobre la pantalla táctil en la que Simone estaba comprobando una comanda. Estiró la mano y me tapó los ojos.

–¡No mires! Cuando miras deja de moverse. Es mejor sorprenderse cuando llega.

–¡Solo son las siete y veinte!

–Eres una criatura tonta y rebelde, ¿estamos? ¿Tan difícil es aceptar el tiempo presente?

–Siete y veinte. No voy a aguantar.

–Cuando sean las ocho estarás tan ocupada que te olvidarás de quién eres. Una de las muchas alegrías de esta profesión.

–No, Simone, de veras. Ya me he tomado tres cafés y me duermo en los rincones. No puedo.

–¿Crees que estás aquí para hacernos un favor? –Revisó el pedido y golpeó con los dedos. Lo envió y oí los chasquidos fantasmales de la comanda imprimiéndose. Me dirigí a la máquina de manera mecánica. Me puso la mano en el hombro–. Te pagan por estar aquí. Es tu trabajo. Despierta.

Empujé las puertas de la cocina, me pesaban los brazos.

–¡Servido! –exclamó Scott. Entornó los ojos para ver bien las comandas. Era raro que Scott estuviese allí despachando platos, porque no veía bien, y seguro que hacía años que necesitaba gafas.

–¡Recogido! –Cuando me acerqué, dije en voz más baja–: Ay, tío. No creo que sea capaz.

–No tienes elección. Mesa 49: 1 calamares, 2 gruyère sos, y necesito saber lo siguiente.

–Volveré a informarte, la 49 está cerca.

–Vamos a cortar una nueva rueda de parmesano más tarde. Por si eso te hace sentir mejor.

–Oh, bien, ya tengo algo por lo que vivir.

–Muy bien, zorra, ya no estás invitada.

–Lo siento. Estoy muy cansada.

–Suena a problema personal –dijo cuando me llevaba los platos.

Me acerqué a la mesa 49. Lo ocupaban los típicos invitados hambrientos que me habían visto desde el otro lado del comedor y me llamaban con su ansiedad. Esbocé una sonrisa que venía a decirles: «Calmaos, tengo vuestra comida de mierda, no os vais a morir de hambre, joder, esto es un restaurante, me cago en la puta». Cuando depositamos los platos, tenemos que decir el nombre completo de cada uno. Yo solía cantarlos para mí mientras iba a la mesa. Cuando los dejé a la izquierda, abriendo el brazo, dije: «Silla 1 calamares, silla 2 gruyère sos, y lo siguiente. Mesa 49. Buen provecho».

Los miré expectante. Esperaba las miradas agradecidas que lanzan los invitados cuando saben que pueden comer. Es su versión del aplauso. Pero los dos invitados miraron confusos sus platos, como si yo hablara otro idioma, y con un brote de vergüenza caí en la cuenta de lo que había hecho.

–¡Oh Dios mío! ¡Lo siento! –Me eché a reír y sus expresiones se relajaron–. Eso no es lo que quería decir.

La mujer que estaba sentada más cerca de mí, en la silla 1, asintió con la cabeza y me dio una palmadita en la muñeca.

–Soy nueva –me justifiqué.

El hombre de la silla 4 me miró y preguntó:

–¿Y qué pasa con la comida de las sillas 3 y 4?

–Sí, señor, absolutamente, enseguida viene.

Corrí hacia Ariel, que hacía de *barista.*

–Joder, Ariel, ayúdame, por el copón bendito, necesito un remedio y un café.

–Estoy con el agua al cuello, es el final del primer turno.

Se movía de forma errática entre las comandas y las tazas, tratando de ordenar las consumiciones, y volviéndose de nuevo a las comandas. Yo había intentado enseñar a los demás mi método para organizar los cafés, en caso de ir con prisas, pero nadie me escuchaba.

–Por favor. Lo siento. Cuando puedas.

–Sopla, necesito dos copas de Huet volando.

–Vale, claro, sí, ahora mismo.

Iba con la cabeza gacha mientras corría por la cocina y bajaba las escaleras de la bodega. Scott gritó a mi espalda:

–¿Siguiente? Necesito el puto siguiente.

–¡No puedo, pregunta a Sasha! –repliqué. Pero ya estaba en la bodega, aislada, con luz tenue, moho en los rincones. Silencio. Me apoyé en la pared. Sentí lágrimas y me dije: «No dejes de moverte». El Huet estaba en una de las cajas «anónimas», imposibles de encontrar. Pensé que seguramente estaría al fondo de una torre de cinco y fui allí. Saqué el abrebotellas multiusos y utilicé la hoja para romper las cajas, dejándolas en el suelo al ver que no tenían la botella que buscaba.

El polvo volaba.

–Solo estoy cansada –dije en voz alta.

Encontré dos botellas de licor de pera Huet y anoté mentalmente que volvería a limpiar los desperfectos. Al salir, apareció Will con un cubo de hielo.

–Me has asustado –dijo, deteniéndose–. ¿Necesitas ayuda con eso?

–No, Will, son solo dos botellas.

–Bueno, perdona por la pregunta.

–No, perdona tú. Esta noche estoy fatal.

–Estás fatal todas las noches –contestó, cargándose el cubo al hombro–. Es tu película.

–Eso me ofende, joder –repliqué, pero no se volvió.

–¿Es que voy a tener que servir yo la comida esta noche? –gritó Scott cuando llegué–. ¿No hemos contratado una ayudante de camarera?

–Lo siento –respondí, poniéndome las botellas delante de la cara como defensa. Me dirigí a Nicky y le di las botellas–: ¡Lo conseguí!

–¿Quieres una medalla? Necesito despejar el 4 y el 5 de la barra. No puedo acercarme y no consigo que Sasha haga nada esta noche. ¿Lo has visto? Barra 4.

–Ah, sí. Mmm. Pero ¿Nick? No soy muy buena despejando. Ni siquiera sé llevar tres platos a la vez. Puedo intentarlo. Es decir, puedo hacerlo.

–Sí, déjate de tonterías, Sopla, no estoy preguntando.

–Tu café exprés, Skip –dijo Ariel–. Ya va espolvoreado.

Me dio también un vaso de agua para echarle un poco al café: era un truco que había aprendido de ella, enfriaba la infusión y así podías tomártela más deprisa. Me atraganté. Los granos de Adderall se me pegaron a la lengua.

–Delicioso. Te adoro. Ángel.

–¿Puedes traerme el escurrevasos? Casi me he quedado sin copas de champán, esos putos idiotas...

–Ariel, no, estoy superliada, tengo que...

–Estás tomando café, joder, yo sí que estoy liada.

–Bueno, bueno. –Levanté las manos. Un hombre con traje azul y una copa de champán tropezó conmigo.

–Lo siento –me disculpé, con mi sonrisa más sumisa.

–Eh –dijo–. ¡Yo te conozco!

No me conocía, pero asentí con la cabeza y traté de pasar de largo.

–¡Isabel! Tú estabas en la clase de la señorita Porter con mi Julia. Julia Adler, ¿la recuerdas? ¡Crecisteis juntas! No te había visto desde que eras una niña.

–Oh, lo siento, esa no soy yo.

–Sí, eres tú, claro que sí. Tus padres estaban en Greenwich.

Negué con la cabeza.

–No sé qué es la clase de la señorita Porter, no conozco a esa Julia, no me llamo Isabel y mis padres no están en Greenwich.

–¿Estás segura?

Entornó los ojos y me señaló con la copa. No sabía cómo defenderme, ya que no conocía a Isabel. Ni exactamente de qué se me acusaba. En lo más profundo de mi ser pensé: «El cliente siempre tiene razón».

–Pero es curioso, ¿verdad? –dije, intentando tranquilizarlo–. Todos nos parecemos a alguien, ¿sabe?

Sonreí, amplia sonrisa, enseñando todos los dientes, los míos, no los de Isabel, y lo aparté con la mano para irme.

Estaba abarrotado. La barra no tenía turnos organizados como las mesas del comedor. Los taburetes se vaciaban y los volvían a ocupar inmediatamente personas que iban por su segunda bebida y que tenían ganas de pedir otra desde hacía diez minutos. No había período de gracia. La siguiente ronda de invitados ya presionaba las espaldas de los que habían llegado primero, merodeaban cuando servíamos los postres, acechaban a quienes habían pedido la cuenta. Y eso era el fin de semana... No eran nuestros comedidos clientes habituales. Ruidosos, ansiosos, echando humo. Me abrí paso entre un grupo, un hombre y dos mujeres; los tres apestaban a tabaco. El hombre dijo: «Ella vendrá mañana. Así que esta noche tendré que portarme bien. El jefe ha vuelto». Las mujeres sonrieron con aire cómplice y acercaron sus vasos.

La música estaba demasiado alta. Miré a Nick, que miraba a Ariel y le pedía, con exagerados movimientos de la boca, que la bajara. La música hacía de amplificador de los invitados, puesto que gritaban para hacerse oír por encima de ella, gesticulaban más y de repente todo era grotesco.

–¿Han terminado? –le pregunté a la pareja del puesto 4 de la barra. Sentí vergüenza. El Propietario había dejado muy claro que «¿Han terminado?» era mala política–. Discúlpenme –añadí–. He querido decir... ¿Me permiten?

Les enseñé las palmas de las manos. Eran jóvenes, tenían menos de treinta años, pero iban muy acicalados, como si aspiraran a parecer mayores. Ella llevaba una melena seria, bien cortada, un vestido de seda rosa, cejas desdeñosas. Él tenía la mandíbula cuadrada pero convencional, y me recordó el rugby. Debían de haberse peleado, porque ella me miró como si fuera una intrusa, y él pareció aliviado. Introduje un brazo entre los dos, tratando de llegar.

–Discúlpenme –repetí, tocando el primer plato–. Enseguida voy a... si no les importa...

Metí el hombro entre ellos y la chica se agitó en su silla, suspirando. «¿Relaciones públicas? –pensé–. ¿Ayudante de ayudante? ¿Recepcionista de galería? ¿Cómo coño te ganas la vida?» Cogí primero el plato más grande. Recogí los cubiertos de los otros y los coloqué al lado de los huesos rebañados de cordero y la salsa. Alguien tropezó con mi espalda y apreté los dientes. Pero no se movió nada.

Me incliné sobre el chico mientras recogía. Le dirigí una mirada de desamparo y él puso encima de su plato otros dos que estaban más lejos y me lo acercó todo.

–Cuidado –dijo la chica– o acabarás trabajando aquí.

«Nunca es demasiado temprano para decir *gilipalabras*», pensé. El chico se puso las manos en las rodillas.

No se nos permitía limpiar a medias, todo tenía que salir a la vez. Cogí la torre de platos, pero no estaban equilibrados; el chico, al igual que yo, no sabía despejar mesas. Eran demasiados platos, no para Will o Sasha, pero sí para mí. Me empezó a arder el brazo. Fui a coger el plato del pan y la mantequilla. El cuchillo sucio de mantequilla se deslizó sobre el regazo de la chica y esta dio un grito.

–Oh, Dios mío, lo siento mucho. Es solo mantequilla. O sea, lo siento.

Me miró con la boca abierta, horrorizada, como si la hubiera agredido.

–¡Es seda! –chilló.

Asentí con la cabeza, pero pensé: «¿Quién lleva seda para comer?». Arrojó el cuchillo sobre la barra y vi que la grasa calaba el tejido. No pude coger el cuchillo, porque llevaba las manos cargadas. La canción terminó. Me volví en busca de ayuda.

Dos platos resbalaron y cayeron al suelo. El preciso y rotundo sonido del estropicio. La habitación se detuvo: no hubo más ruido, no hubo más movimiento.

Sasha estaba a mi lado, sonriendo como si me hubiera encontrado en una fiesta.

–Tarta de manzana la ha liado –dijo entre susurros–. ¿Quién te ha enseñado a quitar mesas?

–Nadie –contesté, entregándole los platos–. ¿Dónde estabas?

Pasó por mi lado en dirección a la pareja; a ella le ofreció gaseosa, servilletas, una tarjeta comercial y la promesa de hacerse cargo de la limpieza del vestido. Yo recogí los platos rotos. El hombre del traje azul que me había llamado Isabel me miró y levanté el hombro para ocultar la cara.

–Dedos de mantequilla, ¿eh? –dijo Scott cuando fui a tirar los platos rotos a la basura–. ¡Servido!

–Lo siento, no soy buena quitando mesas. Ya se lo dije a él.

–¡Servido!

Ariel entró corriendo en la cocina y gritó al lavaplatos en inglés y en español:

–Venga, Papi, *vasos, vasos.*

Will subió las escaleras de la bodega con cajas dobladas, una escoba y un recogedor.

–No te preocupes por la sala de los vinos –me dijo, poniéndome la escoba en la mano–. Ya la arreglarán los de la limpieza.

–Iba a limpiar más tarde –expliqué–. Lo siento.

Mi respiración se aceleraba en una carrera de obstáculos. Cada uno me sacudía. Las órbitas de los ojos me vibraban y no podía asirme a ninguna emoción: ira, vergüenza, agotamiento, deshidratación, hambre; tenía un nido de cables temblorosos en el pecho. No dejaba de parpadear, sin saber si los ojos se me habían secado o estaban a punto de caérseme. Tenía una mano en la espalda y tuve una visión. Iba a tirar a aquella persona contra el carrito de los pasteles con fuerza sobrehumana. Le pondría un cuchillo en el cuello y gritaría: «¡No te atrevas a tocarme, joder!». Se alejaría corriendo de mí. Y todo el mundo lo oiría y nadie volvería a tocarme nunca.

–Respira –susurró–. Los hombros.

La mano de Simone me suavizó la línea que iba desde mi cuello hasta los hombros, como si estuviera alisando un mantel. Me apretó y sentí dolor en los codos.

–¡Servido!

–Aspira... Y ahora espira.

Cuando solté el aire, creí que iba a desmayarme.

–Tienes que dejar de disculparte –me dijo al oído–. No vuelvas a decir que lo sientes. Practica. ¿Entendido?

–¡Servido! ¿Es que estás sorda, joder?

Me pasé un paño por la cara y asentí con la cabeza mirando a Simone. Me dio otro apretón y me empujó con suavidad hacia delante. Me cubrí las manos con el paño.

–Recogido.

El día en que pude llevar tres platos a la vez llegó y pasó. Ni siquiera fue una especie de victoria. Nadie me felicitó. Empezábamos de cero al comienzo de cada servicio y limpiábamos el tablero al finalizar. Pero los movimientos se volvían elegantes, prolongados. Yo misma me volví consciente de estar en escena. Dejaba el rastro de los dedos al colocar cada plato, como si hiciera magia.

Comprendí el ballet que componía. La coreografía nunca ensayada, siempre aprendida a media función. La razón por la que sentías que todo el mundo te miraba cuando eras nueva es porque lo hacían. Y tú estabas fuera de compás.

Cómo utilizaba Jake el pie para detener la deslizante puerta de cristal del frigorífico del vino blanco, o cómo separaba Nicky con un golpe los tanques que se pegaban a causa del calor del lavavajillas y los inclinaba para llenarlos de cerveza, cómo servía Simone de dos botellas de vino en sendas copas y sabía qué copa estaba llena, cómo volaba Heather entre las pantallas de los Micros como si hubiera escrito el programa, cómo golpeaba el Chef con aire ausente la muda impresora y esta escupía una comanda, cómo nos dirigía Howard con los ojos desde lo alto de la escalera, cómo todo el mundo se agachaba al pasar por debajo de la cañería que iba hasta el sótano.

«Sabrás que dominas el trabajo cuando se convierta en algo automático», me había dicho Nicky al principio.

Decíamos: «Después de usted», y la persona asentía con la cabeza. Ya lo sabían. El «Después de usted» era más para los invitados, una formalidad. Rastreábamos los movimientos de los demás con tacto, todos siempre al tanto de los demás. Si me quedaba atascada, recurría a uno de los principios que Sasha había proclamado ante una señora de sesenta años en la mesa 52.

–Disculpe este estropicio –había dicho la señora, mientras barría con la mano las migas de la mesa.

Sasha le dedicó su mejor sonrisa.

–¿Usted y yo, querida? Nosotros, la *beautiful people*, nunca nos disculpamos.

IV

Higos en mi taquilla. Cuatro higos en un cestillo marrón. Eran dorados como una ofrenda. Una bofetada de otro mundo inundado de sol. Los empujé al fondo y puse encima un ejemplar viejo del *New Yorker*. Sabía que nadie debía verlos.

Cuando terminé el turno, los guardé en el bolso de mano. Me sentía como si hubiera robado algo. Me detuve en la barra de servicio y lo miré. Estaba hablando en la puerta con doña Florecitas, mientras ella reemplazaba ramas que no iban a durar hasta el fin de semana. Normalmente me molestaba... era infantiloide, su bicicleta tenía una cesta, siempre llevaba vestidos y cintas en el pelo. Estaba segura de que había estado en una fraternidad estudiantil. Pero yo tenía higos y toda la noche. No, tenía un secreto.

–Eh, tú, ¿quieres tomar algo? –preguntó él, colgándose un paño del cinturón. Examiné su expresión en busca de algo... diversión, enfado, afinidad.

–¿Qué pega con...? –Casi lo dije: «¿Qué pega con los higos?». De repente entendí que decir algo en voz alta puede matarlo. Es la intimidad lo que lo convierte en voluptuoso. Que el silencio era una prueba–. Con la luz del sol –añadí–. Quiero que me lo pongas para llevar.

Dijo que sí sin apenas enarcar las cejas, buscó una botella de vino espumoso y supe que los higos eran suyos.

–En mi opinión personal, el vino nunca debería interponerse –sirvió Crémant Rosé en un vaso de café para llevar– en la luz del sol.

–Creo que Simone diría que un vino que no se interpone no es realmente un vino.

–¿A quién le importa lo que diría Simone?

–Mmm... –Le miré a la cara–. ¿A mí?

–¿Qué dirías tú?

–No lo sé. –Tomé un sorbo de vino a través de la tapa de plástico. Sabía a zumo de frutas con burbujas–. Está delicioso. Quedará genial con el sol. Gracias.

«Mírame», pensé. Llegó Parker, empezó a preguntarle por cervezas, y él se fue. Pero teníamos un secreto. Cuando salía, doña Florecitas estaba contemplando su arreglo floral.

–Me alegro de que lo hayas reparado –le dije, poniéndome las gafas de sol–. Tenía un aspecto horrible.

Al final me fui a casa andando. Con el vaso para llevar. La luz celestial del atardecer se reflejaba en las paredes de los edificios, formando charcos en la acera. Todos los rostros que vi, hipnotizados, miraban hacia el oeste. Cuando llegué al parque, me senté en un banco y saqué los higos. Cada uno con una densidad firme que me recordaba la carne, mis propios pechos. Había una lágrima en un extremo y me la puse en la lengua. Me sentí desnuda.

Los partí por la mitad. Eran blandos, el interior rosa se revelaba perezosamente. Me los comí demasiado deprisa, con avaricia. Me levanté, tiré el vaso vacío y encesté en el cubo de la basura. En aquel momento, una niña regordeta y su madre salían de la boca del metro de Union Square. La niña se llevó la mano a los labios.

–¡Mamá, oh, mamá! –exclamó, señalando el cielo.

–¿Qué ves?

–¡Veo una ciudad!

Decidí pasear.

Unos hombres con rastas jugaban al ajedrez y hacían gestos afirmativos para sí mismos; unos perros estaban recostados en niños de ojos muertos con lágrimas tatuadas en la cara; había oleadas de viajeros que subían del metro y se dispersaban por las calles; las papeleras se hallaban rebosantes de botellas de plástico y basura cotidiana de Nueva York; una mujer gritaba por un teléfono móvil mientras se ajustaba el sostén; tres señores rubios en una esquina con un mapa entre ellos hablaban en alemán; la acera temblaba cuando los trenes de las líneas N, Q y R entraban y salían de la estación subterránea; había una nube de humo acre al lado de un carrito de perritos calientes, mesas con libros de bolsillo, cuero barato, camisetas abultadas, las sobras de la vida, y luego claveles deshidratados, abandonados en medio de la acera, fosilizados en plástico, bañados en luz. Todo el mundo evitaba pisarlos, con ternura. Yo también di un rodeo.

Mientras caminaba, repetía los nombres de las calles como si tuvieran la persistencia de los números: Bond, Bleecker, Houston, Prince, Spring. El entusiasmo me volvía la sangre de color rubí, me proporcionaba los andares de una criminal no capturada, y me sentía como si pudiera caminar eternamente.

–Quizá me quede aquí –dijo Jake.

Lo oí desde el rincón de la cómoda y su tono era mordaz, así que me detuve.

–Desde luego que no te vas a quedar –replicó Simone.

–No me escuchas...

–Eso es porque Acción de Gracias no es opcional.

Pensé en dar media vuelta, pero se quedaron en silencio y tuve la impresión de que se hablaban sin palabras o de que habían enmudecido porque sabían que yo estaba allí.

Entré y dejé la jarra del agua. Miré entre los dos. Heather entró inmediatamente detrás de mí y fue hacia la cubertería.

–¿Todo bien por aquí?

–Yo estoy bien –contesté alegremente, dando la espalda a Jake–. Simone, tengo una pregunta. ¿Me podrías decir quién come aquí?

–Oooh, va de caza –dijo Heather. Me pasó su brillo de labios y me lo apliqué, algo confundida.

–No va de caza. –Simone me miró fijamente.

–¿Cazar qué?

–Eres demasiado joven para eso –respondió Jake.

–La juventud es un requisito para la mujer número dos,

Jakey. Ella alcanzará su apogeo muy pronto –comentó Heather, frotándose los labios–. Tú no serías el primero en casarte.

–¿Es que quieres follar con algún viejo? –preguntó Jake.

–Sois terribles, chicos –dije, acalorada, y me pregunté dónde me había metido–. Me importa una mierda.

–No –dijo Simone. Se apartó de Jake y me pareció ver un gesto de fastidio en él. Supuse que esa expresión era por mí–. Tengo un momento, si estás preparada.

Asentí con la cabeza.

–Pero nada de hablar. Y coge una servilleta extra.

–¿Para qué?

–Los Erikson acaban de sentarse en la 36. Ya verás. Otearemos el paisaje.

Nos quedamos en lo alto de la escalera, mirando las cabezas repeinadas de los invitados que se desplegaban a nuestros pies.

–En los primeros años, el restaurante estaba rodeado de editoriales y agencias literarias que se habían mudado aquí porque los alquileres eran más baratos. El Propietario hizo amistad con el personal y nos convertimos en la sede de sus comidas de trabajo. Muchos se han ido a otra parte, expulsados por la subida de los alquileres. Pero siguen siendo leales, y los tratamos en consecuencia.

Hacía leves movimientos con la barbilla y las cejas, y dirigía mi mirada hacia diferentes mesas de la sala.

–Los editores van muy arreglados, tendrás que tomar nota de los empleados de nivel medio. Suelen pedir la misma mesa que sus jefes, pero no siempre podemos complacerlos.

»Mesa 37, Richard LeBlanc. Es un inversor original, con su propia firma de capital riesgo. Es más importante porque el Propietario y él fueron compañeros de habitación en la universidad. Mesa 38, el arquitecto Byron Porterfield con Paul Jackson, crítico de arquitectura de *The New Yorker*. Mesa 39, una especie de mesa general de la editorial Condé Nast, hoy esos caballeros trabajan en *GQ*. El hombre de las gafas de sol de la 31 es el fotógrafo Roland Chaplet, y el hombre cuyos ojos no dejan de moverse es su galerista Wally Frank. Mesa 33, Robert y Michael, verás un Vieux Télégraphe en la mesa, es de Michael, nunca le sirvas a Robert, no bebe. Acaban de adoptar una niña de la India, la traen los domingos, es un ángel. Mesa 34, Patrick Behr, antiguo director de *Saveur*, increíble crítico de comida, mmm, espero que Parker le diga al Chef qué están bebiendo... –Se detuvo al encontrarse con la mirada de Patrick y me dejó. La cabeza me daba vueltas–. Ahora la servilleta –dijo al volver. Me condujo a la mesa 36–. Buenas tardes, Deborah, Clayton. Es un placer. Me alegro de no haberlos perdido en California.

–Siempre es mejor salir de Los Ángeles que llegar –dijo Clayton, un hombre gordo con un bronceado naranja. Su mujer tenía el cuello largo, fino como una navaja de afeitar, y llevaba grandes gafas de sol.

–Simone, dime, ¿es posible tomar la hamburguesa sin el pan? ¿O habéis encontrado alguna alternativa libre de gluten?

–Deborah, permita que vea qué puedo hacer. La última vez la tomó envuelta en lechuga.

–En Los Ángeles lo llaman «estilo proteínico» –dijo Deborah.

–Antes de que tomen una decisión, ¿puedo comentarles los platos especiales?

Mientras Simone enumeraba los especiales del día, Deborah cogió su servilleta y se la puso en el regazo. Simone le dio otra sin dejar de recitar.

–No lo pillo –dije cuando volvimos a la cómoda de los empleados.

–Ella no come. Cuando el servicio haya terminado, las dos servilletas estarán en la papelera del cuarto de baño, llenas de comida.

–No fastidies. –Volví a mirar a la mujer–. Pero... es decir... ¿por qué viene? ¿Por qué gastar el dinero?

–¿Es que no me escuchas? –preguntó Simone mientras tecleaba comandas en el ordenador–. Todo el mundo viene aquí porque todos los demás están aquí. Es el precio de hacer negocios.

El periplo con Simone reforzó la idea de que yo estaba en un pedestal en el centro del universo, y quizá la servilleta extra de Deborah Erikson fuese el primer secreto que conocí en relación con una desconocida. La vida de aquella mujer estaba totalmente perturbada de forma dañina, y sus amortiguadores eran miembros del personal del que ahora yo formaba parte. Tras el servicio, fui al pequeño baño delantero y miré en la basura. Patatas fritas, cuatro *gnocchi*, lechuga mustia y una hamburguesa entera, la servilleta manchada de sangre.

Empecé a escribir cartas que no iban destinadas a nadie en concreto. Me figuraba que las escribía al centro, a un lugar que lo único que hacía era recibirlas. Tras redactarlas en la cabeza, las imaginaba flotando hacia el puente, donde las dejaba para que el viento las transportara el resto del camino. No eran lo bastante interesantes para transcribirlas en papel. Lo que yo buscaba era simplemente la sensación de estar hablando con alguien.

Maldije a Nicky entre dientes mientras descargaba las cajas de agua en botellas de cristal que habíamos traído de Italia. Las botellas eran bonitas, verdes, exóticas, y pesaban una tonelada. Los despachos estaban en silencio y la puerta del despacho del Chef, entreabierta.

Él dormía con la boca abierta y la cabeza apoyada en el respaldo de la silla. Tenía un vaso de licor marrón encajado en la curva de la tripa. Se movía cada vez que respiraba. Tenía la cara roja y sudaba incluso en reposo. El escritorio estaba atestado de facturas azules y amarillas, y, todavía con el colgante prendido del gollete, sobresalía una botella medio vacía de bourbon George T. Stagg.

Al lado, había un fajo de menús nocturnos ya caducados.

Cambiaba los platos especiales todos los días. Las mañanas estaban llenas de correcciones, con cambios en letra de imprenta. Tras él había una trituradora de papel, con el depósito medio salido y a rebosar. Una papelera de metro y medio de altura, situada al lado del escritorio, también se encontraba llena de papeles. Y allí estaba él a medianoche, haciendo trizas lo que había pasado el día entero creando. Me emocionó su sueño. El alcance de su trabajo se ampliaba, llenaba toda la habitación. Me adentré un poco y vi más menús de mediodía por el suelo, hechos trizas, virutas enredadas como el pelo.

–Creo que todo está bien –dije, y cerré la puerta.

Cuando me caí por las escaleras, no lo vi venir. Hay caídas concebidas especialmente para una: «Atención, señorita, estás a punto de comer mierda». La advertencia da alguna oportunidad de corregir el paso. Aquella caída no tuvo esa dispensa. Estaba predestinada a ocurrir.

Me caí por las putas escaleras. Cuando apoyé el pie, atravesó el peldaño como si fuera aire. Allí estaba yo, llena de ímpetu, con montones de platos en ambas manos, y con otro montón de manteles en el brazo. Apoyé el pie como si los escalones fueran míos, hasta que desaparecieron. Los zuecos volaron. La carga que llevaba me impidió asirme a ningún sitio o echarme hacia atrás para mantener el equilibrio.

Caí a plomo y me golpeé con el último peldaño. Vuelo completo. Vi oscuridad. Hubo exclamaciones ahogadas en todo el restaurante, algunas sillas rascaron el suelo. Cuando abrí los ojos, la pareja de la mesa 40 me miraba con lástima, pero también con un resentimiento inconfundible. Yo era una interrupción.

–Oh, mierda –dije–. Putas escaleras.

Luego me contaron que lo había dicho a gritos.

Traté de ponerme en pie, pero tenía el costado izquierdo totalmente entumecido. Mi respiración dio paso al llanto. Me dejé llevar por él, como una niña, con una mezcla de autocompasión y rabia.

Rodeada: Heather, Parker, Zoe, Simone. Incluso la ausencia de Jake fue un consuelo. Manos en la espalda. Santos con la escoba y el recogedor. Preguntas lanzadas hacia mí, alguien que decía que me calmara. Cuando Simone me quitó unos tallarines del pelo, me levanté y fui cojeando hasta el baño de invitados. Cerré la puerta de golpe, me senté en el suelo y pronuncié entre lágrimas: «Basta».

–¿El *terroir*? –repitió Simone. Levantó los soñolientos ojos de la copa para mirar las botellas de vino que se alineaban en la estantería–. Terruño. Tierra que se cultiva. Literalmente se traduce como «tierra».

–Pero es algo más, cada vez que veo la palabra es como si fuera una denominación mágica.

–No hay una palabra en inglés que la defina. Como *tristesse*, *flâneur* o *la douleur exquise*, palabras llenas de gris. A los franceses se les da la ambigüedad mucho mejor que a los estadounidenses. Nuestro idioma se basa en la exactitud, porque eso es lo que exige el mercado. Un producto siempre se ha de poder identificar.

–Vendemos vino, Simone –dijo Nicky. Parecía creer que su papel era bajarle los humos de vez en cuando–. Eso pone límites.

–El vino es un arte, Nick. Ya sé que las grandes palabras te asustan, pero esta solo tiene cuatro letras –respondió Simone.

Como es lógico, cada vez que él se metía con ella, ella le daba un manotazo.

–Ya estamos –replicó él.

Echó agua caliente en el hielo para derretirlo y simuló que no escuchaba.

–Bien, ¿qué es lo que pasa?

–Nick, ¿dónde está el Billecart? Vamos a revisarlo. –Simone inspeccionó las copas de champán. Las miró a contraluz y las fue dejando a un lado. Al llegar a la cuarta se dio por satisfecha–. Will, estas necesitan un poco de brillo.

Lo miré, estaba sentado a mi lado. No se movió. Me levanté, cogí un paño nuevo y me puse a frotar copas.

–El champán es la piedra angular del debate sobre el *terroir*. Este debate abarca dos posturas enfrentadas. La primera es que es una prueba de la existencia del *terroir*: la creta que contiene el terreno, el clima fresco del norte, la lentitud de la segunda fermentación. Estos vinos solo pueden proceder de un solo lugar en el mundo. Lo pruebas –tomó un sorbo– y sabes que es champán.

Dejé de frotar y tomé un trago de la copa que me había servido. El vino me entró como una corriente eléctrica. En los labios, la sensación de haber besado chispas. Jake salió de la cocina con su ropa de calle y se sentó donde había estado yo antes, al lado de Will, al que dio una suave palmada en la espalda. El vino, punzante, confortador.

–Y además –continuó–, ¿de qué es expresión? Es una empresa multimillonaria y estás probando una marca. No hay viñedos, no hay cosechas. ¿Qué hacen estos vinos para expresar las irregularidades del lugar, sus complicaciones, las diferencias que hay entre el suelo de Reims y el de Aube? ¿Qué hacen estos vinos para expresar las diferencias a la hora de trabajar las uvas de los cultivadores?

–¿Por qué los cultivadores no hacen su propio vino?

–¡Exacto! –Parecía orgullosa de mí–. Hay un pequeño movimiento, un grupo de granjeros y agricultores que están elaborando champán embotellado en la propia finca. Es una producción muy pequeña y no tienen fondos para competir con Moët y Veuve. Aún es difícil encontrarlo aquí, pero –sirvió más–, solo es cuestión de tiempo que la calidad hable por sí misma. Que el *terroir* hable por sí solo.

Jake, Will, Sasha y Nick nos miraban. Simone sonrió a Jake y dijo:

–El champán es engañoso. Crees que estás saboreando la esencia de un lugar, pero la verdad es que te han vendido una mentira exquisita.

–¿De qué habláis vosotras dos? A nadie le importa una mierda, sea lo que sea –dijo Sasha, formando aros de humo perfectos. Y añadió con voz de falsete–: Oh, miradnos, somos la reinecita y la princesita, y conspiramos en el rincón.

–¿Crees que la gente tiene *terroir*? –pregunté.

Estaba pensando en ella, en Jake, en su Cape Cod y en las ostras que había probado. Oí un hipo y me volví.

–Oh, cariño –dijo ella.

–Para –ordenó Jake, levantando la mano.

¿El hipo era de Jake? «No es posible», pensé. Era algo demasiado humano, demasiado accidental. Jake miró la cerveza que tenía ante sí con desprecio, y la habitación se avinagró. Todos esperamos a ver si se le escapaba otro.

–Eh, yo tengo un método –dijo Will, poniéndole una mano en el hombro; Jake se la quitó de encima de inmediato y siguió mirando su cerveza.

–En Rusia solo hay una manera...

–No –dijo.

Miré a Simone para ver si era una broma. Joder, solo era hipo. Ella lo observaba. A él le dio otra vez el hipo y cerró los ojos.

–Escucha, colega, es fácil. Primero contén la respiración.

–Puedo soportarlo –dijo Jake con seriedad.

–¿Es una broma? –pregunté.

–Solo es hipo, Jake, mi niño lo tiene cada dos por tres –dijo Nick.

–No me gusta.

Me volví hacia Simone y susurré:

–¿No le gusta?

Ella negó con la cabeza y me susurró:

–Le viene de cuando era pequeño. Es porque no es capaz de contener la respiración.

Era obvio que tenía problemas para contener la respiración y aguardamos. Sasha introdujo la mano detrás de la barra y dijo:

–Oye, viejo, dame el líquido de los pepinillos. Me lo enseñó mi abuela.

–Solo hay que tragar tres veces.

–No –dijo Nick, poniendo azúcar en una cucharilla–. Tómate esto.

–Hay que beber un vaso de agua boca abajo –dije sin que se me oyera.

–Jake –le llamó Simone, y él volvió a levantar la mano. Le salió otro hipo y le tembló todo el pecho. Ella se mordió el labio.

–No seas tan flojo –dijo Will.

Jake golpeó la barra con la mano y nos quedamos todos paralizados. Luego se asió a la barra con las dos manos y cerró los ojos, respirando profundamente. Nicky se apartó. Volvió a hipar.

Cogí mi copa y me alejé como si fuera a la cocina. Pero me volví cuando pasé a su lado. Me abandonó la razón, mi sensación de propiedad. Cuando empecé a retroceder vi que Simone me miraba cabeceando. Y pensé: «Puede que tu actitud no sea la mejor. Puede que las dos os estéis tomando muy a pecho que él no pueda soportar el hipo».

Me moví sigilosa y furtivamente. Me agaché hasta situarme detrás de su taburete. Cuando estuve lo bastante cerca para distinguir el vello de sus brazos, salté.

–¡Buu! –grité, golpeándole los hombros con las manos. Me eché a reír. Callé cuando volvió ligeramente el rostro. Él no se estaba riendo. Tenía mirada de asesino.

–Lo siento –me disculpé.

Me fui a la cocina frotando la copa, sintiendo más vergüenza con cada paso que daba. El único consuelo que tenía mientras me cambiaba de ropa era que algún día estaría lejos, muy lejos del restaurante, y no recordaría que me había comportado como una niña. «Él debería estar avergonzado –me dije–. Joder con el hipo, qué niñato narcisista. Él debería ser el que corriera.» Pero no, era yo, y me escondí en el vestuario hasta que me calmé.

Cuando volví, Simone y él se habían ido. Alivio.

–Qué tía, menudo carácter, ¿verdad? –comentó Sasha cabeceando.

–¿Quieres otra? –preguntó Will, girando el taburete que había a su lado.

–Fue una estupidez –dije.

–Olvidémoslo –invitó Sasha, recogiendo los platos con las cenizas.

–¿Park Bar?

Vacilé.

–Vamos, Sopla, has ganado este asalto. –Nicky apagó las luces y añadió–: Ya no tuvo más hipo. Se lo curaste.

Las repercusiones de mi caída por la escalera aparecieron en la cadera izquierda, el culo y la mejilla en la que me golpeó la bandeja de los entrantes. Los golpes salieron como burbujas en la superficie de mi piel y luego se colorearon. Parecía una nectarina a medio licuar, con la pulpa moviéndose bajo la fina piel. Si la muerdes, revienta.

V

Y entonces un día aprendí que había un barranco invisible que recorría toda la ciudad, tan profundo como el Gran Cañón, y que se estrechaba en la parte de arriba. Podías caminar al lado de un extraño por la acera y no darte cuenta de que los dos no estabais en la misma vertiente.

A un lado estaba la gente que vivía allí, y al otro, a una distancia terminal, la gente que se había construido su hogar allí.

La primera vez que vi un hogar fue un día del Veranillo de San Miguel en que acepté la oferta de Simone de prestarme su *Atlas Mundial del Vino* y otros libros que ella creía que podrían serme de ayuda para cotejar el nuevo mundo con el viejo; para saber cuándo había que defender el *brettanomyces* y cuándo aborrecerlo. Ella vivía en el East Village, en la calle Nueve, entre las avenidas Primera y A.

Yo llevaba en Nueva York el tiempo suficiente ya para saber que los empleados de servicio, incluso los veteranos, no ganaban lo bastante para vivir solos en el East Village. Simone llevaba en el mismo apartamento más de doce años. Yo no entendía bien cómo funcionaba el sistema de renta antigua, pero deduje que si te quedabas en el gueto el tiempo suficiente, al final acababas viviendo gratis, o algo por el estilo.

Un viejo edificio chamuscado, con una recargada escalera de incendios. Cuatro descansillos. Memoricé los detalles como si estuviera pensando en mudarme allí, y me imaginaba sacando la basura o tendiendo la colada. Pensé que Simone y yo podríamos estar en esa transición esencial –tiempo libre, nuestros dos días libres– y fantaseé con las invitaciones que me propondría: «Vamos juntas a los baños rusos y cotillearemos un rato. O podemos hacernos la pedicura y leer revistas del corazón». O mejor aún, ella me preguntaba si había comido (no tenía intención) y luego decía: «Vamos a comer», y me llevaba a un tugurio de Alphabet City donde hablaban francés, y pedía cuscús, y bebíamos vino blanco barato, y ella me explicaba una vez más la diferencia entre los distintos viñedos de beaujolais, pero al hacerlo me estaba hablando de su vida, de un modo sutilmente velado, y yo le respondía reconstruyendo anécdotas de mi propio *terroir*, experiencias que iban intercalándose entre sus observaciones.

–Ah, hola –dijo con suavidad.

Parecía sorprendida de verme, como si no me esperase. Llevaba una bata corta estampada, encima de un calzoncillo masculino y una camiseta de tirantes. Las piernas de Simone. Los pechos sueltos, caídos. Siempre me sorprendía lo pequeña que era fuera del trabajo. Olores de Simone: café, polvo de flores que se abren de noche, pelo sin lavar, y un mínimo rastro de tabaco. Crucé el umbral despacio, con miedo a respirar.

Pude verlo todo desde la puerta. Era un diminuto apartamento con una pared de ventanas que daban a la calle Nueve y cuya luz ya había pasado del mediodía. Ante las ventanas estaba su salita, aunque «estudio» sería un término más apropiado. No había sofá, ni televisor, ni mesa de centro. Había estanterías de libros que ocupaban la pared hasta media altura, y luego, encima, libros apilados horizontalmente. Dominando el centro de la zona, enmarcada entre las ventanas, había una mesa redonda de madera maciza. Encima de la mesa había más libros apilados, copas de vino vacías, jarrones de flores, unas frescas y otras marchitas. Un mortero en medio de velas blancas. La rodeaban sillas de muchas clases y en el rincón se veía un sillón de cuero agrietado con dos mantas, una con un diseño indio y otra de ese tejido suelto de algodón que se encuentra en las tiendas *amish*. Había colecciones de documentos en carpetas, al lado del sillón, latas de metal llenas de recortes de revistas y periódicos. Las paredes estaban pintadas de gris claro y cubiertas de cuadros, el más notable, el de una mujer desnuda recostada. Me acerqué por instinto a la mujer, preguntándome si sería ella, aunque también sabía que Simone no era de las personas que se cuelgan en la pared. Movió el brazo de un tocadiscos y el jazz devolvió la habitación al tiempo presente.

–¿Has venido corriendo? –preguntó, señalándome la blusa. Estaba empapada.

–Casi. He venido andando.

–Qué encanto. –Quería que ella reconociera que había caminado por el puente, que vivía al otro lado del río. Quería que me preguntara por mi casa, que ahora tenía que existir en relación con la suya–. ¿Agua? ¿Café?

–Las dos cosas, por favor. ¿No hay sofá?

–Los sofás vuelven perezosas a las personas. Estoy segura de que si tuviera uno, no conseguiría terminar nada.

¿Qué es eso de que la gente tenga que hacer cosas en sus días libres? Ella parecía una escritora... Su apartamento tenía el aura desgastada del estudio de un escritor, incluso de un pintor si hubiera visto algún lienzo, pero ella nunca hablaba de proyectos específicos. Y nunca hablaba de escribir, ni de sentarse con papel y lápiz. Mientras estaba en el trabajo, allí era donde existía completamente, nunca a medias. Hablaba a menudo de arte, hablaba a menudo de comida, hablaba a menudo de libros.

–¿Eres escritora?

–Mmm. Escritora. Intenté dedicarme a poner alguna verdad sobre papel. Pero si te tomas el arte demasiado en serio, acabas por suicidarte. ¿Sabes qué quiero decir?

«Te quiero», quería decir yo. Solté un gruñido. Entró en la cocina, que era de miniatura. El techo era más bajo porque encima había una cama escondida y todo parecía encogido para ajustarse a ella. El frigorífico también era diminuto. A su lado, había colgada una fila de cazos de cobre.

–Uau. De veras la tienes –dije. Pasé por su lado y me acerqué a una gran bañera de hierro que había en un extremo de la cocina, al lado de una ventana que daba a un patio interior. Se notaba humedad en el ambiente, aunque Simone no parecía afectada por ella en absoluto. Había una cuerda de tender con ropa interior secándose y envases de detergente mezclados con el champú y jabón Dr. Bronner. La bañera tenía dos cortinas, que estaban recogidas, y una alcachofa de ducha que salía de la pared. Me acordé de él. Miré la forma inteligente, aunque de aficionado, con que se había construido la ducha y supe que él había estado allí. Deseé percibir sus huellas dactilares por todo el apartamento.

–Ah. He de admitir que me sigue encantando. Cuando vi este lugar, el casero me dijo que podía cerrarlo todo, convertirlo en un auténtico baño, quitar la bañera. Y yo insistí en conservarla. Era muy romántica por aquel entonces. Pensé que bebería vino en la bañera, tomaría café en la bañera, recibiría a mis admiradores en la bañera. Supe que tenía que quedarme este piso. Es el único del edificio que todavía es así. El casero se disculpa cada vez que me ve. –Se rio y me dio un vaso de agua–. Quizá sea un poco triste que me siga dando tanto placer.

–¿De verdad bebes vino en la bañera?

–He pasado muchas noches locas en esa bañera. Noches salvajes, noches salvajes, mi lujo.

–¿No es peligroso? ¿Y si te duermes?

–Creo que no bebo tanto como tú, cariño.

–Ja, ja –dije, y noté un eco de nuestras personalidades del trabajo, nuestras bromas. Supe que ella era mágica. Lo había sabido desde la primera vez que me había dirigido la palabra. Yo tenía razón, sus labios seguían siendo rojos aunque estaba sin maquillar.

–Pareces muy emocionada, pequeña... ¿Quieres probarla?

No estoy segura de qué quería decir, pero me metí en la bañera vacía, bajo una guirnalda de ropa interior con encaje. Me recosté y observé la escena. Simone estaba llenando la cafetera, absorta en su ritual del café.

–Este lugar es alucinante. No deberías dejarlo nunca –concluí.

Tenía la sensación de que nada de aquel apartamento era pasajero, de que todo había nacido allí. Las paredes grises eran una cortina, y la ciudad parecía lejana, como una ciudad europea y no aquella en la que yo libraba batallas triviales, cotidianas. Mi mente se calmó. De repente, estaba agotada, todos mis interruptores se apagaron. Me temblaron los párpados y luego cayeron.

Los abrí al cabo de unos segundos o eso me pareció a mí; pero había una cafetera en la encimera y pude oírla hablar en voz baja por teléfono, sentada en el alféizar de la ventana. Me incorporé con la cabeza zumbando y me sentí como si me hubiera desmayado. Ella colgó el teléfono. Vi que me había servido una taza. Al lado había una jarrita de leche y un cuenco de azúcar moreno con una cucharilla. La taza era color turquesa y llevaba escrita la palabra MIAMI.

–Lo siento. No suele ocurrirme.

–Tranquila. Es una buena bañera. ¿No te alegra que la conservara?

Empezó a moverse entre sus libros con ojos y manos, como si estuviera trazando un dibujo en el aire. Ahora llevaba tejanos, aunque con la bata encima, y se había puesto las gafas. El café estaba caliente y la luz había cambiado. No tenía ni idea de cuánto tiempo había estado dormida, pero la luz indicaba que me había pasado. Se había roto el dulce hechizo. Cogió libros de los estantes y los amontonó sobre la mesa.

–¿Miami? –dije, cogiendo la taza, esperanzada.

–¿Cuántos puedes llevarte?

–Tomaré el metro para volver, así que los que quieras. –Estaba mareada–. Solo hay una parada.

–Mmm...

–¿Quieres ir a comer? –pregunté en voz demasiado alta–. O sea, ¿quieres ir a comer conmigo? O sea, te invito a comer. Por los libros. Por haberme invitado a tu casa.

–Eso suena muy bien, pero me temo que tengo planes para hoy. Otro día.

Quise llorar.

–Bueno, yo sí voy a comer. ¿Hay algún sitio bueno para mí? Para ir sola. A comer.

–Mmm... –Parecía distraída. «¡Comida, Simone!», quise gritar. «¡Comida! Tómame en serio»–. Está el Life Café en el parque. A lo mejor te gusta. Puedes sentarte fuera. Fuera se está bien... ¿se está bien? Dios mío, se está haciendo tarde.

Señaló el montón con la cabeza, seis libros, dos más grandes que cualquier libro de texto que hubiera tenido en la universidad. Fue a la cocina y cogió unas bolsas de plástico. Se dio unos golpecitos en los labios, examinando la habitación, concentrada.

–Aquí está.

Se acercó a un estante y sacó un volumen fino.

–¿Emily Dickinson?

–Hora de revisitar a la santa patrona de las noches salvajes.

–¿Emily Dickinson?

–Disfrútalo. Y fíjate bien en esos mapas de Francia. Nada te enseñará tanto sobre vino como la tierra. Y no pierdas de vista las historias... El vino es historia, así que busca las conexiones.

–Está bien. –No podía moverme. Su energía me empujaba hacia la puerta, pero no quería irme. Miré la habitación con deseo de asirme a algo–. Bueno, gracias por el café. ¿Qué café es?

–Es excelente, ¿verdad?

Abrió la puerta y se puso a un lado. Salí al rellano.

–¿Puedo volver?

–Por supuesto, por supuesto –dijo, con demasiado entusiasmo–. Pronto. Y para una comida como Dios manda.

Cuando dijo «pronto» sonó a «nunca».

–Hasta mañana.

Ya había cerrado la puerta. Llegué al final de la escalera antes de echarme a llorar.

A veces mi tristeza parece tan profunda como si la hubiera heredado. Tenía una cantinela, y aunque ya había recuperado el aliento cuando llegué a la Primera Avenida, la cantinela no me dejaba. Era gutural e ilógica, y la repetía sin fin como un estribillo: «Por favor, no me dejes, por favor, no me dejes, por favor, no me dejes». Durante todo el camino de vuelta, a pesar de los chicos aburridos y anoréxicos de la avenida Bedford, a pesar del chabacano sonsonete de la música de las tiendas hispanas, a pesar del traqueteo de la línea J del metro en el puente. Me oí decirlo en voz alta cuando llegué a mi dormitorio. Di un puntapié al colchón que yacía en el suelo. Entonces fue cuando me di cuenta de lo lejos que estaba. Vi el barranco. Había recorrido una gran distancia, solo una parada de metro. Por favor, no me dejes. Supongo que tenía sentido... nunca me había sentido tan sola.

El lunes por la mañana doña Florecitas llegó armada con palitos de canela en rama, hojas de laurel y manzanas enceradas. Los cocineros salieron de la cocina alegando recados inexistentes para poder verla. Su voz sonó como la de una princesa Disney cuando me dijo hola. Pájaros que trinaban. Pero los arreglos eran sencillos y, me dolía decirlo, hermosos.

Paseé por los puestos del mercado de la fruta durante mi descanso. Las hojas estaban alborotadas, pero no podía concentrarme en ellas. Solo veía manzanas. Amontonadas, a punto de caerse. Empires, braeburns, pink ladies, macouns. Mujeres con leotardos, hombres con bufanda. Cubas de sidra echando vapor. Compré una manzana y me la comí.

¿Había entendido la fragancia y el peso? ¿La dulzura de la pulpa? ¿Había sentido alguna vez la fatalidad del otoño como hacían mis huesos ahora, mientras observaba las pensativas corrientes de la circulación peatonal? Me invadió una desesperación muda. Me dejé llevar. En aquel punto ya no podía recordar los huertos, las flores, la vida de la manzana fuera de la ciudad. Solo sabía que era una fruta humilde, para momentos corrientes. «Solo es comida –pensé al terminar de comérmela, con corazón y todo–. Y aun así nos transporta al invierno. Nos mantiene estables.»

Jake comprobó dos veces las luces, contoneándose mientras subía. Se puso la cazadora de cuero sobre los hombros. En una solapa llevaba una ancha insignia, un ancla de oro. Luego todo el mundo se puso cazadoras de cuero al mismo tiempo. Me imaginaba a todos llamándose entre sí, diciendo: «Hoy toca cazadora de cuero». ¿Dónde las compraban?

–¿Vas a comprar una? –le preguntó alguien.

–Una suena bien –respondió.

Salimos. El aire sabía a cuchillos de acero y agua filtrada. Un escalofrío real, como una advertencia.

El bar estaba abarrotado. El público era diferente, ruidoso, pijos insulsos y universitarios. Nos metimos en una nube fría y húmeda de sudor. Me separé de Will y Ariel para dirigirme a un rincón trasero. Extremidades en la cara, las manos haciendo cuña entre la multitud. Alguien me pilló los dedos. Retiré el brazo de golpe y cuando se me cayó el bolso al suelo, me volví y grité: «No puedo respirar».

Había olvidado lo alto que era. Cuando me volví, Jake estaba a mi lado, como si fuéramos en el metro en hora punta, y mi nariz quedó a la altura de su clavícula. El cuero me impidió ver. Alguien lo empujó por detrás y mi nariz tocó su pecho. Bergamota, tabaco. Levanté los ojos hacia él. Mierda.

–Eh –dije.

–Hola ahí abajo –respondió.

Me chupé los labios. No se movió para ir a ninguna parte. Ni a la barra, ni al baño, ni siquiera a quitarse la cazadora.

–Perdón –dijo alguien, empujándolo otra vez. Puso sus manos sobre mi cabeza. Su sudor, su olor.

–No digas que no he hecho nunca nada por ti –dijo Ariel, abriéndose camino a empujones y dándome una cerveza.

–Gracias –dije, llevándomela a la frente–. Creo que esta noche no puedo estar aquí.

–Tú misma, Skip. Dímelo antes de irte. –Miró a todos lados–. Para saber que estás bien o lo que sea. Vivian está agonizando ahí.

Bebí un trago de cerveza. Mantenerme en silencio, ese era mi plan. Ya diría él algo.

–Podemos compartirla –dije.

Él cogió la botella, la inclinó, observé su nuez de Adán, y me la devolvió. Me formuló una pregunta con los ojos. Asentí con la cabeza.

–Nunca hablas conmigo –dije.

–Ah, ¿no?

–No. Parece que no te caigo bien.

–Ah, ¿no?

Sus ojos sin color, nublados, serenos. Sus dientes manchados de vino. Se inclinó.

–Las cosas te afectan mucho. Una ráfaga de aire te derrumba. Te lo tomas todo muy en serio.

Su aliento como malta y violetas, apasionante.

–Sí –dije.

–Eso me gusta.

–Pues tú no pareces tomarte nada en serio.

Examinó la sala y sus ojos volvían a mí cada pocos segundos, cada vez que alguien tropezaba con nosotros.

–A veces –añadí– me parece que hablamos. Pero no hablamos.

Alargó la mano y me cogió un mechón de pelo. Se envolvió el dedo con él. Yo no respiraba.

–¿Qué tal el cardenal?

–Va bien –respondí. Volví la mejilla para que lo viera, aunque ya casi había desaparecido. Me soltó el pelo–. Voy a poner una demanda. Esas escaleras son absurdas.

Asintió con la cabeza, paciente. Pómulos lobunos, rostro ascético y anguloso. Anillos en dedos largos, una rosa, media calavera, un sello masónico de oro.

–¿Es Yorick? –pregunté, señalando el anillo de la calavera.

–Eso es un problema –dijo, cogiéndome la cerveza–. No flirteo con chicas que leen.

Sonrió, sabiendo que me tenía pillada. Había algo experto y

sádico en él, envolviéndome y desenvolviéndome. Miré a otro lado, miré atrás. Empecé a decir algo, me callé. Me moví hacia el baño, pero no me moví. Me devolvió la cerveza y bebí un trago.

–Estás confusa –comentó–. Se te ve en la cara.

¿Qué podía decirle?: «¿Gracias, doctor Freud?».

–Solo intento hacer un buen papel.

–¿En la vida?

–Sí, en la vida.

Volvió a coger la cerveza y la terminó de un largo trago, mirándome de arriba abajo. ¿Era por mis tejanos rasgados o por mi camiseta gris? ¿Mis Converse? ¿Dónde estaba todo el mundo?

–Yo quiero... es decir, quiero algo más que hacer un buen papel. Quiero sentir cada experiencia a fondo.

–¡Ja! –Golpeó la pared por encima de mí–. ¿Te ha estado citando a Keats? Eres demasiado maleable para estar cerca de ella.

–No soy una niña –rechisté, aunque me sentía engañada.

–No eres una niña –repitió–. ¿Sabes cuál es la diferencia entre querer vivir experiencias y vivirlas?

–No me conoces –dije.

Pero quería que me conociera. Empiné la botella, pero ya no quedaba cerveza. La raíz del pelo me picaba por el sudor. Me quité la bufanda, estrangulándome durante un momento. Con el cuello aireado, me despreocupé. Levanté la barbilla, eché la cabeza atrás y parpadeé.

–Tus ojos. Es inconfundible –dijo, tocándome la mejilla con el dedo pulgar–. «La velada melancolía tiene su santuario soberano.»

Su mano ascendió por mi ya ruborizada mejilla, por entre mi pelo, del que tiró, dedos secos, indiferentes. Con la otra mano me apretó la contusión del muslo, como si pudiera intuir la sangre bajo la piel.

Cuando me besó dije: «Oh, Dios mío» dentro de su boca, pero eso, como todo lo demás, se lo tragó.

En aquel momento ya no había Jake, ni restaurante, ni ciudad. Solo mi deseo que corría desbocado, potenciado por la bebida, a través de las calles. Despiadadas, todas ellas. ¿Era yo un monstruo o era esto lo que se sentía al ser persona? Él no solo utilizó aquellos absurdos labios suavemente dibujados, sino los dientes, la lengua, la mandíbula, sus manos apretándome, asiéndome finalmente las muñecas, comprimiéndome. Me separé como pude. Gruñí. Bufé.

No creo que fuera un beso bonito. Cuando terminó me sentí como si me hubieran golpeado. Mareada, furiosa, todavía con comezón. Él se perdió entre la húmeda concurrencia para buscar una cerveza y no volvió. Me quedé allí, mirando los boxeadores del cuadro durante no sé cuánto tiempo, hasta que Scott me preguntó si estaba hambrienta y dije:

–Famélica.

Entramos en tropel por la puerta del Sichuan, un local situado en la zona central de Manhattan. Busqué algún reloj en la pared y por suerte no vi ninguno. Nada que hiciera presión sobre los manteles de plástico, nada que me recordara que aquella noche terminaría.

El restaurante estaba bastante lleno, había una clientela heterogénea a aquella hora tardía de la noche: unos con aspecto respetable; otros, como nosotros, agotados y nerviosos. Ninguno de los presentes miraba a nadie a los ojos, en conformidad con la ley del anonimato que regía en los bares nocturnos brillantemente iluminados.

Sí, estábamos muertos de hambre. Scott agitó los menús y llamamos la atención del camarero, que procedió a apuntar una obscena cantidad de comida del «menú real», que no estaba impreso.

Cerveza de dos dólares que sabía como si no estuviera fermentada del todo, agua con sabor a levadura. Nos moríamos de hambre. Nadie se daba prisa... A los diez minutos empezaron a aparecer platos en la cinta giratoria del centro de la mesa y nos peleamos entre nosotros. Caracoles de mar en un alucinante aceite de Sichuán; un nido de fideos de sésamo fríos; un estofado delirante, rojo, que Scott llamó *mapo tofu*; tripa fría («Tú cómetela», mandó Scott, y obedecí); pato crujiente; judías verdes salteadas; finas berenjenas prácticamente derretidas; pepinos con aceite de cebolleta...

Sudábamos, respirábamos con fuerza, nuestros ojos corrían de un lado a otro. Más servilletas. Las salsas volaban. Más arroz. Me toqué los labios, entumecidos, escocidos. El estómago se me hinchaba, dura pelota alienígena. Pensé en vomitar para poder seguir comiendo.

–¿Cuál sería vuestra última comida? –pregunté de repente.

Aquella noche me habría parecido bien que terminara mi vida.

–Un *omakase* hasta allá de largo. De treinta y cuatro platos por lo menos. Y que el encargo me lo prepare Yesuda en persona. Pone la salsa de soja con un pincel.

–Pastrami de salmón en Russ and Daughters. Una tonelada de *bagels*. Por ejemplo tres.

–La doble doble de un In-N-Out.

–Yo estoy pensando en Barolo, algo muy maduro y sucio, como en los ochenta.

–ShackBurger y un batido.

–Los escalopines de ternera de mi madre y una Coca-Cola light.

–La boloñesa de la abuela... tardaba ocho horas. Elaboraba la pasta a mano.

–Un pollo asado... me lo comería entero con la mano. Y supongo que un DRC. ¿En qué otro momento iba a saborear ese borgoña?

–Blinis, caviar y *crème fraîche*. No se hable más. Y algún champán imposible, Krug, o alguno de culto como el Selosse, bebido directamente de la botella.

–Una tostada –dije cuando me llegó el turno.

Traté de pensar en algo más glamuroso, pero mi verdad era la tostada. Esperaba que se burlaran de mí. Por conservadora, estúpida y falta de imaginación.

–¿Con qué?

–Mmm. Mantequilla de cacahuete. De la que venden sin refinar en las tiendas de comida sana. Yo misma le pondría la sal.

Torpe. Idiota. Pero todos asintieron con la cabeza. Respetaron mi tostada. Como yo cuando me la preparé por la mañana. Me la comí de pie en la angosta cocina, que tenía una cazuela, platos de papel y una tostadora. Una pequeña ventana en un extremo, por la que veía los edificios y observaba las palomas sobre los cables de teléfono. A veces comía dos tostadas. A veces me la comía sin nada, apoyada en la ventana.

–Voy a vomitar.

Todos estuvimos de acuerdo.

–¿Una copa antes de irnos a dormir?

Todos estuvimos de acuerdo.

La cuenta no fue nada y la mesa desapareció. Dejamos un montón de dinero en efectivo en la cinta giratoria y salimos a la generosa noche.

VI

Jake se comportó como si no hubiera pasado nada, así que yo me comporté como si no hubiera pasado nada de nada. Una tarde estábamos solos en el laberinto de cristal y cartón de la bodega. Lo oía moverse tras un montón de cajas más alto que mi cabeza. Oí un gruñido de indiferencia. Su cuchillo rasgó la tapa. Trozos de cartón sobre el hormigón del suelo. Tintineo de vidrio contra vidrio.

Qué fácil sería decir hola. Decir: «Hola, ¿me recuerdas?». Decir: «¿Puedes ayudarme a buscar el Bricco Manzoni?». Decir: «Ay, mierda, este lugar es un desastre». Decir: «Bésame otra vez, ahora mismo».

Unos pasos por encima de nosotros hicieron caer polvo del techo. Me detuve en seco y escuché. Se fue cargado con seis botellas de vino en las manos, agachándose para pasar por la puerta. «Cuidado con los posos», podría haber dicho si me hubiera mirado.

Me despertaba histérica todas las mañanas, por la posibilidad de verlo. Encontraba un gran placer en dominar esa histeria. Practicaba la compostura. Él me estaba enseñando una paciencia que antes no conocía. Era por él, pero no solo por él. Anhelaba satisfacción, pero me aterrorizaba. Quería vivir aquella vertiginosa fantasía todo el tiempo posible. Mi cuerpo estaba agitado y poseído, pero encontré el Bricco, rompí la caja. Lo apreté contra el pecho... el precario equilibrio entre lo cotidiano y la locura en tecnicolor.

–Noche de aficionados –gritó Ariel. El Park Bar estaba lleno de mujeres toscas envueltas en vestidos inflamables, hombres adultos con pintura facial medio borrada. Un par de colmillos de vampiro en un vaso vacío con rodajas de lima. Un macarra con cadena de oro y zapatos de payaso estaba en un rincón, rodeado por las habituales prostitutas sin lustre. Will, nuestro propio Peter Parker, se había convertido en Spiderman. Me pidió que le hiciera el turno de Halloween diciendo que era su fiesta favorita, y pensé que lo decía con sarcasmo. Yo no solo no había participado en Halloween de niña, sino que los adultos que lo celebraban me parecían particularmente raros. Pero él tenía un disfraz completo y había estado bebiendo con sus amigos Batman, Robin y Lobezno desde primera hora de la tarde. Se puso en cuclillas en un taburete del bar y me tiró telarañas, indiferente al hecho de que el tejido rojo se adhería a su barriga cervecera.

Vivian estaba indecente. Yo había pasado muchas noches admirándola con Ariel, que era crítica por defecto, pero también estaba enamorada. A veces olvidaba que Vivian era como yo, una persona, quizá enternecedora, ambiciosa o algo parecido. Esa noche iba de «sopa de teta», así lo llamó ella. Su carne desbordaba por todas partes, la cinturilla de sus mallas se le clavaba en las caderas por encima del pantalón corto negro.

–¿Tú qué eres, cariño? –me preguntó por encima de la barra.

–Inofensiva –respondí a gritos.

No me oyó, pero hizo como que sí y respondió:

–Guay.

–Esto es un poco triste, ¿no?

Pero Ariel tampoco me prestaba atención. Arrojó la cereza de un cóctel a Vivian, que estaba medio hablando con un caballero y una princesa. Vivian la atrapó y se la metió en la boca, guiñando un ojo a Ariel.

–¡*Gilicoños*! –gritó Ariel, y se echó a reír.

Vivian puso unos chupitos de tequila y un cuenco de palomitas dulces sobre la barra. En cuanto me tomé el chupito, mi estómago protestó. Hacía horas que había comido. Estaba condenada.

–Noche de aficionados total –dije, masticando un puñado de palomitas dulces–. ¿Traéis una bolsita o qué?

–Creo que Spidey tiene un montón.

Will estaba en el rincón, hablando con Scott y los chicos de la cocina, retorciéndose las manos. Todos tenemos algún tic cuando estamos colocados: Will se retuerce las manos, Ariel parpadea con rapidez, y yo digo: «No, espera», una y otra vez. Ellos me imitaban todo el rato. «No, esperad, chicos», y yo siempre quedaba como una tonta cuando lo hacían.

–Bonito disfraz –dijo Scott–. ¿Vas de quinceañera?

–En tus sueños, Scott. –Di una palmada en el hombro de Will–. Willy, criatura, ¿tienes una rayita para mí?

–¡Truco o trato! –gritó y me pasó el brazo por los hombros. Me siguió, balbuceando, hasta la cola de los lavabos.

–¿Qué dices? –Encendí la luz y cerré la puerta. Olía a mierda–. Hostia, alguien ha arrasado este lugar.

Will sudaba y tenía la cara verdosa por encima del traje rojo. Miró la luz del baño. Parecía asustado.

–Siéntate, criatura –dije, acercándolo al inodoro.

–No has visto la película.

–Vayamos al grano. –Aparté la mano y él empezó a retorcerse las suyas.

–Ahora estás muy ocupada.

–No, Will, vayamos al grano. ¿Me invitas o qué?

–Me gusta compartir –dijo–. Tengo cinco hermanos.

Metió la mano en el calcetín y su cabeza cayó en la pila.

–Uy. –Le puse la mano en la frente y tiré de él para erguirlo–. Lo sé. Tienes cinco hermanos y tú estás en medio. Y estabais muy unidos.

Lo besé en la frente y cogí la bolsa de coca.

–La mayoría de los hombres llevan vidas de silenciosa desesperación.

Miré la bolsa... estaba casi vacía.

–Vale, vale, señor Thoreau. Se te ha acabado.

–Deberías ver la película.

–¿Te la has metido toda tú solo?

–No, soy un tipo generoso.

–Eso es cierto, cariño. Nadie te lo va a discutir. Voy a terminar lo que queda. –Saqué la polvera... quedaba lo justo para una buena raya. Al levantarme me miré en el espejo. La verdad era que a veces no sentía nada. Me metía coca y me decía que estaba colocada, pero solo estaba aturdida. Por eso me miraba en el espejo. Cuando estaba realmente volando no podía dejar de buscar mis ojos en cualquier reflejo. Pensaba que era hermosa, pensaba que mis ojos guardaban secretos. Esa noche parecía insulsa. Me toqué las pestañas ante el espejo y vi que Will me observaba con ojos saltones–. ¿Estás bien? ¿Necesitas aire?

–Estoy enamorado de ti.

Lo dijo atropelladamente, pero era una de esas frases que no se confunden. Estaba construida de tal manera que nunca pudieras dejar de entenderla.

–¿Perdón?

–Estoy enamorado...

–Hostia, no, no importa, no vuelvas a decirlo.

Se llevó la mano a la boca y cayó de espaldas, golpeando la manivela de la cisterna. Salió un chorro de agua.

–No seas estúpido, Will. –Mi voz sonaba airada. Me miré en el espejo y me vibraban los ojos–. Eres una puta pesadilla por hablar así.

–Lo siento –dijo abatiendo la cabeza.

–No lo sientas –respondí. Por supuesto, al día siguiente fingiría que no había ocurrido nada. Jake me había enseñado a hacerlo. Sería amable. Pero cuando le golpeé en la espalda, me di cuenta de que estaba realmente furiosa–. No lo sientas, pero no seas estúpido, ¿estamos?

Lo conduje fuera y lo dejé en un banco, al lado de la puerta. Se sentó tranquilamente, mirando a todas partes como si acabara de despertar. Yo me senté en un taburete, al lado de Ariel, y me concentré en clavar las uñas en la madera de la barra.

–¿Has leído a Djuna Barnes? Yo ya no me acuerdo –dijo, totalmente coherente, masticando un rabo de cereza.

–Sí.

–Le pasé a Vivi *El bosque de la noche*. Trato de convencerla de que lea más.

–Eso está bien. –Había un culín de tequila delante de mí y lo cogí–. Eso la joderá por un minuto.

Ariel sonrió.

–Te has acabado la bolsa, ¿eh?

Un estetoscopio en la barra. Una capa colgada de un taburete. Disfraces descartados por todas partes, mientras nos acercábamos a otra cruda madrugada. Escuchaba a todo el mundo mientras pelaba la capa de laca negra de la barra. Podía hacerlo, quería. Eso es lo que estaba pensando. Podía hablar de Billy Wilder y Djuna Barnes, y del nuevo plato de tuétano del gastropub del West Village, y si sabías esto o lo otro de esa universidad, oh, solo es un puto colegio llamado Harvard, joder, ¿y no es triste cómo está cambiando la ciudad?, cada día a peor, y por supuesto el radicalismo es el único método para cambiarla, y oh sí, la revolución es intrínsecamente violenta, pero qué es la violencia, todo se reduce a las feromonas, solo somos combinaciones químicas, pero cuando conoces a esa persona lo sabes, simplemente lo sabes, ¿sabes?

–¡Falso! –grité. Nadie me miró. Quizá no lo había dicho en voz alta–. Todos vamos dando vueltas por ahí, esperando convertirnos en personas reales. Pues, ¿sabes qué, Vivian? No es cierto. ¿Te acuerdas de los hipócritas? –Asintió con la cabeza, el rostro brillante como una lentejuela–. No los recuerdas. Tienes que leer más.

»¡Vete a la mierda! –le solté a un hombre que no reconocí–. ¿Quieres repetir los nombres de las cosas? ¿Quieres distinguirlas? –El hombre desapareció–. ¡Yo sirvo a la gente! –grité por encima de la música–. Sasha, ¿crees que mi vida es fácil porque soy guapa? No lo es. De vez en cuando se me abre alguna puta puerta aquí y ahora. Ser guapa... bueno.

–Quiero grabar esta puta mierda ahora mismo.

–Apesta.

–Baby Monster, ¿qué tal si cierras la bocaza antes de que te rompa la cara?

–Te odio –le dije a Will, pero estaba dormido sobre los abrigos.

Quizá era eso lo que había dicho en el baño. ¿Eso era yo ahora? ¿El baño del Park Bar con su bombilla solitaria y el espejo sin azogue, el asqueroso grifo y las paredes infectadas con gérmenes de transmisión sexual? ¿Un baño donde había abierto el agua y vomitado en incontables ocasiones? ¿Amor?

Pero era Jake, en realidad. Will y Jake eran amigos, o lo más amigos que alguien como Jake podía permitirse ser de alguien. Bebían juntos, se comportaban como viejos camaradas, tenían sus temas seguros sobre los que hablar (grabaciones desconocidas de Dylan y preguntas sobre la guerra de Vietnam). Pero Will chismorreaba como un adolescente. Todos los del restaurante lo hacían. Era muy posible, incluso probable, que Jake y Will hubieran hablado de este «amor», una palabra ahora irremediablemente ligada a los lavabos del Park Bar. Quizá Jake le había dicho a Will que expresara sus sentimientos. Quizá Jake le había dicho que yo no lo merecía. Lo que era seguro que Jake no había dicho era: «Para, a mí ella me gusta».

–Ari –grité. La interpelada se volvió, interrumpiendo su conversación. Me tomé otro tequila y metí la mano detrás de la barra para coger la botella. Oí cristales rotos cuando la saqué–. Mira, calaveras. –Señalé la botella–. Qué miedo. ¿Lo pillas? Muerte.

Ariel me dio un pellizco en el brazo, pero no me gritó.

–¿Qué coño te pasa?

–¿Podemos coger un taxi para ir a casa? Estoy a punto de emborracharme de verdad.

Cerré los ojos y me acarició la cabeza.

–Claro, Skip. Lo que quieras.

Levanté los ojos y miré hacia la puerta. «Vete ya», pensé. Hacía un frío horrible aquella noche y el viento golpeaba las ventanas cerradas. En lugar de mi reflejo había un rostro rencoroso que brillaba flotando en la negra luna y me miraba con los dientes apretados, juzgándome.

El parque quedó deslucido cuando se fueron los vendedores del mercado de la fruta. Los agricultores hacían apuestas sobre la primera helada. Las ventanas de mi habitación estaban siempre cerradas, y tapaba las ranuras con camisetas viejas. Golpeé con el dedo un radiador destartalado y frío, mirándolo como a un oráculo. Pero lo que realmente marcó el cambio de estación fue que los bichos se trasladaran al interior. Las moscas de la fruta en primer lugar. Revoloteaban entre los golletes de las botellas de licor del bar, alrededor de los desagües de los fregaderos. Las moscas de la fruta se dispersaban cuando agitabas un paño húmedo. Un rocío de puntos negros en las paredes color crema. Zoe lo comentó antes del turno y nos asignó a todos trabajo extra.

–Las moscas de la fruta son una emergencia –dijo, moviendo el puño para enfatizar sus palabras.

Eso es lo que me había obligado a llevar guantes amarillos hasta los codos, a sujetar un rollo de papel y un fumigador azul sin nombre. Me acerqué a Nicky y a la pila del bar.

–Tienes un aspecto estupendo, Sopla, ahora ponte a cuatro patas.

–No te entiendo –dije, aunque lo que quería decir era: «¿Por qué yo?».

–Eres una mujer, creía que la limpieza era algo instintivo para vosotras. –Vació los restos de un cóctel en un vaso y me lo pasó–. Coraje líquido.

–¿Qué hay ahí abajo? –Me bebí lo que me daba.

–¿Crees que lo sé? La última vez que limpié debajo de esa pila fue a finales de los ochenta.

Suspiré y me arrodillé. Al descender, el aire cambió. Frío y húmedo, estancado, con un tufillo a cítrico. Miré debajo de la pila. Estaba oscuro.

–No veo nada.

Nicky me pasó una linterna. «Un desagüe está compuesto por dos desagües», me había dicho Zoe. El primero estaba en la pila y el segundo en el suelo. Había un espacio entre ellos. Según supe después, la cámara de aire se llamaba «sifón». Evitaba que las aguas residuales o cualquier otra cosa de las tuberías volvieran al fregadero.

Iluminé el suelo con la linterna y vi lápices, corchos de botella, papel de aluminio, papeles, tenedores, monedas. Moví la luz, buscando el desagüe del suelo. Cuando lo encontré, suspiré y apagué la luz.

Nicky estaba inclinado sobre la barra, mirándome.

–¿Qué has encontrado?

–Nick, esto es un desastre.

Sus «después de ti» se volvieron diabólicos. La hipótesis más optimista era que se trataba del principio de su turno, a última hora de la tarde, y él estaba todavía aturdido, malhumorado, y evitaba mirar a los ojos. Yo podía hacer como que no lo veía. Era peor si él había tomado café. Si había estado bebiendo *crémant*, si se le había despertado el apetito.

«Después de ti», dijo Jake. Me quedé paralizada en los estantes que había tras la barra, donde estaba limpiando las botellas de aperitivos. El plumero en la Suze. Los ojos en el Lillet. Afluentes de polvo brillando bajo las lámparas.

Primero su hombro, luego la indolente extensión de su pecho. Su dedo pulgar me rozó el codo. Yo contuve la respiración hasta que todo pasó.

«Después de ti», dijo. Yo me quedé petrificada en la ventanilla de comunicación, donde había estado amontonando recipientes limpios. Era un espacio estrecho. Las llamas de butano chisporroteaban delante de mí. Detrás, los golpes sincopados de los cuchillos sobre las tablas de cortar de plástico. Tenía el brazo levantado, lo dejé caer a un lado y esperé.

Él me puso la mano en la base de la cadera, o en la parte superior del muslo, o en el borde de mi ropa interior. Me empujó, me movió y me sujetó la cadera con la otra mano. Cualquier otro me habría permitido moverme. Cualquier otro habría esperado. Él salvaba los obstáculos sin miramientos.

«Perdona», dijo. Yo no tenía armas para repeler su ataque.

–No estrangules la botella, cariño –dijo Simone.

Se sentó a una mesa vacía del entresuelo, tenía el pelo suelto y había una copa con restos de borgoña delante de ella, un regalo de una de sus mesas. La había ayudado a terminar el trabajo menos importante y ahora estaba abriendo un vino mientras ella miraba. Relajé la mano.

–No me dejas ver la etiqueta.

–No te la estoy ocultando.

–En Sicilia, coger la botella con la etiqueta escondida es una ofensa. Deja de mirarla, mírame a mí.

–No está tan escondida. Está mejor que antes.

–Me importa muy poco si está mejor que antes, lo que quiero es que esté bien.

Cogí otra botella. Abrí la hoja del abrebotellas multiusos y la pasé por la base del capuchón de estaño.

–Ojalá todas las botellas tuvieran tapón de rosca.

–Muérdete la lengua. La estás girando otra vez.

–¿Cómo puedo pasar el cuchillo sin girarla?

Me quitó la botella y me lo demostró, cortando en el sentido de las agujas del reloj y luego introduciendo la punta debajo del capuchón, que salió limpiamente. Cogió otra botella de Bourgueil Cabernet Franc. Teníamos una botella de cada uno de los vinos de la casa, así que podía practicar sin problemas.

–¿Por qué sabes tanto?

–Llevo mucho tiempo haciendo esto.

–No, todos los que están aquí llevan mucho tiempo haciéndolo también. Ya sabes a qué me refiero.

–Me resulta imposible hacer algo sin estudiarlo detenidamente. Aunque sea trabajo del personal de servicio.

–Se suponía que este trabajo era fácil.

–Todos los trabajos son fáciles para los reacios a utilizar el cerebro. Yo pertenezco a una pequeña pero firme minoría que cree que comer es un arte, al igual que la vida.

Había hecho el corte. El capuchón de estaño salió de una pieza. La miré expectante.

–Otra vez –fue lo único que dijo.

–No es solo que este trabajo sea duro. La mayoría de las mañanas me despierto pensando que necesito a alguien adulto.

–Que eres tú. Tú eres la persona adulta.

–No, tú eres la mía –dije, y ella sonrió–. No sé. No he hecho la colada desde que me mudé aquí. No estoy mintiendo.

–Eso puede ocurrir al principio. Se cae, lo recoges.

–Antes trabajaba fuera. Al menos corría.

–Eso también pasa. Ve a un gimnasio.

–Nunca voy al banco, pierdo todas mis propinas.

–Eso es el Park Bar, pequeña. Equilibrio –dijo, señalando la botella que sostenía yo casi en sentido horizontal; la nivelé, la «puse a flote», como decía ella, en el aire–. Podrías hablar con Howard.

–¿Perdón?

–Podrías programar un mano a mano con Howard. Todos los encargados tienen reuniones obligatorias, pero Howard también atiende al personal de servicio. Puedes revisar tus progresos o simplemente desahogarte. Hazle preguntas sobre la vida.

–Mmm... –La miré tratando de adivinar qué pretendía. Me sentía como si estuviera al borde de algo, o quizá apoyada en algo, y recordaba lo que Will había dicho sobre Simone y Howard. Pensé en aquella camarera anoréxica, Rebecca. Ni siquiera podía recordar su cara, solo me acordaba de su nombre en el programa–. Eso es un poco raro, ¿no? Además, para eso te tengo a ti.

–Hablo en serio. Podría aconsejarte en cosas que yo no sabría.

–¿Por qué no puedes ser tú? –Dejé la botella–. No quiero hablar con él.

–Veo lo difícil que te resulta abrirte a la gente, pero Howard podría ayudarte.

–¿Ayudarme a qué? ¿A meter en problemas a todos mis amigos? ¿A tener un ataque de nervios y volver a casa? ¿A que me trasladen a otro restaurante?

Howard no era tan terrible. Pero su indiferencia con Rebecca y la forma en que la borró del mapa me irritaban. Y era como si Simone me estuviera echando.

–Vamos –dijo. Su voz se volvió más fría–. Yo no haría caso de los chismes. Él ha sido mentor de muchas chicas como tú.

–¿Chicas como yo?

Me miré la mano, donde se me había reabierto un corte en el dedo índice.

–Mujeres jóvenes, lo siento. Mujeres jóvenes como tú que han venido a la ciudad y... –Sacudió el aire con la mano.

–¿Y qué? –lo dije en voz muy alta.

Will miró desde el comedor de abajo y lo saludé. «¿Y qué?»

–Oye, te lo organizo y hablas con él cuando yo me haya ido.

–No quiero, Simone –me quejé. Mi tono cambió y vi que eso la afectaba. Le estaba diciendo que no quería. Se tocó el pelo.

–Por supuesto –dijo–. Bueno, tienes que seguir retocando tus modales para servir el vino. ¿Puedo al menos pedirte que practiques?

–¿Te vas a algún sitio?

¿Había dicho eso? ¿Dejarían que Simone se fuera del restaurante?

–Sí, serán esos días.

–¿Qué días?

–Pequeña, ya casi es Acción de Gracias. Jake y yo nos vamos a casa.

Jake y yo, Jake y yo, Jake y yo desaparecemos.

–Jake me besó –me oí decir, como si fuera una extraña.

Con lo discreta que había sido. Por supuesto, quise contárselo inmediatamente. Quería ver si ya lo sabía. Pero fue como con los higos y las ostras. Más que nada, quería acumular momentos entre nosotros... entre Jake y yo.

–Sí, te besó.

Me miró como si mis palabras le resultaran indiferentes. Yo no veía ninguna razón para aquella nube de tensión que había crecido durante la clase, pero allí estaba, en el ambiente.

–No sé –añadí. «Cierra la puta boca», me dije–. No sé qué significa.

Simone suspiró. Se quedó en silencio un buen rato, mirándome.

–¿Tú qué crees que significa?

Me encogí de hombros. Cualquier cosa que se me ocurriera decir en voz alta sería una prueba de inmadurez cuando llegara a sus oídos.

–Una mujer necesita estar en sus cabales para que la besen. Se lo digo todo el tiempo. Si no, se desata el infierno.

La gente oye lo que quiere oír. Yo oí: «Se lo digo todo el tiempo». Todo el tiempo, todo el tiempo, Jake y yo. Me sangraba el dedo y me lo llevé a la boca.

–Pues que tengas un buen viaje –dije.

Me así al pasamanos y empecé a bajar la escalera.

–Disfruta de la fiesta –respondió ella cuando iba a mitad de camino.

Permitan que intente decirlo de nuevo: a veces, cuando hablaba contigo, murmuraba. Tenías que inclinarte para oír lo que estaba diciendo. Se repetía a menudo. Estábamos bebiendo el vino que quedaba en las botellas de cabernet franc, y Jake lo sirvió sobre unos cubitos de hielo, y sabía a tomillo y arándanos, y yo dije: «¿Cuándo te vas a casa por Acción de Gracias?». Y él contestó: «Pronto». Me incliné y pregunté: «¿Cuándo has dicho?». Él se volvió, me situó en el centro de sus pupilas y dijo: «Pronto». Repetí, casi cayéndome del taburete: «¿Cuándo? Deberíamos ir por ahí antes de que te vayas», y sus ojos árticos me dijeron: «Nena, yo ya me he ido».

Estaba sacando brillo a los cuchillos en el aparador delantero cuando oí mi nombre. Me partió por la mitad: mi nombre, no lo había oído en meses. De repente vi la versión de mí misma que nunca había viajado a la ciudad, que no había rodado por la escalera ni había dicho ninguna estupidez. Estaba segura y prácticamente muerta.

Era un chico con el que había ido a la universidad. No podía recordar su nombre. Llevaba traje. Siempre llevaba traje cuando iba con sus padres. O al menos chaqueta deportiva y corbata. Mi primer impulso fue correr a la cocina y hacer como que no lo había oído. No obstante, pensé que Simone podía estar mirando y sonreí con calidez.

–¿Trabajas aquí? –preguntó con incredulidad.

–Sí, sí, trabajo aquí.

Intenté ver mi nuevo yo, pero lo único que percibía eran las rayas rojas y blancas de mi camisa. ¿Por qué me había puesto la roja, que siempre me recordaba a Wally y a los payasos? Me desdoblé y nos observé desde lo alto de la escalera, me desdoblé y nos observé desde el techo, me desdoblé y nos observé desde el centro del país.

–¡Qué gracia! –dijo.

–Sí, hilarante.

–¿Vives aquí?

–En el restaurante no.

–Ja, ya. Qué bien que te hayas venido aquí. ¿Vives en la ciudad?

–En Williamsburg. Es un barrio. De Brooklyn.

–Ah, sí, he oído hablar de él. Es como el barrio de moda, ¿no?

«No la parte en la que yo vivo», pensé. Pero sabía lo que tenía que decir.

–Sí. Hay muchos... –las palabras no querían salir juntas– artistas, muy... con mucho futuro.

–Y ¿qué más haces?

Inevitable. ¿Por qué no había ensayado una situación así? ¿Era posible que hubiera recitado ferozmente los ingredientes de los platos en el metro y nunca se me hubiera ocurrido una frase adecuada sobre mi vida? ¿Había borrado por completo el mundo más allá de aquellas paredes?

¿Qué más hacía? Estaba aprendiendo cosas sobre comida y vinos, y a saborear el *terroir* y a prestar atención.

–Estoy haciendo esto que ves –dije. Callé. Sentí el peso de su espera–. Y estoy trabajando en algunos proyectos.

–¿Qué proyectos?

Joder, su curiosidad era desconcertante. Otras personas trabajadoras saben cuándo dejar el tema, entienden el mensaje subliminal.

–Del ramo de la comunicación. Ya sabes, con todos los medios. Mmm. Fragmentos. La condición humana. El fracaso del lenguaje. El amor. Ahora mismo estoy reuniendo material.

–Fascinante –dijo, asfixiándome con su seriedad–. Este debe de ser el lugar perfecto para reunir material.

Quise decirle: «Mi vida está plena. Elegí esta vida porque se sufre sin cesar la agresión de los colores y las luces, y es cruda, y fea, y rápida, y es mía. Y tú nunca lo entenderás. Si no la vives, no la comprendes».

Pero en lugar de eso, asentí con la cabeza y dije:

–Sí, es perfecto.

–Sí... estupendo.

Cuando dijo «estupendo» pareció que decía «triste». Me puse rígida. La única forma de librarme era la hospitalidad.

–¿Vas a comer con nosotros?

–Sí, estoy atrás con mi padre y mi tío. Solo estaba buscando el lavabo. Hemos venido de Filadelfia a pasar la tarde. Este es su lugar favorito. Es muy famoso, ¿lo sabes?

Sonreí.

–Bueno, me acercaré a saludar. Y le haré saber al Chef que estás aquí. Por favor, permíteme que te enseñe los servicios.

Lo acompañé y pareció entender que ya era hora de que regresara a mi glamurosa vida de artista que abrillantaba cuchillos provisionalmente con una rayada blusa de pirata.

Empezó a alejarse, pero dio media vuelta y preguntó:

–Oye, ¿crees que podrías ser nuestra camarera? ¡Sería muy divertido!

¡Muy divertido! Si al menos supiera cómo decirle que ni siquiera era una puta camarera.

Nunca lo habría reconocido. Yo ya no pertenecía a su mundo. Los llamábamos «los-de-nueve-a-cinco». Vivían en armonía con la naturaleza, despertando y durmiendo según el ciclo del sol. Las comidas, el horario laboral, el mundo se ajustaba a su agenda. Los mejores mercados, los conciertos más importantes, los mercadillos callejeros, las festividades excepcionales eran sábados y domingos. Vendían películas, inauguraciones artísticas, clases de cerámica. Veían los programas de televisión en tiempo real. Tenían noches para gastar. Veían los campeonatos mundiales, veían los Oscar, hacían reservas para cenar porque cenaban a una hora normal. Almorzaban, inexorablemente, y leían el *Sunday Times* los domingos. Se movían en masas que reforzaban su ciudadanía: museos masificados, metro masificado, bares masificados, la ciudad repleta de extras para la película que protagonizaban.

Estaban cenando, comprando, consumiendo, relajándose, expandiéndose mientras nosotros trabajábamos encogidos, absorbidos por su decorado. Por eso, nosotros, los-que-trabajábamos, nos volvíamos tan avariciosos cuando los-de-nueve-a-cinco se iban a dormir.

–Sí, tú ahora en el margen –dijo Sasha. Había visto toda la escena sin disimular su deleite–. ¿Qué, crees que te gustan tus amigos? Nunca serás como ellos, pastelito. Mírate... ¿crees que has metido el pie en la piscina? No, tía, estás en la piscina. Estás ahogada en la piscina.

–Estoy en el margen.

–Sí, me gustas en el margen, con los gorditos, los maricones, los frikis y ese tipo que se duerme en el banco.

–¿Quieres decir que estoy en los márgenes de la sociedad?

–Sí, ¿qué coño pensabas que quería decir? Bueno, sea lo que sea, ahora eres una vieja bruja, igual que yo.

Lo vi aquella noche en el Park Bar. Cuando miré los horarios de trabajo, vi que los dos estarían fuera las dos semanas siguientes. Doña Florecitas estaba allí con un vestido de cuello alto, leotardos y botas de montar. Parecía recién salida de un partido de polo, pero aparte de eso estaba como nosotros. Todos llevábamos una capa de aceite y polvo. No le hice caso al verlo apoyado en la pared, hablando con Will. Fui a reunirme con Ariel y Vivian en la barra y, en cuanto me senté, lo percibí: se había ido. Todos los animales bellos saben cuándo los persiguen.

Me senté al lado de Terry: el bar no estaba tan lleno como para necesitar dos camareros. Ariel y Vivian estaban discutiendo, así que me volví hacia él. Estaba borracho. Se inclinó hacia mí, parpadeando, con una voz tan confusa como su estrecho jersey de algodón.

–Hola, chica nueva. ¿Sabes el de la paja que rompió la espalda del camello? ¿Es eso lo mismo que la última paja?

Me tocó los dedos con los suyos. No sé si lo hizo a propósito. Me puse las manos en el regazo. Mi cerveza estaba sin gas, pero supe que me la bebería entera.

–Segurísimo. Seguro que es la misma paja.

Hizo gestos afirmativos, impresionado por que lo supiera.

Ser incapaz de meter la tarjeta magnética en el metro cuando la gente se acumula detrás de ti. Esperarlo en el bar. Dejar el bolso abierto en un taburete con un fajo de billetes a la vista. Pronunciar mal los nombres al presentar vinos franceses. Resbalarte con los zuecos en los suelos encerados. Disparar los brazos y crispar el rostro cuando estás a punto de caer. Tomarte el trabajo en serio. Ver la escena de sexo de *Dirty dancing* cuando la reponen y cenar una caja de galletas de jengibre el día libre. Olvidarte de las rayas, de los pantalones de trabajo, de los calcetines. Cartografiar mentalmente el bar en busca de rincones donde puedas encontrártelo a solas. Emborracharte antes que nadie. No saber qué es el foie gras. No saber qué opinas del aborto. No saber qué es una feminista. No saber quién es el alcalde. Vomitar entre los pies en las escaleras del metro (un martes). Volver por un tercer plato en la comida de familia. Sufrir una diarrea espantosa en el lavabo de los empleados. Hacerte daño cuando chocas la cabeza con la cañería. Negarte a salir del bar aunque esté cerrado, totalmente cerrado. Sangrar de todas las formas. Encontrar manchas de cerveza en la camisa, manchas de grasa en los tejanos, manchas de todas las formas. Decir que sabes dónde está algo cuando no tienes ni idea de dónde está.

En un momento dado, alcancé el equilibrio. Todo dejó de ser embarazoso.

INVIERNO

I

Besarás al chico que no debes. Era una profecía fácil. Ningún chico era el idóneo. La noche anterior a Acción de Gracias era una fiesta alcohólica que no conocías hasta que te mudabas a la ciudad. Las calles del Village estaban atestadas de gente, gente del ramo de la hostelería, las tiendas cerradas, las ventanas oscurecidas con papeles anaranjados y amarillos. Nadie tenía ningún sitio adonde ir. Siguió una celebración, mitad destructiva, mitad aburrida: era una noche de ir a la deriva, a ninguna parte.

Vomitabas y seguías bebiendo, apretabas el gatillo y quitabas el gatillo. Vomitar era sencillo, como si nada, besar como si nada. Tu cabeza llena, luego vacía, lista para ser besada.

Estabas sentada en las piernas de Will, mirando sus pestañas de mantequilla. Sabías que no debías hacerlo, pero sus brazos te rodeaban mientras te hablaba del último guion de cine que había escrito. Perfilaba al superhéroe basándose en ti. Tú: con botas rojas de charol. Tú: capaz de saltar entre edificios y arrojar rayos por los ojos. El amanecer llegaba como un veredicto secreto. El viento era fuerte, persistente, y tiritabas. Estabas ciega de cocaína, sentada en una azotea y él apestaba a cerveza. Cada vez que te apartabas, se le ponían los ojos acuosos, como charcos. Abrías una cerveza más caliente que el aire, se te caía en la camisa. El cielo corría ahora, ansioso, y sabías que estabas haciendo algo malo. Lo besabas con más fuerza y el cielo se calmaba. Cuando echaste un polvo, estabas totalmente seca y sentías como si te arañaran. Durante un segundo olvidaste todos los rostros que habías visto en tu vida.

Las palomas volaban en bandadas decrecientes entre los edificios bajos. El sol se elevaba. Decía: «Ahora que has hecho esto, no podrás tener lo otro». Ahora que soy así, no podré retroceder.

La primera vez que llegué al trabajo resacosa, verdaderamente enferma por la resaca, mis zuecos habían desaparecido. Tenía una lógica confusa que acepté. Al despertar con la cabeza retumbando supe que cada paso de aquel día iba a ser más duro de lo normal. Era el día después de Acción de Gracias. Era la ayudante de camarera de las tres de la tarde, pero el metro funcionaba mal y, aunque había oído llegar un tren cuando bajaba corriendo al andén, se me había agotado la tarjeta. Lo que es lo mismo que decir que llegué tarde.

Había visto salir el sol. Dos mañanas seguidas en realidad, lo había visto en tiempo real mientras la noche se debilitaba y el autoritario azul matutino, liso como una sábana, se imponía por el este. Hay muchas razones románticas para ver amanecer. Una vez que había empezado, era difícil dejarlo. Quería poseerlo. Quería que fuera la confirmación de que estaba viva. Sin embargo, la mayor parte del tiempo parecía condenatorio.

La puerta del vestuario se abrió, pero no levanté los ojos. Estaba a cuatro patas buscando los zuecos. Los zuecos del personal de servicio eran indestructibles, de una fealdad práctica. Estaban fabricados para trabajar, para estar sobre el suelo catorce horas seguidas. No eran baratos.

–Llegas tarde –dijo.

Me volví hacia Will, que parecía tan enfermo como yo, o quizá era la cruda luz del vestuario.

–Will, no puedo hablar, no encuentro mis zuecos.

–No puedo, no puedo, no puedo.

–Por favor.

–¿Cuándo empezaste a ser tan buena desapareciendo?

–Will. El sol estaba alto. Llevaba horas diciendo que tenía que irme.

–Dijiste que ibas al cuarto de baño.

–Me refería al baño de mi apartamento.

–Parecía que te lo estabas pasando bien.

–Por favor, no hablemos de eso.

–Yo me lo estaba pasando bien.

–Sí.

–Es curioso, porque te ríes como una niña pequeña y al momento...

–Will, para.

–¿Se te ha estropeado el teléfono? –Empecé a abrir todas las taquillas que no estaban cerradas con llave–. Te envié un mensaje ayer. Organizamos una cena genial. Con pavo y todo eso.

–Estaba ocupada.

Había pasado el día de Acción de Gracias dormitando, masturbándome, ignorando las llamadas de teléfono de parientes lejanos que probablemente ni siquiera sabían que me había mudado, y viendo las tres partes de *El padrino*. Había encargado comida tailandesa para cenar. Como muestra de buena voluntad festiva, habían encendido la calefacción de mi edificio. Cada diez minutos el radiador sonaba como un petardo y al cabo de una hora tuve que abrir todas las ventanas. Mi compañero de piso me había invitado a casa de su madre, en Armonk. Fue un momento penoso, él se sentía tan apenado por mí que me invitaba y yo sentía pena por él porque tenía obligaciones familiares. Probablemente habría sido un buen pretexto y habríamos podido mantener una conversación real por primera vez. Pero el desfile, los frívolos y viejos dramas familiares, las horas de ser educada... Me despedí de él contenta.

Scott me mandó un mensaje para anunciarme que los cocineros se iban de marcha por las calles de Williamsburg. Eran ya las diez de la noche, pero prometió pagarme un taxi para volver si acudía. Así que me cepillé el pelo. Cuando llegué estaban furiosos, bebían whisky a lo loco, como si se pegaran tiros en la garganta. No podía alcanzarlos, los alcancé. Scott me subió a un taxi a las siete de la mañana.

–Mis zapatos han desaparecido –dije con incredulidad.

–Podríamos tomar una cerveza esta noche. Tómatelo con calma.

–No volveré a beber nunca. Jamás.

–Solo necesitas beber un trago para curarte. Dile a Jake que te prepare algo. Ay, espera, no está.

–Encantador –dije entre dientes.

Will se agachó a mi lado mientras miraba en el espacio oscuro que había bajo las taquillas. Tuve ganas de darle un golpe. «Tú te hiciste esto a ti misma», me dije con los párpados temblando.

–Pero la otra noche sí te lo pasaste bien.

No respondí. ¿Me echarían un rapapolvo por llegar tarde? Me había puesto las Converse para ir a trabajar, ni por asomo podía llevarlas dentro del restaurante. Ariel y Heather tenían el turno más tarde, así que no podía robarles los zuecos, y los de Simone eran demasiado grandes para mí.

–Me los puse hace exactamente dos días –dije–. Los llevé, los dejé en el rincón, debajo de los abrigos.

–Pero ese no es su sitio, muñeca. Su sitio es tu taquilla.

–Pero ensucian todo lo que hay dentro. –Me dolían las muelas. Parecía que tenía algo roto en la espalda–. Los suelo poner al lado de los abrigos.

–¿Saliste anoche con los cocineros?

–¿Cómo lo sabes?

–Scott me contó que estabas hecha polvo. Que te habías caído en medio de un paso de peatones.

–Él sí que estaba fatal –dije.

No sabía si había ocurrido. Podía haber ocurrido. Cuando Will mencionó su nombre, recordé vagamente haberme dado un revolcón con Scott, y me sentí ofendida.

–Estás muy mona cuando tienes resaca.

Respiré hondo.

–Will, lo siento mucho. Por cualquier información errónea que te hayan dado. Es decir, engañosa. Es decir, siento que te hayas hecho a la idea... ha sido una semana... de beber mucho.

–¿Qué quieres decir?

–Quiero decir que no tengo control sobre mi vida. He estado bebiendo demasiado, ¿sabes?

–Está bien –dijo. Lo pensó–. Puedes apoyarte en mí.

–No, no es eso lo que estoy diciendo. Si hice algo, lo siento.

–¿Sientes haber hecho qué? ¿Qué parte?

Will pensaba que estábamos flirteando. No sé exactamente cuándo había bajado la guardia, que había tenido bien alta desde su confesión en los lavabos del Park Bar, pero había ido mermando con el tiempo, con la cocaína y con la cerveza. Y el trabajo había perdido brillo desde que habían desaparecido.

–Ni siquiera lo sé, Will. No recuerdo nada.

–Ah –dijo. Se puso en pie–. El Chef los echó a la basura.

–¿Qué?

–Ayer. Todos los años, todo lo que queda olvidado en la fiesta se tira. Hay una nota en el tablón de anuncios. Mira en los contenedores de basura del callejón. Quizá todavía no la hayan recogido. –Lo miré fijamente cuando salía–. Lo siento –dijo–, deberías habérselo dicho a los de la limpieza.

Y allí estaban. Después de mirar en tres bolsas con leche agria, comida apelmazada y servilletas de papel desintegradas.

El desagüe que había debajo del fregadero era la causa. Fruta descompuesta, trozos de pan, posos de vino y restos solidificados que formaban un barro gris opaco. Parecía absurdo que no lo hubiéramos sabido antes, pues apenas dejaba pasar el agua. Este barro, este fango primigenio, era el hogar de toda clase de insectos que no estaban permitidos en el restaurante. Por ejemplo, moscas de la fruta.

No eran tan peligrosas por sí solas. Pero tenían una molesta tenacidad cuando aterrizaban. Salían volando a miles cuando las espantabas y luego volvían a posarse en el mismo sitio. Tenía pesadillas en las que me aterrizaban en el pelo y me cubrían la cara.

Se lo dije a Zoe la primera vez. Ella asintió con la cabeza y no pasó nada. Luego volvió a tocarme el desagüe y subí al despacho, donde ella estaba comiéndose un lomo de atún.

–Zoe, no puedo limpiar ese desagüe.

–¿Qué desagüe? –preguntó.

–El desagüe ese del que te hablé, ese tan asqueroso en el que viven las moscas de la fruta.

–Nunca me has hablado de eso.

–Sí, hace semanas.

–Nadie me ha dicho nada. –Se levantó irritada y se estiró la chaqueta–. No podemos resolver problemas si no trabajamos juntos. Necesito que cumplas con tu trabajo secundario, y que informes a los directivos si no eres capaz de hacerlo tú sola.

Nunca había pensado en ella como en una figura autoritaria. Era el juguete de Howard y de Simone, la pobre esclava de escritorio que tenía que comprobar que las entregas fueran correctas y organizar el horario de los camareros cada semana. Lo que significaba que todo el mundo la odiaba.

–Lo siento mucho, pero sí que informé a la dirección. Ningún salario haría que yo tocara eso. –Dejé los guantes amarillos en la mesa–. Deberías verlo tú misma.

Puede que fuera porque Simone no estaba o porque yo había perdido peso. Por un segundo pensé que iba a reprenderme. Pero se encogió de hombros y los sacudió, como si estuviera haciendo ejercicios de calentamiento. Cogió los guantes amarillos.

–¿El fregadero del bar?

Cuando bajamos la escalera, Nicky estaba enjuagando y secando el posabotellas, uno de los últimos pasos antes de cerrar. Vio los guantes de Zoe y dijo:

–Yo no molestaría. ¿No puedes esperar cinco minutos?

–No, se me ha informado de una situación grave.

–Sí, hace cosa de un mes, Zoe...

–Basta.

Levantó la mano. Fue tras la barra y cogió una linterna y un tenedor. No sé para qué era el tenedor... ¿para defenderse?

Se agachó y dos segundos después pegó un grito y se cubrió la cara. Salieron en forma de nube y yo me metí corriendo en la cocina.

Algunas noches, si Terry se sentía particularmente flojo, dejaba que Ariel pusiera su música mientras nos hacíamos rayas en la barra y lo ayudábamos a colocar los taburetes en su sitio.

–¿Te he contado el de los osos polares? –preguntó.

Terminé mi raya y le pasé el bolígrafo recortado.

–Sí, el de los guisantes en lata.

–Mierda, tienes que buscarte otro bar.

–Tú tienes que buscar chistes nuevos, abuelo.

Le pasó a Sasha el tubo del bolígrafo. Ariel estaba mirando por las ventanas, totalmente envarada. Vivian tenía que haberse reunido con nosotras dos horas antes. Me froté la nariz. Todos los músculos de mi cuerpo se tensaron y luego se relajaron, y las piernas se me aflojaron. Me caí y me quedé sentada en el suelo.

–Uau –dije–. Es fuerte.

–¿Quién va a ocuparse de Baby Monster esta noche? Yo no, tengo una cita dentro de veinte minutos.

–¿Tienes una cita a las cuatro de la madrugada? –preguntó Terry.

–A las cuatro y cuarto –dijo Sasha, mirando el reloj–. ¿Crees que es demasiado pronto?

–Terry, ¿podemos tomar una más? –preguntó Ariel. El lápiz de ojos le había dejado manchas negras en la cara.

–Ari, vamos, ya he limpiado.

–Yo recogeré, yo limpiaré, vamos, aquí Skip tropieza hasta con sus párpados, todos necesitamos airearnos.

Terry ojeó la calle, y Ariel y él intercambiaron una mirada significativa.

–Yo no tropiezo con mis párpados. Soy independiente –dije desde el suelo. Las manos me sudaban y era delicioso pasarlas por las frías y duras baldosas.

–¡Negronis! –pidió Ariel, colándose tras la barra.

–¡Esperad, oíd, chicos, esperad, enseñadme!

Me levanté de un salto. Cogí un taburete y me pareció ligerísimo.

–La lección es sobre terceras partes –dijo mientras echaba Campari en una coctelera. Me miró a los ojos y añadió en voz baja–: Y, por supuesto, también es una lección de vida.

Empezaron a reírse.

–Parad, chicos, no os riais de ella. ¡Las terceras partes son una importante lección! Como un capuchino –dije–. O sea, idealmente, el capuchino perfecto es un tercio de exprés, un tercio de leche y un tercio de espuma, pero lo que quiero decir es que, idealmente, quieres que la espuma y la leche estén perfectamente integradas, mmm, en realidad aireadas...

–Así es ella –dijo Will.

Cogió un taburete, se sentó a mi lado y lo abracé generosamente, un desbordamiento del amor que había pedido prestado de mi interior y para cuya interpretación necesitaba las drogas.

–Ahora tiene diarrea en la boca –dijo Sasha.

–No, esperad, chicos, es una lección...

–La lección de las terceras partes –repitió Terry–. ¿Os he contado alguna vez lo de las dos alemanas que me llevé a casa? No fue tan divertido como creeríais. Ni siquiera antes de la gonorrea.

–Una vez abusé de la ketamina y terminé con dos cabronazos gordos y feos, no fue un buen rato –dijo Sasha y me señaló–. No pruebes esa mierda.

–Tres, tres, los tres amigos –dije–. No, perdón, los cinco amigos.

–Por Dios, Skip, cállate y prepara una bonita raya. –Ariel miró su iPod–. Y luego habremos terminado.

–¿Estás colocada? –pregunté a Ariel. Me volví a Will y Sasha–. Esperad, ¿estáis colocados? ¿Alguien está colocado? –Hice la raya de la forma que ella me había enseñado, con la longitud de un cigarrillo, simétrica, con los extremos ahusados–. Yo sí lo estoy.

Ariel me pasó un Negroni y sabía a jarabe para la tos.

–Medicina. Eh, chicos, creo que odio mi trabajo. –Se echaron a reír–. No, hablo en serio, ¿no es un poco más deprimente y sucio últimamente?

–¿Qué te crees?, todo el mundo lo ve. Alicia despierta y ¡ay, joder, no hay País de las Maravillas!

–Quizá deberías apretar el botón de pausa de vez en cuando –dijo Will, y me aparté de él.

–Estoy poniendo tu canción favorita, Skip.

Ariel era agresiva con la música. Me había grabado unos cuantos CD, la profundidad de mi ignorancia representada en dieciséis pistas. Nunca terminaba bien. Para ella, el disfrute de la música dependía de su oscuridad. Cuando la gente la conocía, ella la descartaba y cambiaba. Y aun así estaba siempre intentando enseñarme. Cada vez que le decía que me gustaba una canción que me había recomendado, sonreía con suficiencia y decía: «Pues claro». Y creo que ese era su objetivo.

–No sabes cuál es mi canción favorita –dije.

Cuando la miré a los ojos, estos eran como ventanas arrasadas por la lluvia, no podía ver dentro. La preocupación se agitó dentro de mí y tomé otra copa.

–Nada de LCD –dijo Terry, golpeando la barra con la mano para subrayar lo que decía.

–Me voy a pegar un tiro, Ari –comentó Will.

–Me cago en vosotros y en vuestras madres, si habláis mal de James Murphy os mato, joder.

Empezó a sonar la canción.

–«Heartbeats» –dije, aplaudiendo–. ¡Ay, me encanta esta canción!

–¿Vas a chillar como un cerdito?

–Vamos, Sasha, es mi canción.

Moví los hombros y cerré los ojos, mareada, con nubes estallando dentro de mis párpados. Empujé a Sasha del taburete.

Sacudí el pelo ante mi cara como Ariel me había enseñado, con el cuerpo dilatado bajo el agua del bajo sintético. Era un baile apático. Oía cantar a Ariel, y cuando Will me cogió la mano y me dio la vuelta, sonreí, desincronizando los labios.

«To call for hands of above, to lean on... wouldn't be good enough for me, oh.»

Todo movimiento se detuvo y miré hacia la puerta. Vivian estaba allí, vacilante, cautelosa. Hice un gesto y miré a Ariel, que tenía un vaso en la mano. El vaso pasó volando por delante de mí y se estrelló contra la pared, al lado de Vivian.

El ruido se oyó segundos después. Yo ya lo había visto estrellarse y caer al suelo, sin partirse limpiamente, sino desintegrándose. Mientras llegaba el sonido retardado, me tapé los ojos.

–¿Dónde coño has estado?

–Te has pasado, Ari –gritó Terry–. Me cago en la puta.

Vivian parecía aburrida. Ariel cogió un puñado de pajitas y las tiró antes de que Will la asiera por los hombros.

–Lo siento, lo siento.

Se lo oí decir a alguien por encima de la música. La canción terminó y me di cuenta de que lo había dicho yo. Vivian se acercó a la barra sin mirar a Ariel y suspiró mientras sacaba la escoba.

–Lo siento, Terry –se disculpó.

–Oh, ¿ella lo siente, Terry?

Ariel forcejeó mientras Will le sujetaba los brazos.

–Vamos, larguirucha, la fiesta ha terminado. –Sasha cogió su bolso y Will la cogió a ella y fueron hacia la puerta. Sasha saludó a alguien que había al otro lado de la ventana–. Ah, mirad, el pequeño Victor está aquí.

–Te conozco –le gritó Ariel a Vivian con voz ronca y gutural–. Lo sé todo de ti.

Cerca de las cinco de la mañana en el parque. Una noche helada que deberíamos haber pasado durmiendo. Botellas vacías entrechocaban en las alcantarillas, la oscuridad de los árboles era espesa como la cera. No conseguíamos que Ariel hiciera otra cosa que caminar, enfurecerse y fumar. Sasha y Victor se fueron enseguida. Pensé: «¿Qué me impide largarme? ¿Por qué no puedo coger un taxi yo también? ¿Es que los solteros tenemos que esperar siempre juntos?».

Vivian era adicta al sexo... sin diagnosticar, pero Ariel conocía los síntomas. Vivian era analfabeta. Era toda tetas y culo, apenas homosexual. A Ariel le daba vergüenza que la vieran con ella. Vivian la había utilizado. Pero estaba poco claro.

–Tómate un calmante, criatura –dije.

Fumé con ella por solidaridad, pero me encontraba enferma, sudorosa, tiritando. Bajando duramente del colocón.

–Tiene razón, Ari, ¿dónde está el Xanax?

Ariel se tomó dos pastillas sin detener la perorata. Encendió otro cigarrillo antes de terminar el anterior. Y justo cuando pensaba que me iba a morir de frío en un banco de Union Square, le hicieron efecto las pastillas.

Se derrumbó. Will la sujetó y la cabeza de Ariel se abatió sobre su pecho.

–Se ha metido demasiado –dijo.

Ariel le dio una bofetada y se echó a reír.

–¿Quieres decir «demasiado» demasiado? ¿Como para ir al hospital?

–No, pero ya es difícil apañárselas con demasiado.

La dejó en el banco y nos sentamos a ambos lados de ella. Tenía los ojos cerrados y la cabeza ladeada. Le puse la capucha y Will y yo nos miramos. Recordé con qué delicadeza me había acariciado la cara al besarme y sentí repulsión y tristeza.

–Gracias por portarte tan bien conmigo –dije. Will encendió un cigarrillo y miró a través del parque, sin morder el anzuelo–. ¿Esto suele pasar? –pregunté.

–Ha pasado. No ocurre siempre. Pero se ha tomado todos esos fármacos. Se ha complicado.

–Ya lo veo. ¿Crees que Vivian la engaña?

–No –dijo en voz alta al oído de Ariel, pero luego tropezó con mi mirada y se encogió de hombros.

–Apesta.

Miramos a Ariel, nos miramos nosotros, luego miramos hacia el parque. Levanté los pies cuando oí las ratas. Ninguno de los dos queríamos ocuparnos de aquello. Pero le debía a Will el haberme dejado a salvo en casa más de una vez. Todos le debíamos eso a Will, la verdad sea dicha. Nunca dejaba de cuidar de nosotros.

–Yo la llevaré. Mi casa está más cerca de la suya y podrá ir andando por la mañana.

–¿No vives como en un quinto piso sin ascensor?

–Tendrá que andar. –Le di unos golpecitos a la muchacha, pero no se movió–. Tendrás que andar, Ari.

Una ráfaga de viento cruzó el parque y oí los árboles inclinarse y crujir.

–Hacía tiempo que no lo oía –dije en voz baja, levantando la mirada–. Hablan como auténticos árboles.

Ariel anduvo, pero con los ojos cerrados. La conduje cogida del brazo. Apareció un taxi por Union Square West, en dirección sur, un rayo de esperanza. El conductor nos vio y bajó la ventanilla.

–Nada de vómitos –dijo.

Tenía el rostro mustio, ceniciento, como si hubiera estado durmiendo. Traté de abrir la puerta, pero estaba cerrada.

–Vamos, está bien.

El taxista la miró de arriba abajo y Ariel dijo:

–Jódete.

–Vamos, se encuentra bien –dije–. Por favor, tengo dinero, le daré una propina extra, *por favor* –añadí en español.

Ariel ocupó los dos asientos más alejados. En cuanto nos instalamos, su cabeza cayó sobre mi hombro. Le cogí la mano y se la besé. La luz de los escaparates convertía el SoHo en un paisaje lunar, sin que se viera un ser humano durante kilómetros. Veía las manzanas presentarse ante mí, una tras otra, y pensaba: «¿Quién vivirá aquí?».

Cuando doblamos por Delancey, la cabeza de Ariel cayó sobre mi pecho. Cuando le levanté la cabeza, me besó. Era muy suave. Besarla fue como intentar mantenerse en pie en una piedra musgosa del río, nuestros labios se frotaron sin tracción. El pelo se le erizó como si estuviéramos bajo el agua. Al cabo de un minuto me di cuenta y traté de devolverle el beso, fingiendo, preguntándome si me gustaba. Pero durante los primeros segundos lo único que percibí fue su boca.

No podía perderme en aquello otra vez. Me aparté mientras cruzábamos el puente. No hubo manoseo, solo los bordes finos de los dientes y una lengua ligera que cedía con facilidad. Me incliné y le dije al taxista que tomara la primera salida. Nos miraba fijamente por el retrovisor.

–Tienes unos labios bonitos –dije, quitándome de la boca unos mechones de pelo suyo, pero no abrió los ojos.

–Sí, los tuyos también son una lástima.

El conductor dobló la curva demasiado deprisa y la cabeza de Ariel dio contra la ventanilla. Gimió durante el resto del camino. Tuve paciencia con ella en las escaleras. No conseguí que se cepillara los dientes. Se quedó dormida antes de terminar de cepillármelos yo, ocupaba toda la cama, el pelo negro derramado como patas de araña en mi almohada. ¿Quién vive aquí?

II

Oí la lluvia mientras dormía, oí los coches moviéndose, como tijeras cortando papel. Era mi día libre. Me desperté sin aliento, con demasiado calor por el radiador. Alguien había puesto a Édith Piaf a todo volumen. Se extendía a través de la lluvia, el cielo claustrofóbico, y entraba por mi ventana abierta. Me dio en el pecho, exactamente donde la vieja Édith quería que aterrizara. No podía imaginar otra vida.

Los dos llegaban aquel día, sería su primer turno después de las vacaciones. Él entraba a las tres, aunque me lo imaginé llegando a las tres y media. No se me ocurrió ningún motivo razonable para aparecer por el trabajo, pero me sentí tranquila por primera vez en semanas, definitivamente olvidadas las desperdiciadas noches de su ausencia.

Me masturbé pensando que lo tenía encima de mí, asfixiándome, y cada vez que estaba a punto de correrme él me cogía la cara y decía: «Presta atención». Luego sentí mi propio cuerpo como si fuera una bolsa llena de arena y me volví a quedar dormida.

Cuando por fin me levanté, casi todas las tiendas estaban cerrando. El suelo estaba resbaladizo y corrí por Bedford hasta la tienda de ropa usada. Compré la primera que me probé: la chica acertó mi talla a la primera. Estaba como nueva, una cazadora de cuero negra, de motorista. Cuando me la vi puesta, pensé: «Quiero hacerme amiga de ella». Me subí la cremallera hasta el cuello cuando una ráfaga de viento del norte desprendió lluvia de los árboles. Mientras caminaba, lo juro, los desconocidos me miraban de otra manera.

¿Quién sabía que invierno significaba verduras? El Chef. Nada de espárragos del Perú, ni aguacates de México, ni berenjenas de Asia. Lo que yo suponía que era la estación de los tubérculos y las cebollas era en realidad la estación de las endibias. El Chef tenía sus fuentes de abastecimiento, que mantenía en secreto. Scott atravesaba el restaurante por la mañana con bolsas de papel marrón sin logotipo comercial, y a veces con cajas.

Me contó que la endibia estaba en su mejor momento cuando llegaban las primeras heladas, que suavizaban su natural sabor amargo. Yo apenas podía seguirles el rastro. Las hojas rizadas que llamaban «escarola» no parecían de la misma especie que los cogollos blancos o morados de la endibia. Su rasgo común era el amargor, y yo pensaba en estas plantas como en lechugas picantes. Scott estaba de acuerdo. Dijo que debíamos ser duros con ellas. Huevos, anchoas, crema, un toque cítrico.

–No confíes en los franceses cuando se trata de verduras –dijo Scott–. Los italianos saben cómo hacer que algo respire.

Lo ayudé a lavar las hojas rizadas, con las manos tiesas y heladas. La centrifugadora de ensaladas era un aparato casi de mi tamaño, y Scott me dejó sentarme encima mientras daba vueltas. Yo casi me alegraba de nuestro revolcón, sin embargo él no parecía interesado en revivirlo. Mi orgullo estaba por los suelos, pero me aliviaba tener amistad con un hombre. Sabía que estaba saliendo con una camarera de Williamsburg, que había cortado hacía poco con una recepcionista y que tenía el ojo puesto en la nueva chica asiática de los pasteles.

–¿Cuál es esta?

–La mejor. –Quitó las hojas mustias de fuera y me dio una hoja de dentro. La utilicé como cuchara para la pasta de aceitunas y alcaparras–. Endibia –respondió.

–¿Y esas hojas que has quitado?

–Sopa. Espera y verás.

Su expresión, absorta y preocupada, mientras inspeccionaba el equipo de los camareros detrás de la barra. Aquellos labios rojos. Pareció sorprendida al verme cuando salí de la comida de familia. La abracé.

Quise decir: «Te he echado de menos». En cambio, dije:

–Hola.

–Hola, pequeña. –Reservada, pero con un punto de satisfacción en alguna parte. Lo sentí. Ella también me había echado de menos–. ¿Has cuidado de la fortaleza en mi ausencia?

–Oh, Simone, ha sido horrible, hay moscas de la fruta y Zoe no me escucha y todo el mundo se emborracha.

–Comida marrón, comida de invierno, comida ordinaria –dijo, mirando la sopa. Solo cogió un cuenco... supe que él no vendría. Yo la miraba como si ella supiera más de lo que estaba programado–. Sopa preparada con los restos y las hojas más amargas, donde la suma siempre es mejor que las partes.

–Sí, lo que tú digas –dije.

Judías blancas, endibias, pollo desgrasado hasta parecer terciopelo, con tropezones de salchicha. Volví en busca de un segundo plato y luego de un tercero.

Acabé por tener pánico a los desagües. Apartaba los ojos cuando lavaba platos, no quería mirarlos ni en mi propio cuarto de baño, no podía ni ver las cañerías. Pensaba que notaría una grieta, un agujero, por donde todo el inframundo saldría reptando al aire libre, donde crecerían y se multiplicarían.

No era fácil pillar a Ariel fuera del trabajo. Parecía tener una extensa red de conexiones dentro de la ciudad que iba más allá del restaurante, probablemente porque había sido una estudiante de la Universidad de Nueva York que no había dejado el campus. A menudo le preguntaba por la universidad, y cuando intentaba imaginarla, me decía: «Espera un momento, ¿adónde vas cuando dejas la facultad?».

Cuando un día dijo que podía acompañarla a un espectáculo, no dejé que mi esperanza levantara el vuelo. Cuando preguntó: «¿Quieres venir a un espectáculo este viernes?», reprimí la excitación.

No obstante, me encontré en un edificio de oficinas cerrado, en el West Side, por debajo de la calle Catorce, y cuando vi el desolado aspecto del exterior me preparé para aburrirme. Bañadas por luces verdes y rojas, nos dirigimos a un sótano donde los tambores sonaban como trallazos que se multiplicaran al rebotar en las paredes. En el escenario se paseaba un tipo maduro y de aspecto andrajoso, de pelo gris. Aspiraba rayas de coca dispuestas sobre un disco de vinilo que un duendecillo le sostenía como si fuera una bandeja. Cada vez que escuchaba música electrónica pensaba en un hombre encerrado en un cuarto con ordenadores, nunca en músicos. Pero lo estaba viendo, allí había instrumentos, y un grupo que tenía química con el público. Interpretaba una canción que era como una ola.

No era la Nueva York de los años setenta. Ni decadencia discotequera, ni *drag queens*, ni desnudos, ni androginia. Pero a pesar de la falta de glamour de aquel sótano, sabía que era realmente pertinente... en mi época y para mi época. Chicos de rostro inexpresivo con vasos de gran tamaño, chicas con chaleco y botas de cuero áspero, profundas, inmóviles venas de apatía y falta de atención que les hacían preocuparse más por los diez minutos siguientes que por los próximos diez años. Ellos querían –supongo que ahora debería decir «nosotros queríamos»– música bailable sin ambages, letras irónicas que por casualidad se volvían sinceras, como si se pasaran al partido de la franqueza a menudo sin proponérselo. Todos estábamos desnudos bajo aquella luz verdosa, ajenos a nosotros mismos mientras dábamos brincos.

Ariel llevaba bajo el jersey una camiseta muy corta que resaltaba sus pálidas costillas. Decía DISCO PARA CRETINOS, y me pregunté si yo podría ponerme algo como aquello. Era un torbellino dando vueltas por toda la sala. La gente no dejaba de acercarse a ella, besarla y gritar. Una rubia anémica con pinta de vagabunda la besó en los labios y Ariel la mordió y bufó. Me sonrió y yo grité:

–Así no es como me besas a mí.

–¡Porque tú eres una niña, niña! –Giró sobre sus talones–. ¿Asombroso?

–¡Asombroso! –respondí a gritos.

Música que me degradaba, sentimental, sarcástica, y me sentía como si estuviera rompiendo un corsé. Iba a bailar toda la noche.

La multitud había diluido mi sexto sentido por Jake. Él estaba allí, a mi lado, era la persona sobre la que saltaba Ariel, la persona que le apartaba el pelo del cuello mientras hablaban. Aquella intimidad era sorprendente, pero no tan sorprendente como él. Jake en el mundo real. Se suponía que estaba atado al restaurante, donde lo imaginaba cuando yo no estaba en el trabajo. Ariel se puso las manos en la boca, haciendo bocina, y le habló al oído. Jake tenía los ojos puestos en mí y asentía con la cabeza. Dejé de bailar. Ella lo cogió de la mano y se alejó con él, pero no antes de que él me dirigiera un diminuto y condescendiente saludo con los dedos. Y volvió.

Y supe que no se iría, no como las otras noches en el restaurante o en el Park Bar, cuando yo me volvía y él ya no estaba, absorbido por la noche. No.

Sin planear, con inmediatez, era una noche de jueves normal, sin turno en el restaurante, ni antes ni después, y Jake y yo estábamos en el mismo lugar. Un sitio guay, donde iba gente guay. La presión disminuyó y empecé a bailar otra vez, y grité a la banda porque conocía aquella canción, era mi canción, y sentí la fuente de la fatal energía adrenalínica de la ciudad. Era yo.

–Estás sudando a chorros –dijo él cuando me acerqué a la barra–. Bailas como una loca.

–Sí –dije sin emoción. O sea, con coquetería: «¿Sí?».

–¿Te van? –preguntó, señalando a la banda.

Asentí con la cabeza y me encogí de hombros, un gesto sutil que podía significar: a) que estaban sobrevalorados, o b) que eran divinos. La interpretación dependía mucho de lo que Jake opinara.

–¿Qué estás haciendo aquí? –Me respondió con el mismo encogimiento de hombros amorfo y con el mismo movimiento de cabeza amorfo. Como si dijera: «Yo voy a sitios». Quise preguntarle: «¿Qué sitios?»–. ¿Has trabajado hoy?

Banal. No se me ocurría nada que decir. Empezó otra canción y me volví hacia el escenario.

–Vámonos.

–¿Qué?

–Vámonos. Venga. Si sigues bailando, harás daño a alguien. O a ti misma.

–¿Vámonos?

Me llevé la mano a la oreja. Yo solo oía que me había visto bailar.

–Ari está bien, se ha juntado con su gente.

–¿Su gente? –grité.

Cabeceó mirándome, como si yo fuera subnormal, cosa que no niego, una marioneta sorda que se esforzaba por oírle, que se esforzaba por verle el tatuaje de la clavícula. Llevaba las gafas sobre la cabeza, el cabello alborotado, un científico saliendo del laboratorio. Me cogió por la nuca y me empujó hacia la salida.

Fuera caía una lluvia fina, transparente, afilada, me pinchaba las mejillas, se me concentraba como cuarzo en las muñecas cuando le daba la luz, el aliento nos salía de la boca como chorros de vaho.

–¿Tienes paraguas?

–No creo en ellos –dijo. Fue hacia su bici, que tenía encadenada a un árbol. Había una bolsa de plástico sobre el sillín.

–Pero ¿sí crees en proteger el sillín? –Casi lo pillé. Casi se echó a reír–. No sabía que creer en los paraguas fuera optativo.

–Todas las creencias son una elección –dijo. Empujó la bici y yo caminé a su lado.

–Eso es muy profundo, Jake –comenté con sarcasmo, pero lo que pensaba era: «Eres un romántico».

Las gotas de agua se colgaban de sus cejas, de los cristales de sus gafas, de sus orejas. De repente me sentí muy sobria y asustada.

–¿Vamos al Park Bar?

–¿Es el único bar en el que has estado?

–Mmm, no. –Sí, más o menos.

–Te voy a llevar a cenar. –Me iba a llevar a cenar. Me miré los pies hasta que no pude reprimir la risa y me tapé la boca–. Lo voy a hacer –dijo–, ¿por qué te ríes?

–¿Me vas a llevar a cenar?

–Joder, ¿eres un loro? Deja de repetir todo lo que digo. –Pero no pudo terminar. Se echó a reír.

–Jake, me encantarííía ir a cenar contigo.

Cabezas gachas, lluvia helada, muertos de risa. No era divertido, pero tardamos un poco en dejar de comportarnos así. Cuando terminó, miramos cada uno a otro lado y yo me fijé en los apartamentos que había al nivel del suelo. Tropecé con la bici.

Me pregunté si iríamos al restaurante. Todos los del servicio tenían vales que se podían usar mensualmente o acumular. Yo también conseguiría uno cuando llevara seis meses en la empresa. Era una incongruencia ver a tus colegas sentados en el bar. Se regalaban como príncipes con dinero falso, pidiendo todos los platos del menú, codeándose con los clientes habituales, compartiendo sus botellas de borgoña. Me asustaba pensarlo... verlo desde el otro lado. Ver deslizarse las comandas del bar, sabiendo que el Chef estaría gritando a alguien mi plato principal, viendo a Howard o, Dios me perdone, a Simone repasando mi pedido con el camarero, mientras yo bebía o hablaba con la boca llena.

Pero ¿y si Jake me abría la puerta? ¿Y si los ojos de la recepcionista relampagueaban al verlo y luego se posaban en mí? Su desilusión sería muy satisfactoria... dejaría que pidiera Jake. Vería la bandeja de ostras ante nosotros, a Nicky trayendo dos Negronis. Luego la ensalada de endibias y anchoas de la que hablaba todo el mundo, el Chef probablemente enviaría el rulo de foie gras con naranjas enanas confitadas, Simone querría que bebiéramos sauternes con aquello, siempre llevaba copas servidas por la mitad a las mesas que cuidaba. Cada vez que me levantara de la silla, aparecería un ayudante de camarero para doblar y airear mi servilleta, y Jake tendría un aspecto maravillosamente descuidado sin sus rayas, como un degenerado podrido de dinero; y yo estaría...

–Siento algo muy especial por estas cenas de mierda –dijo. Se detuvo frente a las ventanas y luces chillonas de un restaurante de la Sexta Avenida. Abrió la puerta y comentó–: Me encantan.

Una media luna amarillenta daba vueltas sobre nosotros, pero el plumaje brillante del rótulo no me permitió distinguir el nombre del local. Había unas cuantas personas, una gabardina vulgar y corriente en la barra, una pareja mayor en un reservado. Jake me llevó al mostrador, a un rincón, y se subió al taburete mientras yo trataba de alisarme el pelo. Se quitó la empapada chaqueta militar verde y las mangas de su camisa eran tan cortas que pude ver sus tatuajes. Había una llave en la cara interior de uno de sus bíceps, que ahora veía que estaba cubierto de cicatrices, y el culo de un bisonte que deduje que le abarcaría el hombro. La cola de lo que supuse que sería una sirena le bajaba por la cara posterior del brazo derecho.

–Ese no se parece a los otros –dije, señalando la llave.

–Sí, está medio borrado. –Se subió la manga de la camiseta.

–¿La llave de tu corazón? –dije con voz de falsete, como tonta.

–Pues claro, princesa –respondió. Se puso a mirar el menú y me callé.

A nuestra derecha se sentaba una pareja no mucho mayor que yo. Ella llevaba el pelo color platino, largo y planchado, con las raíces desteñidas y una corona de flores de plástico. El chico era tan peludo que no distinguía su rostro. Con barba, pelo largo que le sobresalía de un gorro de lana, pantalones de franela rojos y negros. Me resultaban conocidos, probablemente eran de mi barrio.

–Creo que estaban en el concierto –comenté.

Jake parecía visiblemente dolido.

–Están en todas partes.

–Dijo el tipo del tabaco American Spirit y la bici.

Una sonrisa tensa.

–¿Alguien ha aprendido lo que es un hípster? Muy bueno, chica nueva.

Lo que yo sabía era que vivían en Williamsburg y la etiqueta era peyorativa. Y sabía que yo nunca lo sería. Ni siquiera con mi cazadora de cuero podía pasar por hípster. Me preocupaba demasiado por lo que no era asunto mío. La camarera que había tras el mostrador nos lanzó dos menús gigantes y se fue.

–¿No hay especiales?

Jake leyó el menú. Cuando la camarera volvió, pidió café solo y cerveza Coors light para los dos.

–Filete y huevos –dijo. Esperó a que yo pidiera, pero ni siquiera había mirado el menú.

–¿Qué está bueno? –pregunté a la camarera.

–Nada –respondió sonriendo. Ya había entrado en la cincuentena, estaba fondona y se había dibujado entre las arrugas unos ojos egipcios con lápiz negro.

–Un sándwich de pavo, supongo –dije–. ¿Es una buena elección?

Se llevó los menús. Jake no me miraba, como si pensara que había cometido un error. Me dije a mí misma que fuera normal, indiferente, dos amigos cenando, muy guay.

–Una señora entusiasta. ¿Qué tal por casa? –pregunté, sin encontrar su mirada.

–¿Casa?

–Por Acción de Gracias.

–Un coñazo, como de costumbre. Es una de las razones de que haya tantos suicidios durante el invierno.

–Pero ¿fuiste a ver a tu familia?

–Yo no tengo familia. Fui a casa de Simone.

Tenía una docena de preguntas. ¿Qué significa eso? ¿Qué le ocurrió a tu familia? ¿Cómo es la familia de Simone? ¿Por qué no te quedaste aquí? Finalmente dije:

–Yo tampoco tengo familia.

–¿Debería creérmelo? ¿Una pequeña Jane Eyre sola en el mundo?

–Creía que no ligabas con chicas que leen.

Tosió y dijo:

–Y no lo hago.

Un mes antes le había visto comerse un filete cubierto de foie gras. Los cocineros se burlaban de él a sus espaldas porque estaba flaco, y le preparaban comida asquerosamente decadente como un reto. Él comía sin parar mientras trabajaba, pero yo tenía cierta confianza en su paladar, por Simone. Pero aquella noche le vi engullir un filete carbonizado con huevos y me di cuenta de que era un animal que siempre tenía hambre. Era el maestro de la indiferencia y ella, la maestra de la atención.

–Y bien –dije, sacando el sándwich de su caja de cartón y dejándolo en el plato–. ¿Cuándo viniste a vivir aquí?

–Hace unos siete u ocho años. No sé, no me acuerdo.

–¿Y has estado en el restaurante desde entonces?

–Unos cinco años seguidos.

–No te gusta.

–Estos sitios tienen fecha de caducidad.

–Pero nadie se va.

Negó con la cabeza, con tristeza.

–Nadie se va.

Empujó el café hacia mí y di un sorbo: flojo, aguado.

–Canela... ¿verdad, Nancy? –preguntó a la camarera. Ella no le hizo caso–. Ponen canela en la mezcla.

–No creo que se llame Nancy –dije, apartando el café.

–¿Ya te has vuelto una esnob? Qué rápido.

–No.

Quité el pan blanco del sándwich, lo mojé en la mahonesa y partí el beicon con los dedos. Incomible, pero de todas formas no habría podido ni probarlo. Había imaginado aquello muchas veces y, ahora que lo estaba viviendo, no conseguía meterme en escena. Miré a Corona de Flores y a Leñador, que se disponían a irse. Traté de vernos con sus ojos. Traté de vernos como una pareja que siempre comía en aquellos taburetes, de vernos en un cuadro de Edward Hopper.

–Bueno –dije. Tenía los ojos fijos en la comida, que desaparecía rápidamente–. ¿En qué barrio vives? ¿Te gusta?

–¿Me estás entrevistando?

–Mmm, yo no quería...

–No, está bien, lo pillo. Pero deja que me ponga mi disfraz, si quieres jugar. –Se colocó el pelo tras las orejas y se aclaró la garganta–. El momento de mi vida que mejor ejemplifica mi totalitaria, quiero decir hospitalaria, actitud fue cuando llevé a la vieja Neely borracha...

–Vale, lo pillo. No quieres decirme dónde vives. –Él volvió a su comida–. ¿Llevaste en brazos a la señora Neely?

–Muchas veces, muchas veces. Es tan ligera como una pluma. –Rebañó el plato y lo empujó a un lado. Eructó y se volvió hacia mí. Por fin–. Chinatown.

–Qué chulo. He oído decir que es un barrio muy *cool*.

–¿*Cool*?

–No sé. Guay, legal, majo, *cool*. ¿No es la palabra correcta? Es como... ¿cómo lo diría un hípster?

–No, *cool* está bien –dijo–. Sí, es un sitio *cool*. Era mucho más *cool* hace siete años, y aún lo era más hace diez, antes de que yo llegara a la ciudad. Verás, de lo que no se dan cuenta los jóvenes como esos –señaló el reservado vacío– es que guay siempre es tiempo pasado. Para la gente que lo vivió, que fijó las normas que ahora ellos imitan, para ellos no era *cool*. Era el tiempo presente: había facturas, amistades, polvos a destajo, polvos aburridos, un millón de decisiones trilladas sobre cómo pasar el tiempo. La conciencia de ser *cool* lo destruye. Llama *cool* a algo y lo marcarás. Luego, bum, desaparece. Es solo nostalgia.

–Entiendo –dije, aunque no sé si lo entendía.

–Esos dos, por volver a nuestro acertado ejemplo, quieren jugar a los marginados, quieren vivir la vida bohemia. Quieren comer en tascas de obreros, llevar sus bicis como putos monos, rasgarse la ropa, disertar sobre anarquía. Y quieren comprar en J. Crew. Quieren festines con pollos ecológicos artesanales y quieren putas temporadas en el sudeste asiático y el trabajo que tienen en American Express. Vienen aquí, pero no son capaces de terminarse el plato.

Di otro triste bocado.

–¿Tú no puedes tener todas esas cosas?

–Cielo, no puedes tomar decisiones estéticas sin adoptar una ética. Eso es lo que los convierte en gente falsa.

Tragué el sándwich a la fuerza.

–No te preocupes. Tú no eres como ellos.

–Lo sé. –Parecía estar a la defensiva con esta respuesta–. Ninguno de nosotros lo es. Aunque hayas crecido en el club de campo, lo que estoy seguro que es tu caso, ahora estás luchando. Eso es auténtico. Y sea cual sea tu historia, no veo a papi y mami encima de ti.

–¿Crees que crecí en un club de campo?

–Sé que fue así.

Me dejó vacía.

–No me conoces.

–Quizá no. Tampoco tú me conoces a mí. Ninguno sabe nada del otro.

–Bueno, no creo que eso sirva para nada. A veces las personas... no sé... salen a cenar o a tomar café, o lo que coño sea... y llegan a conocerse.

–¿Y entonces qué ocurre? ¿Viven felices para siempre?

–No lo sé, Jake. Trato de averiguarlo. –Me dolía el corazón, cogí el vaso y bebí un largo trago de cerveza.

–No te emborraches.

–¿Perdón?

–Te pones sensiblera cuando bebes.

Suficiente. Abrí la garganta y me bebí la asquerosa cerveza de golpe. Se me derramó por las comisuras de la boca y me corrió por el cuello. Cuando terminé, dije:

–Vete a la puta mierda. Buenas noches.

–Eh, polvorilla, espera un segundo.

Un hombre normal, en aquella burda parodia de cita, habría puesto su mano sobre la mía y se habría disculpado. Habría mostrado algo de sensibilidad, la mínima para convencerme de que me quedara y siguiera excavando. Jake el de Chinatown, Jake el de las comidas grasientas, Jake el del cabello exuberante en una ciudad sin paraguas... me introdujo la mano bajo la camiseta, a la altura de las costillas, y me retuvo en el taburete. Apartó la mano de mí, tenía los dedos helados, pero me sentí marcada.

–Te enciendes cuando bebes. Eso también.

Suspiré.

–Qué consuelo.

–Es la verdad. Puedes creerlo.

–Ya es algo.

Tenía el bolso en el regazo, pero cuando volvió la camarera pedí otra cerveza. Mis costillas, mi vida, mi tren.

–Lees demasiado a Henry Miller –le dije–. Por eso crees que puedes tratar así a las mujeres.

–Vas con una década de retraso, pero es verdad, antes leía demasiado a Henry Miller.

–¿Y a quién lees demasiado ahora?

–Ya no leo.

–¿En serio?

–Podrías llamarlo crisis de fe. No he leído un libro, ni siquiera un periódico, en dos años.

–¿Por eso dejaste el doctorado?

–¿Quién te ha contado eso?

–No lo sé. ¿Simone?

–Simone no te lo contó.

–Sí, sí que me lo contó. –No lo había hecho. Pero por su repentina atención deduje que era cierto.

–Tú eres más del tipo de Anaïs Nin, ¿no?

–Pues no. –Lo era, o lo había sido, o siempre lo sería.

–Somos un par de personas imperfectas –concluyó sonriendo con dulzura.

–Me echaste de menos –dije, sin creerlo ni siquiera mientras lo decía, pero sabiéndolo.

–¿Quieres que te diga que te eché de menos?

–No, la verdad es que quiero que seas bueno conmigo.

–Soy malo porque eres joven y necesitas disciplina.

–Estoy hasta el coño de eso –me quejé–. Joven, joven, joven, eso es lo que me dicen, todo el día, todos los días. Pero conozco tu secreto. –Bajé la voz y me acerqué a él–. Tenéis pánico a la gente joven. Os recordamos cómo era tener ideales, fe, libertad. Os recordamos las pérdidas que habéis sufrido al volveros más cínicos, indiferentes, desencantados, ponemos en peligro la vida que imaginasteis. Yo no tengo que comprometerme todavía. No tengo que hacer nada que no quiera hacer. Por eso me odias.

Me miró y supe que pensaba en castigarme.

–¿La gente suele subestimarte?

–No tengo ni idea. Estoy demasiado ocupada tratando de no cagarla.

Él seguía mirándome, mis hombros, mis pechos, mi regazo. Ser recorrida por su mirada era como estar paralizada.

–¿Sabes? –dijo adelantándose. Nuestras rodillas se tocaron. Podía verle los poros, los diminutos puntos negros de la nariz, y recordé su rostro en primer plano–. Tengo la sensación de que eres muy... poderosa. Lo sentí cuando nos besamos, lo sentí cuando me hablaste entonces. Como si hubiera tocado un cable eléctrico. Sin embargo, te observo y resulta que pasas la mayor parte de tus horas sobrias reprimiéndolo. Quizá no tengas que comprometerte todavía, pero tendrás que elegir entre tu mente y tu aspecto. Si no lo haces, tus opciones irán estrechándose cada vez más, hasta no tener apenas opciones, y tendrás que conformarte con lo que pilles. En algún momento decidiste que era mejor ser guapa. Te sientas en los regazos de los hombres y escuchas sus estúpidos chistes y te ríes. Les dejas que te acaricien la espalda, les dejas comprarte drogas y bebida, les dejas que te preparen comidas especiales en la cocina. No te das cuenta de que cuando haces eso, estás... –Alargó la mano y me rodeó el cuello con ella. Dejé de respirar–. Estás ahogándote.

Mantuve la cabeza tan inmóvil como un jarrón, como algo rompible que tuviera una grieta, y la grieta se estaba abriendo.

–Yo también lo sentí. Cuando nos... –dije.

Su teléfono empezó a sonar. Fue el sonido más intrusivo que podía imaginar. Incluso Jake pareció irritado, pero miró el número y saltó de su taburete para ir al baño mientras yo seguía manteniéndome totalmente inmóvil.

La camarera apareció para recoger los platos. Los amontonó formando la pila más desordenada y caótica que había visto en mi vida. Incluso yo podía hacerlo mejor. Los tiró bruscamente en el barreño. Los platos aterrizaron entre chasquidos y los cubiertos se deslizaron con una ligera salpicadura hasta los sedimentos que viven en el fondo de los barreños. Me había dado pena cuando entramos, pero entonces me di cuenta de que teníamos el mismo trabajo.

–Debbie –dijo Jake para llamar a la camarera–. Nancy... Sandra. –No volvió a sentarse en el taburete, se inclinó sobre la barra y supe que nuestra noche había terminado–. Tengo que irme –dijo–. Tenía que haberme reunido con una persona hace veinte minutos.

Asentí con la cabeza de manera superficial. Pero oí esto: si no me llevaba a casa todas aquellas noches en que yo prácticamente se lo suplicaba no era porque hubiera una norma tácita al respecto. Estaba interesado. Era que yo no estaba viviendo a la altura de mi potencial.

–Invito yo. Una cena festiva a deshoras. He oído decir que tuvisteis un día de Acción de Gracias salvaje. Siento habérmelo perdido.

Sacó dinero de la billetera. Envió un mensaje mientras daba otro sorbo a su cerveza. Yo me volví girando mi taburete y miré a la gente de la calle, que se guarecía de la lluvia fluorescente en los portales.

–Soy diferente –dije, sin preocuparme de si sonaba simple.

Sabía cómo me veía: avariciosa y perdida. Y todavía no sabía en qué acertaba y en qué se equivocaba. Pero lo que él no sabía es que yo me había escapado. Que había conseguido llegar allí. Bebí un trago de su cerveza–. No tengo que elegir entre mi aspecto y otra cosa. Voy a tenerlo todo. ¿No has dicho que la estética y la ética han de coexistir? –Lo golpeé con las rodillas–. Bien. ¿Dónde coño estoy y cómo puedo llegar a casa?

III

–¿Sabías que la memoria de los peces dura cuatro segundos? –me preguntó Terry.

Yo hacía como que leía un viejo número del *New Yorker* a la luz de una vela, repasando con la mirada los mismos versos de un poema una y otra vez –«que se desatará en ti cuando llegue tu tormenta»–, sin embargo, en realidad estaba pensando en la coca que llevaba en el bolso, en la bonita cantidad que había, con toda una noche por delante. Pensé un instante en irme antes de que llegara todo el mundo, pero la noche era turbia y no podía ver más allá ni a través de ella, ni siquiera los siguientes cinco minutos. El bar estaba vacío, así que Terry tenía que estar hablando conmigo.

–¿Eh?

–Siempre lo pienso cuando venís aquí después del trabajo. ¿Lo pillas?

–Sí, Terry, lo pillo. Nosotros somos los peces. Y esto es el agua, joder.

Este había sido de la madre de la señora Neely: un sombrero de casquete, de terciopelo morado, con bordados de oro casi desgastados ya. Abrazaba su diminuto cráneo y estaba ligeramente levantado para poder hacerme ojitos. Su madre, nos contó, había sido una belleza legendaria. Acudía a todos los salones artísticos, mantenía conversaciones con W. E. B. DuBois y Langston Hughes. Muy progresista. No tenía tiempo para dar rienda suelta a su arte y mantenía a sus hijos trabajando de costurera después de la muerte del marido, pero tenía olfato artístico para la vida.

–Ahora no lo entiendo –dijo, cogiendo mis manos con las suyas–. No salías de casa sin sombrero. No éramos gente elegante, mi madre hacía vestidos con la tela de las cortinas, pero habría sido una indecente si hubiera salido sin sombrero. Tonta, mi madre habría abofeteado a una chica como tú por la forma de vestir.

–Lo sé –respondí. Yo la había animado a reñirme y a ella le encantaba criticarme–. Las chicas de ahora llevan leotardos. Como pantalones. Es vergonzoso.

–Para pasear el chocho por la ciudad.

–¡Válgame Dios! Pero sí. Es lo que hacen en realidad.

–¿Dónde están los principios? ¿Cómo va a saber un hombre qué hacer contigo? –Me acarició el dorso de la mano–. Os vestís como chicos, escondiendo vuestra figura. Todavía os peleáis con ellos en el patio del recreo para que os miren.

Asentí con la cabeza, totalmente desenmascarada.

–¿Sabes?, la elegancia no es una frivolidad. En mi época era un signo de tu integridad, un signo de que sabías dónde estabas. –Asentí otra vez, pero ella miraba más allá–. Oh, ahí está mi príncipe.

Sasha se acercó a nosotras como si desfilara por una pasarela. La señora Neely aplaudió con ojos acuosos.

–Neely, querida, es usted una visión, ¿por qué está hablando con esta basura?

–Dame un beso, por el amor de Dios.

Le ofreció la mejilla con timidez y él le dio dos besos.

–Así es como suelen hacerlo en París –dijo.

–¿Qué tal estaba el cordero, mi amor?

–Terrible, totalmente terrible. –Pareció preocupada y nos hizo un gesto para que nos acercáramos–. Lo juro, cada vez está peor.

–Maravilloso –dijo Sasha, mostrando sus brillantes dientes.

–Sasha, ¿podrías invitar a salir a esta hermosa joven? Necesita un caballero en su vida.

–Sí, Sasha. –Me volví hacia él. Unas semanas antes se le había caído una pizza al suelo y me ofreció cincuenta dólares si me la comía. Lo hice y me pagó. Como un caballero–. ¿Cuándo vas a invitarme a salir?

Ambos temblábamos de tanto aguantar la risa. La señora Neely también rio, instalada en su silla, majestuosa.

Sabía que él estaba por allí. Acababa de avisarle a Nicky de que iba a bajar a buscar una botella de whisky escocés, aunque yo le había dicho, durante más de una semana, que se nos había acabado. Incluso le había preguntado a Howard al respecto y él me había comunicado que estaban pedidas al distribuidor. Pero Jake se negaba a creerlo. Me pregunté si estaba mirando porque no confiaba en mi información o porque quería alargar aquel pequeño duelo entre nosotros.

Así que cuando Simone preguntó si alguien podía subirle el Opus 2002 de la bodega, porque le habían ocupado dos mesas a la vez, dije: «Por supuesto», me apreté el nudo de la coleta y corrí. Él no se volvió cuando entré.

–No hay –dije, caminando muy erguida hacia la sección de vinos de California.

–Quienes creyeren en palabras de mujer, necios deben de ser.

–Precioso.

Inspeccioné la pared, aunque ya sabía dónde estaba el Opus. Deseé no haberlo sabido, estar equivocada en lo del whisky, que nos hubiéramos quedado sin Opus y que tuviéramos que pasar el resto del servicio en la bodega, buscando botellas que no existían.

Gruñó. Yo cogí el vino y fui a mirar por encima de su hombro el batiburrillo de botellas perdidas que ya había revisado mil veces.

–Eh –dije–. Estás sangrando.

Tenía un corte en el antebrazo. Se lo miró, confuso, yo alargué la mano instintivamente y me llevé el brazo a la boca para chupar la herida. Mi lengua metálica, salada, una chispa. Cuando me di cuenta de lo que había hecho, aparté el brazo. Respiré hondo y él respiró hondo, con las fosas nasales dilatadas. Mis ojos dijeron: «Te desafío». Me sentí lágrima, me sentí infinita, me sentí líquida.

–Disculpad –dijo ella. Simone estaba en el umbral. Parpadeé al verla, preguntándome qué veían mis ojos–. ¿El Opus?

Me miré la mano y le pasé la botella. Esperé algún comentario sarcástico. «Bueno, lo habría hecho yo misma», habría dicho Heather. Y Ariel: «Es el colmo, Skip, *gilicoños* de la hostia». Cualquiera de los dos comentarios habría sido aceptable. Simone no dijo nada, solo nos miró. Se quedó en silencio y supe que la había cagado.

–¿Quieres una sorpresa de melocotón?

Miré a Heather, aturdida. La había cagado del todo, así que cuando la noche dio un giro hacia el caos supe que era por mi culpa. Las mesas esperaban más de la cuenta, la gente bebía agua para entretenerse, mientras los grupos que esperaban daban golpecitos con los pies, con impaciencia, con ansiedad, con una contrariedad concentrada en una nube de irritación. Las mesas más deseadas se rechazaban. Estaban demasiado cerca de la cómoda del personal, demasiado cerca del baño, eran demasiado pequeñas, demasiado aisladas, demasiado ruidosas. Los camareros no oían bien los pedidos. Se quedaban hechos un manojo de nervios a las puertas de la cocina, evitando decírselo al Chef cuanto podían, inventando historias retorcidas sobre que no era culpa suya. El Chef tiraba comida a la basura con aire melodramático, hasta que Howard lo detuvo y empezó a arreglar los errores de la sala.

¿El Opus? Quise culparlo a él, pero no pude. Sin saber cómo, había subido el de 1995 y no el de 2002. Sin saber cómo, Simone lo presentó, lo abrió y lo probaron. Sin saber cómo, Howard lo vio mientras hacía la ronda por el comedor. Comentó:

–Ah, 1995, un año increíble. ¿Qué se siente al beberlo esta noche?

El hombre robusto de la mesa rio de manera sombría.

–Mejor que el de 2002 que pedí. Muchas gracias.

–¿Has oído? –preguntó Ariel, pasando a mi lado con platos. Al poco rato volvió con las manos vacías y dijo–: Simone la ha cagado bien.

La vi con Howard en la cómoda. Él hablaba con voz tranquila, sin su habitual exageración, solo con sequedad.

–Un puesto importante... gran pérdida... no es propio de ti.

No, quise decir, no era propio de ella, era propio de mí. Pero vi que Simone asentía con la cabeza, la pintura de los labios ya descolorida en el centro, en la carne que mordisqueaba. Creí que me desmayaba. Heather vino a buscar café y confesé.

–Cosas que pasan –dijo, ahuyentando moscas imaginarias con la mano.

–Pero Simone...

–Es culpa suya. Ella la llevó a la mesa, dijo la cosecha en voz alta, la señaló. Debería haberse dado cuenta. Por eso ella es del servicio y tú ayudante de camarera.

No estaba convencida.

–¿Quieres una sorpresa de melocotón?

–¿Qué es eso?

–Xanax –dijo, sacando una píldora de color melocotón.

–¿Crees que puedo trabajar con eso?

–Calabaza, un mono podría hacer tu trabajo con Xanax. Y probablemente no la cagaría tanto. No es una droga real.

«Ni un trabajo real», pensé al tomármela. Simone vino a la barra de servicio.

–¿Mis capuchinos de la 43?

–Ya están servidos –dije con inquietud. Los había llevado yo misma menos de cinco minutos después de que ella entregara el pedido, poniéndolo por delante de los otros cinco.

Se volvió hacia Heather.

–¿Tienes otro regalo?

Se metió la píldora en la boca y la tragó sin agua.

–Simone –dije–. Lo siento.

–No lo sientas –dijo cordialmente–. Heather, 86 de Opus del 95. Esa era la última botella.

La píldora se me quedó atravesada en la garganta. Tragué saliva varias veces, pero se disolvió allí, y sabía igual que la sangre agria de Jake. Él no volvió a dirigirme la palabra en toda la noche.

La cafetera exprés siempre había sido una zona importante para nosotros. Los encargados de las bebidas tenían que limpiarla constantemente y yo suponía que lo hacían los otros ayudantes de camarero. Pero cuando salió una cucaracha de un portafiltros que acababa de coger, y cuando estampé el portafiltros contra la pared, salpicando posos por todas partes, dejando una marca, y cuando después de tanto alboroto la cucaracha se fue ilesa... bueno, dejé de tomarme tan en serio la limpieza de la cafetera.

Se suponía que Zoe estaba al mando en esta guerra, lo que significaba que tenía que pedir continuamente útiles de limpieza y gritar continuamente por teléfono a los fumigadores. Cada nueva expedición prometía la erradicación en horas, cada bote naranja con la calavera y las tibias prometía una muerte segura. Zoe marcó los insecticidas con rotulador, especificando dónde tenían que utilizarse. Exprés. Fregadero de la barra 1. Fregadero de la barra 2. Zoe modificó las listas de los trabajos adicionales, pidió bayetas especiales para limpiar la máquina del hielo, tiras azules de papel para cuyo manejo había que ponerse guantes y que había que colgar en la zona de las moscas de la fruta.

Lo que Zoe no consiguió fue librarse de los insectos. Supe que en todos y cada uno de los restaurantes de Nueva York había bichos, en el centro y en los barrios periféricos. Yo, sin embargo, habría podido comer en el suelo de la cocina, que estaba inmaculado. Parte de nuestro trabajo era proteger la ignorancia de los invitados, que no eran capaces de asumir las duras realidades de la ciudad. Decíamos: «Es por el invierno», «Es por el parque», «Es que hay obras en la manzana», «Es por los vecinos». Y todo eso era verdad.

Sin embargo, cuando Will encontró un polo de cucaracha que parecía del Pleistoceno, hasta yo tuve náuseas. Estaba exquisitamente congelada dentro de un cubito. La había sacado del balde de hielo. Nos la pasamos unos a otros hasta que empezó a derretirse, y nosotros con la boca abierta, alelados.

Ante lo cual dijimos:

–Jo-der. Qué asco.

Yo hice mi parte. Informaticé las listas de Zoe que estaban clavadas en los tablones de anuncios. Pero un día fui a colgar mi delantal en un gancho y se me cayó detrás del refrigerador. Cuando me agaché a buscarlo, la pared estaba cubierta. Tapizada. Familias, generaciones de cucarachas que nacían, crecían y morían en aquel ambiente templado del frigorífico. Dejé de luchar con tanto denuedo. Nos superaban.

–*Oursins!* –exclamó Simone entrando en la cocina.

Yo seguí haciendo mi trabajo, con la mirada baja, sacando los cabos de vela pegados a los receptáculos de los candelabros. No les habían puesto suficiente agua y no salían por mucho que los raspase. No recordaba quién había sido... quizá había sido yo.

–¿Qué? –pregunté, por si estaban hablando conmigo. Nuestras charlas habían decaído últimamente.

–Chef, *ils sont magnifiques* –murmuró.

Los dos se inclinaron sobre un cajón, atraídos por las joyas que había dentro. Me daba grima que hablara en francés con el Chef, o con Howard, o con Jake. Solía bajar la voz, de manera que yo solo oía el susurro de una lengua romance y sabía que me dejaba fuera. Me había disculpado otra vez con ella por lo del Opus. Se lo confesé a Howard al día siguiente y él ya lo había olvidado. No me quedó más remedio que esperar a que me prestara atención, a que me mirase como si yo fuera tan emocionante como lo que hubiera en el cajón.

Antes de empezar el turno, el Chef había dicho:

–Esta noche tenemos *Plat de fruits de mer*. Muy tradicional. Ostras, mejillones, berberechos, langostinos con cabeza y caracoles. Pero lo mejor de todo son unos impresionantes equinos recién cogidos, con su caparazón.

Alguien silbó y hubo gemidos de deseo.

–Diecisiete pedidos. Hay que venderlos, amigos; no vamos a imprimirlos. A 175 dólares la cazuela.

–¿La cazuela? –grité.

Todo el mundo me miró. Howard continuó:

–Es la temporada, amigos míos. Todos están de celebración. Han estado esperando a cenar con nosotros. Estáis aquí porque sois perspicaces, así que adivinad lo que dicen vuestras mesas. Ved si esto es lo que les hará delirar en nuestro restaurante. Y haced lo que queráis, por supuesto, pero recomiendo con entusiasmo un champán, o un chablis como alternativa...

La seguí por la escalera hasta el vestuario, donde se puso a repasar delantales limpios con obsesiva tenacidad para encontrar los más cortos, sus preferidos. Estaba forzando el deshielo, ya lo sé, pero yo estaba cansada de esperar.

–Venga, dime.

–¿Que te diga qué?

–Los equinos...

–¿Perdón?

–Por favor, cuéntame más cosas de los equinos.

–Los equinos son erizos de mar, lo que corona la cazuela esta noche.

–Pero ¿por qué son especiales? –Moví las manos hacia ella para que siguiera.

–Te estás volviendo un poco consentida, ¿no?

–¡No! –Me erguí–. No me gusta tener que suplicar la información. ¿Estás enfadada conmigo o algo así?

–No seas melodramática. ¿No deberías centrarte en tu trabajo?

–Eso intento.

Se puso un delantal por encima de la cintura, lo que la hizo parecer momentáneamente maternal, bucólica. Se retocó los labios con el lápiz. Vi gotas plateadas en su áspero cabello. Vi inscripciones de sus años alrededor de su boca, una profunda arruga entre sus cejas, hija de una vida de escepticismo. La pose de una mujer que, como quien no quiere la cosa, se convertía en el centro de atención de cada habitación en la que entraba, no por su brillo o perfección, sino por su seguridad en sí misma. A todo lo que tocaba le añadía un apóstrofo.

–Es inquietante –dijo, inspeccionándose la cara, pellizcándose las mejillas– cuando empiezas a ver a tu madre en el espejo.

–Yo no lo sabré –dije.

–No, tú no. Tú siempre te verás como a una extraña.

Ella nunca jugaba la carta de la compasión. No supe qué decir.

–Tu madre debe de ser guapa –dije finalmente–. Tú eres guapa.

–¿Eso crees?

Me miró por el espejo, sin impresionarse.

–¿Por qué no quieres tener novio?

Yo había deducido dos cosas antes de saber lo que estaba pasando. La primera, que no tenía novio; la segunda, que era porque no quería tenerlo.

–¿Un novio? Es una palabra muy dulce. Me temo que me he jubilado del amor, pequeña. –Se suavizó apenas, aunque lo hizo–. En Marsella podías acercarte a los muelles de madrugada. Tenían erizos, todavía vivos. Un intercambio bajo mano, unos pocos francos por este manjar. Las rocas están alfombradas de desechos: caparazones abiertos con cuchillo, lavados con agua salada, consumidos allí mismo. Hombres almorzando con botellas de vino casero, observando el ir y venir de las barcas. Son los ovarios... los ovarios color coral. Se supone que transfieren una gran energía cuando los tomas. Textura totalmente voluptuosa, sabor totalmente eterno. Se queda contigo durante el resto de tu vida. –Se fue hacia la puerta echándose el cabello atrás. Me miró con aire pensativo–. Hay muchas cosas que llegan a embotarnos los sentidos: la juventud, la salud, el trabajo. Pero la auténtica comida, nada menos que un regalo del océano, no es una de ellas. Es una de las pocas cosas que pueden sumergirte con seguridad en el placer en este decadente y miserable lugar.

–Es agotador –dijo Howard, poniéndose un abrigo color pizarra, un sombrero de fieltro y guantes de piel. Parecía salido de los años cuarenta. Miró hacia la salida y me sonrió–. Realmente tiene que gustarte.

–Sí –asentí. Agité la leche y la eché en el café. Sabía exactamente cómo preparar los *macchiati*–. Es agotador físicamente. Pero hay algo más que me tumba todas las noches. No podría definirlo con exactitud.

–Entropía –dijo él, como si fuera la sexta persona que se lo preguntaba. Enarcó las cejas para ver si me enteraba de su significado y yo enarqué las mías para decir que era escéptica respecto de su uso–. Más bien es un caso de deseos paradójicos. El restaurante, una entidad separada de nosotros, pero compuesta por nosotros, tiene una serie de deseos, que llamamos «servicio». ¿Qué es el servicio?

–¿Agotarse?

–Es orden. El servicio es una estructura que controla el caos. Pero los invitados y los sirvientes también tienen deseos. Por desgracia, queremos alterar ese orden. Generamos caos con nuestra aleatoriedad, con nuestra imprevisibilidad. Bien –tomó un sorbo y yo asentí para indicar que seguía con él–, somos humanos, ¿no? Tú lo eres, yo lo soy. Pero también somos el restaurante. Así que nos corregimos constantemente. Siempre estamos esforzándonos por mantener el control.

–Pero ¿puedes controlar la entropía?

–No.

–¿No?

–Solo lo intentamos. Y sí, es agotador.

Yo veía el restaurante como una ruina. Imaginaba al Propietario cerrándolo, poniendo un candado en la puerta al cabo de muchas décadas, y el polvo, las moscas de la fruta y la grasa acumulándose, sin nadie que trabajara durante las veinticuatro horas para limpiar platos y manteles, y el restaurante volviendo a sus elementos primitivos, no funcionales.

–Gracias –dijo, dejando la taza.

–¿Eres un hombre libre ahora?

–Lo soy. Tengo que poner unos cuantos adornos varoniles de Navidad.

Asentí con la cabeza. Me había sorprendido, la fiesta que aparecía en el parque, en los ridículos arreglos del bar que hacía doña Flores. Habían colgado galletas auténticas del departamento de repostería. Incluso Clem había colocado luces. Recordé lo cálida que parecía Nueva York en las películas navideñas, qué bondadosos, qué abundantes estaban los escaparates, y la humanidad de la gente aparecía en el momento preciso para redimirse, para tener fe. No me pareció lo mismo cuando acudí al trabajo. Lo sentía frío y forzado.

–Supongo que iré a ver ese árbol.

–¿Vas a estar por aquí durante las fiestas? –preguntó.

Pensé: «Mmm, me has puesto en el turno de la víspera y del día posterior, ¿adónde coño crees que voy a ir?», pero dije:

–Sí. Me quedo aquí. Descansaré. He oído decir que está todo muy tranquilo.

–Bueno, si te apetece, yo celebro todos los años una comida navideña con los huérfanos. No te preocupes, Simone prepara la mayor parte de la comida, yo no obligaría a nadie a comerse la mía. Pero es una tradición. Estás invitada, de corazón. Y no es tan aburrido como podría parecer.

–¿Eres huérfano?

–Ah. –Me sonrió–. Todos acabamos siendo huérfanos. Eso, si tenemos suerte.

Saludó a alguien del bar que lo había visto y me guiñó un ojo antes de soltarme la mano para correr a la noche, que caía en picado.

–Espera a que las trufas lleguen al comedor... sexo total –dijo Scott.

Cuando llegaron las trufas, los cuadros de las paredes les hicieron una reverencia. Eran los grandes heraldos del invierno, anunciaban el exceso frente a la pobreza del paisaje. Las negras llegaron primero y los cocineros las empaquetaron en recipientes de plástico con arroz redondo para mantenerlas secas. Prometieron hacernos un *risotto* con aquel arroz cuando emplearan las trufas.

Luego llegaron las trufas blancas, que parecían hongos galácticos. Las guardaron inmediatamente en la caja fuerte del Chef.

–¿En una caja fuerte? ¿De veras?

–El peligro que corremos está en proporción directa con el peligro que corren ellos. Son imposibles –dijo Simone entre dientes cuando el Chef hablaba de los platos especiales.

–No pueden ser tan imposibles si están en los menús de todos los restaurantes de la ciudad. –La miré a los ojos–. Es broma.

–No se pueden cultivar. Los agricultores solían llevar cerdas al campo, las llevaban a los robledales y rezaban. Ahora ya no usan cerdos, usan perros amaestrados. Pero siguen caminando y rezando.

–¿Qué pasó con las cerdas?

Simone sonrió.

–Para ellas las trufas huelen a testosterona. Las vuelven locas. Destrozan el terreno y las trufas, porque se ponen frenéticas.

Estaba esperando bebidas en la barra de servicio y llegó Sasha con una pequeña caja de madera. La abrió y allí estaba el tubérculo blanquecino de aspecto maligno, y una pequeña navaja de afeitar que se utilizaba especialmente para aquello. El olor se coló en cada rincón de la estancia, pesado como el humo del opio e igual de adormecedor. Nicky cogió la trufa con la mano desnuda y la llevó a la barra 2. La ralló poniéndola encima del plato del invitado.

Tierra recién labrada, campos abonados, el bosque después de la lluvia. Olí a frutos del bosque, convulsión, moho, sábanas sudadas mil veces. Sexo total.

Esa fue la razón de que tardara un rato en ver por la ventana del fondo del bar que estaba nevando. Se elevaron susurros entre los invitados al señalar la calle. Sus cabezas se volvieron en fila, con reverencia. Finas virutas de trufa cayeron y desaparecieron entre los tallarines.

–Por fin –dijo Nicky, y guardó la trufa. Se apoyó en la barra con una sonrisa atractiva y satisfecha–. Nunca se olvida la primera nevada en Nueva York.

Los primeros copos permanecieron en el cristal, enmarcados. Durante un segundo creí que subirían volando hacia las farolas.

Llegué a amar el puente de Williamsburg cuando aprendí a recorrerlo. Con excepción de unos ciclistas y unas mujeres hasidíes, bien abrigadas, estaba prácticamente sola. Paseaba o bien dentro de un confuso círculo de luz grisácea o en una tarde manchada y algodonosa. Nunca dejaba de conmoverme. Me detenía en medio del sucio río. Miraba la basura que formaba remolinos en la corriente y se pegaba a los embarcaderos como los posos de vino a un vaso. Simone me había mencionado la comida de los huérfanos de Howard. Pensé en todos ellos reunidos en casa de Howard, en el Upper West Side. Pensé en Jake con un jersey navideño. Les dije que tenía cosas que hacer. «Recuerda esto –me dije–. Recuerda qué tranquilidad hay hoy.» Tenía el periódico, que guardaría durante años, y me dirigía a Chinatown para comer sola. Mientras contemplaba los edificios, esa doble sensación me llegó como un pensamiento, presionándome desde ambos lados del puente, imposibles de conciliar desde mi punto de vista: «Es ridículo vivir aquí» y «Nunca podré irme».

IV

A veces veía todo el servicio condensado, como si solo hubiera trabajado una noche que se prolongaba durante meses.

Abrí las puertas de la cocina con la punta del zueco, subí la escalera y mis ojos se encontraron con los de Jake. Recorrí el comedor trazando arcos amplios y alargados, con los brazos y las muñecas tensos. Me vi como una sucesión de instantáneas, pero superpuestas, sin temporizador. Todos los platos de filete de atún, en su forma esencial mejorada: el filete de atún definitivo. Todas las servilletas que había doblado en mi vida, en un monumento totémico. Y corriendo entre estas vidas estáticas, trazando una inconfundible línea recta, estaba la mirada con que yo los contemplaba, una mirada a la que alguna vez se unían Jake o Simone. Es todo lo que recordaba... esas pocas imágenes y vistas de lejos, una inmensa quietud, una pausa gigante. Cuando sentía que aquel era el trabajo más fácil y hermoso del mundo. Pero sabía que nunca estaba inmóvil, que siempre era imperfecto y alejado del ideal. Convertirlo en algo romántico era mentir.

Lo oí al filo de la medianoche en la sala del vino. Un tintineo seductor atravesó el techo. Pasos sobre las tablas, silbidos. Subí corriendo la escalera y había una multitud en la barra de servicio y copas de champán alzadas. Los invitados habían dejado los taburetes para brindar con nosotros. Simone me dio una copa de champán Cuvée Elisabeth Salmon Rosé. Cerré los ojos: melocotones, almendras, mazapán, pétalos de rosa, un toque de pólvora y había empezado un año nuevo en la ciudad de Nueva York.

–Tú. Con vestido.

Eso es lo que quería que dijera él. Pero no lo hizo, así que me lo dije a mí misma muchas veces al encontrarme con mi reflejo en los edificios que subían hacia Broadway. Los tacones altos hacían que me balanceara como si llevara patines; mi pelo, que había pasado un buen rato secando y ahuecando, estaba levantado, de repente era vulnerable al clima, a las aceras desniveladas. Saludé con la cabeza a la cuña de hierro del Flatiron como si fuera un conocido prestigioso. El vestido me había costado medio sueldo. Un vestido corto de seda negra. Todavía me confundía el poder de la ropa... nadie me había enseñado a vestirme. Cuando me lo probé y me miré en el espejo, me vi a mí misma a decenios de distancia, cuando crecía y era inconquistable. Todo por un vestido. Casi me dividí en dos. Me vi en la luna gris oscuro de un banco cerrado. Me volví hacia mi reflejo: «Tú. Con vestido».

El Propietario cerraba el restaurante el día de Año Nuevo. Alquiló un bar y fuimos todos allí a beber. Teníamos barra libre y un crédito gigante, milagroso, interminable. Por los refritos de anécdotas que habían ido contando, abundaba la mala conducta. Alguien se emborracharía como una cuba, y, aunque Will y Ariel apostaban por mí, yo estaba dispuesta a quedarme en el lado sobrio, y llevaba mi propia bolsa de coca para asegurarme.

Había olvidado que allí también habría adultos. El Propietario y su esposa estaban en la entrada, irradiando autoridad y calidez. Incluso ellos debían de estar con resaca, aunque se les veía impecables. Se había formado una pequeña cola para saludarlos, y mientras él estrechaba las manos de todos, sus ojos no inspeccionaban el local. Su esposa parecía la bondad en persona y esbozaba una sonrisa que te arrancaba de la tierra.

Pasé de puntillas al lado de la cola. No podía saludarlos. ¿Y si no me recordaban? ¿Y si me echaba a llorar? Recordé el aprendizaje y aún no podía creer que me hubieran elegido a mí.

Todo fue más o menos según lo planeado. Blinis con caviar, tostadas con foie gras, mejillones cocidos con su concha, crema de cangrejo, cócteles de ostras decadentes y del tamaño de un dedo, de la nueva compañía de cátering del Propietario. Nos saludamos con titubeos, fijándonos en nuestro aspecto, maravillados por las transformaciones de las vestimentas. Ariel con una minifalda y un jersey que había cortado para dejarlo diminuto. Will con una camisa de botones color azul verdoso. Sasha todo de negro y con gafas de sol. Nos distribuimos por la barra con nerviosismo, tratando de achisparnos un poquito, temerosos repentinamente de hablar con aquellos extraños. Al cabo de una hora, toda la sala se relajó y sonaron carcajadas por todas partes y el DJ puso música. Entonces comenzaron los Superlativos.

Por supuesto, yo había votado. Zoe se aseguró de que todos votáramos cuando se repartieron las papeletas antes del turno. Estaban los sospechosos habituales: «Ojos más bonitos», «Pareja más mona». Y luego estaban los premios específicos de la industria: «Con más probabilidades de abrir un restaurante». Supuse que era otra clave que tenía que descifrar; cada categoría tenía un ganador natural. ¿Abrir un restaurante? Tenía que ser Nicky, que hablaba constantemente de abandonarnos y abrir su propio local. La «Persona que desearías que atendiese a tu madre» era Heather, porque parecía y hablaba como una muñeca. Mientras anunciaban los premios, yo era la espectadora vacía que había sido al principio. El «Mayor bromista» era Parker, aunque yo había votado por Nicky también, porque ni siquiera estaba segura de que Parker supiera hablar. Al parecer había estado gastando bromas a la gente que le caía bien durante años. Yo aún tenía que entrar en esa categoría. La «Persona con más probabilidades de acabar en Broadway» era Ariel. Se metió el dedo en la garganta e hizo la pantomima de vomitar. Will fue a recoger su premio. Entonces Howard, nada menos que con sombrero de copa, dijo:

–Y la «Persona con quien más os gustaría quedar atrapados en un ascensor» es... ¡Tess!

Un educado aplauso y un silbido de admiración. Yo también aplaudí. Todo el mundo me miraba. Me fue entrando en la cabeza, gota a gota, como desde un grifo mal cerrado, espesa y dolorosamente, que Tess era yo.

Yo había elegido a Simone después de pensarlo mucho. «Esta es la persona de tu ascensor», me dije. No la persona con la que haces planes, no con quien te gustaría terminar, pero ¡zumba!, el ascensor se para. Tu vida, una pausa deliciosa, dictada por la casualidad. Todas las tareas del día olvidadas. No sabes cuándo saldrás, pero al contrario que de aquel escenario desierto, del ascensor puedes estar segura de que al final saldrás.

Por supuesto, había pensado en Jake. Allí estaba, todo para mí. Pensé en él, inmovilizándome contra la pared con su cuerpo. Pero el centro ardiente de mi fantasía no era el sexo. No, a donde quería llegar era al después. Seguiríamos atrapados en el ascensor. Me miraría. No habría pedidos en la barra, ni multitudes, ni llamadas de teléfono, ni camisas de rayas. Estaría obligado a reconocerme. Sabía que si conseguía que él me mirase, ambos dejaríamos de estar solos.

Pero entonces lo pensé mejor. Había posibilidades de que Jake estuviera de mal humor. Tenía una ligera idea de cómo reaccionaría si se viera atrapado. ¿Y si se quedaba mudo? ¿Y si se comportaba como una mala persona? Peor aún, ¿y si yo le aburría? La desnudez del guion me asustaba. Así que lo quité de mi lista.

Con Simone, el ambiente del ascensor pasaba de erótico a intelectual, y me sentí aliviada. Simone recitaría a Wordsworth, a William Blake o, si quería algo moderno, a Wallace Stevens o a Frank O'Hara. Simone explicaría cómo hacían el vino en el Jura en el siglo XIX y cómo pegaba con los quesos. Recordaría detalles de cuadros que había visto en Florencia una década antes, y el nombre de la *trattoria* en la que había almorzado después. Incluso me contaría una anécdota de la niñez de ellos dos, niñez regada con sal y cubierta con hierba de una duna en la playa.

Yo bromearía sobre mí misma y la haría reír. Le contaría historias de la chiflada clase media americana y que, después de leer *El guardián entre el centeno* cuando tenía diez años, preparé una mochila y hui de casa, para volver cuando unos vecinos me encontraron durmiendo en su cobertizo. Simone me descubriría el universo y me contaría por qué era tan difícil encontrar significado en nuestra era tecnológica, por qué las ciudades crecen y decaen, por qué estamos condenados a repetirnos. Y después de aquel prolongado contacto, saldría de allí cambiada, con más de ella en mí, las lecciones serían permanentes.

–¿Tess?

Howard agitó un certificado que una de las recepcionistas había decorado con estrellas doradas. Me levanté con dificultad sobre mis tacones. Me volví para buscar a alguien, me volví para buscar a alguien, me volví para buscar a alguien.

Di las gracias y volví a mi asiento. Pero no antes de echar un somero vistazo a mis colegas. Traté de mirar todos los ojos que pude y preguntarles: «¿Yo?».

–Entonces ¿votaste por mí o qué?

Me deslicé por la barra hasta él, nerviosa, sensual, colocada. Con mis zapatos, estaba más cerca de su línea de visión. Jake, con unos gastados pantalones de franela y lana, el cabello aplastado y grasiento. Incómodo, encogido.

–Odio estas cosas. Todos los años me digo que nunca más.

–¿Qué odias? Hay canapés gratis.

Miré a mi alrededor, al extraño grupo de personas que había elegido el restaurante. Los grupitos se reunían magnéticamente tras la sorpresa inicial de estar fuera de contexto. Los de la limpieza y los lavaplatos llevaban chaqueta deportiva y se sentaban con sus esposas, muy maquilladas y animadas. Los cocineros habían ocupado una esquina de la barra, donde bebían tequila añejo y chupitos de mezcal. El suelo que pisaban estaba salpicado de todo lo que derramaban. Las recepcionistas y las chicas de repostería pululaban a su alrededor como una capa protectora de la atmósfera.

Los más viejos estaban juntos, sentados a una mesa. Howard

había traído una acompañante de edad parecida quc lo hacía todo a media velocidad. Masticaba cada bocado hasta terminarlo sin soltar el tenedor, buscaba la servilleta en su regazo y se palpaba con ella los labios, aunque no tanto como para estropearse el pintalabios. Definitivamente, no trabajaba en un restaurante. Estaba el Chef con su guapa esposa, estaba Nicky y estaba Denise, que tenía el teléfono móvil sobre la mesa, relampagueando con mensajes de la canguro. Simone se había unido a la mesa para hablar con Denise, las rodillas de una frente a las de la otra. Pensé en ellas con veinte años, Denise sin hijos, saliendo con un camarero, Simone más ligera, más pronta a la risa. Parker y Sasha jugaban en nuestra mesa a meter monedas en los vasos. Ariel y Will debían de estar en el baño y Heather intentaba convencer a Santos para que bailara.

Era tan predecible y encantador que mi corazón quería abarcarlo todo.

–Como si no viera bastante a esta gente –dijo con expresión sombría–. Y estar aquí en mi día libre. Qué gran pérdida de tiempo.

–¿Por qué has venido?

–No merece la pena que te pongan en la lista negra por no participar. Además –apuró el whisky e hizo una seña al camarero para que le sirviera otro–, la bebida es gratis.

Misha, la recepcionista de la que todos nos burlábamos por sus turgentes pechos, pasó por allí y alargó el brazo hacia mí.

–¡Tess, enhorabuena! ¡El gran premio! –exclamó riéndose como una niña.

Miré mi certificado. Lo había llevado conmigo por si quería presumir delante de Jake. Pero a su lado parecía una chiquillada.

–La verdad es que pasé mucha vergüenza –dije, doblando el galardón. Hice una seña al camarero–. ¿Un blanco? Que no sepa mucho a roble, por favor, chardonnay no.

–Te lo has ganado –dijo Jake, tomando otro trago y apartando los ojos de mí.

–Tiene su gracia, ¿no? –comenté–. La gente quiere pasar tiempo conmigo. No intentan plantarme entre los comensales. No debo de ser tan pesada.

Cuando se volvió hacia mí sus ojos estaban crispados, como astillados, y me asusté. Pensé que había tomado algo. Dijo:

–Es el premio a la más puta. Eso lo sabías, ¿no?

–¿Puta?

–Vamos, chica nueva, no te hagas la tonta. Tus chicos de la cocina siempre votan a la que se quieren follar. Pero ¡sí, enhorabuena! ¡El gran premio!

–Vaya.

Traté de reírme, pero la risa murió en la garganta. Scott me vio desde un extremo de la barra y me guiñó un ojo. Después de mucho llorar –sentada en el inodoro de los lavabos, escondida junto al aire acondicionado de la zona de repostería, detrás de la máquina de hielo, en mi almohada, en mis manos, a veces simplemente en mi taquilla–, esta vez no hui. Me quedé y se me saltaron las lágrimas.

–Tú... –No quería entenderlo. Las palabras despiadadas que anhelaba se perdieron en el hecho de ser humillada, una vez más, como siempre–. Eres mezquino, Jake. Esto es demasiado horrible para mí.

Sus ojos chispearon en azul y se cerraron.

–Lo siento –dijo–. Tess. –Asentí con la cabeza–. Perdóname, por favor.

Mientras caminaba, apretaba con ganas los tacones contra el suelo. La copa de vino me quemaba en la mano. Simone me recorrió con la mirada y fue hacia la barra. «Sí –pensé–, ve con él. Consuélalo, porque le ha llamado mezquino la chica nueva que ha recibido el premio a la más puta.»

–¿Tess?

Levanté los pies del suelo del escusado para que ella no me viera, pero acababa de meterme una raya y resollaba. Llamó a la puerta.

–Solo puedes entrar aquí si te drogas. Zona exclusiva de drogas.

Abrí la puerta y entró. Estábamos demasiado cerca la una de la otra para estar cómodas. Podíamos haber salido y habernos quedado de pie junto a los lavabos, pero ella cerró la puerta y se sentó en el inodoro. Alargó la mano abierta y puse mi bolsa en ella. Vació un montoncito entre el pulgar y el índice y aspiró el polvo sin apartar los ojos de mí.

–Por favor –dijo en respuesta a mi expresión–. Una vez fui joven.

Se tocó la punta de la nariz con aire pensativo y yo me toqué la mía.

–Pensé que era algo bueno –expliqué. Me temblaban las manos–. De veras pensé: «Bueno, aquí estoy, atrapada en un ascensor, mejor elijo a alguien que de veras...». Yo... te elegí a ti.

–Me halagas.

Me froté las mejillas con papel higiénico.

–Era como si hiciéramos intercambios, yendo de un lado a otro, solo jugando. Y entonces va él y me atiza demasiado fuerte. El dolor deja de ser fingido y pasa a ser real.

–Lo sé.

–Simone, ¿es que no lo estoy haciendo bien? Todo parece un castigo.

–¿Por qué se te castiga?

–¿Y yo qué coño sé...? ¿Por ser estúpida?

–Para. –Me cogió las manos sin ninguna simpatía–. A nadie le interesa que te hagas la víctima. Quítatelo de la cabeza. Si no lo haces, siempre estarás frustrada. Presta atención.

Yo aparté las manos y ella cruzó las suyas sobre su regazo.

–¿Es demasiado tarde? –preguntó.

–¿Para qué?

–Para que dejes de flirtear con él.

–Creo que es algo más que un flirteo, Simone.

–No lo es, es una fantasía. Jake lo sabe y tú lo sabes. ¿Puedes pasar de él? –Me miró impasible.

–Está bien... es decir... trabajamos juntos... así que. –Callé–. ¿A qué te refieres con que Jake lo sabe?

–Me refiero a que Jake es consciente de este cuelgue.

–¿Vosotros habláis de mí? –Creí que iba a vomitar.

–No hablamos de ti. Ha surgido.

–¿Ha surgido? Creí que éramos amigas. ¿Es que para ti no soy más que una jodida payasa?

–Estás meando fuera del tiesto. –Lo dijo con una voz tan directa que asentí con la cabeza–. Bien. ¿Puedes pasar de él?

«Que se vayan los dos a tomar por culo –pensé–, dejo este trabajo.» Entonces comprendí que Simone tenía razón. Yo no era una víctima. Nadie me había conducido a ningún lado. Yo había elegido aquel sendero lleno de maleza y oscuridad en el que no veía más allá de mis narices: las drogas, beber hasta caer redonda, la vergüenza, la confusión. Pero en realidad los había elegido a ellos dos... Ellos eran el terreno difícil. Entendí lo que quería decir con «pasar de él». No tenía que dejar mi trabajo. Durante todo aquel tiempo había habido un camino abierto para mí, un camino bien iluminado, bien pavimentado y sincero. Me dije a mí misma: «Da media vuelta. No tienes que tomarte tan a pecho cada experiencia. Solo es comida». Vi el ascensor silencioso y solo yo en él. Otra voz dijo: «Pero entonces solo serás una ayudante de camarera».

–No puedo –dije–. No puedo pasar de él, no quiero. –Suspiró contrariada–. ¿No recuerdas cómo es? –le pregunté.

Su cara estaba inmóvil, como hecha de granito. Vi un parpadeo, acuoso, vulnerable.

–No. No lo recuerdo –dijo–. No lo recuerdo y no me importa.

–Has tenido que sentirte así alguna vez. ¿O es que estás hecha de piedra, como dicen todos? Yo no lo creo, Simone. Veo tu corazón. –Señalé su pecho, pero ella parecía furiosa.

–Muy bien, Tess. ¿Lo quieres todo? ¿No te preocupan las consecuencias? Entonces es demasiado tarde. Podría decirte que lo dejaras en paz. Que es complicado, no de una forma erótica, sino de una forma perjudicial. Podría decirte que el daño no es erótico, que da miedo. Aún eres lo bastante joven para creer que cada experiencia te mejora a largo plazo, pero eso no es cierto. ¿Cómo supones que se supera el daño?

Brotaba calor de su cuerpo y noté el efecto de las drogas. La sangre me corría por las venas como un fluido más líquido.

–Pareces un poco amargada.

–Amargada. –Pronunció la palabra con los dientes apretados. Irguió los hombros como si estuviera en el suelo, reafirmándose, y dijo–: Ya veremos. Hablaré con él.

–¡No! –dije. Recordé vagamente la advertencia de Will sobre confiar en Simone. Yo ya me había convertido en su pupila, pero me daba cierto miedo que ella se ocupara de esto. ¿Acaso necesitaba Jake la bendición de Simone? ¿Era eso lo que había faltado todo aquel tiempo? Si esas eran las reglas, entonces aceptaba. ¿O no?–. Bueno, no sé. Haz lo que quieras. No es para tanto.

–Pequeña, sí que lo es. Olvidas lo importante que es para mí. Está claro que yo también he invertido en ti.

–Lo sé. –Miré nuestros pies y moví un zapato buscando los extremos de una baldosa–. Soñé contigo. Un fragmento de sueño. Teníamos un secreto. Tú eras mi madre. Y me dejabas llegar tarde al trabajo y luego ibas a mi apartamento a hacerme la cama. Pero me decías que nadie iba a entenderlo y que si lo contaba me castigarían.

–Qué raro. –Fue todo lo que dijo.

–No creo que tengas edad suficiente para ser mi madre. No estaba pensando en eso. Por tener ese sueño.

–Deberías contárselo a Howard. Es muy bueno con los sueños. Debió de ser psicoanalista en otra vida. –Se puso en pie y arqueó la espalda con un crujido de huesos–. No me importaría quedarme atrapada en un ascensor contigo. Siempre que fuera más grande que un retrete. –Me pasó un trozo de papel higiénico–. No más lágrimas en el trabajo.

Quería preguntarle si aquello era amor. La ceguera, las caídas en picado, el invisible baile lento, el anhelo de dolor real, la idea fija. No le habría sacado una respuesta. Ella nunca me hablaba del amor desde su experiencia personal. El amor era una teoría. Algo que había sido embalsamado. «El amor te hará *x* si lo permites» o «El amor es una condición necesaria para *y*» o «*Y* es una rama especial del amor que encontrarás en lugares como *z*».

Quizá por eso era tan intocable. Porque no recordaba. Nunca se puso de rodillas en el asfalto como los demás, no podía hablarme de la auténtica e indescriptible materia. Lo que aprendí, lo aprendí por mí misma.

Me tiró de la muñeca y me apartó del grupo con el que estaba a punto de irme. Will hizo una mueca que quería decir: «¿Vienes?». Y levanté la mano para indicarle: «Un minuto».

–¿Me mandas un mensaje? –gritó Will cuando las puertas del ascensor se cerraron delante de sus narices.

Me volví hacia Jake.

–¿Qué? ¿Simone te ha dicho que te disculpes? –Miró fijamente la moqueta. Pensativo–. Patético –dije y pulsé el botón.

–Lo lamenté nada más decirlo.

–Me sacas de quicio. De verdad.

Volví a pulsar el botón una y otra vez. Vi la ruta alternativa, el camino de la paz, de la luz. Vi el bar, la cerveza y la dulzura de estar con amigos, todo borroso cuando él se acercaba a mí. Le había dado permiso para hacerlo. Sonó un dong dong y las puertas se abrieron. Jake fue al fondo y yo me quedé delante, sujetando la puerta para que fueran entrando los que llegaban.

–¿A tomar otra copa, Denise? –pregunté a la mujer de Nicky.

Nicky me había contado que fue la primera mujer que había respondido a sus insinuaciones y que supo inmediatamente que tenía que casarse con ella. Era una morena perspicaz, aún guapa, aunque sus mejillas estaban demacradas.

–No, no. Nos vamos a casa. Nuestro mejor plan es que el más pequeño nos despierte a las cinco de la madrugada.

–¡El mejor plan! –Nicky batió palmas y se volvió hacia mí–. Sopla no llegará a casa antes de las cinco, ¿me equivoco?

–¿Qué es Sopla? –preguntó Denise.

–Es un viejo apodo –dije, y me quedé sin aliento. Jake recorría mi espalda con el dedo–. Del instituto.

Una vela ardiendo en la columna vertebral, goteando en cada parte que tocaba. Detrás de ti.

–Yo voté por ti –dijo en un susurro, para que solo yo pudiera oírlo; y volvimos a ello: la noche optimista, el tiempo elástico, mi cuerpo que lo perdonaba.

–Denise –pregunté, dando un paso atrás para acercarme a él–, recuérdamelo: ¿qué edad tiene el más pequeño?

Me senté a horcajadas sobre él en el asiento trasero de un taxi, los asientos de cuero crujían, sus dedos dentro de mí, apretando, presionando un punto al rojo vivo de mi vientre. Me llamó la atención que, a través de tantas capas de intoxicación, no tuviera antes un orgasmo. Él giró el pulgar y retrocedí, convencida de que no había habido orgasmo. Un tira y afloja, mi cabello, mechones en su mano, el cuello de su camisa, él abrazándome, atrayéndome hacia él, el taxi pasó por un bache y di un suspiro.

Cuando me puse encima de él, pensé un momento en el taxista. ¿Cuántas horas llevaba al volante? Quería decirle: «Yo también trabajo muchas noches. A veces la gente me trata fatal». Imaginaba que el taxista tenía una hija pequeña, que lo llamaba mientras trabajaba. Él, para oírla, ponía el teléfono en posición manos libres y su voz iluminaba el coche. Una foto glamurosa de su mujer colgaba del espejo retrovisor. Supuse que era su mujer. Tenía la mano puesta tras la oreja y la cabeza inclinada, y una rosa en la otra mano. Su pintura de labios hacía juego con la flor. Me pregunté si ganaría mucho dinero el día de Año Nuevo. Me pregunté si lo habría visto todo. Golpeó la mampara que dividía el coche y puso la música más alta, y Jake me levantó la falda y olvidé que el taxista era una persona.

Le mordisqueé los labios, las orejas, la barbilla, tratando de extender el temblor de mi vientre, «Estoy a punto», quería decirle, había luces de colores en las ventanillas, «Está muy cerca».

Jake me cogió la cara y dijo:

–¿Tienes idea de a qué sabes?

Y sacó los dedos de mis entrañas y me los introdujo en la boca.

No tuve arcadas. Estaba demasiado pasmada para sentir algo al principio. «Soy salada –pensé–. No tengo mal sabor.» Pero gemí, me hundí más en él. Estaba totalmente excitada, cachonda, no por mi sabor, sino por la certeza de Jake. Había tan pocos momentos en mi vida en que había estado segura de algo... era una revisión constante, una duda constante. Lo que descubrí, cuando él sacó los dedos de mi boca y me los volvió a introducir en las entrañas, es que en Nueva York no hay normas en absoluto. No había entendido esa monstruosa libertad hasta que Jake dijo con la boca en la mía: «Córrete por mí», y me corrí en el asiento trasero de un taxi. Había gente que hacía lo que le salía de los cojones y su ciudad era terrorífica, bárbara y sin aliento.

V

Algunos hombres toman vinagre con verdadero placer. Se deleitan en los chispeantes rastros de la fermentación. Sus dedos en los pepinillos, en las cerezas amargas que importamos de Italia y ponemos en los manhattans, los nudillos mojados con el jugo de las aceitunas, un sucio martini tras otro, sus dedos en mí, viscosos, astringentes y, espera, espera, ahí está: salobres.

Un amanecer invernal negriazul trepaba por los tejados de Brooklyn cuando salí hacia mi apartamento. Iba en un taxi que volaba sobre el río East: el puente neblinoso, el coche ingrávido.

Tenía un pequeño espejo en el cuarto de baño, pero estaba muy alto y no podía ver por debajo de la barbilla. Alcé una pierna y me subí al lavabo.

Había marcas. Un moratón encima de los pechos, una nebulosa huella dactilar. Algún roce en el cuello y en la barbilla. Un óvalo rojo, parecido a un panal, en el brazo. Una sombra azulada despellejándome el labio inferior. Puntos rojos dentro. Mi ropa interior estaba húmeda y miré hacia abajo… allí estaba el período, antes de tiempo, como si él hubiera apretado un gatillo.

Los ojos nublados por el vino. La piel bajo la nariz pelándose por culpa del radiador. No podía dejar de tocarme la cara, la pantalla vacía en la que todos se proyectaban. Si tenía alguna belleza, no era autogenerada, no estaba arraigada. Era permeable. Pero debajo de aquello, lo pude ver: el rostro de una mujer.

Era mi boca lo que estaba cambiando. Aquella boca sombría, amoratada, inflamada. Y mi ojo izquierdo, eternamente más pequeño, hinchado, no se abría tanto como antes. Un amigo habría dicho que era cansancio. Yo ya no parecía nueva.

Me haría tatuajes con los cardenales que me había dejado. Se sorprendería. ¿Cómo llamaría a aquellos tatuajes? ¿Compromisos de un momento? «Mira, Jake, mi cuerpo está comprometido.» Me acosté en el colchón, contando los latidos del corazón, sabía que aquella noche nunca se repetiría. Nunca sería exactamente igual, nunca tan sorprendente y poderosa. Así que la retuve, sin revisarla, la retuve y la mantuve completamente inmóvil. Las paredes de mi habitación se volvieron lechosas con la luz. Oí el alboroto del último de los portorriqueños que llegaba a casa.

Se acumularon nevadas como se acumula el tráfico, masas de nieve que se elevaban en las aceras como edificios recién construidos. Y dentro seguían preparándose sopas, de esas que curan todo. Santos preparaba callos los domingos por la mañana, a escondidas, con los sobrantes de la vaca. La tripa era dulce y el caldo aceitoso, sabía a hierro, orégano y limas. Salsa de chile picante en todo, incluso en los caldos urgentes de pollo y cebolletas. Bultos en el cuello, gripes, sinusitis, nos pasábamos las enfermedades los unos a los otros.

Will, Ariel y yo estábamos sentados en silencio con nuestros cuencos, mientras en la calle Dieciséis se oía el comienzo de una tormenta. Para la comida de familia, Scott hizo sopa de fideos a la vietnamita, con una receta que le había dado un anciano en un mercado de Hanói. Era un regalo, humeante, fragante con anís estrellado, rico.

–Desapareciste después de la fiesta –me dijo Will. Ariel removió los fideos. Yo comía con la cabeza baja.

–Me fui a casa.

–Qué raro. Nunca te vas directamente a casa.

–Estaba cansada –dije.

–¿Qué tal en casa? –Se arrellanó en su silla, con los brazos cruzados–. ¿Estuvo bien?

–Sí, glorioso. –Volví a mi cuenco. Cuando levanté la mirada, él estaba herido y yo, avergonzada–. Will, ¿puedes portarte como un amigo?

Miró su cuenco.

–No lo sé.

Se levantó y se fue. Me volví hacia Ariel, esperando comprensión. Ella estaba absorta en su sopa.

–Fue alucinante –dije en voz baja.

–Soez.

–Nunca había sentido nada parecido. Normalmente me cuesta...

–¿Correrte?

–Bueno, sí, es decir, no cuando estoy yo sola. Pero es difícil. En otros momentos. Con gente. Pero esta vez no fue difícil.

–Bien, estupendo. Él tiene mucha práctica.

–No seas cruel.

–No lo soy, pero quieres que me porte como si un buen polvo fuera el fin del mundo.

«Es el fin del mundo», pensé.

–No. Pero es algo grande. No puedo explicarlo, me siento más femenina o algo así.

–¿Crees que es femenino que te echen un polvo? –Estaba sacando las uñas y retrocedí.

–No quiero discutir sobre la teoría de los sexos. Es únicamente que me siento como si hubiera ocurrido algo auténtico. Y quería comentarlo con alguien. Con un amigo.

–Deja que piense –dijo, dando golpecitos en el mantel con la cuchara–. Te pegó un poco, te llamó guarra y pensaste que era la hostia; otra blanca mimada que quiere que la abofeteen porque siempre consiguió todo lo que quería.

–Joder, Ari. –Cabeceé–. Debe de ser duro. Haberle cogido la medida al mundo, haberlo escrito completamente. Joder, ¿siempre es tan aburrido?

–Mucho, Skip.

–Prefiero que él me llame guarra a tragarme la mierda de las mujeres de aquí. –Recogí mi cuenco–. Tú también eres una puta blanca. Por cierto. Y no te dan una medalla por ser homosexual.

–Escucha –dijo con voz más calmada. Adelantó el labio inferior–. Me preocupo por ti. No empieces a medir tu vida por la sexualidad, es peligroso. Un buen polvo tampoco es para tanto.

Me arrellané en la silla.

–Entonces ¿qué lo es?

–La intimidad. La confianza.

–Muy bien –dije. Sus palabras flotaron sobre mí, abstractas, románticas, y me pregunté cómo serían en tierra. Quizá ya estaban ocurriendo, quizá estaban incrustadas en el sexo. Años preguntándome si habría algo erróneo en mí, preguntándome por qué el sexo volvía loca a la gente. Años de imitar a las estrellas del porno, tratando de arquear la espalda de la manera más favorecedora. Años de sexualidad vacía, que nunca adoptaba su forma.

–¿No es importante el sexo?

Ariel se encogió de hombros. Me di cuenta de que no tenía ni idea de lo que le decía. Cuando fuimos al puesto de los platos, dejé el cuenco y la abracé por detrás. Me pregunté cómo era posible que quedara sitio para los invitados, con todos nuestros rostros esperanzados y nuestra imponente soledad.

Deja que lo intente otra vez: fue un cambio. Iba a venir por la noche y yo era la encargada de las bebidas aquel día. Había estado nevando sin parar, copos finos, la luz coloreada por un sol débil. Estaba preparando *macchiati*, pero en realidad estaba mirando a Enrique, que se encontraba fuera, enfundado en una parka, limpiando las lunas. Sus manos enguantadas empuñaban un limpiacristales con el que arrastraba grandes cantidades de agua cremosa y dejaba dibujos opalescentes a su paso.

Jake se detuvo en la puerta, se bajó la capucha y se sacudió el pelo. Cuando se tocó las mejillas para calentárselas, lo hizo con humildad. La mayoría de sus gestos espontáneos resultaban exóticos. Sacar las llaves del bolsillo para abrir la puerta de su casa, colgar esas llaves con precisión en una alcayata del interior. Aquel día parecía distinto, y no porque hubiéramos estado desnudos juntos; después de todo, eran las dos de la madrugada y su habitación estaba a oscuras, así que no sé si eso equivalía a vernos desnudos. No: era que él se había intensificado, cada visión de él se superponía a la anterior, como en láminas transparentes. Como la colección de alfombras orientales en la cueva sin luz de su apartamento, cada una encima de otra, un terreno irregular de alfombra sobre alfombra sobre alfombra, alfombras que solo tocaban el suelo en la imaginación. Como sus tatuajes, ninguno de los cuales se tocaban, su piel era un destello de espacios blancos entre las imágenes, sus mosaicos privados, el sonido de su respiración agitándose cada vez más, sus dientes desiguales, los aromas que emanaba su piel. Todavía podía olerlo en mi pelo.

Le preparé un exprés. Dejó de hablar con Howard y se puso delante de mí, sin mirarme, pero cuando terminó, se volvió.

–¿Para mí?

–Sí.

Se lo tomó y se fue. Me sentí contenta y miré a Enrique, que dejaba los cristales totalmente invisibles.

Revisión de los seis meses: compré un tocador en el Ejército de Salvación del cruce de North Seventh con Bedford. Tuve que pagar a dos grandullones para que lo subieran a mi piso. Deshice las maletas. Encontré una lavandería con dos viejas coreanas y un gato gordo de color naranja. Les di propina. Conseguí el turno del sábado por la noche como encargada de las bebidas, con Jake y Nicky en el bar.

Fuimos a restaurantes después de medianoche. Íbamos al karaoke en Koreatown cuando Ariel quería cantar. Ariel lo cantaba todo, pero su canción preferida era «Ironic» de Alanis Morissette. Will cantaba «China girl». Una vez vino Jake y yo estaba segura de que iba a sentarse en el rincón, para abrirme la cabeza, pero se levantó y cantó «Burn to run», con un murmullo ronco, y yo grité como una adolescente.

Podía pedir una consumición en el SriPraPhai con los ojos

cerrados. Nicky sabía cómo servirme una copa grande de Pouilly-Fuissé como primera bebida de mi ración gratis. Simone dijo que tenía un buen paladar para los blancos «más amplios», lo que para mí significaba que se desplegaban a lo largo y ancho de mi lengua. Me compré un pañuelo de cachemir. Iba camino de ganar sesenta mil dólares al año. Tomé muchos taxis.

Crucé el parque con pasos cortos y las piernas entumecidas. Iba a esperar a Jake en un chabacano pub irlandés al que ninguno acudía antes. Jake y yo íbamos allí ahora. Paulie, el camarero, estaba empezando a conocernos. Yo siempre terminaba el turno antes que Jake y, si no quería que me arrastraran al Park Bar, tenía que salir corriendo. Entonces me sentaba con Paulie y tomaba una cerveza mientras esperaba a Jake. Solíamos quedarnos allí hasta que las cucarachas se subían por las chapas de las cervezas. Las espantábamos a manotazos y Paulie agitaba servilletas de papel ante ellas como si fuera un torero con el capote.

Aquella noche era la más fría que había pasado en Nueva York; Nicky me contó que se le había caído café en la acera y se había congelado. Dijo que parecía cristal. Yo no quería perder el tiempo en el parque, pero me detuve cuando vi a Robert Raffles durmiendo en un banco. Will solía comprar cerveza y patatas fritas en la tienda de comestibles para llevárselas a Robert cuando nos dirigíamos al metro.

Al principio no creí que en el banco hubiera una persona. Y aunque intenté no mirar, al pasar noté el estremecimiento de algo humano, y entonces vi los zapatos de Robert, o más bien la cinta adhesiva y los trapos que le cubrían los pies y hacían las veces de zapatos. Pensé en el café derramado en la acera.

Así que fui y lo desperté. Le di cincuenta dólares. Lo acompañé a un refugio.

No. No lo hice.

Aceleré el paso, arrastrando los pies confusamente y pasé a su lado. Me dije que estaba durmiendo. Me dije que aún estaría allí cuando volviera. Llamaría a la policía. Pero ¿qué iba a hacer la patrulla? ¿Llevarlo a un hospital? ¿A un refugio? Si le daba dinero, ¿lo utilizaría para abrigarse? Will comentó que Robert llevaba treinta años viviendo en el parque. Tenía que conocer las opciones, las salas de urgencias, las estaciones de metro.

Llegué al final del parque y me detuve. Tenía entumecidos los dedos de los pies, como si estuvieran metidos en hielo. Lo tapaba un contenedor de basura, si es que seguía allí, o había estado alguna vez. Fui corriendo el resto del camino hasta Paulie's, con el aliento formando nubes frías detrás de mí. Entré corriendo en la luz amarilla, como si me persiguieran.

–No sé –dije–; si está todavía allí cuando me vaya, haré algo. Quizá... bueno, ¿tenéis mantas vosotros? Quizá haya mantas en el restaurante. Pero es como si, en una noche como esta... –Me encogí de hombros–. No es una noche de una manta, ¿me entendéis?

Paulie asintió con la cabeza, un hombre pequeño, cordial, maduro, ligero de pies, con un acento irlandés encantador. Exactamente lo que esperas en un lugar en el que cuelgan tréboles encima de los reservados.

–Ahí fuera hay una jungla –dijo, llenándose un culín de cerveza–. La cocina está cerrada. ¿Quieres algo?

–¿Tienes patatas fritas? Una bolsa, lo que sea.

No tenía hambre. Pero tenía calambres en el estómago, como pequeñas alarmas. Las patatas estaban húmedas y tuve que echar dos raciones extras de sal, pero eran reconfortantes.

–Joder –dijo Jake, cerrando de golpe cuando entró–. Joder, qué puto frío hace.

Asentimos con la cabeza. Se sentó en el taburete que había a mi lado y me sentí culpable por Robert Raffles. Pero ahora conscientemente. Era una jungla. Tenía que proteger mi vida, mi cuenta corriente, mi itinerario, mi taburete, alguien tenía que pasar frío para que otros pudieran abrigarse, yo no había creado este sistema, me dije, ¿o lo creaba cada vez que pasaba trotando?

–¿Has visto a Robert Raffles en el parque?

–¿A quién?

–A Robert Raffles, el indigente que es amigo de Will.

–Puto Will. –Jake cogió dos patatas fritas y se las metió en la boca. Vio que yo seguía mirándolo y me apretó las sienes con los dedos–. No había nadie en el parque. –Bajó los dedos por mi rostro y empezó a quitarme el pañuelo–. Me gusta verte el cuello –dijo simplemente.

No había nadie en el parque. Problema resuelto. Levanté la barbilla para echar un trago de cerveza, estirando el cuello. «¿Qué me está pasando?», pregunté, aunque no en voz alta. Él pidió una cerveza y me dio de comer patatas frías con sus dedos fríos, hasta que las mejillas de ambos se pusieron sonrosadas.

El servicio redujo el ritmo. En el restaurante, todas nuestras afinidades sufrieron altibajos, un período concreto de decadencia mientras las vacaciones se difuminaban y nos enfrentábamos a una interminable cantidad de invierno sordo. Éramos mezquinos; nuestra voz, cortante. Desarrollábamos estrategias individuales contra los demás, planeábamos caídas, conseguíamos pequeños triunfos. Cualquiera habría supuesto sin equivocarse que nos odiábamos.

Veselka, tres de la madrugada. Me estaba enamorando lenta pero perdidamente de la comida de la Europa del Este, entre otras cosas porque había acabado por darme cuenta de que estaba viviendo en una ciudad que antaño había acogido a inmigrantes de países no asiáticos, países de frío eterno. Pero, sobre todo, porque la comida era barata y Jake detestaba gastar dinero en comida. Ante nosotros, cuencos de sopa de verdura con remolacha, en absoluto ligera, una sopa espesa, de color magenta, que se pegaba a la cuchara. Empanadillas polacas hervidas, acompañadas de crema amarga y rábanos picantes, col rellena cuyo jugo goteaba en caldo de tomate. Así era como se alimentaba el alma invernal.

Cuando llamé marxista a Jake dijo que no entendía la palabra. Cuando le llamé proletario, se rio. Cuando metí los dedos en los agujeros del informe abrigo de lana que le colgaba hasta los tobillos, cuando señalé las suelas despegadas de sus botas, se rio. Horas de mi vida que nunca recuperaré, en los días más acerbos y crudos del invierno, tratando de hacerle reír.

–Te voy a comprar un burka –le dije, y volvió a reírse.

Al principio no hablé de ella. Era como si tratara de proteger sus sentimientos, como si quisiera hacerle creer que solo pensaba en él cuando estábamos juntos. Pero siempre que veía un nuevo giro en su cuerpo, un nuevo gesto en sus cejas, era como si fuese a aprender algo que era de Simone. Era un placer perverso, pero los lazos entre ellos y yo eran tan nuevos que solo quería reforzarlos. Y al final, una de esas noches se sentó a mi lado y dijo que Simone lo había estado mareando sin parar, pinchándole sobre su posible despido. Me estaba probando, así que dije: «Tu despido es el menor de tus problemas. ¿Crees que Howard sabe que has llegado tarde todos los días durante seis años?». Se echó a reír. En aquel momento ella estaba con nosotros, invisible, benigna.

–Y entonces me dice: «Lo único que necesitas es un don para entender la luz y la sombra». Perdona, ¿qué?

–¡Otra vez Keats! –Se llevó una empanadilla a la boca–. No puede evitarlo, ya lo sabes. Ha pasado tantos años con esos poetas que ya no sabe qué es suyo y qué no.

–¿Suyo?

–Sus palabras. Sus pensamientos. Escribía poesía... escribe poesía. No sé. Terminó la enseñanza secundaria a los dieciséis. Le dieron una beca para Columbia.

–¿Fue a Columbia?

–No.

–¿Adónde fue?

–Al colegio universitario de Cape Cod.

La comida se me quedó atragantada.

–No me jodas.

–Sí, zorra elitista. Traga.

Tragué.

–¿Hablas en serio? –Simone en un colegio universitario, sacando sobresaliente en todo, aburrida, silenciosa, seria–. Pero ¿por qué?

–No todo el mundo tiene posibilidades de huir. –Me miró y cambió de tono–. Además, tenía que cuidar de mí.

–¿Simone rechazó Columbia para cuidar de ti?

–Yo he sacrificado mucho por ella. Es algo recíproco. Yo también cuido de ella.

–¿Y si alguno de los dos quiere cuidar de otra persona? –Las palabras salieron antes de que pudiera detenerlas, y pensé: «Por favor, no respondas». Me ignoró–. ¿Cómo son sus padres?

Se inclinó hacia atrás en el asiento.

–No se parecen en nada a ella.

–¿Y cómo ha llegado a ser así?

–A ella le gusta pensar que salió de la cabeza de Zeus totalmente formada.

–Pero, en realidad...

–Su padre era el dueño de un bar. Y su madre era maestra de escuela con una tonta obsesión infantil por Francia, pero ni siquiera tenía pasaporte.

Me di cuenta de que tenía la cuchara llena y a medio camino de la boca. Que Simone hubiera salido de una cabeza con armadura completa era para mí más verosímil que creer que la había educado una mujer que nunca había salido del país. Bajé la cuchara, riendo con incomodidad.

–¿Cuántos años tiene? –Era algo que me intrigaba desde el primer día. No tenía ni idea de la gradación de las edades, del aspecto que se tenía con treinta, o treinta y tres, o cuarenta y dos.

–Tiene treinta y siete. ¿Cuántos tienes tú?

–Veintidós. Ya lo sabías –dije. Le sonreí, pero en mi cabeza estaba haciendo números–. Es bastante mayor, ¿no? No tiene sentido. ¿No empezó a trabajar en el restaurante con veintidós? Creo que me dijo que llevaba doce años, eso hacen treinta y cuatro, ¿no? ¿Cuándo estuvo en Francia? ¿Qué hiciste cuando se fue?

–Yo los llamo «mis años en la jungla».

–¿Cuánto tiempo estuvisteis separados?

–Unos cuantos años. Por Dios, me aburro.

–¿Crees que es feliz? ¿Trabajando en el restaurante? Parece feliz, ¿no? Su vida está tan llena...

–Eres muy pesada, ¿no crees? –Jake cogió una tostada de pan de centeno–. ¿Qué crees que es la felicidad? Es una forma de consumo. No es un estado fijo, un lugar al que puedes llegar en taxi. El padre de Simone tuvo un derrame cerebral a la una de la madrugada, mientras hacía caja. Él no era infeliz. Simone había ayudado en el bar desde los nueve años. No creo que ella se haga ilusiones sobre la felicidad.

Traté de imaginarla de niña, limpiando vasos, atenta. Cuando yo tenía nueve años, las relaciones más palpables que tenía eran con mis muñecas. Jugaba a papás y mamás con ellas, pero los juegos siempre salían mal y acababan violentamente. Aquellas muñecas tenían que aceptar toda la amplitud de mis emociones inexpertas. Estaban unidas a mí, y siempre me perdonaban cuando empezábamos otra vez al día siguiente. Por lo que había visto en otras familias, no era una representación inexacta. Pero yo estaba totalmente aislada del mundo adulto. Ni me veían, ni me oían, ni me reconocían. Tenía sentido que Simone hubiera nacido en él, adaptándose a las normas de conducta adultas, a ser sincera y astuta, a evadirse, antes de darse cuenta de que técnicamente no pertenecía a ese mundo.

Traté de imaginar a Jake de niño, alcanzándola en estatura, sobrepasándola después. Era la primera vez que lo imaginaba así. Lo miré desde el otro lado de la mesa, y Simone y él –con su historia, sus padres venidos a menos, su frialdad de Nueva Inglaterra, su dureza– se me antojaron las únicas personas de verdad que había conocido en mi vida.

–¿Y qué pasa conmigo? –pregunté con seriedad–. ¿Crees que me hago ilusiones?

–Creo que tú eres la ilusión. –Acercó su silla para ponerse junto a mí. Sí, había un interruptor en él, saltos radicales de energía, yo nunca podría descansar. Introdujo el tenedor entre mis labios–. ¿De quién son estos labios?

–¿Estos labios? –Besé el tenedor–. ¿Mis labios?

No vaciló, me mordió el labio inferior, tiró de él, lo estiró. Ambos teníamos los ojos abiertos, mi rostro cerrado con candado, mordió más fuerte y yo respiré más fuerte. Le dio un suave beso a mi labio tras soltarlo y noté la sangre; sabía a yodo.

–Mis labios –dijo–. Míos.

Acogió mi seriedad con apatía y así comenzó una caída libre.

–Te encanta follar –decía sin aliento.

–¿Acaso no le gusta a todo el mundo? ¿Significa eso algo? –Aunque sabía exactamente a qué se refería, aún me temblaban los muslos.

–No, mujeres de Nueva York, están todas aquí. –Me dio en la cabeza con la palma. Luego introdujo la mano entre mis muslos–. No pueden estar aquí. No pueden estar presentes.

–Tú tienes mucha experiencia, ¿eh? –Me sorprendió la forma en que había dicho «mujeres de Nueva York», como si yo fuera una mujer de Nueva York–. No soy una ninfómana ni nada parecido.

–No. –Subió la mano y la apretó contra mí–. No tengas vergüenza. Di: «Me gusta follar».

–No –dije encogiéndome. Sus ojos burbujeaban como agua a punto de hervir.

–Dilo –insistió, cogiéndome el cuello por un lado, con el pulgar en mi tráquea. La primera ráfaga de vértigo. En el punto para correrme con Jake, no era yo quien caía, era el mundo el que se levantaba. A veces me hacía daño. Podía oler mi miedo y decía: «Abandónate». Si me dejaba llevar por el miedo, como, por ejemplo, apretando la cabeza contra una almohada, tenía un orgasmo más fuerte, y por eso me abandonaba. Las rejillas de acero por las que pasaban los chinos, sus rápidas conversaciones mientras arrastraban el contenedor del pescado, los camiones resoplando al dar marcha atrás. Mi cuerpo, sin huesos.

–Me encanta follar.

–Eres insaciable.

–Eres carnívoro.

–Eres una puta-tiva.

–Un lobo.

–Una rosa.

–Un filete, sangrante y poco hecho.

–Eres inoperable.

–Eres terminal.

Si tenía imperfecciones, no era en su habitación azul, nunca con las palabras, con las que jugaba tan suavemente, con las que jugaba conmigo tan suavemente. Las bobadas que nos brotaban de la boca eran pura insensatez. Pero ¿qué? Era un lenguaje privilegiado. Si tratara de transcribirlo, sería un lenguaje sucio.

VI

Espera, ¿«cliché» significa que es cierto o que no lo es?
Todo el mundo tiene un precio.
Te he pillado bostezando.
Sí, mía es cualquier cosa por encima del veinte por ciento.
¿Por qué ya no puedo oler nada?
Ahora se han convertido en monstruos.
Ahora nieva todo el tiempo.
Eso dije: «No pagaré el alquiler hasta que tenga una puta estufa».
¿Cuándo parará?
Es bastante racista, pero ¿es racista-racista?
Es un amargado.
Esta noche tocan langostinos.
Es la temporada del bourbon, amigo mío.
¿Sabes si Venecia es una isla?
Pero huele a basura y a fernet ahí dentro.
Dicen que la cerveza es el nuevo vino.
Has olvidado el segundo vaso de la 19.
Ya nunca veo amanecer.
¿No les has dado la tarjeta?
Vaya tos.
Los langostinos no son gambas.
Y ella ya no es una jovencita.
Pero yo ya no duermo nunca.
¿Deberíamos llamar a su esposa? Se ha dormido en la mesa.
Sí, chúpales la cabeza.
Nunca se queda sin excusas.
¿Los pequeños vampiros?
Joder, todo está homogeneizado y pasteurizado.
Aquí no hay secretos.
Asqueroso.

No, el jerez es el nuevo vino.
Necesito un pañuelo.
Necesito cuchillos de cortar carne.
Como cardenales bajo los ojos.
Mi norma es no comprarlo.
Y luego preguntaron si teníamos Yellow Tail.
Se me congelaron las mejillas desde aquí al metro.
¿Dónde está el límite?
Sé bueno.
Feliz caza.
A 86 la gamba.
Es una isla si está rodeada de agua por todas partes.
¿Cuánto falta para que muramos de frío?
¿Qué tal si el vino es el nuevo vino?
Putos genios.
Viene otra tormenta, aún más fuerte.
¿Otra?
Y entonces vomité.

No es difícil que te gusten esas comidas cuando has abierto la boca: las anchoas, las manitas de cerdo, las terrinas de cabeza de cerdo, las sardinas, la caballa, los equinos, las mousses y el confit. Una vez que admites que quieres cosas que sepan a versiones de sí mismas corregidas y aumentadas, una vez que te entregas al sabor como si de tu dios se tratara, el resto llegará. Empecé a añadirle sal a todo. Mi lengua se volvió callosa de tanto trabajar. Quieres que el pescado sepa a pescado, pero multiplicado por mil. Por un millón. Pescado con crack. He tenido la suerte de no probar nunca el crack.

–*Vi-o-ñié.*

No tenía intención de corregirla. Yo estaba sirviendo agua en la mesa 30 y oí que Heather decía algo extraño. Era un truco clásico, seguir hablando mientras abrías una botella de vino. No importaba la mucha o poca habilidad, era un momento necesariamente lento en el servicio, que solía girar alrededor de rápidas entradas y ocurrentes salidas. Pero cuando estabas abriendo la botella de vino, todas las miradas se dirigían a ti, aburridas, a la expectativa. Lo más natural era hablar durante ese lapso.

Heather había desviado la atención de los invitados, creo que con gran ingenio, del chardonnay de California que habían pedido, para dirigirla a un vino blanco del valle del Ródano. Tenía parecida viscosidad y cuerpo, con toda la afrutada melosidad, pero sin la vainilla y la mantequilla que son la nota dominante del chardonnay que ha pasado demasiado tiempo en la barrica de roble.

La maniobra demostraba una experiencia ideal en el servicio. Ellos habían confiado en Heather y ella recompensó esa confianza con educación, presentándoles un mundo de sabores desconocidos para ellos. Podrían pasar el resto de la semana preguntando a sus amigos si sabían que en el Ródano se producía una pequeña cantidad de vino blanco. «¿Vino blanco del Ródano?», preguntarían sus elegantes amigos. Sí, ¿habían oído hablar del vino blanco Châteauneuf-du-Pape? ¿No? Entonces los invitados repetirían a sus amigos lo que Heather les había dicho: «Este vino es casi oscuro, algo así como un secreto...».

Soltábamos un discurso parecido con blancos de Burdeos, de La Rioja o de cualquier otro sitio que fuera famoso por sus tintos. Y asentíamos con un gesto de sabiduría cuando ellos se sorprendían. Una compensación por el hecho de que los vinos fueran caros y merecieran un buen cheque, aunque era cierto... los vinos blancos eran audaces, ricos y una ganga.

Mientras Heather servía al hombre sentado en el puesto 1, una mujer con forma de suflé subido le preguntó por la variedad concreta de uva. Heather empezó con brío con rousanne, marsanne, pero estas eran las fáciles. Se detuvo. Miró al techo. La confianza de los invitados flotaba en el aire como una nube amenazante.

–Viognier –dije yo. *Vi-o-ñié.* Así era como lo recordaba mi cabeza cuando Simone me lo enseñó. La sala me guiñó el ojo, la luz brilló con más fuerza–. Saben –añadí, respirando hondo–, allá por los años sesenta, esa uva no merecía ni tener un nombre. En Francia nadie quería replantarlas después de la filoxera del siglo XIX. Es una uva muy... –froté los dedos en busca de la palabra exacta– veleidosa. –El imaginario zumbido de las comandas imprimiéndose, el tintineo de los vasos en el bar. Yo no quería seguir, pero la tenía allí, la sensación de propiedad que sientes cuando los invitados se someten por completo a ti–. Pero empezaron a plantarla en California, en el sector central de la costa, y entonces todo el mundo preguntó: «Espera, ¿qué vino es ese tan aromático?». Y entonces los franceses dijeron: «Es nuestro, obviamente». Ya saben cómo son los franceses. –Rieron por lo bajo. Puesto número 2 metió la nariz en su copa y agitó el vino. Me incliné hacia ella y dije–: A mí siempre me huele a jazmín. Por eso lo recuerdo.

–¡Huelo el jazmín! –exclamó a la mujer del puesto 3. Reconocí el tono... el escalofrío al recibir revelaciones.

Esquivé la mirada de Heather con un encogimiento de hombros. Como si supiera aquello por casualidad. Fui a rellenar la jarra de agua, pero estaba pensando: «¿Qué coño? Yo he estudiado. Espabila».

El tiempo más gris, nublado y tristón. La nieve medio derretida se amontonaba en las alcantarillas, se formaban lagos en los albañales, mocos mezclándose con lágrimas en los rostros, el aire como un taladro en la cabeza. ¿Cuándo acabará? ¿Qué será lo próximo?

Ocurrió como sigue: él preguntó, más bien con torpeza y por primera vez, si quería desayunar. Ninguno de los dos había ido a trabajar aquel día y yo siempre quería desayunar. Hacía demasiado frío para hablar mientras caminábamos, tenía los labios como bloques de mármol.

Me llevó a Cup&Saucer, en el cruce de Eldridge con Canal,

un diminuto mostrador encajado entre mudos carteles chinos. Fuera había un anuncio descolorido de Coca-Cola, por dentro de las ventanas una capa de grasa de tocino y aceite, y él conocía a todo el mundo. Tomamos un café asqueroso y corrosivo, y me puse kétchup en los huevos, vi los surcos de sus arrugas y eran grises, sus ojos dorados eran pétreos, grises, y mi cabello en el reflejo de la ventana tenía la grisura del agua de fregar, las bolsas bajo mis ojos eran de un gris verdiazulado, y él me besó, con la luz grisácea del día, raída y tosca, y él sabía a huevo, con una pizca de tabaco y sal, y pensé: «Ay, Señor, ay, mierda, ¿se está convirtiendo mi vida en un banquete incontenible?». Un mes de grises y los días más felices de mi vida.

–Estás avanzando mucho y bien –me dijo Howard. Su traje azul marino relucía. Su tono era ligero, pero muy directo; encogí el pecho compulsivamente.

–¿Avanzando en qué?

–¿Cuál es tu favorito ahora mismo? –Miró las listas de vino, encuadernadas en piel, que estaba limpiando.

–¿Mi qué favorito?

–¿Cuál te excita más? –Se detuvo–. De la lista.

–Ah.

Simone debía de haber hablado con él. Aparte de sus lecciones, cada vez más profundas, yo había estudiado en mi tiempo libre. Tenía un ritual, y tener un ritual sonaba tan maduro que se lo había contado a todo el mundo, incluso a los clientes. Los días libres me levantaba tarde para ir a la cafetería, pedir un capuchino y leer. Luego, alrededor de las cinco de la tarde, cuando la luz empezaba a decaer, cogía una botella de jerez seco y me servía una copa, sacaba un frasco de aceitunas verdes, ponía a Miles Davis y leía el atlas del vino. No sabía por qué resultaba tan lujoso, pero un día me di cuenta de que el ritual era el motivo de que me hubiera mudado a Nueva York: comer aceitunas, achisparme un poco y leer sobre la uva nebbiolo mientras se ponía el sol. Había creado una vida que satisfacía todas mis ansias personales. Mirando a Howard ahora, me preguntaba si me estaría convirtiendo en la mujer cargada con bolsas de las tiendas que había imaginado en mi entrevista. Si Howard, con sus ojos vigilantes y despiadados, había visto lo que yo quería antes que yo misma, y me había contratado porque sabía lo que este trabajo podía darme.

–Manzanilla, creo. La Gitana –dije.

–¡Ja! –Batió palmas, sinceramente sorprendido–. Manzanilla, ¿dónde infiernos lo has descubierto?

–Creo que con la señora Neely. Siempre pide jerez para la sopa y yo pensaba que era vinagre de jerez, pero entonces vi que Simone lo cogía del bar y pensé que era un vino dulce... al principio.

–¿Y?

–No es dulce.

–No, no lo es. Es uno de los vinos más antiguos, más complejos y subestimados del mundo.

Asentí con la cabeza, de repente muy emocionada.

–¡Estoy de acuerdo! Nunca había probado nada parecido. Es como almendrado y rico, pero ligero y realmente muy seco, y salado.

–Es el aire oceánico... en esa zona de España confluyen el Atlántico, el Mediterráneo y el río Guadalquivir. Puedes hacer jerez en cualquier otro sitio, pero estoy seguro de que Simone ya te lo ha dicho. En ese aspecto, es como el champán, sobre todo por el suelo calizo. Tienen un nombre para eso...

–Albariza. Así se llama ese suelo. –Me gustaba tener respuestas. Y por supuesto, él entendía de jerez. Quizá era eso lo que me descolocaba, que hablara emitiendo decretos, como Simone, aunque yo siempre era consciente de que era un hombre. No había simpatías comunes entre nosotros. Él ni siquiera parecía tener una pregunta, y yo no sentía curiosidad, sino una punzante y existencial pregunta de «por qué esto es así». Él ya se había doctorado en la respuesta a esa pregunta.

Él era el único que me había visto antes del puro pánico de

mi aprendizaje, antes de que me quedara muda para resurgir después con una voz diferente. Era el único que lo sabía. Y siempre con esa sensación de que no solo estaba al cargo de la mecánica del restaurante, sino que manejaba los hilos de nuestras innombrables aspiraciones y temores.

–Fuiste muy inteligente al congraciarte con ella –dijo. Se puso detrás de la barra, sacó del frigorífico una botella de La Gitana y llenó dos pequeñas copas–. No suele portarse así con los empleados nuevos. Más bien al contrario. No sabría decirte a cuántos sirvientes en potencia ha sacado de sus casillas y a cuántos hemos tenido que dejar que se fueran.

Me encogí de hombros y olí el vino. Era tan adictivo como los libros antiguos.

–Yo no hice nada. Ella me eligió.

–¿Por qué crees que lo hizo?

Pensé en aquellas primeras ocasiones en las que la había visto, en la estatua distante que parecía. Quise decir que la conquisté, pero tardé tanto que apenas dije nada.

–Tenemos algo –dije finalmente, sin articular bien. No se trataba de Jake, pero tampoco iba a decirle eso a Howard–. Tenemos algo en común, no sé cómo explicarlo.

–Creo que, cuando la conocí, apenas tenía unos años más que tú.

–¿Existía el Park Bar por aquel entonces?

–No había mucho. Ay, Simone y yo solíamos ir a ese lugar, ¿el Art Bar? ¿Todavía existe?

–¡Está muy al oeste! ¿Cómo era ella entonces?

–Sí, en aquellos tiempos teníamos que desplazarnos. Descalzos en la nieve, colina arriba y colina abajo. –Howard se tomó el jerez dando la espalda a la puerta, y vi que llegaban los primeros invitados a cenar. Los miré mientras se quitaban los abrigos y pensé que debía ponerme en marcha, pero no tenía ganas de terminar nuestra hora feliz–. ¿Me creerías si dijera que apenas ha cambiado? –prosiguió–. El Propietario tenía como aprendices durante seis meses a empleados que le doblaban la edad.

Todo el mundo se sorprendió cuando ella no aceptó el puesto de gerente. Por suerte para mí, desde luego.

–¿Por qué no lo aceptó?

–Sé que hago que parezca sencillo. –Tiró de los gemelos de su camisa–. Pero es un trabajo colosal. Requiere otro tipo de dedicación. Si no recuerdo mal, ella pensaba volver a la facultad. Y luego dijo adiós, se fue a Francia, su primera escapada.

–Vosotros habéis echado raíces profundas –dije–. Es sorprendente, ¿no? O sea, que lleváis aquí mucho tiempo.

–¿Eres feliz aquí? –preguntó.

Nicky apareció detrás de mí, enderezándose la pajarita, enarcó una ceja al ver mi copa de jerez y se puso tras la barra. Bajó con cuidado la intensidad de la luz.

–Sí –contesté.

Howard no podía ver lo que yo estaba viendo. La barra que comenzaba a relucir bajo las lámparas bajas, la música que subía de volumen, Nicky que abría la casa roja, gente desenfadada que entraba arrastrando los pies, la magia del restaurante que surgía como de un mundo de formas perfectas. «Se levanta el telón, chicos», gritó Nicky, y los mozos de servicio salieron de sus escondites, con las manos unidas en la espalda. ¿Se refería Howard a si era feliz aquí, refiriéndose al restaurante, o aquí en mi vida?

–Soy inmensamente feliz aquí –dije.

–¿Has pensado alguna vez en el futuro?

¿Había pensado alguna vez en el futuro? Pues claro. Al año siguiente quería llevar la misma vida que llevaba en aquel preciso momento. Sabía que bebía demasiado, y solo tras pensármelo mucho había decidido dejar de gorronear droga de los demás y comprarme la mía propia, pero supuse que eso no podía durar, que era parte de una evolución de la que surgiría afilada y punzante, como la flecha de un arco. Y además, bebía menos, esnifaba menos y jodía menos que el ochenta por ciento de la gente que me encontraba, aunque esas cosas tendían a afectarme un poco más vulgarmente.

¿Quería conocer mis objetivos? A veces hacía listas que decían: explorar Manhattan por encima de la calle Veintitrés, comprar un abono para el MoMA, comprar una estantería y/o cortinas, hacer yoga, aprender a cocinar, comprar un cepillo de dientes eléctrico. Pensaba que con el tiempo haría más amigos: educados, con talento, tatuados, y que celebraríamos fiestas y cenas a las que podría contribuir porque habría desarrollado una gran habilidad para preparar el pollo al vino tinto, y todos los histéricos vientos de posibilidad que me azotaban a lo largo de la línea L del metro habrían desaparecido.

Empezaba a pensar en viajar. A veces comparaba mi vida con la de Simone. Pensaba que mi «escapada», mi aventura en el extranjero, la que me haría contemplativa y sensual, estaba ya al caer. Nunca había estado en Europa. Quizá Jake y yo... quizá Jake y yo nos convertiríamos en «nosotros». Nunca me había permitido pensar en aquello seriamente (dos meses antes ni siquiera conseguía que me saludara), pero ahora creía en las palabras mientras las pensaba, creía que avanzábamos hacia algún sitio juntos, hacia un auténtico «nosotros». Un «nosotros» que se cogía de la mano por la calle y que se volvía habitual de Les Enfants Terribles, un local que quedaba cerca de su apartamento. Parecía algo extraño que no hubiéramos ido nunca a cenar a una hora normal, o sea, antes de la medianoche, pero ahora que ya desayunábamos, el resto era cuestión de tiempo. Un «nosotros» que se iba de fin de semana, un «nosotros» que viajaba a Europa, sin Simone, solos los dos durante muchos días seguidos, volaríamos a París, alquilaríamos un coche, recorreríamos el Loira hasta llegar al Atlántico. Me fijaba en cómo me miraba a veces. En unas ocasiones era como si no estuviera allí, pero en otras...

–Hay veces en la vida en que es bueno vivir sin saber –dijo Howard, sacándome de una abstracción para la que debía de poner una cara de lo más idiota–. Es decir, podemos permitirnos vivir y no saber exactamente qué estamos haciendo. Eso está bien. Es un estado de atesoramiento. –Mis ojos se llenaron de lágrimas. Él cogió la copa vacía y la puso en el escurrevasos–. Me gustaría que te dedicaras al servicio. Al Propietario también le gustaría. Pasarás por encima de tus compañeros al puesto siguiente, así que de momento no vas a ser muy popular. ¿Te interesa? –Asentí con la cabeza–. Estupendo. Buscaré un hueco en los meses siguientes y empezarás a aprender. Gracias por tu buen trabajo.

Me miré las manos, que no estaban muy limpias, pensando que ellas eran las que habían producido aquel buen trabajo. Recordé lo asustada que había estado durante aquel primer viaje en metro hasta Union Square, cuando le dije a mi reflejo las palabras que habían sido un mantra toda mi vida: «Me da igual. Me da igual. Me da igual». No sé cuándo ocurrió exactamente, pero Howard había cambiado aquello al darme esta vida: ya no me daba igual.

Me obsesioné por unas zapatillas de tenis que habían quedado colgando de un árbol, cerca de mi casa. Un día, mientras veía encenderse las luces en las obras que había cerca del río, miré hacia abajo y allí estaban. No las había visto hasta que cayó la última hoja del otoño, dejando al árbol como una cabeza calva, y allí aparecieron aquellas zapatillas, podridas y marrones. Parecía que llevaban allí mucho tiempo. Parecían viejísimas. Mis pensamientos sobre ellas no fueron mucho más lejos, pero estaba preocupada. ¿Qué fue de la persona que las perdió? ¿Cómo llegó a casa? ¿Quién coño iba a bajarlas de allí? La idea de que podían quedarse allí durante décadas, pudriéndose, me produjo una sensación apocalíptica en el estómago.

PRIMAVERA

I

Lo verás llegar. En realidad tú no, porque tú no lo ves aún, todo el mundo está ocupado viéndolo por ti, días en que hay muchos consejos no solicitados a los que no haces caso, muchas advertencias trilladas que no oyes y mucho ocultamiento de tu propia excitación. Sí, ellos definitivamente lo vieron llegar, exactamente como llegó.

Cuando tengas más años, sabrás que a un nivel inconsciente no solo lo viste llegar, sino que además lo creaste, en tu propio estilo ciego y vacilante. Te consolarás con el hecho de que no habría tenido importancia verlo o no. Fuiste esponja por casualidad. Quizá todo el mundo lo sea de joven. No recuerdan, nadie recuerda qué se siente al ser tan incansablemente absorbente.

Cuando no puedes ver delante de tus narices, la vida no es otra cosa que sorpresas. Al mirar atrás, la verdad es que sorpresas había muy pocas.

Dábamos paseos después del trabajo porque el invierno renunciaba a su dominio fascista sobre el tiempo. La sensación de propiedad que tenía Jake en relación con su barrio aumentaba gradualmente conforme nos alejábamos de Union Square. Cuando cruzamos Houston hacia el sur y la avenida A hacia el este, ya era el dueño absoluto.

Me llevó a sus bares. Se volvió más paciente, sentimental, nervioso. Detestaba los lugares con camareros jóvenes. Todos los que conocía tenían nombres como Buddy, Buster o Charlie, cualquier nombre que pudieras ponerle a un perro fiel. Odiaba los bares con mesas o iluminación que imitaban las antigüedades. Le gustaban los bares que eran viejos de verdad, el brillo totalmente apagado, la pintura descascarillada, las baldosas agrietadas. Sin DJ. Sin listas de cócteles. Podía ir a uno de esos otros bares, pero nunca habitarlos.

En el Milady's llamaba Grace a la camarera, y siempre había taburetes disponibles para nosotros. En el Milano's, en Houston, había un pitbull durmiendo bajo la mesa y patinadores profesionales con el pelo engominado haciendo cola en la puerta con sus novias de pasarela. En el Mars Bar, las paredes estaban empapadas de orina, yo era la única chica y nadie me prestaba atención. Un delicado ecosistema de ancianos, *death metal*, borrachos y la clase de anarquía más satisfecha.

En Sophie's, en la calle Cinco Este, los martes dirigía la movida su amigo Brett, un amigo de Jake de «otros tiempos», lo cual supuse que significaba que o los dos habían sido delincuentes de medio pelo en comandita o se habían conocido en rehabilitación, porque ninguno de los dos quería hablar del tema. Brett bebía, mansa y malhumoradamente, sin apartar los ojos del episodio de *Los Simpson* que emitían en el televisor que estaba encima de la barra. Jake no dejaba de darme monedas para que las metiera en la máquina de discos y cada vez que elegía una canción se llevaba las manos a la cabeza y gemía.

–¿Es genético? ¿Es que las mujeres sois incapaces de entender la música? Esto es una mierda, una mierda total, ¿te gusta?

–Es una buena canción. Podrías ir al altar con ella. –El altar y Jake. Se tapó los oídos.

–Estás como una puta cabra, vas a hacer que quiera morirme.

En cuanto la canción terminaba, ponía otra moneda al lado de mi cerveza y yo estaba empeñada, no en que le gustara la canción que eligiera, lo cual era imposible, sino en que tuviese la boca cerrada.

–¿Sabes que Ian la escribió para Joy Division antes de morir?

–¿Quién es Ian? Este grupo se llama New Order.

–¡Brett! Brett, ¿la estás oyendo? ¡Que quién es Ian, dice! ¡Y que este grupo se llama New Order!

Brett apartó la vista de la pantalla durante un segundo y me miró de arriba abajo. Estaba decepcionado.

–¿Quién es Joy Division?

–¡Joder! –exclamó Jake. Todo el bar levantado en armas, hombres adultos golpeando la ebanistería, alguien señalándome con un taco de billar. Cuando la canción terminó, apareció otra moneda al lado de mi cerveza.

–¿Me estás torturando?

Se inclinó hacia mí y le cayó un mechón de pelo. Lo aparté. Esa era yo ahora, la chica que le peinaba el pelo a Jake. Se estaba achispando, se reblandecía, sus dientes desnudos, podía sentirlo viniendo a por mí.

–Me gusta –dijo.

–¿Te gusta humillarme?

–No. –Me puso la mano en la mejilla y nuestras frentes se tocaron–. Me gusta cómo te concentras cuando estás allí. Te muerdes los labios como si fuera cuestión de vida o muerte. Me gusta cómo bailoteas en el taburete, incluso cuando todo el mundo te está gritando.

–¿Te gusta cómo bailoteo? –Boté en el taburete y sus manos me sujetaron y me bajaron de allí.

–¿Estás lista? –preguntó, y yo asentí, dándole un mordisco en el cuello. Creo que nada me daba tanta satisfacción como oírle preguntar si estaba lista para ir a casa. Pensar que salíamos juntos de los sitios, que íbamos a dejar a toda aquella gente que se quedaba hasta la hora de cerrar.

–Brett, ya repasaremos la cuenta –dijo, sacando monedas con una mano para dejar propina e introduciendo la otra bajo mi sujetador para pellizcarme el pezón. Brett se encogió de hombros. Siempre era así: no había contabilidad, no había interés.

Sobre la valla de tela metálica que rodeaba un gigantesco agujero había un tablón de conglomerado en que habían escrito con letras estilizadas: AQUÍ VIVÍAN ARTISTAS. Dentro del agujero había personal de demolición, resquebrajando hormigón, redistribuyendo montones de tierra y escombros. En el tablón había también una serie de permisos de obras, y un anuncio de apartamentos con una ilustración: una mujer ante un ordenador, con tacones altos y traje de chaqueta, en actitud relajada, tomando una copa de vino, contemplando el horizonte urbano de Manhattan desde su caja blanca en el cielo. Era morena, con ojos vagamente multiculturales. Quizá hubieran vivido allí artistas, pero aquella mujer no lo era en absoluto. Aunque miraba hacia el oeste, el anuncio decía: EL AMANECER DEL LUJO EN WILLIAMSBURG.

El viento formaba espuma en el río donde el agua chocaba contra las rocas. La hierba era marrón y rala, las flores raquíticas. Me senté en un banco para mirar el puente y sentí una aguda ansiedad. ¿Quién iba a comprar aquellos apartamentos? ¿Quién iba a pagar los préstamos que se concedían a los estudiantes? ¿Nos protegería nuestro sentido del estilo? Y si los pobres vivían aquí y los ricos iban a vivir aquí, ¿adónde iríamos nosotros?

Dos indigentes estaban dormidos en las mesas de merendero. Me había vuelto experta en no mirar cosas desagradables. Podía hacer caso omiso de un charco de vómito en el andén del metro, de un yonqui que daba traspiés en la acera, de una mujer que gritaba a un bebé que lloraba, incluso de las parejas que discutían en sus mesas en el restaurante, mujeres que lloraban sobre los *fettucini*, que daban vueltas a sus alianzas... Ser un cincuenta y uno por ciento me había enseñado a no dejarme escandalizar por nada escandaloso. Uno de los indigentes, envuelto en capas de ropa descolorida, tenía la cara vuelta hacia el otro lado. Tenía los pantalones medio bajados y de la raja del culo, semejante a una bandera de rendición, le sobresalía un trozo de papel higiénico cubierto de mierda. Se le había caído una de sus zapatillas de deporte, que yacía a un lado de la mesa.

Lo miré hasta que no pude más. El sol parecía estar pensándose si se ponía, y en lugar del habitual zumbido trascendental que sentía cuando cambiaba la luz, noté que las ratas corrían entre las rocas. «Estoy empezando a preocuparme», le dije al río. Comprobé si tenía mensajes en el teléfono y me fui a casa.

Cuando llegó la invitación, fue vaga y yo, cautelosa. Esperé su confirmación. Pero ya lo había dicho: le encantaría que fuéramos a cenar a su casa, Jake y yo juntos. Los tres juntos. Tenía que llegar a las ocho. Cuando miré entre mis libros para ver si podía llevarle algo que la sorprendiera, saqué el ejemplar de Emily Dickinson que me había prestado la primera vez que fui a su apartamento. Lo había leído muchas veces, pero llevarlo en la mano durante toda la tarde me dio un poco de vergüenza. No por el recuerdo, sino por la facilidad con que se olvidan tardes enteras. El hecho de que miles de heridas y triunfos se redujeran a los momentos más crudos, e incluso que estos dejaran de estar presentes. Ya había olvidado a los hombres del río. Ya había olvidado cómo era el otoño. Mi tristeza de aquel día cuando la dejé... solo existía en aquel librito, e incluso allí solo era una reliquia.

Así que me dije a mí misma, delante del espejo, mientras me pintaba los ojos con lápiz negro, que no solo iba a volver al apartamento de Simone, sino que iba a cenar allí, y no iba a ir yo sola, sino con Jake. Me puse un jersey de ochos negro, botas negras altas, pantalón negro ceñido. Difuminé la línea de los ojos y me envolví el cuello con una enorme bufanda gris. Sorpresas en todos los rincones.

–Y luego ella baila hasta que muere. Es la única forma de calmar a los dioses. Es extraordinario, me he propuesto volver cada vez que lo representen –dijo Simone, mientras sacaba un pollo asado del horno. Yo llevaba en las manos un fajo de libros que había cogido de la mesa redonda, para despejarla. No había ningún sitio donde ponerlos, salvo el suelo.

–¿De veras? Suena *cool*.

–Esta chica y su *cool* –dijo Jake, cabeceando lentamente. Estaba hojeando *Meditations in an emergency*, observándonos con una sonrisa en los labios que hacía que me sintiera de oropel.

–Creo que he oído algo de Stravinski –mentí.

–Por supuesto.

–Pero no consigo recordarlo.

–Bueno –dijo Simone, quitándose las manoplas de cocina–. Yo recomendaría el ballet. La música es emocionante, está bien, pero la coreografía de Nijinsky, su brutalidad, es lo que realmente suscitó la ira de la multitud en 1913. Esa fue la causa del escándalo. ¿Puedes sacar el chenin del frigorífico?

Ella era la directora artística de su casa. Cuando llegué, Jake ya estaba allí, había velas encendidas, Bessie Smith en el tocadiscos, y el ocasional aroma de grasa de pollo y patatas. Abrió las ventanas delanteras para que saliese el vapor del horno y entraron ruidos amortiguados, un punto oscilante que señalaba nuestra inclusión y nuestra exclusión. Me sirvió una copa de fino en cuanto entré por la puerta y me hizo sentar a la mesa mientras ella trasteaba en la cocina.

En el centro de la mesa había aceitunas y almendras marconas en platos estampados («De Tánger», dijo cuando le pregunté de dónde procedían), pero no había quitado nada más. Libros, medios pomelos, envases de aguacates, bolígrafos, recetas, pegotes de cera formando extrañas figuras. Y allí estaba él, acechando como un delincuente en un museo, cogiendo objetos, libros, papeles y moviéndolos. Cuando llegué, sufrí un rápido examen que me dijo que había notado los diez minutos de más que había dedicado a maquillarme. Se sentía cómodo en casa de ella, más de lo que lo había visto en la suya.

–La historia tiene un origen pagano... pero lo que siempre me ha interesado es que la mítica noche del estreno refleja el desarrollo de la obra, su caída en lo brutal y lo primitivo. El frenesí de la bailarina crea el mismo frenesí en el espectador. Quiero decir que, sinceramente, ¿puedes imaginar disturbios en un ballet?

–¿Con quién fuiste?

–¿Mmm? –canturreó, distraída. Llevaba el delantal por encima de las caderas, como si estuviera en el trabajo, pero con el pelo suelto, elegante, y una camiseta blanca remetida en unos tejanos anchos y muy lavados, y pensé: «Qué valiente es, cocinar con una camiseta blanca». Su rostro estaba sin maquillar, solo se había pintado los labios y quise creer que exclusivamente para mí.

–¿Con quién fuiste al ballet?

–Con un amigo –respondió.

–Howard –dijo Jake al mismo tiempo.

–Preferiría no hablar de nuestros compañeros –le comentó a Jake.

–No es un compañero, es el jefe, Simone.

–Muy bien, Jake, ¿quieres darle la vuelta al disco o piensas sentarte a esperar que te sirvamos las dos? Es tu fantasía, ¿no?

–¿Howard y tú fuisteis al ballet? –pregunté, colocando los cuchillos con mango de peltre–. Son muy bonitos.

–Bueno, no he sido capaz de hacer que Jake vaya al ballet desde que entramos en el nuevo milenio, así que Howard tuvo ese detalle.

–¿Era una cita?

–Qué pregunta más tonta. Pues claro que no.

–Son buenos amigos –dijo Jake, dándole la vuelta a un reloj de arena.

–Todos tenemos nuestros buenos amigos, ¿verdad, Jake? –dijo Simone con rapidez–. Bien, Tess, necesito que aliñes la ensalada. Jake puede terminar de poner la mesa.

En lugar de obedecer, Jake cogió una diminuta caja plateada y la abrió. Sacó una píldora blanca.

–¿Vicodina?

–Sí, querido –dijo sin mirar. Jake se la introdujo en la boca y tomó un trago de vino. Simone y él se habían pasado al chenin blanc del Loira. No recordaba haberle visto nunca esnifar una raya o tomar una pastilla, pero parecía tan natural, tan absolutamente encantador, que quise tomar una sin saber siquiera lo que era.

–¿Son anfetas?

–Son para el dolor de espalda –dijo él. Cogió un pequeño busto de una estantería. Puso aquella cara, entre griega y aristocrática, en la encimera, a mi lado–. Simone cree que morirá leyendo a Aristóteles, lo soñó una vez.

–Uno de los mejores regalos de Jake. Puedes tomarte una «anfeta», como tú la llamas –dijo Simone, dando la vuelta a una bandeja de verduras en el horno.

–Son los caramelos pervertidos de Simone.

–Sé bueno –advirtió ella.

–No puedo –dije, dando un sorbo a mi jerez con aire responsable–. No podré beber si la tomo. –Utilicé dos tenedores para mezclar la ensalada en el cuenco, pero las hojas se me derramaron en la encimera a pesar de todo.

–No seas tímida –sugirió Simone–. Utiliza las manos. –Hundió las suyas en el cuenco y empezó a mezclar las hojas con la vinagreta, suavemente.

–¿Endibias? –pregunté.

–Tus favoritas –dijo, y yo saqué una hoja del cuenco y me la metí en la boca.

–Cierto, pero me gusta todo –dije.

–Eso significa que no te gusta nada. –Jake dejó los cubiertos sin ordenar en medio de la mesa.

–¿Anchoas? –pregunté, probando la vinagreta.

–Quizá no hayas desarrollado el paladar, pequeña –dijo Simone–. Quizá lo hayas recuperado.

Llevamos los platos a la mesa y Simone hizo a un lado la cuarta silla, llena de pañuelos, libros, correspondencia y un viejo ejemplar del *New Yorker*. Jake puso otro disco y levantó la funda: el saxo de Charlie Parker entró en la habitación. Alguien me había dicho que cuando tocaba un solo se remitía a la melodía solo por omisión: la daba por supuesta. Sonaba exactamente como se suponía que tenía que sonar Nueva York.

–Tess. –Simone chascó los dedos y señaló una botella de vino que había sobre la encimera. Yo ya la había visto, Puffeney

Arbois, un vino excéntrico de nuestra lista y una de sus recomendaciones favoritas para los invitados más intelectuales. Decía que era un vino que se clavaba en la mente.

–¡Jura! –dije–. ¡Me moría por probarlo!

–Es el papa de Arbois. El Trousseau.

–¿Dónde la encontraste, Moni? –preguntó Jake con escepticismo, quitándome la botella. ¿Moni?

–Tengo un amigo en Rosenthal –contestó ella.

–¡Qué de amigos, joder! –dijo, y luego se volvió hacia mí–: Esto está delicioso.

–¿Has estado allí, Simone? ¿En la región del Jura?

–Por supuesto.

–A mí me gustaría ir –dije examinando las botellas apiñadas en la encimera. Era una colección modesta, pero supuse que tendría más en la nevera.

–¿Adónde coño crees que vas a ir? –dijo Jake con la boca en mi cuello. Apoyó la mejilla en mi hombro y ya no quise moverme.

–No lo sé. ¿Al Jura? Paso un montón de tiempo estudiando mapas y quiero ver el terreno.

–¿Ya has terminado con Nueva York? ¿Ahora Europa?

–Aprendo rápido –dije. Me moví para apoyarme en él, pero ya no estaba.

–Por supuesto que tienes que ir –dijo Simone.

–No puedo sola –dije y los miré. Jake estaba de rodillas observando el interior del horno, apretando botones, y ella se inclinaba sobre él.

–Moni, la luz del horno se ha vuelto a estropear.

–¿Qué quieres que te diga, querido? Yo no he sido bendecida con tus aptitudes de electricista.

–Lo arreglaré mañana –dijo.

–¿Dónde está el sacacorchos? –pregunté, agitando la botella.

–Oh, no, no estás de servicio esta noche. Jake nos la abrirá.

Me senté. Jake se puso un paño de cocina sobre el brazo y vino hacia mí.

–Mademoiselle, Puffeney Arbois, 2003.

La abrió con brusquedad, de una manera que a mí no me salía nunca, como un barman que abriera botellas baratas sin apoyarlas. Nicky y él sabían abrir una botella en segundos.

Sirvió un poco y agité el caldo en la copa. El vino era del color de los rubíes turbios, teñía el cristal y era audazmente fragante y cristalino.

–Tan bonito cuando está sin filtrar... es perfecto –dije. Perfiles desintegrándose alrededor, la copa, mi piel, las paredes, un regusto de satisfacción que era totalmente ajeno a mí. Me sentí como si hubiera llegado a una sala que hubiera estado esperándome toda la vida, una voz en mi cabeza susurraba: «Esto es lo que se siente cuando se tiene una familia».

–Un brindis –propuso Simone, levantando su copa–. El método de la vida es maravilloso: es el abandono.

–Emerson –me susurró Jake, pero él también tenía la copa levantada.

–Este es por nuestra pequeña Tess. Gracias por visitarnos.

Me reí, porque evocaba la jerga del restaurante, la frase que utilizábamos como bienvenida y como despedida. Siempre me pregunté a quién se refería aquel festivo «nos», por qué motivo dábamos las gracias a los invitados, como si hubieran generado un servicio, una contribución. Me pregunté cómo les sentaría a ellos volver al amargo y mal iluminado mundo exterior.

–Gracias por invitarme.

Nos quedamos callados, pasándonos los platos. Una parte de mí había esperado que me entretuvieran. Pero al ir a su casa esta vez, no me escupirían a la calle. Me estaba volviendo necesaria.

–Tengo una sensación extraña hoy –dije, tanteando el terreno, preguntándome cómo iniciaba la gente las conversaciones. ¿Siempre tendría la impresión de que estaba diciendo tonterías?

–Ah ¿sí? ¿Sobre qué?

–Estaba caminando por Williamsburg... y aquello me pareció... de mal agüero.

–¿Fue por los apartamentos? –preguntó Simone, preocupada.

–Yo ya no puedo ni acercarme por allí –dijo Jake, con la boca llena y un muslo de pollo en la mano. Iba a terminar su plato antes de que yo diera el primer bocado.

–Está pasando mucho más deprisa de lo que anticipé –comentó Simone–. Cuando cambió la ordenación territorial en 2005, supimos que llegaba el fin. Hubo muchos amigos que perdieron sus *lofts*, pero la rapidez con que todo desapareció...

–Año 2005. O sea que no me alcanzó por poco –dije–. Eso pensaba.

–En Nueva York siempre es así. Yo lo he observado en este barrio. Cuando me mudé aquí, todo el mundo andaba de luto por el SoHo de los setenta, la Tribeca de los ochenta, y tocando a difuntos por el East Village. Ahora la gente da un aire romántico a la Alphabet City de Jonathan Larson. Todos caminamos envueltos en una nube de luto por la Nueva York que acaba de desaparecer.

–Bueno, bueno, pero me encanta *Rent*, ¿eso es malo?

–Pasaré por alto ese comentario por los siglos de los siglos –dijo Jake.

–Es traicionera –añadió Simone–. Esa nostalgia cantarina.

–Supongo que me preguntaba si terminará alguna vez.

–¿Terminar?

–No lo sé, ¿la ciudad? –dije–. ¿De cambiar? ¿Como si alguna vez fuera a descansar?

–No –dijeron los dos al unísono y se echaron a reír.

–Entonces ¿lo único que hacemos es bailar hasta morir? –pregunté.

–¡Ja!

Los dos sonrieron, Simone mirándome y Jake mirando su plato.

–Esto está muy bueno, Simone.

–Las cosas sencillas, bien ejecutadas, siempre son las más memorables. No me preocupo con complejidades cuando tengo invitados.

–¿Cómo era cuando te mudaste aquí? –le pregunté.

–¿Cómo era qué? ¿La ciudad?

–No, no sé. –Me volví a Jake–. ¿Cómo era ella a los veintidós años?

Simone dio un gruñido.

–Él no lo recuerda, era un niño.

–Era una rompecorazones –dijo Jake–, y yo ya no era un niño. En aquel entonces llevabas el pelo largo. –La observaba mientras hablaba y me pregunté si yo sería también de las mujeres de las que dirían: «Era una rompecorazones».

–Por Dios, Jake, no empieces. Cuando Jake era pequeño nunca dejaba que me recogiera el pelo. Lágrimas de histeria, pánico. Que Dios me perdonara si me lo cortaba.

–¿Lágrimas?

–Yo era muy especial con las mujeres, incluso entonces –dijo Jake, señalando con la cabeza mi pelo suelto–. Aún creo que está demasiado corto.

–¿El mío? –pregunté, pero estaba mirando otra vez a Simone.

–El cabello largo como ese es para chicas, Jake –dijo Simone, tocándose el suyo, que le llegaba a los hombros. Yo lo llevaba mucho más largo.

–¡Ya sabía que tuviste que ser niña alguna vez! Tienes que recordarlo.

–Sí, Moni, cuéntaselo.

–Recuerdo mi mala memoria.

–Vamos –dije.

–La ciudad, a principios de los noventa, era un hervidero de delincuencia. Aún no nos habíamos recuperado del sida, se habían suprimido comunidades enteras y estaban reorganizando todos los barrios para reconstruirlos. El aburguesamiento urbanístico siempre ha existido en esta ciudad, pero aquello fue masivo, grandes reformas subvencionadas por el gobierno, no solo una cafetería nueva o un edificio de viviendas. ¿Era mucho mejor entonces? ¿Echo de menos no haber podido recorrer esta o aquella manzana de noche? No sabría decirlo. Pero por tópico que parezca, era una época de libertad. Y por libertad quiero decir que me sentía libre de llevar la vida que quería, y que podía permitirme. Aún quedaban puntos negros en la ciudad, relegados, marginados, y yo creía, y aún creo, que esas zonas son las que hacen vibrar una ciudad. Pero con veintidós años... aquello confundía a cualquiera.

–¿Confundir? –pregunté–. ¿Es esa la palabra que usaría yo?

–Parece ser la edad en que las señoritas huyen de casa –dijo Jake–. Nunca llegué a ver los veintitrés.

No había caído en la cuenta de que Simone y yo habíamos ido a la ciudad a la misma edad. Nuestra primera escapada.

–Sobreviviste –le dijo Simone, y a mí–: Me confundía porque aún no sabía quién era yo.

–¿Y nos hace mejores? –pregunté. ¿Podía ser verdad? Era lo que realmente quería preguntar.

–Envejecer es muy particular –dijo, moviendo con el tenedor un trozo de chirivía por el plato–. No creo que se te deba mentir al respecto. Tienes un momento oportuno y pertinente, cuando los libros, ropa, bares, tecnología, cuando todo te habla directamente, expresando exactamente lo que eres. Avanzas hacia el borde del círculo y de repente estás fuera. ¿Qué hacer entonces con eso? ¿Te quedas ahí mirando hacia atrás? ¿O sigues caminando?

–¿No estás tú en un nuevo círculo?

–Por supuesto. Pero ese círculo es complicado para una mujer.

–¿Engañoso?

–Es el círculo del matrimonio, los hijos, las adquisiciones, los planes de jubilación. Esa es la cultura en la que pediste participar. Ahora bien... ¿y si la rechazas?

–Estás en tu propio círculo –dije. Parecía una afirmación de persona solitaria, pero al mismo tiempo intrépida.

–No es tan malo. –Sonrió–. La mente se calma. Es como comerciar con brotes de inspiración para un enfoque estable y duradero.

–¿No crees que eras un poco insensata? –preguntó Jake con sequedad. No supe con cuál de las dos estaba hablando.

Simone calló un momento y luego le contestó:

–Creo que lo hice lo mejor que pude.

–¿No forma eso parte de todo? ¿El ser insensata?

No respondieron. Se miraban el uno al otro. El disco había terminado y me levanté para darle la vuelta. Simone se levantó para quitar la mesa. Cuando fui a llevarme la botella de vino, Jake me cogió la mano.

–Ven aquí –dijo. Me sentó sobre sus rodillas. Miré a Simone, que estaba en la cocina, pero entonces pegó mi cara a su nuca mientras enterraba la suya en mi pecho. Nunca me había abrazado nadie de aquel modo, como si me necesitaran cerca.

–Nunca nos cansamos de hablar de amor, ¿verdad? –Simone nos miraba con un paño de cocina al hombro. Sonrió.

–Sexo, comida y muerte –dijo Jake–. Los únicos temas. –Me soltó y me puse en pie, mareada y confusa.

–Ella ha dicho «amor», no «sexo»... Qué crío eres. –Me volví–. Simone, estaba todo muy bueno, gracias.

Simone sacó otra botella de vino y me di cuenta de que íbamos a acabar borrachos. Me pregunté si volvería alguna vez a mi apartamento.

–Vamos a probar el poulsard.

–Postre líquido, perfecto –dije.

–Eso no es todo.

–Oh, no, estoy totalmente llena.

–Cierra los ojos –dijo Jake. Me apartó de la cocina y me condujo a las ventanas delanteras.

–¿Qué?

–Tess, cierra los ojos –dijo Simone. Miré la calle Nueve. La gente caminaba a mis pies, perdida en sus asuntos. Vi personas que desarrollaban su vida detrás de ventanas iluminadas, vi minutos que eran importantes. Me estaba expandiendo, ya no era solo el trabajo, no solo el restaurante, sino que estaba encontrando un lugar en el mundo. Alguien detuvo el disco y pareció como si la calle respirase. Entonces alguien apagó las luces y cerré los ojos.

–Ya puedes volverte –anunció Simone. Cuando lo hice, llevaba una tarta de chocolate en las manos, con una única vela encendida. Jake estaba a su lado, con un ramo de tulipanes blancos. Me llevé la mano a la boca. Pensé: «No, no puedo aceptarlo». No sabía cómo se habían enterado, porque no lo había contado. No sabía lo mucho que los había echado de menos y cómo los había esperado, pero reprimí mi alegría, no olvidaría nunca aquel momento y Simone dijo:

–Feliz cumpleaños, pequeña.

II

–Oh, ¿qué crees, que puedes hacerte un castillo en el aire y encima vivir en él? –dijo Sasha con toda tranquilidad.

–¿Eso se traduce en que me echabas de menos? –pregunté. No sabía cuánto tiempo había pasado desde la última vez que había ido al Park Bar después del trabajo. Nadie me preguntaba adónde iba, como si supieran que hablar de Jake me produciría un gran placer. En lugar de eso, mantenían una fría distancia cuando entraba. Allí no había cambiado nada. Ariel y Vivian habían vuelto y hablaban de irse a vivir juntas, Will flirteaba resueltamente con cualquier mujer de menos de cuarenta, y Terry estaba un poco más gordo y seguía contando chistes malos.

Cuando me los hubiera llevado a los lavabos de uno en uno, volveríamos a ser amigos, pero el único interesado aquella noche era Sasha. Me metí una raya. La coca me abrió un surco en la fosa nasal y entorné los ojos. ¿Siempre me había dolido así? ¿Un dolor más allá del calor punzante?

–Oh, ¿tienes tiempo suficiente para hablar, ahora que no tienes la polla en la boca? ¿Crees que me importa si vives o mueres? –Esnifó la oferta de paz que le había preparado–. Aunque tienes las mejillas sonrosadas. –Me pellizcó los cachetes y supe que me había perdonado.

Las «desintoxicaciones» de Simone eran famosas entre el personal… Al parecer no era muy simpática mientras se sometía a ellas. Jake comentó que era la época más desgraciada del año y Will pedía cambiar el turno de ayudante de camarero en el comedor cuando ella empuñaba la batuta. Yo estaba muy impresionada por la frecuencia e indiferencia con que pronunciaba la palabra «colon».

–Limpieza de primavera –decía. No parecía resentida. De hecho, se la veía muy contenta y sus ojos estaban más brillantes.

–¿Te parece bien que me siente contigo? –Yo llevaba un plato de espaguetis, la salsa dominical del Chef y tres rodajas de pan de ajo. Ella tenía un termo delante.

–Por supuesto. No tengo apetito después del primer día.

–¿Te han crecido los ojos?

–Es el vino. La hinchazón desaparece en los primeros tres días. ¿Cuándo fue la última vez que pasaste un tiempo sin beber?

–Eh, eh, no estamos hablando de mí –dije.

–A tu edad, el metabolismo te permite salir bien librada del delito, pero de vez en cuando tu cuerpo necesita un descanso. Todos los productos lácteos, los azúcares, los ácidos... En las paredes de los intestinos se forma una placa mucoide, es negra, puedes verla cuando sale, así que esta es una oportunidad para romperla y expulsarla.

–Simone –dije con la boca llena–. Joder. Por favor. Veinte minutos antes de que «mucoidemos» o «expulsemos». –Tomó un trago de tónica–. ¿Cuánto tiempo? –pregunté entre bocado y bocado–. Además, ¿no vas a prepararle un plato a Jake?

–Voy a empezar con siete días. He llegado a hacer trece.

–¡Siete!

–Tess –dijo, poniéndome la mano en el hombro–, tu cuerpo no siempre necesita necesitar. Hay un punto medio.

–Tú. Estás. Loca –dije. La idea de no comer durante siete días me mataba de hambre, aunque sabía que no iba a tomar segundo plato. Misha, la recepcionista, estaba enumerando el personal distinguido que se esperaba aquella noche, pero yo no la escuchaba, estaba pensando en cuánta pasta quedaba y si debería guardarle una parte a Jake, pero entonces la oí decir que Samantha y Eugene iban a venir, y habían pedido que les sirviera Simone, y oí a Simone decir: «Rotundamente no».

Todos nos volvimos a mirar a Simone. Misha miró a Howard, que le hizo una seña para que continuara.

–Entonces tendré que trasladar a Simone a la sección 1, porque Eugene solo se sienta en la 7... –Vaciló para comprobar si le estaba permitido aquello–. Así que... Simone... sección 1.

–Rotundamente no –repitió Simone, cogiendo el termo y yéndose a la cocina. Todos nos volvimos hacia Howard.

–Misha, termina las notas –dijo, saliendo detrás de Simone y cruzándose con Jake, que aún no se había abrochado los botones y acababa de llegar a la comida de familia. Miró la mesa expectante y me encogí de hombros. Sin Simone, no había plato para él. Parecía confuso mientras se lo preparaba él mismo.

–¿Quién es Samantha? –le pregunté cuando se sentó y empezó a comer.

–¿Samantha qué? –dijo a la defensiva.

–Samantha y Eugene, los que han pedido que los atienda ella.

–¿Samantha va a venir?

–Eso es lo que acaba de decir Misha.

–Maldita sea. –Cogió mi último trozo de pan de ajo, dio un mordisco y se lo quité–. Samantha y Simone eran amigas. Ella trabajó aquí en el servicio.

–Perfecto. –Las «amigas» de Simone siempre se mencionaban de manera indirecta y ninguna la había visitado nunca en el trabajo, así que había deducido que no existían–. Perfecto... –Esperé a que siguiera hablando–. ¿Así que se fue y dejaron de ser amigas? ¿Y fue un drama colosal y Simone no quiere ser su camarera?

Se limpió la boca y tiró la servilleta sobre mi plato.

–Voy a buscarla. ¿Estarás en el comedor esta noche? Podrías serle de ayuda.

Samantha era una tiquismiquis, esa fue la primera palabra que me vino a la mente. No me parecía que hubiera trabajado nunca en un restaurante. Llevaba el pelo cardado, formando ángulos complementarios, y sus mejillas brillaban. Las manos, con largos óvalos rosa pálido en las uñas, exhibían con toda naturalidad sus piedras preciosas y su platino. Y como remate estaba la cruda genética: era muy guapa. Y yo formaba parte de una secta que equiparaba belleza y virtud.

–Esos dientes son nuevos –dijo Simone, mirándolos desde el otro extremo de la sala. Los dientes de Samantha nos hicieron guiños. Simone respiró hondo y empezó a acercarse. Yo la seguí con una jarra de agua, aunque había al menos siete mesas en el restaurante que también se la habrían bebido con gusto. Me tomaba en serio la orden de Jake.

–No creo que tengamos un aspecto muy fresco, más bien lo fresco que se puede estar tras bajar de un avión, así que seguro que estoy espantosa.

–Ah, bueno, tú siempre has sabido ocultar los estragos. –Simone irguió los hombros–. ¿Todavía vivís en Connecticut?

–Vamos y venimos –dijo Eugene, agitando las manos. Eugene no había tenido mucha suerte en el departamento de genética. Tenía cejas de oruga, nariz bulbosa y apenas le quedaba pelo. Debía de tener al menos diez años más que Samantha. Yo conocía a hombres mayores con esposas jóvenes. Pero Eugene parecía auténtico. Tenía una mirada inteligente y entornaba los ojos cuando escuchaba.

–Eso cambiará cuando Tristan comience la escuela, pero ahora mismo tenemos mucha libertad y procuro disfrutarla.

–Cuando dice disfrutarla quiere decir cargar con un niño de dos años por toda Europa.

–Sé bueno –dijo Samantha, golpeándole el brazo–. La gente se echa las manos a la cabeza cuando se trata de viajar con niños. Pero no puedes dejarlos al cuidado de otros. Tristan puede aguantar sentado una comida de cuatro platos.

–Qué elegante, Sam –dijo Simone–. Por supuesto, al Chef le gustaría cocinar para vosotros.

–Oh. –Samantha miró a Eugene frunciendo los labios–. Me temo que no podemos aceptar. No podría digerir un menú degustación completo, Simone, por el cambio de horario y todo eso. Pero podría entrar a saludarlo más tarde, si no está muy ocupado. ¿Y todavía está el pequeño Jake en la barra? Ahora estará hecho todo un hombre. ¿Recuerdas cuando compartías con él aquella caja de zapatos del East Village? ¿Sabes, Eugene?, Simone vivía en una casa que ni siquiera tenía un cuarto de baño auténtico. ¡La bañera estaba en la cocina!

–Todavía vivo allí.

Simone sonrió. Una sonrisa tan forzada que oí como le chirriaban las muelas.

–Bueno, un sitio adorable. Nos lo pasamos muy bien allí. –Samantha miró de manera frívola el comedor–. ¿Y Howard sigue aquí?

–Todos estamos aquí, Sam. Le diré al Chef que has declinado su oferta. –Simone se mantenía impasible.

Samantha señaló algo de la carta y Eugene se rio.

–No puedes librarte del filete de atún. Como si no estuviéramos en el siglo veintiuno. Adorable, me encanta.

«Adorable.» Nunca había oído a mujeres adultas atacarse con tanta fluidez. Nadie le decía «adorable» a Simone. Nadie declinaba el menú degustación del Chef. Y, sin embargo, Simone seguía impertérrita, estaba preparada. Me di cuenta de que las dos mujeres compartían secretos peligrosos sobre la otra.

No debería haberme sorprendido que Jake y Simone hubieran vivido juntos... Sabía que ella lo había llevado a la ciudad, tenía sentido en la historia que yo me había forjado, pero fue tan directa la forma en que Samantha dijo el nombre de Jake, como sondeando...

–Eugene –dijo Simone, volviendo la espalda a Samantha tal como ella misma me había enseñado que no debía hacerse nunca con un invitado–. ¿Dauvissat? Tenemos una botella del 93 escondida abajo. Howard se enfadará, pero ¿te interesa? Si puedo encontrarla, desde luego.

Eugene golpeó la mesa, emocionado.

–Esta mujer... ¿cuándo fue esa cena? ¿Hace seis años? ¡Nunca lo olvida! La mejor camarera de la ciudad de Nueva York. No te enfades, Samantha, sabes que tú no fuiste hecha para servir. Tráela, Simone, pero trae también una copa para ti.

–Será un placer –dijo Simone.

¿Me atrevía a compararlas? Naturalmente. Mi lealtad era feroz, pero no ciega. Me pregunté en qué categorías podrían competir. En el físico no me parecía justo. Y no me equivocaba, porque Simone se encogió en cuanto llegó a la mesa. Y no era porque Samantha fuese más alta y adoptara una postura erguida, como si tuviese una barra de acero en vez de columna vertebral. Los hombros de Simone se habían abatido como si le hubieran colgado una piedra al cuello. Llevaba puestas las gafas, lo que la hacía parecer un poco bizca. El efecto total era ruin, como si Samantha hubiera absorbido toda la gracia de la sala.

Las uñas de Simone, acababa de darme cuenta, estaban limpias, pero carecían de brillo y tenía los bordes mordisqueados. Sentí su desigualdad cuando me las clavó en el brazo y dijo:

–Vigila mi sección, no te muevas de aquí, voy a buscar el Dauvissat.

Sus brillantes ojos parecían desconectados de su cabeza.

–Quizá deberías comer algo rápido. Un bocado. –Estaba en el cuarto día.

–Apreciaría que te concentraras en el trabajo.

–¿Y si necesitan algo?

–Son solo invitados, joder. Llévales lo que quieran.

Como si pudiera irme de allí. Samantha tomó un sorbo de agua y yo me materialicé tras ella con intención de rellenarle el vaso. Heather estaba al lado de la mesa. Ella también debía de conocerlos y pidió disculpas por mi acercamiento.

–Hola –dijo, poniéndome la mano en el brazo para que dejara de servirle agua. Sus dedos destellaban–. Soy Samantha. Eres una presencia refrescante aquí. Heather dice que eres la chica nueva.

–Así me llaman.

–Así llamábamos a Samantha hace tiempo –dijo Eugene–. Eugene Davies.

–¿Usted también trabajó aquí?

–No, no. –El hombre sonrió con educación–. Yo era cliente. Almorzaba aquí todos los viernes, y dos veces por semana al final, cuando trataba de pescar a esta chica.

Samantha sonrió, enseñando la pulida y blanca dentadura. Tenían los meñiques enlazados.

–Pero –continuó Eugene–, cuando le pregunté a Howard por ella, lo recuerdo perfectamente, dije: «¿Quién es esa preciosa morena?», y él respondió: «¿La chica nueva?», y así fue como la recordé siempre.

–¡Hace demasiados años, déjalo! –Se rieron, como a veces los invitados se reían o lloraban porque se sentían como si hubiera una cortina que rodeara su mesa. Yo siempre observaba aquella intimidad, a aquellos individuos que revelaban su insignificante, esperanzada o quizá, en este caso, auténtica personalidad.

–¿Los echa de menos? –pregunté.

–¿Los grilletes dorados? ¿Y el trabajo agotador, en el que te vuelves un zombi nocturno, y la maldad general? –Se detuvo y me examinó como si fueran a subastarme–. Claro que los echo de menos. Es la familia.

–Sí. –Sentí cierta afinidad con Samantha. Habría sentido lo mismo por cualquiera que hubiera entrado diciendo que había trabajado en el restaurante. Compartíamos, aunque ella lo hubiera cubierto con joyas y lociones cutáneas, una memoria común. Habíamos roto cajas de vino en la bodega, habíamos aprendido a hablar cuando el Chef estaba irritado, teníamos los mismos dolores en el cuello y la espalda–. Me siento realmente afortunada.

–Lo eres. Nunca serás tan afortunada. –Los meñiques enlazados de Eugene y ella se transformaron en un enlace de las manos y me pregunté qué creía ella que era ser afortunada. Apartó los ojos de mí y supe que volvía Simone. Traía el Dauvissat, pero algo no iba bien. Al volver de la bodega debió de retocarse la pintura de labios. Ligera, pero visiblemente, la pintura había desbordado el límite del labio.

Retrocedí cuando empezó a presentar el vino, algo que le había visto hacer a ella, nostálgicamente, a todas horas y desde todos los ángulos. Miré el Dauvissat, la etiqueta amarillenta, promesa de historia, de alquimia, de decadencia, y la etiqueta temblaba en las manos sin manicura de Simone.

Diez minutos después de que Samantha y Eugene desaparecieran en un taxi, en la sección de Simone reinaba el caos y a ella no se la veía por ninguna parte. Llamé a Heather para que me ayudara a restablecer el orden. En cuanto tuve un segundo, la encontré en el cuarto de los vinos, con una cesta de pan a los pies, un termo en el regazo, respirando con fuerza y tomando pequeños sorbos.

–Simone, necesito ayuda en tu sección –dije–. La 9 está enfadada porque quieren grelos y polenta en plato aparte, y el Chef no tiene la comanda, y yo no la he visto, así que o ellos no han pedido aún o tú te has olvidado.

Simone miraba fijamente la pared y partió un trozo de pan. Lo desmigajó.

–Es gracioso. La persona en que te conviertes.

Respiré hondo.

–Tienes que volver arriba.

–Crees que tomas decisiones. Pero no lo haces. Las decisiones se toman a pesar de ti.

–¿Quieres que llame a Jake? –Oía alarmas de coche en la cabeza, pues sabía que su sección se estaba haciendo pedazos, que los invitados buscaban a su camarero por toda la sala. Vi una mancha roja en un lado de su camisa.

–¿Has derramado vino? –Mi voz reflejó mi asco. Era obvio que ella no estaba bien. Tenía que ser la desintoxicación–. Cómete el pan –dije con energía–. Ya.

Comió un trozo de *focaccia*, masticándolo tímidamente, como un niño que probara una nueva comida, como si fuera a escupirlo.

–Voy a buscarte una camisa nueva. ¿Cuál es tu contraseña?

No estaba catatónica, entendía mis palabras, solo que no hacían mella en ella. La adrenalizada inmediatez del servicio, la fuerza que mantenía en marcha el restaurante, la habían abandonado por completo.

–08-06-76.

Repetí los números mientras subía corriendo la escalera. Hasta que no empecé a marcarlos no me di cuenta de que debía de ser una fecha. Fue por el 06. Recordé que Jake era Géminis. No recordaba cómo había sabido ese dato. Supongo que me lo habría dicho en las horas de borrachera en las que la información entraba pero no se adhería. Quizá fuera el cumpleaños de Jake... el 76 era un indicador más preciso que mi vago recuerdo de que era Géminis.

Pensé en él apareciendo el último 8 de junio, con treinta años, y sin saber que a mí me faltaban semanas para presentarme. Ninguno de ellos había sabido que iba a llegar yo. El próximo junio sería una culminación. Vería entrar los guisantes y los tirabeques, quizá me hiciera con una bici y él podría enseñarme a llevarla por la ciudad. Y en su cumpleaños, Simone y yo planearíamos una cena, y él se sentiría incómodo pero contento. Cuando volví a la bodega, Simone estaba sentada, furiosa, mirando la etiqueta de una botella de Saint-Émilion.

–Rápido, rápido. –Olvidé cualquier formalidad que quedara entre nosotras y le desabotoné la camisa. Ella me dejó obrar. Se la quité a la fuerza por los hombros. Al hacerlo, sus brazos subieron y bajaron, y vi una marca bajo el tirante de su sujetador–. ¿Qué es eso?

Se levantó el tirante, adormilada, sin prisas.

Era el tatuaje de una llave. Igual. Idéntico. Estaba en mejores condiciones que el de Jake y parecía marcado a fuego en la piel blanca. «Cómo no», me dije mientras hacía una bola con su camisa sucia.

–No te tenía por una de esas. –Parecía ridículo en ella, como un accidente. Pero no lo era. Deseé que hubiera sido cualquier otra cosa. Una mariposa, una estrella, una cita de Keats, un tatuaje frívolo. Ahora su cuerpo era un reflejo del de Jake. No... el de Jake era un reflejo del suyo. Era el primer tatuaje que le había visto a él, cuando me había llevado a la despensa y me había abierto unas ostras, antes de que su cuerpo me fuera familiar, antes de encontrar todos sus tatuajes en la oscuridad. ¿Tendríamos Jake y yo alguna vez momentos privados, solo para los dos?

Si la dejaba allí, en el sótano, el restaurante caería en picado. Una mala noche no la hundiría a ella, pero el personal hablaría. Sería una fisura en su poder. Rompí el plástico de la tintorería para sacar la camisa limpia, esperando sentirme capaz de nuevo, ansiando el orden.

–En realidad es una historia graciosa.

–No puedo esperar a oírla. En otro momento. –Le arrojé las rayas azules–. La has cagado ahí arriba, Simone. Otro bocado de pan, por favor.

La camisa limpia no la reanimó como creía. Olía a rancio, aunque quizá fuese la bodega.

–A ver, la 11 está con los entrantes, nos estamos retrasando con los aperitivos en la 14, pero tienen la bebida, he colocado un Quintarelli, solo el Valpolicella Classico, pero no ha sido la peor venta, ya sé que es italiano, pero insistieron, quizá si hablas con el Chef podría acelerar las comidas, yo en tu lugar iría directamente a la 15, Heather estaba tomándoles nota. –Le tiré de la mano. Respiraba profundamente. Eran respiraciones ásperas, lagrimales, que yo conocía demasiado bien–. Eh. ¿Cuándo van a llegar los espárragos?

Sus ojos saltaron hacia mí.

–¿Con este tiempo? –preguntó, mirando al techo–. Tres semanas mínimo.

–Ah, ¿sí? ¿Crees que va a nevar otra vez?

Seguí haciéndole preguntas cuya respuesta ella ya conocía.

Cuando llegó arriba fue directamente a la 15, sonrió forzadamente y cogió la comanda.

–Creíamos que te habías ido a casa –dijo Heather–. En el futuro, ¿podrías avisarme antes de que inicies la limpieza de espíritu, querida? Así haré planes para tomar el comedor entero.

Simone no le respondió, ni se disculpó, ni le dio las gracias. Vigilé a Simone el resto de la noche, pero estaba bien. Su tatuaje desapareció de mi mente durante el servicio, relegado al olvidadizo archivo de las particularidades extrañas y fastidiosas de Jake y Simone. Ella consiguió su promedio habitual de propinas, el invariable veintisiete por ciento. La mecánica nunca fallaba.

–Creía que hacíais buenas migas –dijo Ariel más tarde, aquella misma noche. Todavía me castigaba, aunque sin mucho entusiasmo, por mi ausencia del Park Bar. Decidí ser paciente con ella y con Will, pero aquella noche tenía ganas de meterme con ella.

–¿No fue Simone la dama de honor? –preguntó Will. Vivian servía chupitos de tequila–. ¿Quieres uno?

–Puf –dije. Jake tenía que pasar a recogerme después de llevar a Simone a casa. No tenía ganas de emborracharme, pero era el mejor atajo para tener conversaciones íntimas en el Park Bar. Y, mirándolos, me sentí culpable. Yo iba a ser empleada de servicio. Howard no tenía ni idea de lo malo que iba a ser aquello para mí. Ni siquiera podía imaginarme diciéndole a Ariel que me llevara algo «volando», con esa actitud perentoria y autoritaria que tenían los camareros. Se iba a cagar en todos mis muertos–. Quizá más tarde.

Se oyeron las primeras notas de «All my Friends» y Ariel hizo que Terry subiera el volumen. Pensé que ella iba a sujetarme el brazo, como solía hacer para llevarme a bailar a la pista. Era nuestra canción cuando llegaba la noche, la frenética y mareante introducción del piano nos animaba. La canción era todo promesas... promesas de que esa noche iba a ser distinta, o suficientemente distinta.

–Trágatelo, *gilicoños* –ordenó Sasha, poniéndome un chupito delante.

–Oíd, chicos, es nuestra canción –dije. Nadie me hizo caso. El colapso de Simone me hizo echar de menos la sencillez de salir por ahí, a cagarla todos juntos, sin compromisos posteriores. Pero ahora tenía un compromiso: un paseo con Jake, quizá un desayuno, cosas por las que estar sobria. Acaricié la idea de tomarme el chupito. Si me emborrachaba demasiado, a lo mejor vomitaba antes de que llegara Jake. Me lo bebí y di un gruñido.

–Es como si Samantha representara la vida que ella casi tuvo con el señor Bensen.

–Vaya, mira que si hubiera entrado él –dijo Will–. ¿Qué habría ocurrido si él y su esposa hubieran entrado? Eso habría convertido esta noche en la hostia.

–Abandonar su sección en plena hora punta no es exactamente la hostia.

–No, un momento, chicos –dije–. Más despacio.

–Oh, Bensen, el Zorro Plateado, me lo habría cargado, dos tiros.

–Y era como si fuese del dominio público y Simone hubiera puesto un anuncio, pero sin ponerlo, como un anuncio puesto con seis meses de antelación, y ni por esas.

–¿Y qué?

Will se encogió de hombros.

–¿Cómo dice esa frase tan manida? ¿Los hombres casados siempre dejan a sus mujeres?

–Venga, venga –intervine–. Así no es el dicho.

–El muy cabrón se largó –dijo Sasha, chascando los dedos–. Te follas a la camarera, no te la llevas a Connecticut, ¿estamos?

–Creo que Samantha vive en Connecticut.

–Bravo, muñeca –dijo Will–. Así que unos años después llega Samantha, y Simone y ella se hacen inseparables, como dos colegialas.

–Pero Eugene y Samantha se enamoraron con ganas. Ella ni siquiera estuvo aquí el tiempo suficiente para conseguir un vale. Simone y ella tuvieron una extraña pelea después de la boda. Dejó a Simone destrozada durante un tiempo.

–Espera, Ari –dije–. A Simone no se la destroza tan fácilmente. Y menos por una mierda como esa. No es que ande buscando casarse ni ser validada por un hombre. Ella está en su propio círculo.

Ariel descargó la mano sobre la barra.

–¿Estás ciega o eres *giliconos*?

–Baby Monster, necesitas ir a los lavabos.

–Ni que fueras mi puto dueño –le dije a Sasha, levantándome automáticamente y poniéndome a la cola con él. Saludé a Scott, que estaba sentado en su rincón.

–¿Has vuelto? –preguntó. Burlón y cruel, como si supiera que no quería estar allí otra vez, en un ciclo de noches vacías.

–Es como montar en bicicleta –respondí y me volví hacia Sasha–. Y ¿qué pasó con Jake?

–¿Qué pasa con mi pequeño Jakey? Estará recogiendo los pedazos de Simone, como siempre.

–¿Y qué pasó entre él y Samantha?

–¿Por qué preguntas eso? –Me asió la barbilla y me miró a los ojos.

–Ella lo mencionó –comenté. Pero no era por eso. Era porque Simone estaba tan alterada por Samantha que me pareció que tenía que haber habido algo más. Un aura negra de corazón roto envolvía ahora a Simone. Tenía poemas que nadie leía, tenía un apartamento que no podía dejar, tenía un campo de experiencia tan especializado que era casi un esqueleto. No había tomado una decisión. Otra persona lo había hecho.

Nos encerramos en el baño y él sacó su bolsa.

–Cara de Azúcar, será mejor que asimiles que Jake se follaba a todo dios. ¿Dónde tienes el abrebotellas?

–Sasha, ¿cuándo te alegrarás por mí? Y no llevo encima ningún abrebotellas.

–¡Oh, mira quién se ha hecho mayor! –Sacó el suyo, esnifó una raya y me lo pasó–. Sabes, tú eres de la peor clase, quieres casarte con el artista y vivir en la miseria, pero espera, en cinco años estarás diciendo: «Pequeño Jake, ¿por qué comemos todas las noches sopa de fideos?». Eres una estafadora, no me engañas, ya lo veo.

La cocaína era una iluminación, el baño florido, con filtros. Cuando miré nuestro reflejo en el espejo, parecíamos una fotografía. Vi que solo estábamos jugando. La seriedad con que me tomaba a mí misma era para reírse.

–Joder, Sasha, qué oscuro está esto. Sois muy oscuros, joder. ¿No lo ves?

–¡Oh, Baby Monster, por favor, enséñame la luz!

–Solo digo que no tendría por qué ser así. –Le examiné la nariz y los dientes, y levanté la cabeza para que él hiciera lo mismo. Cogió algo de mi nariz y yo le levanté la cara y le besé en ambas mejillas–. Esto no es la Madre Rusia. Es América. Creemos en los finales felices.

–Joder, tráeme el teléfono para llamar a mi mami, me cago en la hostia, ahora sí que lo he oído todo.

III

Llegaron los meses de inactividad agrícola y su efecto se extendió como un ruidoso avión ante nosotros. Difundimos el uso de la palabra «local», trayendo cangrejos blandos y espárragos de Virginia, o naranjas sanguinas de Florida. Los invitados, los cocineros, todos estábamos ansiosos, aún traumatizados por el invierno, y nos rebelábamos contra las restricciones. No era fiebre primaveral, todavía no. La verdad es que no teníamos fe en que llegara, pero no nos quedaba más remedio que seguir confiando en las promesas a largo plazo.

El sol salió un momento. Me detuve y miré las puntas de las ramas, deseosa de ver los brotes. Acababa de salir del Guggenheim y las nubes ocultaron de nuevo el sol mientras me dirigía al metro. Volví a sentirme como una extraña, como si pudiera desaparecer en cualquier restaurante, bodega o estación de metro ingobernable.

Salí en Grand Central, tierra consagrada al anonimato y la fluctuación, y obedecí los rótulos que me orientaban hacia el Oyster Bar. Fue un impulso extraño... Él había dicho que iba a llevarme, que era uno de sus favoritos. No sé si fue un Kandinsky o un Klee lo que me produjo un curioso distanciamiento de mi vida, pero decidí no esperarlo. Simone me aseguró que eran cuentos de viejas, pero alguien dijo que se suponía que solo podías comer ostras en los meses con *r*, así que quizá fuera el inminente calor o la pérdida de los fríos meses con *r*, pero supe que debía ir yo sola a almorzar.

Ocupé el último asiento del mostrador, bajo un techo abovedado de baldosas. Llevaba un libro preparado, pero me quedé mirando el techo en lugar de leer, inhalé el aroma aterciopelado a marisco y mantequilla, observé a los camareros y a los ayudantes, luego me fijé en los invitados, y fui dándome cuenta lentamente de que era un ser singular en el recinto. No tenía nada en común con los trajeados, ni con sus pausas para almorzar, ni con sus BlackBerry. Yo era de allí, pero no por mi edad ni por mis ropas. Era de allí porque hablaba el lenguaje del restaurante.

–Disculpe –dijo el hombre sentado a mi lado. Tomaba una sopa de almejas en un cuenco lleno hasta la mitad. Tenía los hombros anchos y los rasgos delicados, y reaccioné tarde porque tenía los ojos azules. Enarqué las cejas–. La conozco de algo.

–Ah, ¿sí? –Volví los ojos a la carta.

–Perdóneme, la confundí con alguien que conozco, una amiga francesa.

–¿Tiene una amiga que se parece a mí?

La camarera llegó y se puso ante mí en silencio, con el cuaderno y el bolígrafo listos.

–¿Podría tomar seis ostras beausoleil y seis fanny bay, para empezar? Y luego ya veré. Mmm. –Di la vuelta a la carta, para no hacerle perder el tiempo–. Y una copa de cualquier chablis. Elíjalo usted misma.

La camarera asintió con la cabeza y se alejó, y yo busqué mi libro en el bolso.

–Entonces es usted actriz. Sé que la he visto en algún sitio.

–Soy camarera. Me ha visto en todas partes.

–¿Va a comerse todas esas ostras sola? –preguntó el hombre sonriendo.

–Y luego algunas más. –Suspiré. Era uno de los riesgos de mi trabajo (o quizá era mi naturaleza y por eso me habían contratado), ser demasiado amable con los desconocidos. En las esquinas de las calles, en los bares, en las colas, sentía la obligación de entretener, como si estuviera trabajando. No sabía no ser cordial. Saqué el libro.

–¿Qué está leyendo?

–Está bien. –Crucé las manos–. Ya sé que su trabajo es silencioso. Se sienta en silencio ante su ordenador y cuando habla nadie lo escucha, así que entiendo que tenga necesidad de imponerse a cualquier mujer de aspecto dócil que encuentre en su camino, pero déjeme que le hable de mi trabajo. Es ruidoso. Me quedo sin voz si hablo demasiado. Y la gente me mira, y me detiene, haciendo como que me conoce, y los desconocidos dicen: «Deje que lo adivine, es usted francesa», y yo niego con la cabeza y sonrío, y ellos dicen: «¿Es sueca?». Y yo niego con la cabeza y sonrío, y así una y otra vez. Pero este es mi día libre. Solo quiero silencio. Si quiere que alguien hable con usted, puedo sugerirle la camarera, porque le pagan exactamente para eso.

–Una chica descarada, ¿eh?

–¿Descarada? –Seguía mirándome con aire burlón, un capullo arrogante–. Tengo novio –dije al fin.

Llegó la camarera y me sirvió una copa de chablis. Era flojo, pero pasable y le di las gracias. Cuando miré de nuevo al tipo, estaba sacando la billetera y pidiendo la cuenta por señas. ¿Era posible aquello? ¿Que estuviese disponible para cualquiera si no invocaba a Jake? Cuando terminé la primera docena y pedí otra, estaba en éxtasis. Sin embargo, me pregunté si alguna vez empezaría a escucharme la gente.

–Sí, es tu canción del karaoke, pero pensaba que era broma.

–Ari, no todo puede ser broma siempre, de lo contrario perdería su encanto.

–Pero es imposible que de verdad te guste Britney Spears. Bueno, supongo que en esta vida todo es posible, pero no deberías admitirlo.

Yo estaba doblada en mi taburete, había olvidado mi compostura hacía rato, mis pies repiqueteaban con la nocturnidad del sábado, con los tres discordantes turnos de la noche, y ahora una asombrosa copa de Pouilly-Fuissé me bajaba por la garganta como si fuera glicerina. Ariel estaba cerrando el puesto de café, Will acababa de unirse a mí, y el resto del personal se iba poco a poco agotado. Ariel estaba enfadada porque la había cagado un montón de veces y Jake le había gritado.

–¿Mi sinceridad no cuenta? ¿No es un producto derivado de la honradez? Claro que tampoco creo que ella sea un dechado de virtudes.

–Es un delito que la dejen reproducirse.

–Pero a última hora de la noche, un poco borracha, un poco sentimental, veo sus viejos vídeos de música en el ordenador. Los del año 2000. Y lloro.

–¿Has visto las fotos de cuando se afeitó la cabeza? –preguntó Will. Tenía delante su chupito de fernet y una cerveza, algo que debería haber sido normal, pero parecía mucho más viejo que la última vez que nos habíamos sentado en el bar a tomar algo después del trabajo. No lo había mirado, mirado de veras, en mucho tiempo–. Parecía un puto demonio.

–¿Lloras con «Hit me baby one more time»?

–Vale –dije, cogiendo la botella de Pouilly-Fuissé de detrás de la barra y llenándome otra vez la copa–. No puedo explicarlo cuando todo el mundo me ataca. Pero ella tiene mi edad, más o menos. Y cuando yo estaba creciendo pensaba: «Así es como son las adolescentes». Quería que mi cuerpo hiciera lo mismo que el suyo. Es muy normal, ¿no? Alcanzable. No es una gran belleza, ni una gran cantante, pero no puedes dejar de mirarla. Por eso siempre pongo los vídeos, porque es para ver, no para escuchar. Es muy potente, porque sabes que no puedes apartar la vista, y luego ese destello en sus ojos, como si solo estuviera jugando. Y es como si esos ojos estuvieran vacíos. Y de pronto dejaba de bromear, totalmente. ¿Tiene sentido? Ella era la broma... y no lo sabía.

–Oh, Dios mío, ¿eso es una tragedia para ti? ¿Que esa tía podrida de millones, basura blanca, jodida drogadicta sin moral, tenga los ojos vacíos? Ella tuvo posibilidades, ahora es una mujer adulta.

–Pero, Ari –dije, irguiendo la columna, irritada y animada por el vino–. No me siento como si ella hubiera pasado de mí, siento que yo he pasado de ella. Como si yo formara parte de esa masa caníbal que la engulló. Y tienes razón, Will, parece un monstruo en esas fotos. Me parecían repulsivas. Y lo único que sentí fue culpa.

–No puedo –dijo Ari. Levantó las manos–. ¿Eso es lo que las mujeres inteligentes creen que es el sufrimiento? Ni siquiera te conozco.

–No te pongas tan melodramática, Ari, joder, no estoy ideando un argumento racional alrededor del tema «Por qué Britney importa». Te estoy diciendo cómo me siento. ¿Estás enfadada conmigo por algo?

–«Por qué Britney importa» daría para una excelente camiseta. Solo estoy cuestionando tu fibra moral...

–¿Mi fibra moral? ¿Porque crecí ensayando coreografías de Britney ante el espejo?

–Sabes lo que ella representa...

–Alto. –Terminé mi copa y, cuando la dejé sobre la barra, se me rompió en la mano. Noté una esquirla de cristal en el dedo índice y me la quité. Todos los del bar me miraban.

–Vamos, Sopla –dijo Nick, y miró a Jake, que tenía la mirada clavada en el fregadero que estaba limpiando.

–Lo siento –me disculpé. Recogí el cuenco de la copa y bajé la voz–. Ella no representa nada. Esa es mi opinión. Era una niña pequeña. Un ser humano. Podría haber sido cualquiera de nosotros.

–Yo lo llamo idiotez, Skip –dijo Ariel–, pero es un bonito cuento de hadas.

Cogió una caja vacía y se fue. Will me miró.

–Estoy harta de sus memeces –dije. Recogí los cristales rotos y los metí en el cuenco de la copa.

–A mí todavía me gusta Dave Matthews Band –dijo–. ¿Es algo vergonzoso?

–No –respondí–. Nada de lo que hagas será vergonzoso nunca. Tú no eres una chica.

Me puse el abrigo, cogí el bolso de mano y la copa rota, y me fui del bar.

Su habitación se encontraba en un *loft* reformado, pintada de azul con relieves, y estar en ella era como estar en una cueva de un frío océano del norte. Tenía un compañero de piso, un artista callejero llamado Swan al que solo había visto en bata cuando nos cruzábamos camino del baño. Él, en cambio, me ignoraba. A diferencia de la sala, en la que había varias alfombras, el suelo de la habitación de Jake estaba desnudo. Linóleo sin lustre y un colchón en el centro.

Tenía una pared que era todo ventanas por las que apenas entraba el sol y que daban a una escalera de incendios y a un edificio con las ventanas tapiadas.

Detalles de un esteta: el colchón era un Tempur-Pedic, con sábanas inmaculadas de lino. Había recogido cajones de madera, de envasar botellas de vino, y los había convertido en estanterías. Había una pared entera llena de libros. Pero al contrario que Simone, que tenía de todo, poesía, religión, psicología, gastronomía, ediciones raras de Literatura con mayúscula y una columna de libros de arte que costaba más que un año de mi alquiler, Jake solo tenía novelas de misterio y libros de filosofía. Eso es. Libros de bolsillo viejos y manoseados, y colecciones encuadernadas en piel de Nietzsche, Heidegger y Tomás de Aquino. Ejemplares mutilados de Kierkegaard en una sección propia. Algunos volúmenes de la biblioteca de la Universidad de Nueva York, no devueltos. William James, la *Metafísica* de Aristóteles, la *Odisea*. Un libro negro de anatomía lo bastante grande para utilizarlo como mesilla. Había instalado una elegante lámpara en el suelo, al lado de la cama. Tenía un metro de altura y dos codos en el brazo, con la bombilla metida en una cúpula de cristal ondulado y resquebrajado.

Las paredes estaban vacías salvo en una pequeña zona sobre las estanterías, donde había clavado con chinchetas unas Polaroid en blanco y negro. Vi la colección de cámaras cuando entré, colgadas en ganchos del salón, junto con guitarras y dos bicicletas. Tardé un tiempo en preguntar por las fotos. Había una sierra montañosa («Los montes Atlas –dijo–, en Marruecos»).

Unas hierbas en una playa («Es en Wellfleet –comentó– y se llama brezo de las playas»). Un montón de bicicletas rotas formando una pirámide en una calle empedrada («Berlín») y ella: en realidad su mano, bloqueando la cámara, una mano como una enorme estrella de mar. La sencilla cámara había aplanado la imagen, captando cada línea de la piel como si fuera un grabado. En un tenue segundo término se veía –solo si la desprendía de la pared y la ponía bajo la luz cuando él no estaba en la habitación– una sonrisa deslumbrante.

Él dormía y yo, acuclillada en el suelo, al lado de la cama, tocaba los lomos de los libros. Alargué la mano y cogí la foto. Al preguntarle por sus tatuajes, había puesto los ojos en blanco. Cuando le pregunté por aquellas fotos, apenas lo soportó. Pero cuanto más lo conocía, más veía en su entorno un sistema de símbolos que debían de tener algún valor sentimental. Si le pedía que me hablara de Marruecos, o de Berlín, o de Wellfleet, se ponía a disertar sobre los bereberes, o sobre un artista alemán que conocía y que hacía esculturas con sal, y sobre historias populares sobre muertes truculentas en la caza de las ballenas. El hecho de que no quisiera hablar de aquellas fotos me recordaba algo que Simone me había dicho en una de nuestras lecciones: «Intenta no tener ideas sobre las cosas, fíjate siempre en la cosa misma». Yo todavía no entendía aquellas cuatro fotografías, no entendía su razón de ser.

–¿Qué tal va la investigación? –preguntó, sobresaltándome. Tenía el pecho desnudo, las sábanas le cubrían el torso, y encendió un cigarrillo. Apenas podía distinguir sus ojos. No parecía enfadado.

–¿Cuándo fue esto? –pregunté. Llevé la foto de Simone a la cama y me tendí de costado, dejando unos centímetros entre nosotros. Aún era demasiado tímida para ser la primera en tocarlo.

–No lo recuerdo –dijo. Alargó la mano y me cogió un mechón de pelo, lo enroscó en su dedo y pensé que íbamos a hundirnos en el azul, en las impredecibles horas que median entre la noche y la mañana.

–¿Y por qué la tienes?

–Es una buena foto –dijo. La ceniza cayó en la cama y él la apartó con la mano.

–¿Es porque la quieres?

–Por supuesto que la quiero. Pero esa no es razón para colgar una fotografía.

–Yo creo que es razón para hacer muchas cosas –dije con cautela.

–¿Sabes? –dijo, dejando a un lado el cigarrillo y poniéndome sobre su pecho–. Las cosas no son así entre ella y yo. Ya lo sabes.

Me estaba distrayendo, sabía que su cuello me distraía, sus manos al acariciarme las caderas me distraían.

–¿Alguna vez han sido así? –Traté de encontrar su mirada–. Simone no es fea.

–Sí, no está mal.

–Jake...

–No.

–¿Cómo es posible?

Dio un gruñido. Sus rodillas crujieron cuando se puso en pie. Miró entre las estanterías y sacó un ejemplar del *De anima* del que cayó una vieja fotografía. La recogió, la tiró sobre mi regazo y luego se lanzó él mismo encima de mí. Una mujer con el cabello trigueño y cardado sonreía con un niño en brazos que miraba desdeñoso a la cámara.

–Esa era mi madre.

–Vaya –dije–. Se parecen mucho.

–A mí me lo vas a decir. Cada cual tiene sus tonterías. Yo tengo a Simone. Sé que es difícil para la gente de fuera. Pero así son las cosas. Ella prácticamente se mudó a mi casa cuando mi madre murió. Solo tenía quince años, pero ella me crio, a su jodida y caprichosa manera.

No reaccioné. Dejé que la información me calara y encajase en el rompecabezas en el que había transformado a Jake. Huérfano de madre. Una ciudad entera de huérfanos. Volví a mirar la foto de Simone. Qué no habría dado yo por que alguien se hubiera ocupado de mí. Toqué el rostro del niño en la foto. Aquellos ojos impenetrables, penetrantes.

–Ya te aburrías incluso entonces.

–Hace falta mucho para divertirme.

–¿Cuántos años tenías cuando murió?

–Ocho.

–¿Cómo? Es decir, ¿cómo murió?

Alargué la mano hacia él. Utilicé las uñas para recorrerle los tatuajes y los párpados cerrados. Sentí los latidos de su llave tatuada y pensé en Simone envuelta en sus propias sábanas, sola en su cama. Me pregunté cuál sería la extraña historia, me pregunté por qué parecía que la piel de él rechazaba aquel tatuaje y por qué el de ella parecía un grabado. La respiración de Jake se hizo más profunda.

–Sienta bien –dijo. No sé cuánto tiempo pasó hasta que volvió a hablar–. Simone me contó que mi madre era una sirena, y que su destino había sido siempre volver al océano, porque era su auténtico hogar, y algún día ella y yo también volveríamos. Mi madre se fue nadando. Creo que ya lo sabía, incluso entonces. Crecí, descubrí los periódicos, aprendí qué es ahogarse, ya lo sé. Pero cuando me preguntaste eso, mi primera idea fue: «Se fue nadando a su hogar». Curioso, ¿verdad? El hecho de que dejemos de saber cosas incluso cuando sabemos que no son ciertas.

Rodé para ponerme encima de él, torso contra torso, estómagos que respiraban poniéndose cóncavos y convexos, amoldándose entre sí. Pensé en decir un montón de frases adultas: «Yo también perdí a mi madre. Creo que habría sido más duro si alguna vez la hubiera tenido, si pudiera recordarla. Sé que la confianza es imposible con otras personas, pero sobre todo con nosotros mismos porque nadie nos ha enseñado a hacerlo. Sé que cuando pierdes a un progenitor, una parte de ti se queda bloqueada en ese momento de abandono». Quise decir: «Sé que tú también te estás enamorando de mí». Pero dije:

–Le dije a alguien que eras mi novio.

–¿A quién?

–A un tipo que intentaba ligar conmigo.

–¿Quién? ¿Dónde?

–Un tipo cualquiera. –Nunca lo había visto celoso, ni siquiera picado, salvo quizá cuando hablábamos de la amistad que había entre Simone y Howard. Pero su tono había pasado del laconismo a la viveza–. Un tío pijo que estaba en Grand Central Oyster Bar. Quería comer ostras conmigo.

–¿Fuiste al Grand Central? ¿Sin mí?

–¿Estás enfadado o impresionado?

–Molesto e intrigado. ¿Cómo te sentiste?

–Fue totalmente mágico, estaba pensando que deberíamos volver...

–No, me refiero a cómo te sentiste al decirle a ese tipo que tenías novio.

¿Que cómo me sentí? Sentí, posiblemente, potencialmente, que era cierto.

–No sé. Es decir, me dejó en paz cuando se lo dije. Así que estuvo... bien. –Nos miramos. Yo no dejaba de mover la cabeza en la almohada. Estaba aterrorizada–. ¿Cómo te sientes tú?

–No me gustan mucho las etiquetas. ¿A ti?

–No estoy hablando de etiquetas.

–Pues yo diría... –Sus manos me encontraron de nuevo. Me recorrió el borde inferior de los pechos. Me recorrió en círculos el estómago. Me recorrió las costillas. Vi sus anillos–. No quiero que comas ostras con otro.

–¿De veras?

–Sí. Me gusta que seas mía. –Me puso boca arriba y mi cabeza chocó contra la pared, sonó a hueco–. Ahora, ¿puedo hacerte una pregunta seria?

–Sí –dije sin aliento.

–¿Qué tiene que hacer un tío para que le hagan una mamada por la mañana?

–Todavía es de noche.

–Veo rayos de sol en la pared.

–Es el letrero de neón del otro lado de la calle.

Me puso las muñecas sobre la cabeza. Me acarició los pechos con la mejilla y los labios.

–Veamos –dije–. Ya tengo mis ocho minutos y medio de abrazos, tengo el monólogo del hombre sensible, tengo mi «sin etiquetas» a la bohemia, así que imagino que solo necesito ya...

–¿Qué más necesitas, por el amor de Dios?

–Una señal –dije, mirándolo a los ojos. Él se reía de mi tendencia a invocar el destino. Simone también se había reído de mí, pero dijo que era muy del viejo mundo, lo que era un halago cuando hablábamos de vino. Jake y yo nos miramos y pensé: «¿Cómo puedes creer que todo es accidental cuando estamos juntos y sentimos lo que sentimos?».

De repente, docenas de palomas revolotearon en la escalera de incendios, las alas reflejaban la luz, golpeaban las ventanas, y dije (creo que no en voz alta): «Muy bien, acepto».

Will bajó del entresuelo silbando, y se detuvo a dejar el último juego de cubiertos en el bar. Nicky y yo estábamos con una invitada, Lisa Phillips, que se encontraba en ese precipicio entre las lágrimas y la risa. Nicky, si lo hubiera pensado, no le habría permitido beberse seis copas de vino, pero ella dejaba unas propinas excepcionales y su marido, según acababa de descubrir, iba a abandonarla.

–Si no podemos dejar que se emborrache esta noche, ¿para qué servimos? Ha venido aquí porque es un lugar seguro –dijo Nicky cuando le sugerí que no le pusiera más bebida. Así que observé. Su mirada se fue nublando, con la boca abierta, incluso sus mejillas parecían hundirse.

–Esta Lisa... –me dijo Will–. ¿Quién la meterá en un taxi?

–Creo que Nick está en ello. Pero es muy triste. Él la ha dejado y la nueva tiene, ¿qué?, ¿mi edad? Ella ni siquiera querrá mirarme.

–Ya, siempre tú, ¿eh?

–¡Eh!

–Es broma –dijo, levantando las manos. La cabeza de Lisa cayó sobre sus brazos y Nicky retiró la cesta del pan, luego los cubiertos, y luego la servilleta, que estaba hecha una bola. Ella no se movió.

–¿Vas a hacerte una? –preguntó Will.

–¿Ya has terminado? Nick todavía no me ha dado la lista.

–¿No quieres una rayita para cerrar? –Se tocó la punta de la nariz con dos dedos.

–Es un poco pronto –dije. Limpié las copas y lo miré–. ¿Ya esnifas incluso durante tu turno?

–Esta noche ha sido una excepción. Heather, Simone, Walter... ha sido la noche de las divas en el comedor, me han tocado los cojones a base de bien.

–¿No es siempre la noche de las divas? –pregunté–. Pareces cansado, cariño.

Will asintió. Pensé en lo egoísta que había sido con él, pero no podía sentir demasiada culpa. Era otro ejemplo de algo cuyo significado prescrito costaba entender. Él solo era un chico.

–Iré a hacerme una. ¿Me guardas un taburete?

La señora Glass, una de nuestras clientas más antiguas, se acercó a nosotros. No era mi trabajo, pero me alargó la papeleta del guardarropa. El mostrador de recepción estaba vacío.

Había estado muy pocas veces en el guardarropa. De vez en cuando había sacado alguna silla alta de allí. La puerta estaba entreabierta.

En el primer momento no los vi. Vi perchas vacías, una aspiradora, el cubo de la fregona. Pero sentada en un rincón estaba Misha, con sus pechos de pega adosados a su esqueleto ucraniano de huesos de pajarillo; y también estaba Howard, tan macizo y seguro como un mueble. Misha estaba sentada en su regazo, de costado, con la falda abierta en abanico sobre las rodillas de él, y hasta el suelo. Ella tenía la mano en la boca, como si temiera hacer ruido, y él tenía una mano en los riñones de ella, como un ventrílocuo.

–¿Sí? –preguntó Howard con mirada tranquila e interrogante. Ninguno de los dos se movió.

–Perdón –dije, y salí corriendo, cerrando la puerta. Miré a mi alrededor, por si veía signos de movimiento en el restaurante, pero no encontré a nadie. Me acordé de la señora Glass.

Llamé a la puerta del guardarropa. No hubo respuesta ni ningún otro sonido.

–Misha –susurré–. Necesito el abrigo de la señora Glass. Deslizaré la papeleta por debajo de la puerta. Está esperando.

Volví corriendo a la barra.

La señora Glass se limitaba a oscilar sobre sus talones de un modo perceptible. Vivía en un mundo paralelo al que se habían incorporado todos los rostros y todos los lugares. Sus días eran una repetición. Nada la sorprendía.

–La gente es muy estúpida –dije entre dientes. Ella volvió su oído hacia mí–. Su abrigo llegará enseguida.

Mezclé los polvos limpiadores Cafiza con agua hirviendo y puse dentro los portafiltros. Cogí una microllave inglesa y con mucho cuidado solté los calientes filtros de malla del cuerpo principal de la cafetera. Los sumergí también. Mantenía las manos en movimiento, pero oía a mi alrededor una risa nerviosa e inestable.

–¿Qué coño pasa, Sopla? No diste el último aviso. Quizá Lisa quería uno.

–Nicky –dije con voz espesa–, es demasiado tarde para un café.

Misha llegó con un abrigo corto de piel y la señora Glass aplaudió. Caminaron juntas hasta la puerta y la señora Glass salió a la noche. Nick salió de la barra y cogió a Lisa por el codo. Ella intentó protestar.

–¿Sabe él lo que ha hecho? –fue lo único que la oí decir, y cabeceé para eliminar su voz de los oídos.

–Lo sé –dijo Nicky, sujetándola y ayudándola a bajar del taburete. Le puso el abrigo con gran amabilidad y le abrochó el botón del cuello. No había lágrimas, pero tenía el rostro crispado, confuso, como si alguien tratara de despertarla. Pensé que su vida ya no le pertenecía. Pensé en Simone. Nicky seguía diciendo: «Lo sé».

Apareció Howard. Borré toda expresión de mi rostro. Vino detrás de la barra, preparó dos vasos con hielo y cogió una botella de Macallan 18. Le vi servirlo, más intrigada que nunca. Normalmente ejercía su poder con tanta ligereza que no parecía tener nada que ver con él, pero, de hecho, lo dejaba patente en cada paso que daba. Muy largo, por encima del límite, aquel whisky. Lo deslizó hacia mí y lo cogí. Me quemó toda la boca.

Howard miraba la calle, donde Nicky estaba llamando a un taxi, con su camisa de rayas y su delantal. Suspiró.

–Es un juego peligroso, ¿verdad? Las historias que nos contamos a nosotros mismos.

IV

–¡Servido!

–Recogido –cantó Ariel. Se me escapó la risa a sus espaldas. Will me dio un codazo para que me callara y reí con más fuerza. Estábamos jugando a la pesca. ¿Tienes ginebra? ¡Péscala! ¿Tienes cerveza Hitachino? ¡Péscala! Quien no tenía el producto, debía buscarlo y servírselo (furtivamente) a los demás. Yo acababa de pescar sancerre del cubo del vino blanco. Aún era noche temprana, las primeras comandas salían perezosamente de la impresora, los de servicio se entretenían en la cómoda del personal, todas las aguas a punto. El Chef enseñaba a hacer los especiales en la cadena de montaje mientras Scott instalaba el puesto de expedición. Me esperaba una noche achispada y lánguida con los amigos.

–Pedido para gente de postín, es la mesa de Sid –gritó Scott–. Mesa 23, marchando dos filetes tártaros, marchando *sformato*, marchando foie gras. –Inspeccionó los platos en la ventana–. Servidos para 13, espárragos 1, gruyère 2, espero un segundo con ostras.

–Oído –dije–, oído y recogido.

Se imprimió una nueva comanda y Scott la miró mientras me alargaba el especial de espárragos. El huevo escalfado bailaba encima. Siguió mirando el pedido.

–Recogidooo –dije de nuevo, y estiré más los brazos para coger el plato. Lo dejó en el mostrador y el huevo se deslizó a un lado. El Chef levantó la cabeza con brusquedad.

Scott, pálido, dijo:

–El departamento de sanidad está aquí.

El Chef dejó el cuchillo y con el tono de voz más tranquilo y controlado que pudo encontrar dijo:

–Que nadie toque las neveras.

La cocina explotó. La gente corría. El Chef subió volando la escalera. De todas partes caían a la basura cosas de la cocina: medio jamón, cordones de salchichas colgados en el puesto del carnicero. Los paños de la barra cayeron a los cubos en cascada. Todo lo que había estado fuera, en proceso de ser cortado o incluso salteado, fue a la basura. Patatas que estaban cortándose para freír, rábanos de desayuno que se estaban limpiando, salsas que habían sido guardadas en recipientes etiquetados. Los aprendices corrieron desde el sótano con escobas y barrieron a toda prisa los rincones, los de la limpieza cerraban bolsas de basura, los cocineros de línea vaciaban recipientes de los estantes superiores, dentro de los cuales había pañuelos de cabeza, termómetros y bolígrafos-linterna.

En mi vida había visto un caos tan organizado, el miedo daba alas a todo el mundo. Zoe hablaba del simulacro de los dos minutos, pero nadie me lo había enseñado. Supuse que estaba por encima de mi categoría. Ariel recogió los tajones de las mesas y la detuve.

–¿Qué coño hago yo?

Me miró de arriba abajo, cogió todos los paños que llevaba colgados del delantal y los tiró. Me asió las manos y dijo:

–Tú vas a llevar la comida. Igual que estabas haciendo hace un minuto. Y cuando entres en el comedor, sonreirás más que nunca, y cuando veas a un hombre con una linterna y un cuaderno o un sujetapapeles, procura que vea lo guapa y feliz que eres. No abras las neveras, necesitamos temperatura estable. No toques ninguna comida, ni siquiera un limón ni una pajita del bar. Eso es todo.

Asentí con la cabeza. Dejó los tajones en el puesto de los platos y vació los vasos de agua de los camareros. Cualquier euforia cosquilleante que hubiera sentido se me revolvió en el estómago. Pensé en esconderme en el baño. Fingir que tenía que mear y que no podía esperar, y sentarme allí hasta que hubiera pasado la inspección; al menos así no metería la pata. Pero no podía. Tenía la adrenalina a tope, pero entonces también entró en escena otra cosa: mi aprendizaje.

–Recogido –grité. Scott estaba de rodillas ante un aparador, iluminándolo por debajo con una linterna y barriéndolo con un cepillo manual. Cuando me oyó, se puso en pie y miró el mostrador. Todos los platos seguían allí. Me miró, miró otra vez los platos. Colocó el huevo escalfado encima de los espárragos. Apenas habían pasado dos minutos.

–¿Servido?

–Recogido –canturreé, con las manos desnudas y abiertas, como si fuera a recibir una bendición.

¿Con qué contaba el Propietario? ¿Con su reputación? ¿Con la validez de acuerdos tácitos de los años noventa, una especie de pacto de honor entre ladrones? Era difícil creer que aquel hombre plebeyo de chaqueta polvorienta tuviera algún poder sobre nosotros, que pudiera despertar el pánico en la cocina o impedir que alguien se tomara sus calamares. Primero fue al bar, y sonreí para mí cuando Jake aguantó impasible sin ceder terreno. El inspector era demasiado corpulento para moverse con comodidad detrás de la barra, decía: «Disculpe», y abría el grifo del agua caliente.

Will comentó:

–Esa es la esencia de su maldad. ¿Ves lo callado que está?

Tenía razón. El inspector no lanzaba exclamaciones, no entraba en contacto con nadie. Parecía tener el trabajo más aburrido que pudiera imaginarse... y su arma era un termómetro digital. Abrió la puerta de un frigorífico, midió la temperatura. Miró entre los objetos envueltos en plástico, midió la temperatura. Acarició las frisas de las puertas de los frigoríficos y hurgó en las grietas de las que todavía no se habían cambiado. Se agachó en el suelo con una linterna y asintió con la cabeza cuando se incorporó. Comprobó las fechas de caducidad de todos y cada uno de los litros de leche, de cada barra de mantequilla. Miró dentro de todos los grandes recipientes de alimentos no perecederos. Abrió los grifos de todos los fregaderos, comprobó todos los dispensadores de jabón, que estaban todos llenos.

Parecía avanzar según un sistema milimétrico de coordenadas y abscisas, y terminé por olvidarme de él. Lo vi salir de la despensa y pensé: «¿Todavía está ese tipo aquí?».

Había tenido mi ración de mierda, pero también me alegraba saber que éramos el restaurante más limpio que había en los alrededores del parque. Corrían leyendas sobre las ratas, grandes como conejos, que pululaban en restaurantes cercanos, o sobre locales cuyas aguas residuales subían los días de lluvia. Sin duda había hecho alguna que otra chapuza en mi trabajo, pero veía a los mozos de la limpieza rascar los rincones más oscuros de la cocina, y a los del turno de noche llegar todos los días cuando yo me iba. El Chef había sabido inculcar a su personal el temor de Dios. Yo habría comido del suelo sin vacilar. Si el inspector se hubiera detenido en cualquier mesa, nuestra virtud habría sido evidente: servíamos una comida excelente.

Dábamos vueltas, íbamos de puntillas. Will, Ariel y yo ya no estábamos borrachos y Scott no dejaba de sudar, pero solo era otro servicio. Howard y el Chef llevaron al inspector al entresuelo y lo sentaron a una mesa para que redactara el informe.

Estaba dejando una cesta de vasos en la barra de servicio y haciendo ojitos a Jake cuando vi que miraba detrás de mí, algo que ya no solía hacer. Me volví. Howard bajaba la escalera hablando por el móvil. Era una infracción: los encargados nunca usaban el teléfono en el comedor. Nadie lo hacía. Howard fue directamente hacia Simone y tiró de ella hacia la cómoda de atrás. Hablaron con las cabezas inclinadas. Ella se llevó la mano al pecho y asintió con la cabeza. Cuando volví a la cocina, estaba silenciosa, no como una iglesia, sino como un cementerio.

Howard entró detrás de mí y anunció:

–Vamos a terminar el servicio de esta noche.

–¿Ahora? –pregunté. Nadie respondió.

–Si alguien os hace preguntas, responded con vaguedades pero con firmeza. Cerramos por voluntad propia, para hacer reformas. Volveremos a verlos a todos dentro unos días. Me acercaré a todas las mesas. Reunión obligatoria de todo el personal dentro de una hora.

Estábamos en un edificio muy viejo: eran los cimientos, las instalaciones, las cañerías, los techos, las paredes, no cumplían al cien por cien las nuevas normas. Parecía absurdo que pudiéramos estar operativos un momento y cerrados al siguiente por culpa de la arquitectura. Nadie habló de insectos, de roedores ni de higiene; solo yo, al parecer, pensaba en las moscas de la fruta, en las cucarachas, en las vacías trampas para ratones, en las plagas que pululaban en las paredes, en los sumideros tras las capas de yeso y asfalto de la ciudad. La arquitectura era definitivamente un problema más fácil, más limpio, pero me pregunté si el inspector habría visto el desagüe del fregadero del bar o si sabía que yo estaba demasiado asustada para limpiar completamente la cafetera exprés.

Las recepcionistas estaban al habla con restaurantes hermanos, confirmando mesas para las reservas que quedaban y para la gente que apenas había empezado a comer. Todas las comandas se compensaron. Repostería hizo cajas de galletas para llevar y yo las repartí en bolsitas de papel estampado. Simone y Jake estaban en la barra de servicio, murmurando, sin mirarse pero unidos por su magnética exclusividad. Yo esperaba que alguien estallara, uno de los invitados, un camarero, pero todo el mundo se movía en silencio por la sala.

Casi todos los invitados imaginaban lo que estaba ocurriendo, eran los habituales, los que sabían qué era el Departamento de Sanidad y, siendo neoyorquinos, eran conscientes de un subtexto vecinal que les permitía observar la vida sin sorprenderse. Estaban molestos, pero eran flexibles. Los que parecían más perplejos eran los turistas. Howard los guio paso a paso.

El inspector se sentó en el puesto 1 del bar mientras los invitados pasaban. Miraba plácidamente un punto medio de la pared. El señor Clausen, con edad suficiente para ser el padre del inspector, golpeteó sobre la barra hasta que el inspector lo miró a los ojos y dijo:

–Esto es vergonzoso. Es usted tan agresivo y absurdo como esas malditas señoras que extienden multas por mal aparcamiento.

Manteníamos la puerta abierta y el aire era suave. Debía de ser el primer día auténtico de primavera.

Nos sentamos en el comedor vacío, la luz de las farolas pintaba las ventanas. Había en la luz un matiz de óxido debido a la irremediable interrupción de la rutina. El Propietario era todo amabilidad cuando entró dando zancadas y estrechó la mano del inspector. Yo seguía esperando una explosión (un puñetazo, un cazo de cobre volando, una exclamación ahogada). Cuando el Propietario nos miró, supe que eso no pasaría nunca.

–En primer lugar –dijo, juntando las manos y llamando la atención de todos–, quiero daros las gracias a todos por vuestra dedicación y paciencia de esta noche. Lo que ha ocurrido hoy no es el resultado de lo mucho que trabajáis, sino consecuencia de un sistema caduco, consecuencia de una estructura caduca. Este es un edificio viejo, un restaurante viejo. Y estamos orgullosos de eso. Pero para adaptarnos a las exigencias del Departamento de Sanidad, nos espera mucho trabajo. Seguimos teniendo el restaurante más limpio por debajo de la calle Veintitrés. Y eso es gracias a vosotros, al Chef, a Howard. Quiero disculparme por este trastorno. Muchos de vosotros no sabéis a qué me dedico exactamente. Me siento en un despacho de la compañía al otro lado de la calle, doy entrevistas, mi foto sale en los periódicos, abro nuevos restaurantes. Pero mi auténtica función aquí, y ha sido así desde el primer día, es asegurarme de que vosotros podáis hacer vuestro trabajo a la perfección. Eso es todo lo que hago. Pongo estructuras en su sitio para que vosotros, la sangre, las entrañas y el corazón de este restaurante, podáis brillar. Para que podáis ser excelentes. Hoy os he fallado y lo siento.

Agachó la cabeza. Cuando la levantó, nos reconoció a todos y cada uno de nosotros como a sus iguales.

–Esperamos tener el restaurante cerrado tres días a lo sumo, mientras hacemos algunas reformas en el sótano y detrás del bar. Nos pondremos en contacto con los clientes habituales para explicárselo. Cada uno de vosotros será compensado si os tocaba trabajar...

Siguió hablando. Me sentía clavada a la silla. Así que era cierto. Miré a Simone y tenía las mejillas húmedas; Jake estaba de pie, de guardia tras ella. El restaurante iba a cerrar por primera vez en veintitantos años.

He olvidado qué quería Howard que buscara allí exactamente. Creo que era una carpeta azul con listas, números de teléfono, pólizas.

Recuerdo haber subido las escaleras del entresuelo, dispuesta a ayudar y con sensación de privilegio. Recuerdo que llevaba puestos los pendientes de oro, unos aretes. Recuerdo haber apartado papeles del escritorio. Y recuerdo la caligrafía de ella. La había visto todas las noches: en su cuaderno, cuando apuntaba comandas, en los márgenes de las notas sobre vinos que teníamos en una carpeta detrás de la barra. La caligrafía extravagante, cursiva, que parecía grabada, profundamente inclinada a la izquierda, como atraída por el borde de la página.

Vi escrito «Simone», vi «Jake», vi «sabático», «Francia», y «mes de junio».

Absorbí las palabras, pero no su significado. Cogí el papel. Se me escapó de las manos. Las yemas de los dedos no podían sujetarlo, las uñas no podían levantar los bordes. Oía respirar, pero era incapaz de tragar aire. Las válvulas se me cerraron, primero detrás de los ojos, luego en la garganta, luego en el pecho y después en el estómago.

Esto es lo que sucede cuando el cuerpo prevé una lesión. Se arma de valor. Una mente flexible gira vanamente para evitar la lógica, los juicios, las conclusiones, aunque solo sea por unos segundos más.

Era un formulario de petición de vacaciones, la clase de impreso deprimente que Zoe pasaba horas creando y rellenando. Estaba en el manual: todas las solicitudes de vacaciones tenían que ser aprobadas por Howard al menos con un mes de antelación. El restaurante tenía tal equilibrio de personal que no podía funcionar con ausencias espontáneas, cada servicio estaba diseñado según las fuerzas y debilidades de los camareros. Coger unas vacaciones largas exigía una adaptación de los horarios. Pero a Howard le gustaba conservar a su personal y mantener los puestos de trabajo para ellos. Nos animaba a tomar lo que él llamaba «períodos sabáticos».

Mi mente lo comprendió por fin: Simone estaba solicitando un permiso sabático en Francia para todo el mes de junio, y lo solicitaba para ella y para Jake. Se lo había entregado a Howard tres días antes de mi cena de cumpleaños. Vi las volutas de humo saliendo de las velas cuando las soplé, vi docenas de platos ardiendo en la ventanilla de comunicación, bebidas apresuradas en el bar, carreras en el metro, el rostro dormido de Jake, la cara satisfecha de Simone... Las semanas siguientes a aquella noche se tambalearon ante mí. Me senté en la silla de Howard. La solicitud había sido aprobada dos días antes. Cuando intenté recordar qué estaba haciendo dos días antes, fue como restregar mi rostro por una pared.

Me obligué a mantener la calma, a reunir información, a comportarme con tranquilidad. Quizá fuera un error. Quizá lo había entendido mal.

–Oye –dije, tocando a Simone en el hombro al ir a mi taquilla–. ¿Puedo hablar contigo?

–Me estoy cambiando –contestó con aire distante. El rímel se le filtraba por las arrugas que le rodeaban los ojos. El vestuario estaba atestado, todo el rebaño de empleados metido allí a la vez. La gente hablaba sobre ir a Old Town a comer hamburguesas, ya que todavía era pronto. Luego todo el mundo iría al Park Bar. Mi sentido del oído estaba estropeado, oía tonos de voces solapados que conocía muy bien, pero a un volumen mínimo, difuso. Sobreponiéndose a todo estaba el zumbido de las bombillas. Miré a Simone. Apretaba su camisa de rayas contra el pecho, por encima del sujetador, y sin querer busqué su tatuaje, como si esa señal pudiera explicar algo, como si en él hubiese un mensaje para mí que no hubiera visto aún. Y lo vi. Los dos estaban marcados, ¿o no? Me apoyé en la taquilla para calmarme.

Cada vez que le había preguntado a él por aquella llave: «No es nada, no es una llave que abra nada, un tatuaje es un tatuaje, solo que tan permanente como el cuerpo». Cómo me derretía cuando hablaba conmigo con aquel aire vagamente budista, vagamente nihilista. En realidad era un tatuaje de mierda que decía, a cualquiera que mirase a ambos, que no estaban disponibles.

No dejaba de parpadear, se me pegaban las pestañas, los ojos polvorientos.

–Simone, ¿puedes dejarme tu maquillaje? He olvidado mis cosas.

Yo estaba detrás de Heather en el espejo, pensando en pegarle fuego al restaurante. «¿Y qué? –le pregunté a mi reflejo–. Solo es un mes en Francia. Solo son tatuajes idénticos. Crecieron juntos, solo eso.» ¿Cuántas veces había usado el adverbio «solo» para explicar algo que necesitaba tan claramente mi atención? Mis ojos decían: «Detente. Aquí hay algo».

Todo lo que había ido sabiendo sobre ellos los unía con más firmeza, absorbía todo el aire, toda la luz. ¿Por qué yo era la última en enterarme de todo, y por qué cuando pensaba que había aprendido algo, se desfondaba todo?

Simone me miraba por el espejo. Era consciente de mi cambio de humor. No, ella no era ciega. Me apliqué rímel. Cogí su pintalabios, olía a rosas y a plástico, y estaba frío cuando me lo pasé por los labios. Mi reflejo le dijo al suyo: «Sí, hago que parezcas vieja».

Le devolví el neceser con el maquillaje.

–¿Puedo hablar contigo? –pregunté de nuevo.

–¿Puede esperar? –Se alejó sin oír mi respuesta.

–No –susurré.

La llave, la llave, un mes, un mes. Un salón de tatuajes para trabajadores blancos, proletarios de mierda. Probablemente él era menor de edad y probablemente ella fue la adulta que dio el consentimiento. Me pregunté cómo se cubriría los pechos mientras la aguja se clavaba en su cuerpo, si Jake y ella se habrían mirado a los ojos o si él se habría dado la vuelta respetuosamente. Una serie de hombres tocándoselo a ella y preguntándole: «¿Qué es esto?». Y ella respondiendo: «No es nada». Y una serie de mujeres encima del cuerpo de él, terminando por mi cara de idiota, preguntándole: «¿Por qué una llave?». Siempre sin respuesta, sin una pista.

«¿Cuándo te lo hiciste?» «¿Dónde estabas?» Eran preguntas que ellos no admitían. Los dos imprecisos y evasivos. Lo vi viviendo en el apartamento de ella, golpeándose la cabeza contra el techo cuando se levantaba de la cama en aquel espacio abuhardillado, reparando los cables eléctricos. Vi la taza de Miami de ella y el imán de Miami de él, el Marruecos fantasma que ambos mencionaban, y a los dos en todos los rincones de aquel restaurante, observándome con reserva, lo cual no significa nada, Tess, algunas cosas no significan nada, pero de repente no son esas cosas.

Y ahora esto: los dos sentados juntos en un avión, ella apoyaría la cabeza en el hombro de él cuando el avión despegara, treinta cafés con leche y croissant, treinta casas de comidas, treinta tardes lánguidas, treinta bodegas, y el francés de Simone silenciando las habitaciones donde estuvieran. Mis visiones de nuestro junio se desvanecieron. Añoraría que ellos dos les dieran significado a los días, que me enseñaran lo lejos que había llegado, que reflejaran mi progreso, pero ellos no estarían. Despertaría sola el día de su cumpleaños y el aniversario de mi llegada. No eran ensoñaciones de masoquista, era la realidad que tendría que soportar.

La voz de Simone llegó hasta mí, pero ahora también sonaba como mi voz, una máxima que ella había pronunciado durante mi interminable y trastornado aprendizaje:

–Tendrías que hacer algo más que estar pendiente de las incongruencias. Tienes un punto ciego que no ve el todo que hay que descifrar.

El comedor estaba mal, deformado, rudimentario. Howard enviaba mensajes en el rincón donde las mesas estaban juntas y sin preparar. El restaurante abriría un espacio vacío anclado en mí, sin que importara adónde iba o qué hiciese.

Jake estaba en el bar con ropa de calle. Nicky y él contaban el dinero de las cajas para que Howard lo guardara en la caja fuerte. Nicky dijo algo y Jake se echó a reír. Desenfadado. ¿Acaso no lo hacía todo con desenfado? Preparar un cóctel, llevar gafas de sol en interiores, sacar un cuchillo del bolsillo, mojarse la camisa de rayas cuando limpiaba los fregaderos, poner un disco, pedir una consumición por ti, darte órdenes, coger la guitarra, sujetarte los labios entre los dientes como si lo hubiera hecho durante años, sin esfuerzo, sin arriesgar nada.

–Jake. –Me apoyé en la barra, mi voz sonaba tranquila–. ¿Vas a ir a Old Town? He oído que todos van a ir allí.

–Me reuniré contigo más tarde. –No se volvió. Ni siquiera dejó de contar.

–Bien, pero puede que después esté ocupada. ¿Tienes algún plan?

Nicky miró entre nosotros. Los billetes volaban en las manos de Jake.

–Te veré en Park Bar.

–¿Cuándo? ¿No vas a ir a cenar? Todo el mundo va a cenar.

–Acompañaré a Simone a casa. Probablemente cene con ella. ¿Nos vemos después? –Ni siquiera miró atrás. Cogí una servilleta y se la tiré al cogote.

–Al menos podrías mirarme cuando hablas conmigo.

–¿Qué coño te pasa? –Sus ojos tenían un aspecto letal.

–Eh, eh –dijo Nicky. Yo estaba a punto de saltar la barra para abofetearlo–. Jake, ¿quieres salir fuera un momento? Sé rápida, Sopla, tenemos que terminar con esta mierda.

El aire de la calle había perdido su potencial. Me crucé de brazos, a la defensiva.

–Lo siento –dije–. Pero estabas siendo muy maleducado.

Ahuecó las fosas nasales. El viento nos azotaba. Lo intenté de nuevo.

–Siento haberte tirado eso. Pero tengo que hablar contigo.

–Tess, ya nos veremos en el Park Bar. Tengo que acompañar a Simone a casa. Tú no la conoces como yo.

–¡Nadie la conoce como tú!

–¿Qué coño te pasa?

–¿A mí? No, qué coño os pasa a vosotros dos. Simone es una mujer adulta, Jake. Quizá podría irse sola a su casa de vez en cuando, o enfrentarse a algún problema sin ti.

–¿Te das cuenta de que Simone...? –Dio un gruñido, titubeó–. Ha dado mucho por este restaurante.

–Ha dado mucho en muchas cosas, Jake.

–No tengo tiempo para esta mierda, esta es una situación real.

–¿Es una situación real? ¡Como las vacaciones gratuitas! Te encantan las vacaciones, ¿no? ¿Vamos a irnos de vacaciones? ¿Tú y yo, sin padres, sin carabina?

–Eres una puta niñata. ¿Sabes que el Propietario cerró uno de sus locales en Madison Square Park? ¿Eres consciente de la industria en la que trabajas, de dónde sale tu paga? ¿Crees que esto es bueno para el negocio? ¿Qué crees que hará Simone si este establecimiento cierra para siempre? ¿Adónde irá?

–¿Y adónde iré yo, Jake? –Simone podía ir a cualquier sitio, quise decir. Entonces la imaginé de aprendiza en un establecimiento sin clase, con manteles de tela, y supe a qué se refería. Ella se había preparado a conciencia para aquel puesto de trabajo. La idea de verla con otro uniforme era ofensivo.

–Simone y yo no podemos ponernos una falda y trabajar en

Blue Water, en Balthazar, en Babbo. Ganar la mitad de dinero por el doble de horas, dejar que un puñado de tipos sudorosos se apretujen contra nosotros en el vestuario. Ya sé que a ti no te importará. O quizá acabes de *barista* en la avenida Bedford, el sueño de tu vida...

–¡Vete a la mierda! –grité–. Tu crueldad ya no me pone. –De repente me cogió por los hombros, apretándolos, aplastándomelos. Lo aparté de un empujón y grité–: Sé que te vas a Francia con ella.

–¿Y? –dijo. Ni se inmutó, el muy cabrón. Incluso se encogió de hombros.

«Y.» Todo se redujo a aquella insultante pregunta monosilábica.

Yo me había aferrado a la esperanza de que Simone se estuviera haciendo falsas ilusiones. A fin de cuentas, no era la letra de él. Pero era yo, era yo quien se hacía falsas ilusiones.

Al menos él era consecuente: su afirmación, su expresión decían que yo no era nada. Yo era demasiado sensible, dramática, histérica. Su certeza siempre invalidaba mis pensamientos, como en este preciso momento, en que yo buscaba palabras, buscaba mi ira, y encontraba un vacío donde había estado mi razón. ¿Que Simone intentaba separarnos? ¿Que él debería viajar a Europa conmigo? Solo se me ocurrió decir:

–No es justo.

El viento llegó de nuevo como un cuchillo en la espalda y me desorienté, la calle Dieciséis me pareció desconocida.

–Podemos hablar –dijo, analizándome–. Te veo luego.

Quise decir: «No, no puedo esperar», pero asentí con la cabeza. Me dio un beso, inesperado, en los labios. Nunca nos habíamos tocado en el trabajo. Ni un abrazo, ni cogernos de la mano bajo la mesa en la comida de familia. Era más afectuosa con Papi, el lavaplatos, que con Jake. Él creía que me tranquilizaría, pero fue muy pedestre. Una baratija en lugar de joyas. Señor, cuántas veces lo había consentido.

–Jake –dije–. ¿Sabes ese tatuaje de la llave?

–¿Hablas en serio?

–Bueno, bueno. Por favor, búscame esta noche.

–Te lo prometo. –Me sujetó por los hombros y observó mi rostro. «Hazlo fácil», le supliqué con la mirada. «Arréglalo.» Dijo–: Quítate esa mierda de los labios. Pareces un payaso.

–¿De dónde eres? –me preguntó Carlos mientras fumaba fuera del Park Bar, todas mis articulaciones soldadas, mi cuerpo meciéndose como un monolito. Tenía una sensación de atolondramiento, de pérdida, como si hubiera estado abriendo túneles sin saber si iba hacia arriba o hacia abajo, solo que no me quedaba más remedio que seguir excavando. Mi noche había ido por muy mal camino.

Comprobé el teléfono de nuevo. Ningún mensaje, solo la hora. Seis horas bebiendo, las cuatro últimas en el Park Bar. Estaba demasiado colocada, sin querer, por esperarlo, por esperarlo. Estaba dolorida a causa de los tiros de cocaína, que me flexibilizaban los músculos; estaba fumando, me ardían la nariz, la garganta, los oídos; no viene, no viene. Demasiado colocada para hablar, mis pensamientos daban codazos para salir, se acumulaban delante, en un punto de mi frente que yo no dejaba de tocar para intentar calmarlos. Entendía que los boxeadores de la pintura eran una metáfora de la conciencia, el hecho de que la mente se divide, lucha y se destruye a sí misma.

Carlos estaba frente a mí, resplandeciente: el brillo de sus zapatos, el cabello reluciente por la pomada, sus pendientes de diamante, que él aseguraba que eran auténticos. Eran de su abuela, de la República Dominicana, que se los había prestado porque era su nieto favorito. Nos habíamos hecho amigos cuando le vendí mi coche por 675 dólares. Era la cantidad exacta que le debía al ayuntamiento en multas de aparcamiento. Estaba casi segura de que él había vendido el coche por más dinero, pero yo conseguí descuentos en la coca, así que me pareció un trato justo.

–¿De dónde eres? –preguntó otra vez.

–¿Has visto a Jake?

–¿Quién es Jake?

–El barman. Parece un indigente. Cara de loco.

–Ya, ya, vuestro barman del restaurante. El que salía con Vanessa.

–Ja –dije–. Sí, sí, ese es Jake. Es gracioso que digas eso, porque estaba pensando en las mujeres que se ha follado y creo que deberíamos formar un grupo o algo parecido, quizá un club de lectura. Quizá irnos todas juntas de vacaciones.

Carlos levantó las manos.

–Yo no sé nada. Ni siquiera sé cuándo fue eso.

–Por supuesto, nadie sabe nada, no nos impliquemos, no tengamos una conversación real con fechas, hechos, nombres y lugares, porque podríamos volvernos responsables y eso, justo eso, sería una catástrofe para algunos, tendríamos que quitarnos las gafas de sol, o el pintalabios, lo que sea, el aparato, y tendríamos un juicio justo, con jueces, pruebas y veredictos, y algunos de nosotros estaríamos limpios y otros estaríamos sucios.

–Llevas un buen colocón, ¿eh? –Silbó y el silbido sonó como un cucú.

–Estoy jodida, estoy bien. Puedo esperar a que se pase.

–¿Quieres algo que te ayude?

–No me meto drogas duras. Como la heroína, no me meto heroína.

–Ya, ya lo sé, ninguno de vosotros, los niños ricos, se mete heroína. –Me guiñó un ojo.

–¿Por qué íbamos a probarla si tú nos mantienes con los ojos abiertos con esa mierda de coca? Y no me guiñes el ojo, joder.

–¡Chica, estás muy respondona esta noche! –Sonrió y me dio otro cigarrillo. No me había dado cuenta de que estaba sujetando la colilla del anterior, apretándola–. Me gusta cuando sale esa mierda por tus dientes. Yo me refería al Xanax, niña, esa mierda que te daba tu madre cuando te ponías nerviosa por los exámenes. Nunca te había visto tan tensa.

–Mi madre nunca hizo eso –dije. Tenía los huesos afilados,

mi piel no era lo bastante gruesa para contenerlos, pero disfrutaba de Carlos y sus movimientos chabacanos. Gracias a Dios que tenemos a Carlos–. Me tomaré un Xanax, sí. ¿Cuánto?

–La primera vez siempre es gratis, niña.

–Ay, joder, vas a hacer que me sienta sucia por esto. ¿Qué es? No parece lo mismo.

–Es Xanibar. Tómate un trocito. Podría durarte unos cuantos días, según la movida en que estés.

–No estoy en una puta movida, estoy en el puto infierno.

–Funciona igual.

–Mis amigos te matarán si me muero.

Partí un trozo y lo mastiqué. Metí la mano por la ventana abierta, cogí la cerveza de alguien que estaba dentro y tomé un trago. Miramos por la ventana. Will, Ariel, Sasha, Parker, Heather, Terry, Vivian... todos escuchaban a Nicky, que estaba rodeado de admiradores en una de sus raras incursiones en el Park Bar. Yo no podía enfrentarme a él en este estado, con los molares apretados y palpitantes, las manos temblorosas. Todos estaban allí, salvo Jake y Simone, por supuesto, contando y recontando la historia de la inspección, especulando sobre lo que había ocurrido realmente, sobre lo que ocurriría. Normalmente yo sobresalía en esas charlas gratificantes, circulares, horas de sueño mientras llenábamos el espacio bebiendo y reafirmando las mismas historias, sin darles nunca un final diferente.

–Creo que tus amigos se han olvidado de ti –dijo Carlos.

–Eso crees, pero soy su mascota. Su perrito. Me necesitan para que los siga. –Me pasé la lengua por los labios y los noté ásperos y espinosos. Sentí sabor a sangre, pensé en él–. En realidad, ni siquiera deberíamos llamarlos mis amigos. Llamémoslos gente con la que paso el tiempo. O mejor, esto es gracioso, llamémoslos colegas. ¡Solo es una cena!

–He oído hablar de vuestro local. Es una puta locura. Si nos lo cierran...

–No podrán, ya hemos cerrado por decisión propia, por reformas...

–Steve tendría nuestros cuellos. De verdad, yo saldría corriendo por la puerta sin mirar atrás.

–Vino el Propietario.

–Oh, mierda... ¿a quién han despedido?

–A nadie. –Recordé el respeto, el silencio, y fue como si volviera a verlo juntando las manos para calmarnos y yo me calmé–. Cree que somos maravillosos.

Carlos cabeceó.

–Os vendieron la gaseosa en polvo, ¿eh?

Asentí con la cabeza. Todo. Estaba. Mejor.

–Me encanta la gaseosa de polvitos.

Me apoyé en el alféizar de la ventana y tomé otro sorbo de cerveza. El tiempo estaba esquizofrénico, agradable un momento, agresivo el siguiente, frenético, como agua que rompiera una presa.

–Ohio –dije–. Gracias por preguntar.

–Tengo primos allí.

–No es cierto.

–Ay, niña, tengo primos en todas partes. Hablando de lo cual, uno va a venir a buscarme, tenemos encargos. Pero tiene una mierda de puta madre.

–Tentador. Pero creo que por fin estoy siendo feliz. Creo que domino la vida, justo aquí, en este alféizar. No quiero moverme mucho.

–¿Estás segura? ¿Dónde has quedado con tu chico? Podemos llevarte.

–¿Mi chico?

Jake era como las arenas movedizas. Horas antes mi plan había sido hablar con él de una forma racional, Jake me lo había prometido. Quizá no había comprado aún los billetes, quizá no iba a ir todo el mes, quizá podría reunirme con ellos. Pero en aquel momento no lo quería. El hombre al que me había dedicado total y completamente se iba al extranjero con otra mujer, y yo había sido tan ciega y tolerante que ellos pensaron que no iba a importarme una mierda. O quizá fuese que no les importaba. Al final... ni el tiempo ni las voces ni las visiones de mi cabeza habían influido en los hechos. No quería nada: ni beber, ni una raya, ni comida, ni siquiera me apetecía tontear. No me sentía tan libre desde hacía meses.

La ciudad duerme, las ventanas se apagan y las calles se vacían. Nueva York nos sueña. Criaturas salvajes, sonámbulas, nos movemos sin prisa hacia nuestra propia desaparición al amanecer.

–Tess, esa no es tu cerveza. –La voz de Will sonaba lejana. Estaba dentro del ruido del bar y con una cerveza íntegra en la mano.

–No te oigo –dije. Alargué la mano para tocar el cristal que había entre los dos. Pero me encontré con su cara.

–¿Te encuentras bien? –Me cogió la mano. El día corrió de vuelta hacia mí. Caí hacia atrás y me di una costalada en el suelo.

–Estoy bien. –Las manos de Will, las manos de Carlos levantándome–. No más manos de hombres.

–Entra –dijo Will. Me resistí, pero tenía su mano en la espalda.

–Carlos, ¿vas hacia el este?

–No vas a ir con él –dijo Will, y ahora su mano me sujetaba el hombro–. ¿Estás loca? No puedes subir a un coche con un traficante.

–No seas racista, Will, y ahora, por favor, déjame en paz. Me voy al este.

–¿Adónde, niña?

–A la Nueve, entre las avenidas Primera y A. –Mientras lo decía, llegó un coche negro con ventanillas ahumadas. Cuando Carlos se acercó, descendió el cristal delantero. Saqué mi bolso por la ventana y dejé la cerveza dentro.

–Hola, primo de Carlos –grité–. A casa de Simone, por favor. –Abrí la portezuela y subí al coche con una gracia asombrosa.

V

Vomitando agua básicamente. Vomitando cuajarones, pero agua básicamente. Vomitando en tu propio regazo. Vomitando en tu propio bolso. Hombres gritando. Luces rojas y verdes destellando fuera de la ventanilla. Fuerzas gravitatorias sobre ti en lugar de cinturón de seguridad. Tu cara aplastada contra el asiento trasero. Tratas de sostenerte, pero te han tirado como a una muñeca.

En su favor he de decir que me dejaron exactamente donde dije y me invitaron a probar una mierda de puta madre. La parte delantera de mi camisa estaba pegajosa. La acera parecía llena de abolladuras. Cuando intenté ponerme en pie al salir del coche, se me doblaron las rodillas.

–No te culpes, Carlos –dije. Me sentía dominante mientras lo consolaba–. Tomé malas decisiones, no es culpa tuya.

Carlos y su primo salieron zumbando, derrapando, y me apoyé en la pared. Vi a una pareja desviándose de su camino para no acercarse a mí y me reí de lo mal que olía mi camisa. Metí la mano en el bolso y estaba empapado. Limpié la cerveza de mi móvil y milagrosamente se encendió.

«Hola Simone –escribí–. Soy Tess.»

«¡¡¡Hola!!!»

«Dijiste que podíamos hablar.»

«Estoy en tu puerta. Si te parece bien.»

«Voy a tocar el timbre, aunque es probable que no respondas.»

«Oh, ¡mira qué bici estoy viendo!»

«¡¡¡Hola, Jake!!!»

«Quizá podrías decirle que hablara conmigo, porque sé que está ahí.»

«Lo siento. Sé que es tarde para ti. Eres vieja.»

«No estoy enfadada por lo de Francia. En absoluto.»

«Tuvimos una pelea estúpida, pero no fue para tanto.»

«¡¡¡Simone!!!»

«Voy a tocar el timbre otra vez, te lo advierto.»

«Bien, no responde nadie, me voy a casa.»

«Dile a Jake que lo siento y que lo odio, en el orden que quieras.»

«Lo siento, era yo otra vez, sé que estás en casa.»

«He visto su puta bici.»

«Francia hiere mis sentimientos.»

«Me voy.»

«Ah, y siento que el restaurante cerrara. Me importa mucho. También.»

«Simone, si eres buena en este trabajo, ¿en qué eres buena exactamente?»

Recuerdo la enfermiza luz verde Heineken en el ventanal de Sophie's. Recuerdo los lavabos, la mano que se me resbalaba cada vez que intentaba hacer una raya. Recuerdo mis ojos en el espejo. Recuerdo la coca desparramándose en el lavabo. Recuerdo que me pillé el muslo por detrás, entre el cubo de la basura y la pared, cuando me empujaron. Recuerdo la lengua de alguien, no poder respirar. Recuerdo la mejilla sobre el exfoliado hormigón. El resto es una bendita oscuridad.

La primera vez que desperté fue una falsa alarma. Mi piel tocaba ropa y metí la mano en el bolsillo del pantalón, donde guardaba las pastillas, partí otro trozo de Xanibar y me lo tragué. Había un vaso de agua al lado de la cama, pero no me había despertado lo suficiente para cogerlo.

Cuando volví a despertar, vi una puesta de sol que no merecía. No solo yo, nadie habría podido merecerla, salvo los recién nacidos, los inmaculados, los que no hablan. Me quedé totalmente inmóvil y el techo era violeta. Me inspeccioné en busca de señales de dolor, del inevitable dolor de cabeza. Todo parecía en calma. Respiré más hondo, preparando a mi cuerpo para erguirse. Mi techo cambió al rosa y al rojo. Las ventanas estaban abiertas de par en par. El viento había sacudido cada libro, camisa o papel. Hacía frío.

Primero moví el cuello, lo estiré, miré abajo. Tenía los vaqueros puestos. Las Converse no, pero sí los calcetines, prueba de una presencia exterior. No recordaba haber llegado a la cama, ni a mi domicilio. Me erguí un poco más.

El remordimiento comenzó en la rabadilla y con él llegaron pinchazos de dolor que subieron por la columna hasta que alcanzaron la base del cráneo. Miré reacia mi camisa y gemí. El vómito se había secado, pero aún tenía sangre húmeda en el pecho y el cuello. También se había secado y oxidado ya en las fundas de las almohadas. Me toqué la nariz y retiré los dedos con escamas de sangre. Había una nota clavada en mi camisa: «Por favor, envíame un mensaje para saber que estás viva; tu compañero de piso, Jesse». Palpé la cama en busca del teléfono. Estaba apagado y tenía gotas de cerveza dentro de la pantalla. El movimiento me puso enferma. Corrí al baño, abrí la ducha y vomité. No quedaba mucho de nada. Solo unas arcadas secas y extraordinariamente gratificantes. Mi primer pensamiento real fue: «Mierda, ¿a qué hora entro hoy?».

Si estoy cualificada para dar consejos sobre algo, probablemente sea sobre la resaca. El Advil, la marihuana y los bocadillos grasientos de las tiendas de comestibles no funcionan. No escuchéis a los chefs, os tendrán todo el día bebiendo caldo de carne hecho cinco días antes, o menudillo recalentado, o pepinillos en salmuera, o engullendo bolsas de hamburguesas White Castle a las cinco de la madrugada. Grandes equivocaciones.

El Xanax y la vicodina, o sus primos opiáceos/bencedrinados, el Gatorade, el Tums y la cerveza sí que funcionan. *Dirty Dancing*, *La princesa prometida* y *Fuera de onda*. También funcionan. Los *bagels* funcionan a veces, pero solo si llevan queso en crema. Crees que quieres salmón ahumado, pero no. Crees que quieres beicon, pero no. La sal aumentará el dolor de cabeza. Crees que quieres Ritalin, Adderall, metanfetamina, cualquier clase de anfetamina. Pues no. Te joderás al menos seis horas, así que el objetivo es aturdirse.

Las tostadas funcionan. Antes de salir por ahí, deja preparado pan, una buena botella de Gatorade de tu color preferido, un puñado de pastillas con receta y una nota con un teléfono de contacto para urgencias. Yo no tenía ninguna de esas cosas.

En algún momento en mitad de la noche, mientras veía unos antiguos DVD de *Sexo en Nueva York* en mi vapuleado ordenador portátil, con los párpados apenas considerados abiertos, mi resaca se metamorfoseó en fiebre. Estaba irritada porque la pantalla de mi ordenador temblaba, hasta que me di cuenta de que era mi estómago... tenía tanto calor que aparté las sábanas y me quité la ropa, pero el temblor seguía en mí, estaba tiritando.

Al principio las sábanas estaban rígidas, mi piel tirante. Me toqué la frente y estaba sudando. Las almohadas estaban húmedas. Entonces el calor subió de nuevo y me persiguió. No podía respirar con normalidad. Busqué por el apartamento, pero no tenía nada, ni siquiera Advil.

Me puse el abrigo de invierno encima del pijama y escondí la cabeza bajo un gorro de lana. Cuando iba por la escalera, asiendo con fuerza la barandilla, hablando conmigo misma, pensaba en la señora Neely. Cuando salí a la calle, no hacía tanto frío. El sudor me corría por los costados y desde el inicio del pelo. La tienda de comestibles estaba a dos portales de distancia, pero no conseguí mantenerme derecha todo el camino.

–¡Eres tú! –dijo el dueño, que era pakistaní.

–Hola. –Me sujeté al marco de la puerta. Habíamos trabado cierta amistad a lo largo de los meses.

–¿Me recuerdas de anoche? –dijo, saliendo de detrás del cristal a prueba de balas.

–No, señor, no recuerdo nada.

–Tienes que tener más cuidado. No es seguro para las chicas jóvenes como tú.

–Estoy enferma, señor.

–Tienes la cara toda roja.

–Sí, estoy enferma. –Me encogí al sentir una arcada–. Necesito medicinas.

–Necesitas descansar. No puedes vivir así.

–No tengo intención de vivir así mucho más tiempo. –No me entendió–. Descansaré, lo prometo, lo prometo.

La vista se me nubló, todo se volvió oscuro. Me asusté y me senté en una torre de ejemplares del *New York Times*. Me oí a mí misma haciendo ruidos parecidos al llanto, pero no tenía lágrimas en la cara, solo sudor en las sienes, detrás de las orejas. Él me puso la mano en la espalda.

–¿Puedo llamar a alguien?

–Por favor, solo necesito medicinas. Tengo fiebre y estoy sola. Necesito cosas como las que podría dar una madre.

Llamó al fondo y salió su mujer. Me miró como si fuera una criminal. Él habló con ella en otro idioma y yo hice pausas entre cada respiración para convencerme de que seguía viva. La mujer dio una vuelta por la tienda: ibuprofeno, agua, una caja de galletas saladas, dos manzanas, té, una lata de sopa de lentejas. Cogió un frasco de NyQuil líquido, un antigripal; me evaluó, y lo volvió a dejar en su sitio. En su lugar cogió las cápsulas individuales envasadas.

–Solo dos –dijo.

–Sus hijas son buenas chicas. Él está muy orgulloso de ellas –le dije. Me había enseñado fotos suyas muchas veces. La mayor iba a un instituto de Queens y había presentado una solicitud de matrícula en las universidades de la Ivy League. No pude soportar su compasión cuando me dio la bolsa con los productos sin cobrarme nada. Acepté porque no llevaba la billetera encima–. Lo siento –dije–. No tengo excusa.

No sé cuánto tiempo me costó llegar a casa. Pensé en tirarme al suelo y esperar a que llegara la policía y me llevara al hospital. Pensé en gritar: «Que alguien me cuide, por favor». Me apoyé en una puerta de acero y escupí sobre el hormigón. Las calles estaban vacías. Solo estaba yo. Así que me dije: «Joder, solo estás tú». Subí las escaleras maldiciendo, con gran esfuerzo. Preparé la infusión de menta que me habían dado. Envolví un paquete de hielo en papel de cocina y me lo puse sobre la frente, y cuando se calentó lo volví a guardar en el frigorífico. Temblaba, sudaba, lloraba, procuraba calmarme, murmuraba entre el sueño y la vigilia. Estuve así, más o menos, durante dos días.

«¿Sabes qué era yo, cómo vivía?» La frase revoloteaba en mi cabeza cuando cogí el metro para ir al trabajo. Yo era un reflejo demacrado en las sucias ventanillas, pero poseía una deslumbrante sensación de claridad. Era un verso de un poema que no podía recordar. No sé cuándo empecé a citar poemas. No sé cuándo empecé a olvidarme de las flores al cruzar el mercado de la fruta de Union Square.

Me detuve frente al ventanal que daba a la calle Dieciséis, deseando tener un aspecto diferente. Doña Florecitas dirigía su orquesta botánica y detrás de ella estaban colocando las sillas. Los camareros estaban congregados en un extremo de la barra, donde Parker preparaba cafés. Cuántas cosas había dado por hechas: emocionarme a diario al cruzar la puerta, dar vueltas para saludar a todo el mundo, incluso los días que no respondía nadie. Doña Florecitas separó una rama de lilas. Las había olido desde que salí del metro: empalagosas, densas, humanas, pero sin madurar, como un sauvignon blanc en un clima frío. Aquello cerraba el círculo, ¿no?, aprender a identificar las flores y los frutos para poder hablar de vinos. Aprender a oler el vino para poder hablar de flores. ¿Había aprendido algo, aparte de interminables puntos de referencia? ¿Qué sabía de ello en sí mismo? ¿No era primavera? ¿No agitaban los árboles sus brotes como para aplaudir? ¿No es esto lo que soñaste, Tess, cuando te subiste al coche para llegar aquí? ¿No escapaste para buscar un mundo del que mereciera la pena enamorarse, diciendo que no te importaba si ese mundo te correspondía o no?

Las lilas olían a breve. Sabían cómo llegar y cómo irse.

–Todo el mundo estaba preocupado –dijo Ariel.

–Pasé por allí y toqué el timbre –dijo Will.

–Les dije que llamaríamos a la policía si hoy no aparecías por aquí –dijo Sasha.

Cualesquiera que fueran los cambios que se habían hecho en el restaurante, apenas se notaban. Teníamos fregaderos nuevos detrás de la barra. Era la hora del almuerzo y no hablé mucho. Mi cabeza estaba todavía en la soledad de mi rancio dormitorio. Era inquebrantable.

No llegaron juntos, aunque supongo que nunca lo hacían. Simone llegó antes. Fui al vestuario y me senté en una silla, en un rincón. No tenía ningún plan, pero cuando entró no se sorprendió al verme. Estábamos siguiendo un guion que yo todavía no había visto.

–Me alegro de que estés bien –dijo.

–Estoy viva.

Tecleó la combinación de su candado. Vi que lo hacía dos veces.

–No recibí tus mensajes hasta mucho más tarde –dijo, rompiendo el silencio quizá por primera vez en su vida–. No suelo mirar mi teléfono a esas horas.

–Por supuesto.

–Estaba muy preocupada.

–Por supuesto. Seguro que sí.

–Te respondí con otro mensaje.

–Mi teléfono está estropeado.

–Tess. –Se volvió hacia mí. Se abotonó la camisa de rayas y se quitó los pantalones. Parecía un payaso con aquella camisa gigante.

–Hay muchas cosas que no sé. Lo acepto. Es la vida, ¿verdad?

Es decir, ¿qué sabéis vosotros realmente de mí? Pero soy una persona sincera. Lo que ves es lo que hay.

–¿Crees que alguien no ha sido sincero?

–Creo que vosotros estáis tan lejos que no sabéis lo que significa sinceridad.

–El idealismo de mi juventud...

–Basta. –Me puse en pie–. Basta. Te comprendo.

–¿Me comprendes?

–Eres una tullida. –Me sorprendió lo acertada que parecía la observación–. No te preocupa nadie más que tú misma. Desde luego, él no te preocupa en absoluto.

Se detuvo.

–Quizá –dijo. Siguió vistiéndose.

–¿Quizá? Crees que soy idiota. No lo soy. Solo tenía esperanza.

Se acercó al espejo y sacó el neceser de los cosméticos. Vi que se aplicaba maquillaje corrector sobre las ojeras. Se dio crema en las patas de gallo. Bajó la barbilla para ponerse el rímel. ¿Por qué no había advertido nunca la expresión sombría de sus ojos? Se pintaba los labios para que no se fijaran en ellos.

–Estás bendecida con una rara sensibilidad –dijo–. Es lo que hace que las personas se interesen por el arte, la enología, la poesía... esa naturaleza porosa. Sin embargo... –Se detuvo y parpadeó para comprobar la eficacia del rímel–. Te falta autocontrol. Disciplina. Y eso es lo que separa el arte de la emoción. No creo que tengas aún inteligencia para interpretar tus sentimientos. Pero tampoco creo que seas idiota.

–Señor, qué bonito es eso.

–Es la verdad. Puedes creerlo.

–A los dos os gusta decir eso. Amáis la verdad cuando se refiere a otros.

–Nunca te he mentido, Tess. Lo mantuve alejado de ti todo el tiempo que pude. Fui muy explícita al decirte con quién te las estabas viendo.

–No es normal, Simone, que os vayáis así, sin molestaros siquiera en contármelo. No es justo.

–Hacía años que Jake y yo no viajábamos juntos, demasiados años.

–¿De veras soy una amenaza tan grande?

–No te hagas ilusiones.

–¿Por qué no te lo llevas contigo? –dije–. Llévatelo, para ti.

Se volvió hacia mí y dijo, impecable:

–Ay, pequeña, no lo quiero.

Me apreté los ojos con las manos. Naturalmente. Ella quería un señor Bensen, un Eugene, alguien que la condujera al mundo enrarecido que siempre había merecido, pero al que nunca consiguió tener un acceso permanente. No a Jake, que llevaba la misma ropa interior durante días sin darse cuenta. Había estado seduciéndolo y rechazándolo desde que era un niño y, naturalmente, no lo quería para ella, en el fondo no. A pesar de lo cual caí en la cuenta, mientras la miraba (se repasaba los labios, se daba pinceladas una y otra vez, pero yo seguía viendo sus ojos inmóviles, tristes), de que aquellos hombres habían desaparecido y Jake era lo único que tenía.

–Me das lástima –dije. Mi voz había perdido convicción.

–¿Yo te doy lástima, a ti? –Cuando se volvió a mirarme, esbozaba una sonrisa de hostilidad.

–Puedes quedarte con tu diligencia. Y con tu autocontrol y tu escepticismo disfrazados de profesionalidad, y con tu raquítica ambición. Porque vamos a ver, sinceramente, Simone, ¿qué coño harás? ¿Te entrará en la cabeza y te marcharás o esperarás a que te jubilen? Supongo que nunca lo sabremos, todos nos habremos ido por entonces.

Sus niveles de veneno subieron y entraron en colisión con los míos. Me encantaba, sentía que se divertía a mi costa, y estaba preparada para ello, para cualquier cosa que me arrojara, porque tendría tiempo de revisarlo. En realidad, no podía hacerme daño, yo era joven, optimista...

Jake abrió la puerta. Ambas nos volvimos hacia él. Estaba sin aliento.

–Bien, ya estamos todos –dije.

Los ojos de Jake fueron de la una a la otra. Simone se marchó dando un portazo. Yo habría jurado que Jake acababa de despertarse. Sus ojos no se adaptaban a la luz y flotaba en una especie de sopor que lo mismo podía deberse a sentimientos que a pastillas o a simple sueño. Alargó la mano hacia mí y me acerqué sin vacilar.

–Te he estado buscando –dijo.

Apoyé la cabeza en su pecho. Olía como una capa profunda de tierra, una secreta habitación azul que yo tenía en Chinatown. Me besó la frente.

–No –dije, aspirándolo–. No, no lo has hecho.

Acepté su invitación a tomar una copa en Clandestino y la conversación que me debía. Salí inmediatamente después del turno del almuerzo, saltándome la copa gratis quizá por primera vez desde que supe de su existencia. Cuando llegué a casa me serví un vaso largo de jerez y esperé. Las sirenas de la sinagoga de Williamsburg anunciaban el *sabbat*. Vi ponerse el sol y revolotear a las palomas que iban a reunirse con sus congéneres en los tejados. Me senté y esperé mientras la noche se pegaba a las esquinas de los edificios. Los tambores sonaban a un ritmo constante. Comí una tostada con sardinas de lata y medio frasco de pepinillos en vinagre, y esperé. Él me necesitaba. En eso no me equivocaba. Pensaba que quizá podríamos sobrevivir sin la bendición de ella.

Quería ver a Jake arrepentido. La desagradable verdad era que podía perdonarle cualquier cosa siempre y cuando siguiera deseándome. Y pensé, mientras entraba en Clandestino, que eso no era todo... la necesidad, el deseo. Ya no. Cuando Jake y yo habíamos follado los últimos meses, nuestras orgías habían construido algo a nuestras espaldas: las tenaces manchas de intimidad marcaban nuestras manos. Tenía que ver si aquello podía unirnos por derecho propio.

–Ah, es Tessie –dijo Georgie–. ¿Qué trae a toda una señora tan lejos del centro?

–Ver a mi amigo –contesté–. ¿Qué tal va la noche?

–Muerta. –Se encogió de hombros–. La primera noche que hace bueno y la gente está demasiado contenta para beber.

–Los neoyorquinos nunca están demasiado contentos para beber. –Cogí un taburete–. Tomaré una cerveza, la que tengas por ahí.

–A vosotros os gusta Brooklyn, ¿eh?

–Sí, nos gusta. –Quise llorar, pero parpadeé varias veces sin conseguirlo–. Brooklyn tendría que ser un encanto.

Me di cuenta de que por los altavoces se oía «Fake plastic trees». No la había oído desde hacía años y cuando la escuchaba una y otra vez, en la bañera, no entendía realmente lo que significaba estar hecha polvo. No pude quitarme la canción de la cabeza. Así que suspiré y le dije a Georgie, con las manos en la cara:

–Qué desdicha. ¿Puedes ponerla otra vez?

Cuando Jake llegó a mi lado, ni siquiera me di cuenta.

–Hola –dijo. Llevaba lilas en la mano. Se disculpó por llegar tarde. Los dientes desiguales de Jake, la barba de unos días que disimulaba su barbilla puntiaguda, aquellos ojos de otro mundo, las lilas, la melancolía, el narcisismo, el misterio de las lilas. Me tocó la mejilla, pero yo aún estaba en la canción. Su tacto parecía una reproducción apagada de algo que una vez me había electrizado–. Estás muy flaca.

–He estado enferma.

–Qué putada. –Me tendió las flores–. ¿No te gustan las lilas?

–Sabes que son mis favoritas –dije–. ¿Quieres un premio por prestar atención?

Las dejé a un lado, y Jake puso el casco sobre la barra. Georgie le sirvió una cerveza y se apartó de nuestro silencio. Jake bebió y yo hice lo mismo.

–Vi tu bici. En su casa. Es una de las pocas cosas que recuerdo de aquella noche. –No dijo nada–. Porque me desmayé. –Sonaba acusatorio, porque lo era.

Se volvió hacia mí.

–¿Crees que me impresiona que sepas hacerte daño?

Le sostuve la mirada.

–Sí, lo creo.

Quería morderme. Quería apartarme el pelo. Lo intuía agitándose en su interior, en sus ojos, en su pecho, en sus dedos. Era inevitable: la ignición cuando alargaba las manos hacia mí, cómo yo misma me ceñía la ropa para estar más cerca de él, cómo su respiración se entrecortaba, un sonido que hacía que se me licuara el cuerpo, y entonces dejábamos de pensar.

–Estoy enfadada –dije, apartándome de él. Fue la primera vez que no me tiré de cabeza al fuego que él encendía ante mí. La contención hizo que me sintiera vieja.

–Lo siento –dijo, como si acabara de recordar el protocolo–. En serio, quise ir a verte, iba a hacerlo. Lo intenté de veras...

–Esta es la parte en que presentas excusas.

–Me quedé dormido allí.

Rasgué una servilleta en pequeñas tiras.

–Te quedaste dormido en su cama, eso es lo que quieres decir.

–Vamos, sabes que no es...

–Eso. Sí, ya sé que no es eso. No todas las cosas significan algo. –Tosió–. Pues te diré algo significativo: ella no es buena para ti. Te abandonaría sin vacilar.

Fue como si no me hubiera oído.

–Ya sé cómo es ella, pero ahí está. Tú también. Estábamos todos un poco nerviosos por lo del cierre del restaurante.

–No –dije–. No me estás escuchando. No me voy a conformar, Jake. Vosotros dos nunca dejáis que se os acerque nadie, porque entonces verías lo jodido que está todo, sea lo que sea. Tendrías que explicar por qué un hombre y una mujer adultos que no están juntos siguen compartiendo una cama, unas vacaciones, o por qué nunca has tenido una relación auténtica con otra mujer. Tienes treinta años, Jake. ¿No quieres una vida real?

–No existe eso que tú llamas la vida real, princesa. Esto es lo que hay, o lo tomas o lo dejas.

–Ya está bien de toda esa mierda de «La vida es breve y dolorosa, y morimos solos». Es una puta estafa, nunca corres ningún riesgo. Te mereces algo mejor.

Su rodilla daba botes; vi la ansiedad que lo exprimía, como cuando estaba inquieto tras la barra. Le apoyé la mano en el muslo y el temblor cesó.

–No deberías ir a Francia un mes entero. Odias a los franceses y su versión autosuficiente y racista del socialismo. –Conseguí que sonriera. Mis seguras artimañas. Tenía una nueva para probarla con él aquella noche. Era la franqueza. En realidad era la última que me quedaba–. Quiero que nos despidamos juntos del restaurante. También podemos ir a otro. Necesitas un cambio y yo quiero ser camarera del servicio.

Se aclaró la garganta. Siguió bebiendo. Me sentía sola, tanto como no me había sentido nunca desde que me mudé a la ciudad, como si no fuera a conectar con otra persona durante el resto de mi vida.

–Piénsalo –añadí. Mi voz sonó desesperada; lo noté, pero no podía dominarme.

–Ya lo he hecho. –Parpadeó rápidamente. Levantó los ojos hacia las luces. Le besé las manos y las mugrientas uñas. Tantas cosas que nunca dijo. Me pregunté quién sería Jake si hubiera dicho todas aquellas cosas.

–Dilo.

–Recuerdo la primera vez que te vi.

–¿Eso es todo lo que voy a conseguir?

–Me sorprendiste. –Eso era todo lo que iba a conseguir.

–Yo también recuerdo la primera vez que te vi –dije.

Sentí que se me clavaban púas de nostalgia, lastradas por un peso insoportable, resonando con una lejanía a la que me resistía. Me había jurado a mí misma, desde aquel primer día de mi nueva vida, que permanecería en el tiempo presente, que miraría siempre hacia delante. Creo que sus manos estaban en mi cuello, en mi pelo.

–No puedo irme –dijo.

–Sí puedes. Nosotros estamos bien juntos.

–No puedo.

–Dirás que no quieres.

–Muy bien, Tess.

–Eres un cobarde –dije. Una tullida y un cobarde. La-del-vino y el Sudores. Simone estaba en lo cierto. Nuestros sentidos no se equivocan nunca, solo la interpretación que hacemos de ellos. Esto no era por ellos. Era por mí–. ¿Recuerdas aquella mañana que me dejaste elegir el disco?

Su rutina no había cambiado en ningún momento: un cigarrillo, un café hecho en la cocina, otro cigarrillo y el disco del día. Aquella mañana se había levantado con hipo. Se había asustado tanto que se abrazó a mí, todavía dormido, y yo le besé la sien. Me burlé de su fobia al hipo. Él se echó a reír. Como recompensa me dejó elegir el disco. Puse *Astral weeks* y cuando sonó «Sweet thing» dijo: «Esta se merece un baile». Bailamos, él desnudo de cintura para arriba, embutido en sus calzoncillos, yo con su camisa y nada más, moviéndonos en círculo sobre las alfombras, bajo la gasa del humo del tabaco. Aquella fue la primera mañana que cometí un pecado de amor: confundir la belleza y una bonita canción con el conocimiento.

Él debería haberme preguntado: «¿Qué mañana? ¿Qué disco?». Pero dijo con ojos claros y penetrantes:

–¿Van Morrison?

Asentí y negué con la cabeza, asentí otra vez.

–Sé que eras feliz. Lo sentí. Lo sé.

Joder, cuánto lo amaba. No a él exactamente, lo intentaré otra vez: amaba su fantasma. ¿Qué me había dicho de su madre? Qué imposible es olvidar las historias que nos contamos, incluso cuando la verdad debería reemplazarlas. Ese era el motivo de que me adorase durante un minuto. Porque yo veía un héroe hermoso, atormentado. Rescate y redención. Nunca lo vi a él. Todo promesas... la chica nueva.

Esperé todo lo que pude a que dijera algo. Él miraba la barra y se rascaba la cabeza bajo el gorro, un gesto que yo había devorado y memorizado. Cogí servilletas de la barra y me las pasé por las mejillas, me soné la nariz. Le di un beso en la comisura de la boca. Sabía a la perfección: lo salado, lo amargo, lo dulce. Vi que se agitaba. Sabía que iba a estar jodido durante mucho mucho tiempo. Cogí las lilas, dije adiós a Georgie y bajé del taburete.

Las lilas se deshojaron mientras atravesaba el puente. Mi teléfono sonó dos veces y lo apagué. La ciudad estaba radiante y me sentía intocable. Percibí la ausencia de límites que los barcos deben de sentir cuando sueltan amarras y zarpan. Experimenté de nuevo esa sensación de tener dinero, de haber pagado las cuotas, de estar autorizada para entrar en la carrera. Sí, sentí de nuevo la libertad, aunque aún no podía recuperar la esperanza. Habría podido pasear toda la noche. Todas las veces que se me había negado la entrada, todas las veces que había pedido permiso... pero también era mi ciudad.

VI

¿Y qué, si el alfiler de pluma que llevaba ella en su sombrero azul marino había perdido el baño de oro? Mucha gente importante cenaba en nuestro restaurante: antiguos presidentes y alcaldes, actores, escritores que definían generaciones, financieros a los que podías reconocer por el pelo. Tenías un montón de clientes con necesidades especiales que no eran famosos en absoluto: una mujer ciega a quien había que leerle los platos del día, hombres con el novio los viernes y con la esposa los domingos, o excéntricos coleccionistas de arte que se sentaban en la barra, pedían un martini y luego se bebían una botella entera de vino tinto para comer. ¿Por qué quería yo tanto a la señora Neely?

Era frágil. Una especie de pájaro en peligro de extinción por la forma en la que entraba y salía con sus sombreros, sus medias y sus tacones bajos. A veces la observaba desde el fondo de la sala y ella estaba mirando al vacío. Me pregunté si yo sería una mujer que se contentara con mirar al espacio para recordar sus fracasos, sus fracasos a medias, su historia.

–Eh, Nick, ¿puedo coger el fleurie?

–No la satures, Sopla.

–Vamos...

–Se va a desmayar.

Suspiré.

–¿Y qué si se desmaya? ¿No es ese un privilegio de los ancianos? ¿Poder dormir donde y cuando les apetezca?

Me guiñó el ojo y me pasó la botella.

–Gracias –dijo la señora Neely, alisándose un rizo rebelde junto a la oreja–. Ese bastardo del bar apenas me echa una gota. Cree que no lo sé, pero lo sé.

–Nicky es buen chico. Solo hay que recordárselo de vez en

cuando. ¿Le gusta el fleurie? En este momento es de mis favoritos de la bodega.

–¿Por qué?

La única pregunta que la señora Neely me había hecho hasta la fecha era por qué no tenía novio. Sus secas mejillas de manzana se habían prensado para sonreír y su mirada era lúcida. Aquel era un buen día para ella y yo creía que seguiría visitándonos siempre. Cogí su copa y la olí.

–El beaujolais es como este híbrido, un tinto que se bebe como un blanco, siempre lo enfriamos un poco. Quizá por eso tiene problemas, no acaba de encajar. Nadie se toma en serio el gamay, demasiado ligero, demasiado sencillo, le falta estructura. Pero... –Di vueltas a la copa y era... optimista–. Me gusta pensar que es puro. *Fleurie* significa «florido», ¿no?

–A las mujeres les encantan las flores –dijo con sensatez.

–Sí. –Dejé el vino en la mesa y me acerqué a ella otros cinco centímetros, donde sabía que empezaba su campo de visión–. Nada de esto significa nada. Es solo que me habla. Me siento invitada a disfrutarlo. Me huele a rosas.

–Niña, ¿a ti qué te pasa? No hay rosas en el maldito vino. El vino es vino y te hace olvidar y te ayuda a bailar. Eso es todo. Los jóvenes habláis de un modo... es como si todo fuera cuestión de vida o muerte.

–¿Y no es así?

–¡Ni siquiera has aprendido a vivir todavía!

Pensaba comprar vino. Imaginaba cómo miraría los diferentes beaujolais en la tienda de licores... el morgon, el côte de brouilly, el fleurie me contarían una historia. Vería diferentes flores al mirar las etiquetas. Pensé en las fresas silvestres traídas de Mountain Sweet Berry Farm aquella misma tarde y en que los cocineros ponían servilletas de papel y bandejas en la cocina, para que no se tocaran entre sí, como si fuera a desintegrarse su eufórica fragancia. Eran completamente distintas de las fresas de la tienda, tan arrugadas y maduras como mis pezones aquella vez que Jake me llevó al orgasmo solo con tocármelos. Pensé que nunca compraría tomates fuera de temporada.

–¿Puedo pedirle un taxi esta noche, señora Neely?

–¿Un taxi? Dios, no, cogeré el autobús, como hago todos los días desde que tengo demasiados años para caminar.

–Pero ¡está oscuro!

Se despidió saludándome con la mano. Estaba tranquila, pero noté que los párpados le pesaban, que su cabeza se inclinaba ligeramente cada vez que parpadeaba.

–¿Cómo voy a saber que ha llegado bien a casa?

Algo en mi tono de voz delató que tenía miedo de no verla nunca más. ¿Y si dejaba de venir? No sonarían alarmas en el restaurante. ¿Cuántos domingos pasarían antes de que nos diéramos cuenta?

–Tess, no te preocupes por la vieja señora Neely. Si alguna vez llegas a mi edad descubrirás que la muerte acaba siendo una necesidad, como el sueño.

Llamé a la puerta de su despacho a las diez de la noche, después de haber seguido todos sus movimientos. Aunque Howard era para mí un elemento secundario del servicio, había memorizado sus hábitos. Me di cuenta de que siempre pasaba por el puesto del café a las siete, se quedaba dos horas por allí y, a eso de las nueve, desentendiéndose de las urgencias, volvía a su despacho para no salir hasta las once. Dos horas en el comedor no parecía nada, un trabajo cómodo se mirase como se mirase, pero luego pensé en todos mis turnos del almuerzo y en que él siempre estaba allí antes de que llegáramos, y de nueve de la mañana a once de la noche era una tortura en el mejor de los casos. Pero a él no se le notaba.

–Pasa –dijo. Howard estaba retrepado en la silla, con las gafas de leer sobre la cabeza y una pila de papeles frente a un ordenador del Paleolítico–. ¡Tess! –Se irguió–. Qué sorpresa.

–Sé que debería haber pedido una cita, lo siento, es que he visto que aún estabas aquí...

–Mi puerta siempre está abierta.

Me senté y lo miré. No sabía exactamente qué quería, pero sabía que había agotado mis recursos abajo. La fase en que había sido tan feliz había terminado. Howard me había puesto la camisa de rayas y necesitaba que me dijera qué vendría a continuación.

–Tengo curiosidad. Sobre oportunidades. En la compañía. –Estaba dudando. Con la puerta cerrada me sentía extrañamente vulnerable, aunque la cena todavía no había terminado–. Lo siento, no he venido con un discurso preparado. –Vi una botella de Four Roses en su estante–. ¿Puedo tomar un trago de eso?

Se quitó las gafas de la cabeza y cogió la botella sin levantarse. Su mirada no se apartaba de mí. En su escritorio había vasos de diferentes estilos y tamaños, algunos bastante polvorientos. Cogió uno de whisky y utilizó su corbata de cuadros azules para limpiarlo.

–No tengo hielo –dijo al pasármelo. No preparó nada para él.

–No hace falta –dije, tomando un trago generoso–. Dijiste que podía ser del servicio.

Asintió con la cabeza.

–Bien, quiero serlo. Soy muy buena en este trabajo. Soy mejor que todos los demás ayudantes de camarero y la mayoría de los camareros.

–Tienes un don. Por eso estás la primera en la lista. –Dio un rodeo, no muy seguro de adónde quería llegar yo. Tampoco yo estaba segura de adónde quería llegar–. Tess, en esta empresa somos totalmente transparentes. Ves el horario de servicio, sabes cómo funciona. Ahora mismo no hay ningún puesto disponible.

–Muy bien –dije. Acabé el whisky–. Quizá puedas hacer algo para que lo haya. O quizá puedas ponerme en uno.

Enarcó las cejas y reabrió el Four Roses. Me sirvió otra copa y de paso se sirvió también él.

–He hecho una considerable inversión en ti. Me gustaría verte crecer con nosotros.

–A mí también. Sinceramente, no quiero irme, aunque esté hasta las mismísimas narices de este lugar. Es mi hogar. Pero también sé que tú no eres el que dirige el establecimiento. Lo dirige Simone. Y ella nunca permitirá que yo llegue a su nivel.

–No le digas eso al Propietario. –No estaba ofendido, pero sí interesado–. Simone y tú... no me digas que es una historia de pantalones.

–No lo es. Lo es, pero no lo es. Es por mí. Vamos, Howard –dije, arrellanándome en la silla, tanteando–. Sé que no te cae bien Jake, o tú no le caes bien a él, o lo que sea. Y sé que Simone y tú sois algo así como amigos. Pero yo debería ser camarera ya. Sé que muchos hacen cosas por las que podrían ser despedidos de manera fulminante. No es solo la bebida, las drogas y los robos. En el manual dice que, si llegas quince minutos tarde tres veces, estás despedido. Nadie te culparía. Hay gente que ha llegado treinta minutos tarde durante años...

–¡Tess! –Se echó a reír–. Tú buscas sangre.

–No. Sé que no lo vas a hacer. Despedirlo a él sería despedir a dos personas. Pero deja que te diga algo, Howard, con el corazón en la mano. Esa agua estancada apesta. Es un hecho. Y este restaurante no está rejuveneciendo. Tenemos problemas reales, las paredes se deshacen, la comida es rancia, y sí, la gente sigue viniendo, pero por nostalgia. No les entusiasma comer aquí. Y algo de aire fresco en estos momentos, unos cuantos camareros entusiastas que sí se preocuparan... no harían daño a la atmósfera, ni a la reputación, ni a la esencia. –Terminé otra vez la bebida–. Pero eso ya lo sabes.

–Me gusta oírtelo decir. –Volvió a llenarme el vaso.

–Debes de ser el único gerente de restaurante que tiene a Freud encuadernado en piel en su despacho.

–Lo considero un manual de instrucciones.

Nos quedamos en silencio mientras yo examinaba sus libros.

–¿Querías ser otra persona? ¿Psicoanalista? ¿Antropólogo? ¿Arquitecto?

–¿Por qué lo preguntas?

–Por lo mismo que todo el mundo. Es imposible que eligieras este trabajo, debiste de tropezar con él por casualidad.

–Y, sin embargo, tú estás aquí.

–Aquí estamos los dos.

Nos quedamos en silencio otra vez y sentí que me estaba quedando sin tiempo. Todos mis deseos se apiñaron ante mí. Quería un aliado. Quería mi trabajo. Quería hacerles daño. Alguien llamó... Misha asomó la cabeza.

–Me voy –dijo con torpeza, mirándome.

–Está bien –dije.

–Discúlpame un momento, Tess –dijo Howard, ajustándose la corbata.

Cuando salió me puse en pie ante su escritorio y miré papeles en busca de su caligrafía. Apenas hacía unos días que había encontrado la solicitud de vacaciones. ¿Y si no la hubiera visto? Ni pelea con Jake, ni noche de expansión, ni fiebre, ni verdad. Estaría abajo ahora mismo revisitando el pouilly fumé. ¿Cuándo pensaban contármelo?

Oí el tirador de la puerta y volví a sentarme.

–¿Vas a darle un puesto a Misha? –Era una carta de la que no estaba muy segura, pero ya no podía retirarla de la mesa de juego.

–¿Misha? –preguntó sin inmutarse–. Por lo que yo sé, está contenta donde está.

–Oh, es que me pareció leer algo en el manual acerca de, veamos, acerca de que los simposios sexuales entre la dirección y el personal no están permitidos y esas cosas. No sé.

–Supongo que esas son las normas. –Miró un reloj que había sobre el escritorio–. ¿Te importa si terminamos esta reunión? Todavía me quedan unas horas de trabajo, pero me gustaría llegar a una conclusión satisfactoria sobre tus perspectivas, quizá incluso un plan para los meses próximos.

–Mmm, perfecto. –Sentía una especie de fracaso–. Mañana estoy en el turno de las tres de la tarde.

–Puedes venir a verme luego, a la una.

–¿A la una de la madrugada? –Respiré hondo–. De acuerdo. –La cabeza me daba vueltas–. O sea, que todavía estarán cerrando...

–Puedes llamar a la puerta trasera y nos reunimos en el otro despacho. No hace falta aguar la fiesta de después del trabajo. –Puso el tapón en la botella de whisky–. Traeré hielo.

–Muy bien.

–Muy bien –dijo. Sonrió y cogió el ratón del ordenador, olvidándose de mí. El salvapantallas desapareció. Después de todo, solo era negocio.

Incluso entonces ya me había dado cuenta de que el Park Bar no destacaba a menos que trabajaras en aquellas cinco manzanas cuadradas. Uno de esos bares que sobrevive por su situación geográfica. Nadie se salía de su camino para ir allí. Era un lugar cualquiera en el que terminabas, un oasis para los perdidos.

Pero era una rareza en la ciudad, ni totalmente un antro ni totalmente un lugar bonito. Vinos decentes en copa. Estaba pintado de negro de manera ingeniosa, así no se podía saber lo sucio que estaba. Los lavabos indicaban que los clientes se comportaban mal, pero, cuando pasabas al lado de las ventanas abiertas y veías a la gente bebiendo sin pretensiones a media luz, sentías envidia.

Estaba casi vacío cuando llegué y al principio no distinguí a nadie que conociera. Fantaseé con que todos habían dejado de ir allí, que tenían un lugar nuevo y no me lo habían contado. Entonces mi vista se acostumbró a la oscuridad. Sasha me guiñaba alegremente un ojo. Me senté a su lado. Terry señaló las botellas.

–No sé –dije–. Estoy tan cansada de beber... Elige por mí.

Sasha sacó algo del bolsillo y me lo pasó. Creí que sería una bolsita de coca, pero era un pequeño estuche de joyas.

–¿Qué te parece? –Lo abrí y tenía un par de pendientes, ópalos engastados en oro–. Los enviaré mañana. Es una sorpresa para mi madre. Le va a dar un síncope cuando los vea.

Cerré el estuche.

–¿La echas de menos?

–Sí. Es una vieja *gilicoños*, más jodida aún que yo, pero la quiero. –Rompí a llorar. Sasha era escéptico–. Tú tienes salud, Baby Monster.

–¿Seguro?

–Deja que te hable del respeto hacia uno mismo, ¿quieres? Cuando haces cosas, las haces y punto, y cuando llegan las consecuencias, no hay más remedio que joderse, ¿estamos?

–Yo me jodo, créeme.

–Bien, al principio pensé: «A esta chica, no muy inteligente, la tiramos a la basura en dos semanas», pero fíjate, tú, una Baby Monster, tú, una pequeña *gilicoños*, tú vas a conseguirlo, y yo me digo: «Voy a hablar francamente con ella porque todos los demás están tratando de meter la polla en sus bragas o de convertirla en una muñequita», pero vale, se lo digo directamente. ¿Y qué haces tú?

–No te he prestado atención. –Me limpié los ojos–. ¿Sabes que se van juntos un mes entero? ¿A Francia?

Sasha adelantó los morros hacia mí.

–Esta es mi cara de escandalizado.

–Vaya cagada.

–Sí, ellos la han cagado. Ya sabes que Simone empezó a follárselo y a mamársela cuando Jakey era el pequeño Jakey, así que no creas que el ascensor subió desde abajo.

–Espera, ¿hablas literal o metafóricamente?

–¿Qué cojones significa eso? Oh, por favor, tú sabes todo eso. Yo no soy un bocazas. Jakey tenía los labios más sueltos cuando inhalábamos todo lo que se nos ponía por delante y dejábamos la mesa limpia en cuestión de segundos, ¿me explico? ¿Quién sigue la pista de esa mierda?

–¿Cuando Jake era un niño?

–O lo que fuera, ¿qué sabe nadie? Él era demasiado joven cuando empezaron a joderse sin miramientos, y Simone no es una carita de ángel como tú. Pero ¿por qué te gusta tanto el pasado, galletita? Esa mierda ya era un marrón entonces, y no es asunto de nadie y a nadie le importa un comino.

–A nadie le importa un comino –repetí.

El Park Bar se veía brillante. Terry debería haber atenuado las luces. Estaba todo demasiado expuesto, incluidas mis atribuladas entrañas, en las que sentí el comienzo de una náusea pasada de moda. Luego la sospecha de que Sasha estuviera mintiendo. Con él nunca se sabía y la crueldad no estaba fuera de su ámbito. Luego la confirmación de lo que yo nunca había sabido poner en palabras: Simone había roto algo en Jake... había ira enterrada bajo su alianza. Mi compasión por aquel barman de ojos dorados fue total en aquel momento. Pensé: «Si al menos lo hubiera sabido...». Entonces me reí con fuerza. No creo que eso hubiera importado nada, aunque fuera cierto. A nadie le importa un comino. Sasha tenía razón en lo que había dicho.

La apatía me envolvió en medio de una vida que había construido para que no hubiera ni un instante aburrido. Fue un consuelo inesperado. Ni siquiera quería la cocaína que Will y Ariel me ofrecieron cuando salieron del baño. Nos dijimos tonterías durante un rato. Sonaron buenas canciones, luego canciones olvidables.

Terry era de Jersey, de la parte bonita. Will venía de Kansas, Ariel de Berkeley, Sasha de las afueras de Moscú. ¿Qué sabía yo de ellos? De vez en cuando nos recordaríamos unos a otros, nos reiríamos pensando en el malestar al que nos habíamos acostumbrado. Lo había visto todo, en particular que no habíamos sabido penetrar en los corazones de los demás. No podía echar la culpa a las drogas. Echaba la culpa al trabajo, que lo hacía parecer todo transitorio e impredecible. Nunca teníamos tiempo para decir cosas que importaran. El Propietario había dicho: «No podéis aprender el cincuenta y uno por ciento, es algo con lo que se nace. Nuestro trabajo es reconocerlo».

La jerga, los principios, las declaraciones no eran solo para que el invitado se sintiera mejor gastando su dinero. Eran también para nosotros. Para hacer que nos sintiéramos nobles, llamados, necesarios. Me echarían de menos una semana. Como mucho. Quizá la mayor falacia que me había creído era que yo era irreemplazable, que todos lo éramos.

Hasta que no entré en el otro despacho de Howard aquella noche no reconocí, y me refiero a saberlo con todo mi cuerpo, que toda mi vida había girado en torno a la suposición de que casi todos los hombres querían follar conmigo. No solo lo había sabido y estimulado, sino que había dependido de eso. Lo que no significaba que entendiera de transacciones reales de sexo. Solo sabía cómo controlarlas hasta el momento del ataque. Después de eso, trataba mi cuerpo como un colador... todo pasaba a través de mí. Con Jake no fui un colador, sino un recipiente. Todo lo que me daba lo conservaba. Cuando me llenaba, yo me expandía.

Me habían dicho que Howard era un gran amante. Yo no sabía lo que significaba «gran amante». Pero a él no le avergonzaba su edad. No apagó las luces. Tomamos una copa y él me puso la mano en el muslo al final de una frase inocua. Cuando fue a decir otra, le acerqué el muslo. Su mano se posó más arriba. Eso fue todo. Una frase, una mano, otra frase, un muslo. Esos son los ejes sobre los que nos mantenemos en equilibrio.

Él solo se desabrochó la camisa. Su pecho estaba cubierto de pelo oscuro. Me desnudó con autoridad. Parecía menos impresionado que maravillado por mis pechos, mis muslos, mi culo, mis hombros. Un juguete. Pasó un buen rato calentándome antes de apartarme de él para ponerme de cara a las estanterías del despacho auxiliar, con los pantalones en los tobillos. El *Atlas mundial del vino* de Jancis Robinson, la *Biblia del vino*, *Guía de Francia de un vendedor de quesos*. La novedad valía la pena, sus manos limpias y suaves, la arrogancia con la que me posicionó allí. Mis únicos pensamientos eran «Podría tener un orgasmo si estuviera en una postura diferente, o en un cuarto diferente, o con una luz diferente, una noche diferente, un hombre diferente».

Fue rápido y no me preguntó si yo me había corrido. No pensé en condones hasta que se separó y me pregunté si los hombres no tendrían que pedirlo antes de eyacular dentro de una. Recordaba que Jake me dio la píldora del día después tras aquella primera noche, me la pasó sin hacer comentarios. La había guardado porque tenía la regla. En este momento pensé que Jake era considerado, responsable. Howard me dio un pañuelo de papel que estaba escondido tras unos libros y pensé: «¿Por qué esconde los pañuelos?».

Se enteraron. Yo nunca se lo dije a nadie, pero era consciente de cómo se difundían las noticias por el restaurante. Nadie me había visto entrar y nadie nos vio salir, pero alguien, de un modo u otro, lo sabría. Simone se pondría furiosa, irracionalmente, incapaz de explicarse a sí misma por qué. Todo el mundo lo notaría y la evitaría durante el servicio. Jake se horrorizaría. No porque hubiera estado con otro hombre, sino porque me había hecho daño a mí misma, me había humillado más allá de los procedimientos por los que me había humillado él a mí. Y entendería lo horrible que había sido que él me hiciera daño. Me habría gustado quitarle algo de poder, pero el pecho se me endureció cuando tiré el pañuelo: me había hecho tan pequeña para hacerlo que era irreconocible.

–Yo era como tú –dijo, mientras se subía la cremallera del pantalón.

–¿En qué sentido, Howard?

–Cuando Simone empezó, solía contar los chistes más verdes. Chistes de viejos pescadores, totalmente irrepetibles, que me ponían colorado. Ella ni se inmutaba al contarlos, pero luego veías que le temblaban los hombros de la risa. –Me miraba al hablar, pero no me veía–. Yo quería ir en serio con ella. Y no entendía la relación de esos dos. Ellos me rechazaron.

–¿Y? –Me abroché el sujetador.

–Bueno, duele. Duele, ¿sabes? Cuando Fred Bensen apareció en escena, sufrí un horror. Jake y yo teníamos algo en común el día que ella anunció que iba a dejarnos. A menudo me pregunto si no fuimos nosotros quienes lo echamos. Él simplemente...

se desvaneció. Simone nunca me contó lo que pasó. Pensé que eso la suavizaría. –Cabeceó.

–Ya entiendo. ¿Ahora te tiras a jovencitas para castigarla?

–No, Tess. Me tiro a jovencitas porque saben mejor. No necesito castigarla. Ella se ha construido su propia cárcel aquí. Lo único que tengo que hacer es no despedirla.

–Joder. –Yo me había aferrado a la idea de que Howard no era uno de nosotros. Que era inmune a nuestros planes y pequeñeces. Creo que en ese momento supe que había perdido, completamente.

–El tiempo pasa –dijo, terminando de abotonarse la camisa, doblar la corbata y guardársela en el bolsillo–. Y me doy cuenta de que me hizo un gran favor. Creo que tú acabarás sintiendo lo mismo.

–¿Sabes qué es lo que no me gusta? Que la gente utilice el futuro como un consuelo para el presente. No sé si hay algo más inútil.

–Eres deliciosa, Tess –dijo Howard, sentándose al escritorio.

–¿Eso crees? –Me remetí el pelo tras las orejas. Me recliné apoyándome en los brazos y miré el espacio vacío que había entre el escritorio y nosotros–. Creo que eres extraño, Howard. Siempre lo he creído.

–¿Crees que también tú eres extraña?

Asentí con la cabeza. La vista se me nubló al mirar una mancha de la moqueta, al pie del escritorio.

Creía que cuando consiguiera llegar a esta ciudad, nada podría conmigo, porque podría rehacer mi vida cada día. En otro tiempo, esa idea me había hecho sentir infinita. Ahora estaba segura de que nunca aprendería. Rehacerse era lo mismo que estar constantemente deshecha.

Oímos pasos y Howard se puso la chaqueta. Me senté en la silla y crucé las manos sobre el regazo cuando se abrió la puerta.

Nicky se asustó y dio un grito.

–La hostia, joder, Howard, casi me da un ataque...

Entonces me vio. Nos miramos antes de que desviara los

ojos. Vi que su boca se ponía rígida. Vi su falta de confusión o fe en circunstancias extenuantes. Nicky era sobre todo realista. Vi su decepción. Me cubrí la cara con las manos.

–Un poco tarde, ¿no, Nick?

–Sí –dijo, y levantó unos paños del bar–. Terminando.

–Tess, podemos terminar esta charla mañana. Puedes salir por detrás.

Asentí con la cabeza. Los adultos se ocupaban de todo y me arrojaban a la noche. Me pregunté qué mirada cambiarían los dos, masculina, sobreentendida. Envidié su facilidad para entender el mundo.

–Lo siento, Nick –dije un segundo antes de cerrar la puerta.

A la mañana siguiente, las flores de los árboles caían como escamas de pintura de edificios resecos. Estaba de pie ante el ventanal de la calle Dieciséis, mirando el parque. Era un día muy ventoso y los árboles se arqueaban mientras las nubes patinaban por el cielo azul.

–Es como si fuera a nevar otra vez –dije, pero nadie me oyó. Pequeñas banderas se pegaban a las ventanas, un ataque de los pétalos.

Estaba poniendo orden en la bodega, un trabajo que había empezado a ser mío poco a poco y que ahora era fijo. Nadie se detenía a limpiar, porque sabían que lo haría yo. Simone llamó a la puerta, llevaba una barquilla de patatas fritas y una botella húmeda de Billecart, y supe que me iban a despedir.

–¿Tienes un minuto?

Dejé la cuchilla de cortar cartón y preparé una mesa y dos sillas con cajas. Las cajas habían sido muy pesadas. Ahora podía levantar dos a la vez. Podía lanzarlas incluso.

–Esto está genial.

–Eso intento.

–He pensado que podríamos hacer un alto –dijo, enseñándome la etiqueta de la botella.

–Un alto, desde luego. Será un minuto para mí y el Billecart.

–Eso es un pecado. –Simone abrió la botella con el mayor sigilo. Escanció pequeñas cantidades en dos vasos para acondicionarlos y luego los rellenó generosamente, mirándome todo el tiempo.

–Ahora mismo estoy con los rosados –dije–. Ese Tempier... ay, Señor, es divino.

–Los Peyraud son gente maravillosa. Nos hospedaremos en su casa de Bandol. –Apartó los ojos de mí, pero continuó. Aquella mujer no tenía miedo–. Si hay *terroir* en este mundo, es el suyo. La sal del mar, la alegría del sol. Vienen aquí cuando visitan la ciudad, la próxima vez, yo...

–Ah. –Detuve su mentira. Nada de Bandol para mí. Y no habría próxima vez.

–He hablado con Howard.

–Imaginé que lo harías.

–Has conseguido un ascenso. Muy merecido.

–Sí. –Había querido decir: «¿Sí?», pero no pude.

Estaba sentada delante de mí. Conocía su rostro mejor que el mío propio. La había observado muy atentamente. Estaba segura de que nada, ni el paso del tiempo, ni la distancia, afectaría a aquella intimidad. Podían pasar treinta años y, cuando entrara en el restaurante, yo sentiría en mis huesos su ritmo, sus secretos. Reconocería a Simone en cualquier parte.

–Vas a ir al Smokehouse.

Tardé un momento en asimilarlo. Tomé un sorbo de champán y me detuve.

–Perdona, salud. –Toqué su copa con la mía y luego me bebí el contenido de un trago–. Como es lógico, no voy a ir al Smokehouse.

–Tess, por lo menos piénsatelo...

–¡Ah, Simone! –había gritado, y las botellas me devolvieron el eco–. ¿Barbacoa, hamburguesas y cervezas? ¿Televisores gigantes? ¿A qué viene esta farsa?

–Los camareros ganan mucho dinero.

Levanté la mano.

–Calla. Hagámoslo más fácil. No voy a ir al Smokehouse. Me despido. Me quedaré dos semanas, pero me iré lo antes posible. Y ahora ¿podemos tener una conversación de verdad?

–Como quieras.

Champán y silencio... los únicos lugares de descanso del mundo. Suspiré. Flaqueé ostensiblemente al final, pero me mantuve entera. Respiré hondo y expulsé el aire.

–Eso es respirar bien –dijo.

–Cállate.

Simone asintió con la cabeza y seguí respirando a fondo otro poco.

–He de admitir que me he involucrado mucho.

–Es totalmente normal.

–Cualquier cosa será aburrida después de esto. –La miré, sus labios rojos y su mirada implacable. Pensé: «Voy a echarte de menos».

–El aburrimiento puede ser muy productivo. Es el miedo al aburrimiento lo destructivo.

–Tú estabas aburrida –dije–. Estabas más aburrida que una ostra. Por eso te metiste por medio.

Parpadeó varias veces.

–No, Tess. Sé por qué quieres decirte eso a ti misma. Pero no es tan fácil. Yo también creía... que éramos una familia.

No supe si se refería a todo el restaurante o a nosotros tres. No importaba. Mastiqué una patata frita y sentí el crujido. La boca se me llenó de saliva. La bombilla desnuda latía al mismo ritmo que mi corazón.

–Estarás bien –dijo. Comió una patata y pensó en su último comentario–. No ibas a quedarte aquí para siempre. Ahora puedes conseguir un trabajo de verdad. Un novio de verdad. Vivir el momento. No pongas los ojos en blanco.

–Estoy pensando en el vino. En venderlo, en una travesía de Bedford hay una tienda que me gusta.

–Sí, eso es fantástico, estarás muy bien allí. Conozco a alguien en Chambers, no tengo inconveniente en llamarlo. Y Howard también dará excelentes referencias.

–Joder, apuesto a que sí. –Quería enfadarme con todos, quería sentirme utilizada, pero no hubo manera–. Tengo algún dinero. Me tomaré un tiempo para pensarlo.

–Eso es muy inteligente –dijo. Comimos otra patata–. Estarás bien.

No sé si repetía aquello por mí o por ella. Miré la escena desde arriba, nuestras patatas, el champán. Vi la cocina, la comida de familia preparada en el comedor, el vestuario, donde recogería los trastos y residuos de mi taquilla y los metería en una bolsa de plástico, por si había algo suficientemente importante para conservarlo. Al final nada tendría importancia y lo tiraría a la basura.

La sal de las patatas se me pegaba a los dedos y me los froté. Cayó la sal y oí que alguien pasaba con un carrito en la planta de arriba, en el comedor. La boca me sabía a yeso y desdén, a confusión y limones. No había ni una pizca de arrepentimiento. Yo hablaba muy despacio, sin saber qué diría a continuación, pero sabiendo que sería definitivo. La miré.

–Pues claro que estaré bien. Solo puedo sentir agradecimiento.

No recordaba las cosas con exactitud, así que permitidme que lo intente otra vez: las manadas de niños hasidíes en las esquinas de la calle South Side a medianoche, los gritos del Empanada Man, que pasaba por Roebling mientras yo daba cabezadas: «¡Empanada, Empanada!», horas perdidas paseando en círculos con Jake, alrededor de casas sencillas, mientras él puntuaba sus pensamientos con un cigarrillo; todos nosotros saliendo a la carrera a la calle Dieciséis para ver aquel sol ensangrentado que se hundía en el Hudson; bebiendo cervezas envueltas en bolsas de papel mientras Scott y yo recorríamos los bares de Grand Street; Will enseñándome golpes de kárate en el andén del metro; las magníficas lenguas anaranjadas y corroídas de los erizos de mar que extendíamos en las tostadas; Ariel y yo en el puente al amanecer, cantando, los que iban al trabajo empujándonos y nosotras sabiendo un secreto que ellos no conocían, que la vida no progresaba inquebrantablemente, no se acumulaba, se dejaba tan limpia como las encimeras al final de la noche y, si manteníamos el ánimo alto, significaba que éramos inagotables.

Creo que era Nicky quien solía decir: «La vida es lo que pasa mientras esperas». No sé, a estas alturas es un cliché. Pero eso no impide que sea cierto. Mi vida había estado tan llena que no podía ver más allá. No quería. Y realmente, ¿sería alguna vez tan ruidosa? ¿Tan satisfactoria? Siempre ese deseo de lo más salvaje, lo más cercano a su origen, lo más punzante, lo más acelerado... así éramos nosotros. Aunque olvidáramos a los clientes habituales, olvidáramos los platos especiales, olvidáramos fichar.

Era Simone quien solía decir, en sus mejores días: «No te preocupes, pequeña, nada de esto te dejará huella».

Pero veo las huellas en la gente. Extraños que se sientan en la barra solos y piden una copa con voz íntima, piden la mousse de hígado de pollo y charlan con el personal. Gente que presta atención a sus platos de una forma que yo llamaría sagrada. Veo las huellas en mí misma: los arañazos, las cicatrices. No, no esperé eternamente, pero en ese sentido todos estábamos atados de por vida.

Esas flores se marchitan ya.
Es mi habitual abismo de las cinco en punto.
Y ese tipo tiene novia.
Joder, deberían hacer aquí un *reality show*.
¿Cuándo dejaré de estar tan emocionada?
Resulta que hay un millón de teorías sobre el purgatorio.
¿Cuándo aprenderé?
Sí, Scott puso su anuncio... el Chef está que trina.
Y ella se marchó por detrás.

Pero bueno, no hay una trayectoria definida en una historia de amor.
Es como una pizzería de Bushwick.
Bien, el estilo triunfó sobre el contenido.
La 30 necesita atención.
Eso es lo que pasa en la ciudad.
Ese no es muy sentimental.
Las ciruelas son reales.
Nueva York lo ha perfeccionado.
Pero el pastel es imaginario.
No tienes que cultivar el escepticismo, florece naturalmente.
Quiero decir que Stalin era un ángel en comparación.
Pero ¿por qué iba a traer gardenias?
Estoy colocada.
La 35 está desamparada.
Emociónalos.
Es demasiado raro, incluso para mí.
Ya sabes que cuando apuestas pierdes.
Estoy que me caigo, pónmelo doble.
¿Qué esperaba ella?
Y ganar nada más que lo suficiente.
Supongo que tendrías que haber estado ahí.
Tres putos turnos.
Un martes.
Joder, nos insultaron toda la noche.

AGRADECIMIENTOS

Mi gratitud es infinita.

Para Claudia Herr, Mel Flashman y Peter Gethers. No sé cómo agradeceros la atención, dedicación y horas que me habéis concedido, salvo trabajando más. Gracias.

Gracias igualmente a Robin Desser, Sonny Mehta y Paul Bogaards. A Carol Carson, Oliver Munday y Cassandra Pappas. A Christine Gillespie, Sarah Eagle, Erinn McGrath y Jordan Rodman. A Katherine Hourigan, Rita Madrigal, Lydia Buechler y al increíble equipo de Knopf.

A Sarah Bush, Sylvie Rosokoff, Meredith Miller, Lauren Paverman y todos los de Trident.

A la MacDowell Colony, Byrdcliffe Colony y a Casey y Steven de Spruceton Inn, por su tiempo y su espacio.

A Helen Schulman y Jonathan Dee.

A Mani Dawes por mi licenciatura en restaurantes. A Heather Belz y Michael Passalacqua. A Tia.

A Jody Williams, Caryne Hayes y mis queridos de Buvette.

A DHM y todos los de USC.

A Pam. A Christina. A AGH. A Car. A Bradley.

A mis incansables lectores y defensores: Margaux Weisman, Emily Cementina, Morgan Pile, Marianne McKey, Waverly Herbert, Mariana Peragallo, Eli Bailey, TJ Steele, Dave Peterson, Alejandro de Castro, Lu y Francesca, Kevin Ruegg, Wendy Goldmark, Denise Campono y Nancy Ferrero.

A SJD, que leía cada frase de cada versión y decía lo único que yo necesitaba oír: «Es bueno. Sigue».

ÍNDICE

• ALIOS • VIDI •
• VENTOS • ALIASQVE •
• PROCELLAS •

Para obtener este libro en formato digital escriba su nombre y apellido con bolígrafo o rotulador en la primera página. Tome luego una foto de esa página y envíela a <ebooks@malpasoed.com>. A vuelta de correo recibirá el e-book gratis. Si tiene alguna duda escríbanos a la misma dirección.

Gran Via de les Corts Catalanes, 657, entresuelo
08010 Barcelona
www.malpasoed.com

Título original: *Sweetbitter*
ISBN: 978-84-16665-64-8
Depósito legal: B-25099-2016
Primera edición: febrero de 2017

Impresión: Novoprint
Diseño de interiores: Sergi Gòdia
Maquetación: Fotocomposición 2000
Diseño gráfico de cubierta: © Malpaso Ediciones, S. L. U.